U0737578

有生之年

周　艳◎著

中国言实出版社

图书在版编目(CIP)数据

有生之年 / 周艳著. -- 北京：中国言实出版社，
2023.6

ISBN 978-7-5171-4516-5

Ⅰ.①有… Ⅱ.①周… Ⅲ.①长篇小说—中国—当代
Ⅳ.①I247.5

中国国家版本馆CIP数据核字（2023）第112876号

有生之年

责任编辑：宫媛媛
责任校对：张国旗

出版发行：中国言实出版社

地　　址：北京市朝阳区北苑路180号加利大厦5号楼105室
邮　　编：100101
编辑部：北京市海淀区花园路6号院B座6层
邮　　编：100088
电　　话：010-64924853（总编室）　010-64924716（发行部）
网　　址：www.zgyscbs.cn　　电子邮箱：zgyscbs@263.net

经　　销：新华书店
印　　刷：北京中科印刷有限公司
版　　次：2023年8月第1版　2023年8月第1次印刷
规　　格：880毫米×1230毫米　1/32　10.75印张
字　　数：280千字

定　　价：58.00元
书　　号：ISBN 978-7-5171-4516-5

目 录
CONTENTS

1

架起铁轨的枕木是沥青浇过的，泛着黑色的亮光。珊珊两只手撑起白色的裙摆，里头装着六七块"宝石"，通体晶莹。举起一块对着太阳，可以看到无数个平整错落的切面，反射出五彩斑斓的光。枕木铺设的距离像是拿尺子量过一样一致，珊珊只能两次跨过一条，显得有点笨拙，不像在她前头步履轻盈的小婉。她比珊珊大两岁，却整整高出一个头，大概有一米六五了，腿长得把上身挤到了脖子，可以一步跨两条枕木。后来珊珊每次看到有人弹钢琴，都会想起在黑色枕木上跨步走的小婉，那时候她行云流水的步子似乎也在演奏着某种乐曲。

珊珊今天有点心事，她努力地想赶上小婉，在枕木上失去了节奏，间或踩到满是棱角的石子，石子尖顶着轻薄的塑料凉鞋，扎到她的脚底板上。大滴的汗珠落在"宝石"上，浮灰变成污泥沾在白色的布裙上，脏手上的汗也渗到被攥出褶的裙摆里。她松开一只手，用手背去揩一把被汗水淹泡的睫毛，裙子里的石头纷纷落到地上，砸了她的脚，她很丧气地喊道："小婉，你等等我！"

小婉回头，看到珊珊的狼狈样，露出笑脸，止住脚步，回头朝她走来。

"寻宝"是小婉的主意，但是每次意兴阑珊的也是她，一边捡一边丢，个把小时耗尽，回家的时候，她只留一颗；而珊珊会收集一堆，哪个也舍不得丢，觉得个个都漂亮，都宝贝。

刚好信号灯亮了，她俩从铁轨上顺着石头堆俯冲下去，一股咸咸的风在珊珊的嘴角边抹了一把，好像给了她力量让她开口说出令她尴尬的话。

她从裙子的口袋里掏出两颗话梅糖，递给小婉一颗，两个人并排坐在一棵柳树下。从杭州到北京的特快列车轰隆隆地开进她们的眼睛里，转瞬从耳朵里远去，留下一段高频的铁轨滑音，最后钻到喉咙还是哪里，没有半点涟漪。

　　"小婉，我好像生病了。"

　　"什么病？看你好好的。"

　　珊珊的喉咙里卡着一口气，把嘴里淤着的甜酸话梅糖水使劲咽了一下，好像把那股子气也压了下去，才升起一丝轻细的声音："我的奶头肿了。"

　　好像这几个字本身就是一个巴掌，出了嘴巴，就立刻扇了她的脸，没有留下印子，但是两个腮帮子红红的。

　　"跟你妈说了吗？"小婉好像没感到震惊。

　　"说了，昨天晚上觉得疼，发现两个都肿了，就跟我妈说了。"

　　"你妈咋说？"

　　"我妈没说啥，就说是正常的，不用去医院。"

　　"那你还担心啥？"

　　"我觉得很严重，是不是我妈觉得我治不了了？"

　　"让我看看。"小婉歪过头向珊珊的领口贴过去。

　　珊珊赶紧捂住领子，脸更红了。

　　"珊，你发育了。"小婉一本正经地说。

　　"发育是啥？"

　　"你见过你妈的不？"

　　珊珊点点头，那是她从小的温柔乡。

　　"你的奶头以后就会长成那样。"小婉正经不过三秒，说完自顾自地笑了起来。

　　母亲的乳房似乎从来就是那样，柔软香甜，珊珊甚至到了小学一年级还摸着它睡觉，觉得幸福又踏实。但是，她从没有想过自己平平的胸脯以后会变成那样，忽然有种莫名的恶心感。

"我给你看看我的。"小婉转头看了四周，确定没有人，凑近珊珊，解开黄绸子衬衣上头的两颗白塑料扣子。珊珊看到她里头穿着一件米色的小背心，短短的没有盖住肚子，隐约可以看到奶头的地方微微凸出，虽然没有像母亲的胸脯那样悬着两大坨肉，但是也像平地隆起的两个小坟头。

"好了，别看了。我妈说开学给我穿胸罩。"小婉扣上扣子，珊珊仍然盯着她的衬衣，发现隔着两层衣服，她的奶头依然是凸起的，她以前居然都没有注意过。

她感觉自己的奶头又开始发胀了，疼得厉害，它们怕是在使劲长吧，长成无法掩盖的秘密。她见过胸罩，明目张胆晾在院子里的一块块长条布，以后自己的身体要用那样的布裹着，平坦的胸脯会长成两块遥遥相望的坟地。

2

珊珊下意识地又把手伸进毛衣里，摸到那个圆圆的小肉球，在左乳乳头的右边一点。以前也长过一些小小的疙瘩，像潮汐一样，随着神秘的周期，会消失。但是这一颗小豆豆，出现大概有两三个月了，从柔软到坚韧，从模糊到清晰，似乎没有愿意消散的迹象。

她在百度的搜索条里输入不同的关键词：乳房疙瘩、胸部肉瘤……回车键一按，万丈深渊：真真假假的医生、各种平台的留言评论、中西医江湖广告，甚至还有中英文的学术论文。选了几条看起来有点可信度的来源，根据提示，将手指伸平并拢，轻轻按压小豆豆，感受它的形状和活动性：如果边缘清晰，活动性好，一般没有什么问题，可能是纤维瘤，吃药调节或者不去管它。

珊珊每次疑心一起，就用这种方法来自我诊断：这颗豆豆属于边缘清晰且活动性好的那一类。遂放下心思，忙活其他事情去了。

这段时间她便是这样循环往复：摸豆豆—紧张—百度—寻找让自己放心的信息—摸豆豆……毕竟一个人带个四岁的孩子，在大学里教书，准备进修深造的一个女人，需要忙碌的事情着实很多。

但是，就在这个周日的下午四点一刻，她的人生发生了剧变。

给儿子开完新学期入园前的家长会，她去幼儿园的厕所里，又下意识摸到这颗豆豆。她觉得它变得很硬，有股想要戳破皮肤的怒气。走出幼儿园的大门，她看了一眼手表：四点一刻。她是个小毛病从不吃药，能撑住绝不进医院大门的人。此刻，裹在咖啡色羊毛大衣、米色高领羊绒衫、黑色保暖秋衣和红色胸罩里的那颗豆豆在发烫，猛烈地撞击着她的胸膛。刚过完年没多久，红色的胸罩是一个朋友送的，今年是她的本命年。

后来珊珊意识到，身体本身是有求生欲的。它会发出信号，可是很多时候人们根本听不到。但是那天珊珊听到了那颗豆豆的呐喊，尽管是周日，已经下午四点一刻了；尽管她需要回去做晚饭，然后备课，第二天是开学第一次课，学校学院发了很多叮嘱信息；尽管如此不情愿麻烦别人照看孩子；尽管那么讨厌去医院的念头……她在那个瞬间还是听从了身体的意愿。

3

和小婉约在天桥上见面。

珊珊先到了。周六的清晨，身边零零落落地走过一些人：背着宝剑从公园锻炼回来的老人、拎着豆浆油条哼着曲儿的中年男人、盯着她看的手臂上文着游龙的青年。她赶紧收回自己的好奇，转头趴在桥栏上俯瞰底下的铁轨，现在的铁轨，枕木都改成水泥的了，空中还架着电线，大黑木头几乎消失了，电车更快更好看。这个城市哪里都是铁轨，走着走着就遇到了道口，所有的人停下来，等着，若是煤车，等得更久。没有人抱怨，在一个城市住久了，它的地形和节奏就钻进了人们的身体里，跟他们自己的脉搏合了拍。

"珊！"

后背被轻轻拍了一下，珊珊转头看到小婉的笑脸。

珊珊时常想起小婉的脸，嘴角和眼角稍稍上扬，颧骨上的两块肌肉平滑圆润，眼睛不大，很亮。为什么黑色的眸子会发亮，这是困扰珊珊很久的问题。后来她在新疆几乎没有人烟的旷野里看星空的时候，突然就明白了。

"新学校，喜欢吗？"小婉问道。

"你看到那个十字架了吗？"珊珊指着不远处的一个建筑物。

"你们学校？"小婉用手挡住太阳，努力眯起眼睛。

"那是个教堂，教堂对面就是我们学校，这个角度看不到。"珊珊很诧异小婉居然不知道这个城市唯一的天主教堂。

"哦，那一定很吵吧？"

"教堂不吵，学校很吵。太小了，没有咱们以前的小学宽敞呢，课间上厕所的在走廊里就排起了长队，有时候等到上课都排不上。"

"那就不上了？憋着？"

"嗯，只有数学课老师让啥时候想上就举手。他说膀胱有弹性，憋久了就不好使了。"

"那你敢上课举手上厕所吗？"

"不愿意，不想被六十多个人目送着如厕。"

"如厕？"

"就是上厕所。古文里这么说。"

"那你来那个的时候怎么办？"

珊珊知道小婉问的是什么，她今年初一，月经初潮是上学期开学分班考试那天，肚子疼，母亲也没有过多解释。因为她见过小学同学来月经，所以，也没有太多疑问，只知道又遇到了一件极其麻烦的事情。好在那时候卫生巾刚刚上市，比垫纸要安全一些。但是因为还没有带护翼的，内裤也比较宽松，很容易就会侧漏，她听同学的，垫两个，但是有时还是会弄到裤子上。班里有女生把上衣系在腰上的，就像神秘暗号一样，但慢慢地，不仅女生之间心知肚明，男生们也开始窃窃私语，然后老师也会知道，体育课她们就可以坐在操场边聊天，政治课背不出来也不会被罚站。

"我觉得来那个的时候不能乱动，只要一动，就会呼啦一下出来很多，跟决堤泄洪一样。所以，会在座位上坐四节课，不喝水。"

"你们同学之间来那个，会怎么说？"小婉好像对珊珊在学校的生活特别感兴趣。

"有好多说法呢，但是我们班同学喜欢说'倒霉了'。"

"是挺倒霉的，又难受，还费钱。"嘴里说着不快活的话，小婉的眼睛还是弯弯地笑着。

"但是最近我们班转来一个新同学，她说得就不一样。"

"咋说？"

"她说'好朋友'来了。"

"就这糟心玩意儿，还'好朋友'？"

"她说每个月都来，不离不弃的，还得喝红糖水，用卫生巾小心翼翼地伺候着，可不是好朋友吗？"

"那应该叫'祖宗来了'！"小婉说完自己笑得直不起腰。

珊珊看看身边偶尔经过的人，用食指在嘴唇上做了一个"嘘"的动作。

"你快中考了吧？你打算上中专，还是上高中啊？"珊珊转了个话题。

她们已经走下了天桥，右手边是一座异域风情的建筑，门口坐着几个头戴白帽的回族男人，她想指给小婉看，但是看到她脸上的笑容突然消失了，就没有说话。

"珊，我不上学了。"

"为啥？"珊珊记得小婉虽然成绩一般，但是也不至于完全跟不上，她爸是巡道工，辛苦了点，但是工资还可以，她妈是农村户口，会做裁缝活儿，一天到晚踩着缝纫机，没见闲过。家里就小婉一个孩子，怎么就不让上了呢？

"是我自己不想上的，觉得没意思。"小婉颧骨上两块圆润的肌肉忽然塌陷了，眼神黯淡，嘴唇紧紧地闭合着，刀锋一样的弧线。这是珊珊第一次看到小婉冰霜一样的表情，她没有继续追问。

九年后，珊珊得知小婉的死讯是她在大学里。她记得她们见面的这个五月的清晨，城市的街道很干净，伊斯兰教堂的绿色圆顶上停着一只淡黄色的长尾鸟。她当时以为小婉辍学是因为不喜欢学习。波澜不惊的表面下，每个人都藏着一个深渊。

那一天，她俩约好去逛二马路，一个有玻璃穹顶的小商品批发市场，珊珊在小婉的建议下买了两件小背心，一件粉色，一件白色，白色的还有一圈笨拙的布蕾丝。两层布料，可以裹住珊珊瘦瘦的上身。如她所愿，胸部发育得很慢，没有给她穿衣服带来更多的困扰。那天，小婉买了一件豆绿色的胸罩，罩杯里垫着一层薄海绵。

4

快下班的点，医院里没有熙攘的人群，珊珊挂了乳腺专家号上二楼交给护士，没有等待就直接去了二号诊室。一位身材微胖的中年女医生，浑圆饱满的身体把洁净的白大褂撑得略微变形。

"什么问题？"她轻声地问道。

"乳房上长了个小疙瘩。"虽然珊珊很讨厌去医院，但是她喜欢跟医生说话，在平日场合里需要使用委婉语，在医生面前却无须斟酊，可以直接利落地表达。就如她从未跟其他任何人说话的时候使用过"乳房"这个词。

"到里面把衣服脱了，我看一下。"

这个诊室没有"里面"的房间，半弧形的滑轨嵌在天花板上，垂下来一片天蓝色的布帘子。珊珊走进去，把大衣和毛衣脱了放在一张罩着一次性塑料布的诊床上。女医生走进来，说把秋衣也脱了。珊珊觉得有点冷，这个房间没有暖气。但是她没有犹豫，按照医生的指示，把贴身的秋衣也脱了。

"胸罩要脱吗？"

"不用，解开就行了。"

她从后面把两个挂钩往中间一推，胸罩就松松地离开了乳房。女医生走进来，按照她手指的方向，轻轻按压了一下，皱起了眉头，又使劲按了按。然后又用双手在她的两个乳房上绕圈按了片刻。随后又回到这颗小豆豆，仔细地按压了几下。医生在房间的角落里洗了手，然后走回她的座位。

蓝色的帘子好像遮住了一切动向，这种寂静只是几秒钟，就足以割断珊珊的神经。她一边穿衣服，一边尝试地询问："医生，严重吗？需要吃药吗？"

"我给你开个单子，现在 B 超室还没有下班，做完回来找我。"

"啊？还要做 B 超啊？不是增生吗？"珊珊没有做过这个部位的 B 超，单位的体检只是做腹部和妇科的 B 超，乳房和颈部都是触检。年前十一月份才体检过，那时候这颗豆豆还没有出现。珊珊忽然有一脚踏空的感觉。

"你这个包块有点硬，虽然活动性还可以，但是很难通过触检判断性质。"

珊珊完全没有心理准备去理解女医生的这句话，拿着她开的 B 超单去划价，然后去三楼 B 超走廊。这个平时人头攒动、到处都排着长队的医院，此时却空荡荡，连护士都不见踪影。她自己找了一间 B 超室，走了进去。

做 B 超的男医生，年纪很轻，戴着眼镜，手指细长。珊珊躺在 B 超床上，男医生拿着涂了润滑油的机器探头，在那颗豆豆上反复地刷，再回到电脑上截图，操作。

"长了多久了？"他盯着屏幕，眼睛从始至终没有看过珊珊一眼。

"两三个月吧。"珊珊盯着他的脸，他没有皱眉，也没有露出疑难之色。

他抓了几张平切的卫生纸，让她把身体上的油擦掉。珊珊迅速地站起来背过身去，擦完，把衣服套上。

男医生没有让她出去等报告，很快写完，用打印机打印出来。

珊珊迅速掠过很多描述，直接看结论："左乳包块，定性 4B"。

"4B 是什么意思？"

"你去找给你开单子的医生。快下班了，赶紧的。"男医生还在盯着他的屏幕。

"明天是周一，我在住院部，办住院吧。"女医生看着 B 超单说。

"还要住院？医生，我这个，很严重吗？"珊珊感觉意识在头脑里下坠。

"4B 就是 20% 的恶性可能，你这个无论好坏，都要手术。"

珊珊的意识已经飞出了大脑，短暂的几秒钟，大脑血液停止了流动，视力苍白模糊。这不是小叶增生吗？有的需要吃药，有的药都不用吃，过阵子就消失了。她同事静静前段时间检查医生就这么跟她说的。

"你也不要太担心。这个包块边缘规则，很可能是良性的。就算是坏的，这还不到两厘米，也是很早期的。"女医生看着六神无主的珊珊，试图去安慰她。对于完全没有心理准备的珊珊来说，这个下午的医院之行，就像突然被堆了太多稻草的骆驼，也许再听到任何一句话，她的背就要断了。

她坐在医院大厅冰冷的铁座椅上，对着的药房，已经关闭了好几个窗口，只亮着两盏灯。她是个什么时候都对生活有掌控力的女人，她按着自己的计划上重点高中、重点大学、保送研究生、到高校工作、结婚、生子、出国、离婚……每件事她都给自己足够的时间进行理性的思考和权衡。但是这个豆豆已经出现了快三个月了，她一直感受着它的存在和变化，却没有给予它任何思考和重视。她需要坐在这里想清楚了才能出发，不然开车会危险。

电视剧里通常医生是不会把涉及严重病症的情况直接告知患者的，但是今天女医生这么清淡冷静地告诉她，是不是她确定这是良性的，只是出于医生的职业原因，才会把最糟糕的情况说给她听，最后有个"虚惊一场"的结局，对她也会心存感激？

珊珊拿出记事本，把接下来要做的事情写出来：1.请假；2.准备住院的东西；3.打电话给彭宇；4.请护工。

她拨通了教学院长的电话："抱歉我要请一周假，做个小手术。"

5

"没关系的，你可以把这本书看完，我等你。"袁莎莎说完，在空教室的座位走道里前前后后地晃荡。她的腿超长，跟小婉的差不多，可是不怎么灵巧，比较粗壮，认真走路的时候很难走一条笔直的线，总是往两边拐着，身体的骨架很大，胯部宽厚。她跳动了一下，像跃出水面的海豚，沉沉地坠落，灰黑的木地板发出咚咚的闷响，惊醒了沉浸在书里的珊珊。

"有点晚了，我得回家了。"珊珊看了一眼墙上的钟。她放学后留下来一直在看莎莎强力推荐的一本书，一转眼半小时过去了。

"我没说错吧？席绢的书是不是很好看？"莎莎得意地冲她眨了眨眼。她的眼睛很长，但不算很细，没有什么光亮。皮肤黄黑，嘴唇厚厚的，跟伶牙俐齿没有什么关系。颧骨和鼻梁平塌塌的，把两个大鼻孔压得冲着天，额头和鼻尖上落了一层黑褐色的雀斑。

全班人都拿袁莎莎的长相开玩笑，男生的恶意最大，放出谣言：谁碰到袁，就是触霉头，一天都倒霉！每天只要她一进教室，门口小丑一样的矮个子男生们，像太监一样，拉细嗓门号着："公主驾到！"随即全班同学进入"警备"状态，扭曲着身子，让出一条"大道"。袁莎莎会咬着厚嘴唇，昂着头，摆动着她宽大的身体，走到最后一排自己的座位上。起初只是一个班的骚动，后来蔓延到了整个年级，四个班级公用的一条走廊，"开道"的从楼梯口就开始大喝，然后整条拥挤的走廊会立刻现出一条通道。

有一次，袁莎莎的"好朋友"来了，她自己不知道。走到教室的这一路，引起了更大的骚动，窃窃私语变成了大声的嘲笑，面露嫌恶之色的人群里，有男生，也有女生。珊珊把书包里的校服掏出来，走到莎莎的座位上，给她围腰裹好，在肚子上打了个结实的结。轻声问了几个女生，有没有带卫生巾。几个女生漠然地摇头之后，有个女孩递过来一个粉色的单片带包装的卫生巾。这是珊珊第一次见到带护翼的卫生巾。她挽着袁莎莎的胳膊走过那条"少年不知恶"的走廊，走下楼，去学校的厕所。楼上的一口痰差点吐到她的头上，但是抓住袁莎莎的手，她一直没有放开过。

初中是个奇特的场所，每个人都在发育，却都在耻笑发育。每个人都渴望得到认同，却想尽办法树敌。每个人都认为自己独一无二，却总是不经思考一头扎进群体的狂欢。那次护送袁莎莎的行为，对袁莎莎来说，是个转机。学校里，有两类女生是很受欢迎的，一类是漂亮时髦的，一类是成绩好的。所以，即使有点乌烟瘴气，这个学校还不至于不可救药。管子珊是整个年级成绩最好的学生，没有之一。之后的"警报"和"开道"现象不复存在了。虽然针对袁莎莎的嘲笑和恶意并没有消失，但似乎没被她放在眼里，她那浑浊的眼睛里，偶尔也能发出一些类似快乐的光。

而对于管子珊来说，这个事件完成了她的一个自我蜕变，她那天的挺身而出，甚至与袁莎莎无关，她在十四岁的时候，开始意识到自己拥有在某种巨大的机器滚动中可以不被卷入其中的方法，面对恐惧可以生产出足够能量的勇气。

"我能把这本书带回家吗？我给你租一天的钱。"

"不用，我天天租，晚还一天老板不会问我多要钱的。"

"那，谢谢你啦！"

"没关系，以后有好看的，我都借给你。"

说"以后"，其实根本没有"以后"。当晚，写完作业，她看得太入神，快十二点了，卧室亮着的灯，把母亲吸引过来。母亲蹑手蹑脚站在珊珊身后，一把将书抓起来，大声读出内容介绍："二十六岁的温行远受人之托照顾十四岁刁钻美丽的雪儿姑娘。起初只当对方是小朋友，谁知少女暗生情愫，许下了她今世的爱情。"母亲把书往桌上一摔，"你可真不得了，开始看黄书了！"

那时候学校附近的巷子里，在卖花卖鸟倒腾古董的店铺中间，忽然冒出很多出租言情小说和武侠小说的书店。一时间在这所学校掀起了一股读书盛行的风气，无论成绩好坏，都捧着一本卷页破皮的旧书，细致钻研。可是在家长和老师眼里，言情小说是洪水猛兽，对青春期的少男少女，起到了腐蚀思想的作用。这本《雪儿姑娘》珊珊看了大半，吸引她的不过是初次看到一整本书在谈情说爱，其实并没有什么露骨的描述，到了快要拥抱接吻，后面就隐去了，就像电视剧，情节到了这里，就是一个镜头的结束。

但是面对几乎崩溃的母亲，珊珊答应再也不会看这类书。但是她也意识到，课本、作文选、父亲单位的两份报纸已经不能满足她的阅读需求了。

对阅读如饥似渴的她是幸运的，隔壁搬进来一对新婚夫妇，女的是老师。珊珊帮忙运东西的时候，发现她有一个半面墙的书架，堆着几十本外国翻译的小说。这里成为她认识外国文学的启蒙地。母亲很敬重读书人，所以，对于从董老师那里借的书，是从来不去查问的。但是她可不晓得，席绢笔下的那些小情小爱，跟《安娜·卡列尼娜》《飘》《百年孤独》相比，可真是小巫见大巫，后者对于肌肤相亲的描写可谓无所顾忌。从这些小说里，珊珊发现女人的身体、容貌一直都是被看的对象，作者在看，读者在看，书里的人物在看，女人自己也在看。而除了脸，胸脯、腿、臀部，也都是被凝视的部位。很多女主角都拥有姣好的容颜、丰满的胸部、细长的腿、坚实的臀部，好像希腊神话中的雕塑。没有一个经典的裸体雕塑，胸部是平平的。有一天，一个特别讨厌的男生戏谑地跟她说："他们说你是'飞机场'。"

初中结束后，珊珊没有再见到过袁莎莎。后来在同学会上得知，袁莎莎这些年一直在整容，祛斑、垫鼻、刮骨、抽脂，跟上瘾了一样，钱都投进去了，没有结婚。

6

"要不要给你妈打个电话，让她过来照顾你？"珊珊在给儿子收拾东西的时候，彭宇就站在门口的鞋柜旁，珊珊递给他的鞋套还在地上，他没有走进屋子的打算。

"不用了，子墨老婆快生了，就这几天吧。有她忙活的呢。"珊珊把儿子最喜欢的绿色恐龙玩偶硬塞到箱子的拐角，然后利落地将两片箱体绷紧，合起，啪嗒一声扣得严丝合缝。

"那你手术，不得有个人陪着？你那几个姐妹谁能去？"彭宇没有像往常过来接孩子那样，急匆匆离开，好像对这个问题是真心在乎一样。

"小静和萍萍怀着二胎，宋莹在闭关准备博士考试，我没告诉她们。也许就是个小手术，三五天就出院了。我请个护工就行了。"

"手术要签字吧？谁给你签字呢？"彭宇站着，从进门到现在快一个小时，没有挪过地方，好像在努力避免某种道德困境一般。

坐在地板上的珊珊抬头看着这个男人，两个人曾经当着二十桌的亲友，承诺无论贫富贵贱、健康疾病，都要相守一生。如今他在她面前，隔着彼此不再相干的半生。她觉得他的每个问题都很诚恳，让她尴尬。

"你老婆是医生，还问这么幼稚的问题。我是个满十八岁的清醒有完全行为能力的人，我可以自己签字。"

"管子珊，你是不是觉得自己特别了不起？"彭宇提高了嗓门，他下意识地往正在看电视的儿子那边瞅了一眼，金角大王正在跟孙悟空互相喊着名字，儿子完全沉浸其中。

这问句熟悉又刺耳。当初他就是用这句话开启了他们漫长的争吵，直吵到彼此皮拆骨裂，情分流干，生活索然无味，吵成了一对互相厌恶的陌生人，吵到了不惜一切麻烦，生生将对方从自己的身体、意识里切除。

此时，珊珊却没有跟之前一样，被这句话激怒。她感觉很疲惫，这一天无比漫长，她没有体力再支撑一段夹枪带棒的争吵。

"我跟'了不起'没有半毛钱的关系，不过是想维持一个稍微像样点儿的生活，但是，好难啊。"珊珊绷紧的神经忽然松弛下来，身体也随之松软，失去了支撑力，瘫在沙发边上，她没有哭，只是止不住地掉眼泪。

"我请几天假吧。"彭宇依然站在鞋柜旁，推了一下鼻梁上的眼镜。一如既往，他说话时没有表情。

"不麻烦你，谢谢！把孩子带好就行了，不要跟我妈说，拜托了。"儿子像一只暖和柔软的小猫一样，忽然扑到她身上，手里拿着几张纸巾，给妈妈轻轻地擦眼泪，然后使劲搂着她的脖子，直到她呼吸困难，咳嗽起来。

"小光，跟爸爸去住几天，妈妈出差回来就去接你。"珊珊在儿子的脸上、脑门、头发上胡乱地亲了很多下。她的眼泪还在簌簌地往下滴，像是阀门坏掉了的水龙头。

这个黑夜很难挨，她的意识清醒得如同考场的铃声一般，睡眠在千里之外。她拿出手机，各种百度，然后搜索到一个叫"觅健"的公众号，看了一些关于乳腺疾病的文章后，她下载了它的APP，惊诧地发现居然有将近一百万用户，其中绝大多数是乳腺癌患者，她们在上面提出咨询，病友会就自己的经历经验给出解答，也有类似博客的文章，大部分是患者记录的治疗过程和心态情绪，所有的回复都是鼓励、支持和称赞的，几乎没有任何负面的回应。这一百万人构建了如此庞大的网络社区，可是作为健康人，永远都不会看到这个圈子的存在。这个隐秘的群体，震荡了珊珊的孤独。

两点钟，珊珊吞下一颗安定，这颗小白药片奋力地去捕捉张牙舞爪的神经，然后把它们腌制在麻木中，很是费力。她躺在一片水域里沉沉浮浮，沉下去睡着片刻，又浮上来清醒一会儿。

7

"再走一会儿行吗？"他们像往常一样，周五逛完书店、音像店，绕着体育场的大草坪走了两圈，正要往出口处走的时候，方远问珊珊。

天色慢慢暗了下来，快七点了，秋天的温度舒适，但是夜晚来得更快了。每个周五都跟家里人撒谎，他们至今也不知道那个省重点高中，周五是没有晚自习的。

谎言本身就带着搅扰人心的重量，看着月亮挑着两颗明亮的星星已经越过楼顶，珊珊心里有些不安。但是今天的方远似乎有什么话要说，她硬着头皮，努力撑了撑胆子，点了点头。

刚走半圈的时候，路边有块近乎正方体的大石头，方远把书包从背上脱下来，铺在上面，对珊珊说："坐。"

他自己坐在没有修整的草丛上，石头旁边竖着一根细高的蓝色路灯柱子，顶着一个乌黑的脑袋，灯坏了。他们就在这片慢慢浓郁的黑暗里坐着。

方远从牛仔裤兜里掏出一盒烟，一支打火机。

珊珊从来没有见过他抽烟，但是当他把打火机递给她的时候，她没犹豫，按开了火，帮他把烟点着了。

烟雾从他嘴里吐出来就被夜色吸走了。他又连续抽了几根。

方远的爸爸是空军大学的教授，妈妈在政府里工作，家就在学校附近的干部小区里。他个子高高的，长得很精神，足球篮球都很在行，成绩也好，在学校里很出风头，很多女生喜欢。比赛的时候，总是有一群女生去为他呐喊尖叫，买红牛拿毛巾。

方远的哥们儿跟珊珊说了方远心思的那段时间，她正在看《简·爱》。她觉得家境普通、相貌也并不出众的自己，很像简，而这个时候放弃了很多像英格拉姆一样美丽时髦女生的方远，契合了她心中罗切斯特的形象。

她每次路过方远的班级门口，走廊里都会聚集一群男生吹口哨，起哄，甚至把方远往她身上推。她总是低着头，加快脚步，匆匆走回自己班。

有一天，方远班的两个女生下课的时候，大摇大摆走进她教室，正在做数学题的珊珊，毫无防备。

"管子珊，麻烦照照镜子看看你长啥样！"

珊珊抬头，看着颐指气使的两个高个子女生，身上喷的香水呛得她差点儿打喷嚏。她没有半点儿害怕，甚至觉得有点可笑。还没有等她回应，班里的几个男生就把她们俩喝斥走了。管子珊在高中文科重点班，还是班长，那个时候，别说是班级里备受喜欢的人物，就是个普通同学，其他人也不会允许其他班的同学上门欺负的。也许平时内部摩擦不断，但是一致对外，是没有写在校规上的民间法则。

那天放学，管子珊去高三理科实验班的门口，大声喊了方远的名字，让他出来，说有道数学题她不会。

从那以后，整个高三年级，包括老师，全都知道，这俩人早恋了。但是鉴于两个人成绩稳定且互帮互助，两个班的班主任商量后决定"暂不强行制止"。

"你是不是心里有事？"珊珊把他嘴里刚塞上的一支没点的烟抽出来，放到烟盒里。

"我爸。"

"你爸怎么啦？"

"丢人，跟他同事好上了。"

"你怎么知道的？"

"一个屋檐下，能藏住什么秘密？"

"那你妈也知道了？"

"知道，但是最让我不能理解的是，她装不知道。他俩还在我面前装着什么事都没有的样子。"

"你高三了，他们敢吵吗？"

"跟我高不高三没有关系。他俩这么多年都是这样，过日子跟演戏一样。真他妈没意思。"

"也许很多夫妻都这样吧。"

"你爸妈这样吗？"

"他们不，插队的时候认识的，我妈为了我爸差点儿没回城。回城工作后，我爸还找了来，两人跨越了阶级，硬是在一起了。我姥爷家谁敢看不起我爸，我妈就跟谁绝交。"

"羡慕你。"

"别羡慕别人。托尔斯泰不是说过，不幸的家庭各有各的不幸么。"

"你家的不幸是什么？"

"唉，重男轻女呗。"

"你爸妈喜欢你弟？"

"能理解，我爸毕竟是乡下人，老观念改不了。"

"管子珊，你知道我喜欢你什么吗？"

"不知道，乔安琪和高菲让我去照照镜子。很显然你喜欢的不是我的外表。"

"没有男生喜欢女生不是从外表开始的。"

"乔安琪比我可好看多了，身材也好。"

"我喜欢看你的眼睛，你的眼睛不是纯黑的，阳光下有点深绿。有一次，你骑自行车，从我对面过来，阳光刚好照在你的眼睛上，我好像整个人都被吸引了过去，你冲我微笑，嘴唇上有一颗褐色的小痣，脸上还有一个小小的酒窝。"

罗切斯特从来没有夸赞或者肯定过简的外表。

如果当时方远说喜欢她的性格或者动用一些抽象的概念，她可能会感动，但不会开心。从那以后，没有哪个男生再用那么细致的方式描述过她的相貌。

"走吧，跟你说完，我的负担轻多了。"

"还有不到一年，你就离开家了。"

"是啊，我就配合他们再演一年吧。"

珊珊把书包拍了拍，递给方远的时候，他忽然问了一句似乎憋了很久的话："我能牵你的手吗？"

珊珊抬头，在月色下，不晓得方远看到自己的眼睛是什么颜色的，她脸红得发烫，点了点头。

又顺着大草坪走了两圈，他们紧紧牵着的手没有改变过姿势，好像一旦改变了，这场牵手就会以某种失败而告终似的。两个人出的汗在彼此的手心里发热、旋转、交融。从那天开始，管子珊喜欢上了方远。

8

早晨六点，珊珊最后深潜了大约一个小时，醒来时，居然觉得头脑非常清醒。有时候真是要怀疑"必须睡多少小时"的专家建议，他们可以研究高质量的睡眠，每天需要多久，就可以满足一个人对于休息的依赖。但是，个体差异太大了，变量太多，很难得出适用于每个人的结论。

给自己煮了十个水饺，一个荷包蛋。把手机打开放着新闻，她一个人慢慢地吃，脑子里捋着今天要做的事情。刚把锅碗洗净，新闻主播的声音断了，电话响起来。

"你今天来我们医院吧，我今天没有门诊，可以带着你走流程，做检查。乳腺科的两个主任我都熟，有一个手术做得特别好……"

珊珊有时忍不住怀疑中国心理科医生的门槛是不是过低了，虽然舒南是正经博士毕业，但是每次跟她说话语速都快，让人心慌，怎么混成专家的，也不知道他给别人做心理疏导的时候，用的是什么样的口吻。

"彭宇告诉你的？"

舒南是彭宇的高中同学、珊珊和彭宇结婚时候的伴郎、珊珊焦虑症的主治医生、离婚时候的调解员、彭宇现任的介绍人。总之，哪儿哪儿都是他。

"你还打算闷声干大事啊？"

"也不算大事吧。我已经在别的医院预约好了。"

"这个城市，做这种手术，我们医院是最好的。你把之前的检查报告带着，不过入院后肯定还要再查一遍。你来了直接到住院部九楼乳腺科，我先去给你落实一下病床。到了打我电话。"

舒南接过珊珊拖着的箱子，快步往医生办公室走去，没有回头看缓慢拖着脚步的珊珊。

"这是徐主任，从上海肿瘤医院进修刚回来，乳腺科一把刀。"舒南像是在兴奋地介绍一份生意一样。幸好徐医生没有表情，并没有想寒暄的意思，省却了不少尴尬。这位主任四十五岁左右，身材颀长，皮肤较白，五官都不大，但是各自把踞在合适的位置上，好像持枪站岗纹丝不动的卫兵，彼此没有交头接耳的欲望。眼睛卫兵仔细看了珊珊递给他的 B 超单。

"你跟我过来，我看一下你的包块。"嘴巴卫兵声音不大，但是有一种不容置疑的坚定。办公室里没有隔间，他领珊珊到隔壁的一个检查室，没有关门，随手拉了一把同样是轨道嵌在天花板上的布帘。因为有前一天检查的经验，珊珊快速地脱掉外衣，今天她特意穿了带拉链的毛衣，免去了在医生面前扒扯套头衣服的尴尬。褪去胸罩的时候，珊珊屏住了呼吸，毕竟是个男医生，他微微侧过脸，避免了直视。手法和前一天女医生差不多，最后停留在那颗豆豆上。他没有说话，走出了房间。

珊珊迅速穿上衣服，回到刚才的办公室。

徐医生坐在他略显凌乱的书桌前，桌上摆满了一摞摞文件、检查单、住院记录、小结……他一边写着入院证明，一边说："你这个性质很难判断，活动性还好，但是很硬。先办入院，做检查。"

办理入院的窗口排队不长，珊珊问舒南："感觉你跟那个徐主任，也不是很熟。"

"他在医院里就这样，下了班跟我们一起喝酒，又是另外一副熊样。"

珊珊想象着酒桌上，那几个卫兵玩忽职守、勾肩搭背的样子，但是太难构图，不可想象。

"你放心，看病他可是非常认真的。"看到珊珊皱着眉头，舒南以为自己提到喝酒给她造成了紧张，"其实外科医生不少都喝酒，平时工作压力大，手术一台接着一台，现在医闹多，不能容错。"

"先交三千元押金。"窗口里的工作人员一边说一边刷着珊珊的医疗卡。

"年前看上一个三千元的包，看了两个月，刷的时候好心疼。医院是这个世界上最大的奢侈品店。"

"奢侈品店是谁都能进的吗？你穿得朴素点，店员都不搭理你。医院里可是人人平等，医生眼里没有贫富贵贱。"

再回到九楼，办公室里找不到徐主任，一个三十岁左右的医生迎上来："是管子珊吧？徐主任做手术去了，给你安排了67床，检查单都开好了，把东西放好，舒主任今天尽量带着你把检查都做了。我叫吴兴东，你记下我的电话号码，有什么事都可以找我。"吴医生说话脸上一直带着微笑，身上散发着可以融化尴尬的温和气场。

"这是实习医生吗？"

"这个年龄肯定不是了，胸口的牌子看到了吗？他是住院医生，跟徐主任一个团队的，应该是你的管床医生。"

推开一间病房的门，去找67床。这个病房有普通病房的两倍大，放了六张床，大概是走廊改造的。珊珊一进房间，一屋子的人都齐刷刷盯着她看，其他五张床都住了病人，穿着条纹病号服，眼神呆滞，表情落寞。67床在左边的中间，床铺整洁，上面铺着透明的封罩。珊珊把箱子放在床边，没有触碰病床，在床边的一张木头凳子上坐了下来。

"这个好年轻。"她听到对面70床的病人轻声跟旁边的家属说道。

珊珊环顾了病房一周，所有人的眼睛还在看她，有一些小声的对话，其他床的病人基本都是五六十岁的女性。

"你累不累，要不要休息？"舒南放低了声音问她。

"不需要，我们去做检查吧。"

"好的，把贵重物品带着。"

珊珊拍了拍自己的小包，意思是箱子里没有值钱的东西。

"你怎么了？"

在核磁共振室的门口，珊珊有点失魂落魄地沉默着。

"你刚才看到病房里那些人的眼神了吗？"

"一个病房进了一个新病人，她们肯定会盯着瞧的，就像你的班级来了新同学，其他人也会行注目礼一样。不要在意。"

"她们的眼神里带着可惜和可怜。"

"她们说你年轻是吗？"

"忽然感觉住进去是一起等死的。"

"人来到这个世上，都是一起等死的。"

"我现在不想死，还有很多事没做完，也想陪儿子长大。如果真的六十岁了，我肯定可以接受最坏的结果。"

"别说六十岁，就是七十、八十岁，都接受不了。求生欲是人的本能。"

"我这次会死吗？"

"我建议你不要跳很多步去想这个终极的问题，你的焦虑就是拿到题，一定要有明确的答案立刻出来。当好学生当久了，受不了一些题需要一点时间，一些题解不出来。"

"我现在该怎么办？我心里很慌，害怕，感觉很无力。"

"按照医生的要求，一步一步走。先不去想结果。"

"舒南，你说我是不是良性的？我没有理由三十多岁就得绝症，我规律运动、吃得健康、不熬夜、没有家族病史、生完孩子哺乳了一年……"

"我不能给你随意承诺，造成了一定的期待后，你没有能力及时调整自己。你能不能答应我，克制自己尽量不去跳步想，只想眼下的一步，应对每一步的结果？"

管子珊知道自己的焦虑情绪又开始吱吱地在身体里蔓延起来了，她已经停抗焦虑药快一年了，她怕那种让她浑身发麻、头脑眩晕、忽然落入无底悬崖的下坠感再次袭来。她必须听舒南的。

"眼下的这一步是做核磁共振，这个影像会帮助医生进一步判断包块的性质，你这次做的核磁共振时间会比较长，跟以前单位体检的 CT 机器差不多，但是感受不一样，要打造影液，可能会不舒服，但是不要放大它，因为绝大部分的人都能完成，你在里面想点儿你最近看的电影、书什么的，时间会过得快一些。"

9

"你什么时候发现异样的？"

"十一回去吧，他跟我一起的时候没什么话。各自回学校以后信慢慢就不回了，后来，打电话也不接了。"

"方远干得出来。"乔安琪在台灯下一边画着设计图，一边跟管子珊搭话。

这是安琪的大学宿舍，周末就她一个人，两个本地人回家了，一个跟男朋友在外面过周末。跟珊珊读的北方大学不一样，这里的宿舍夜里不熄灯，外人进出，传达室的阿姨似乎也不怎么介意，签个名字和身份证就可以留下来过夜了。

"你很了解他吗？"

"不要把我当作你的情敌，高中时候不懂事。"

"你还没有跟我道过歉。"

"道什么歉？去你班里骂你？"

"也不算骂，让我照照镜子。"

"哈哈，我嘴欠！其实是高菲喜欢方远，我替她出个头。没有道歉，这不收留你了吗？当作谢罪。"安琪放下手中的铅笔，做了个作揖的动作，然后拿起写字台上的啤酒，碰了碰珊珊面前的那罐。珊珊拿起来，两人又碰了碰，然后猛地喝了两口。

"你这次来上海干什么？当面分手？"

"总不能把他的消失当作分手吧。我喜欢把话说清楚，不会纠缠。"

"男的玩消失，基本就是心里愧疚，不敢面对。方远，长得还行，高中时爱打个球，气质带点小忧郁，特别吸引女生。但是你跟他交往不嫌累吗？这种人很敏感，永远以自己为中心。"安琪一心二用得游刃有余，不知道分析男生和画服装设计图，哪一个是她可以下意识完成的。

珊珊仔细听着安琪的分析，没有说话。恋爱后，好像她从来没有去分析过自己的男朋友，没机会抽离出这段关系去观察过他。她学的是文学专业，作品里的人物分析是学习的一项重要内容，但此时，在分析方远这个人物时，被学服装设计的乔安琪占了上风。

"这两年，因为在同一座城市，我们约着一起吃过几次饭，还有别的同学，也一起逛街、郊游过。"安琪最后在一件连体裤上画好腰带，垂下半边，自己从各个角度端详了一会儿，把画板合上，说了声："完活儿。"然后喝了一口啤酒，接着滔滔不绝地说起来。

"你在大学里都做些什么？"

"上课、做作业、看书、做家教。"

"没啦？"

"好像是吧。"珊珊身边的同学基本都这么过。

"上海可是个很魔幻的地方。"

"怎么魔幻？"

"它能测试人的本性。比如我以前不太爱学习，选服装设计也是因为所有人都说我会穿衣服，会搭配，好像天生就适合这个专业。来了以后可不得了，我以前穿衣服的概念和服装设计的理念，完全跟时尚沾不了边。太多需要学习的东西了，大到东西方的服装文化史，小到几百上千种布料的认识和使用，还有人体图素描和彩色画我以前学得都不够，我们学院又跟法国、意大利的大学合作，来了很多说外语的老师，语言也要学吧。我突然发现我的基因里是有对这个领域知识的渴望的。这里有很多展览、音乐会、话剧，街上走的人很多有个性、时髦，这里跟世界上任何一座特别现代的城市比，都不逊色。"

"所以，你如饥似渴地学习各种知识，不谈恋爱。这跟魔幻和方远有什么关系呢？"

"抱歉抱歉，刚完成了最苛刻的老师的作业，一时得意，说起自己来没完。你对方远的印象是怎样的？"

如今，仿佛这个人和自己脱离了亲密的关系，倒是可以跳出来想一想。沉默了一会儿，珊珊说："他怕压力，希望顺其自然地生活。"

"在这个魔幻的城市里，一个抗压能力很差的男生，会变成什么样？"

"我觉得他好像一直不快乐，也不太喜欢跟我谈学习、谈未来什么的。"

"这个城市的魔法，先吃掉的就是这样的人。"

"被吃掉？"

"是的，沉沦。他身边女孩不断，学业别提了，不是他老爸托关系，就要留级了。就是要堕落，拉都拉不住。"

"什么时候'女孩不断'的？"

"就这半年吧，还有我们学校的模特。"

"我只知道埋头学习，希望研究生考到上海，跟他会合。"

"你们不是一路人了。其实这是最明确、不拖泥带水的分手理由。"

"但是他没有跟我说。说个分手这么难吗？"

"朝好的方向去想，他还算在乎你的感受吧，怕伤着你。以他现在的智商，估计对自己也无能为力。"

"听你这么说，我觉得好多了，即使他躲着我，不见我。我自己画个句号吧。"

"管子珊，可以问个隐私的问题吗？"

"你说。"

"你跟方远有没有发生过关系？"

"没有。"

"你俩谈了快三年了，都没有过？"

"没有。肌肤相亲是有的，但是会在关键一步前停住。"

"他跟我们学校的模特认识一个月就同居了。"

"所以，他是尊重我还是并不爱我呢？"

"庆幸吧姑娘，永远不要以为飞蛾扑火会换来爱情。一个懦弱的男人是不配拥有我们的身体的。你会遇到更好的，不是为了安慰你，管子珊，方远配不上你。"

两个人又举起剩下的啤酒，使劲碰了一下。

"感谢方远还你自由！"

"感谢方远还我自由！"

关于上海的魔幻，乔安琪没有说清楚，后来珊珊去那里看病，悟出来了。这个城市的层次太过丰富，一个真正想与其产生连接的人会被激发出某种斗志，也就是安琪那种如饥似渴的学习欲望，希望自己配得上它。而它光怪陆离的外表也会让一些人迷失自己，既体验被排斥，又从心里排斥别人，认为及时行乐是这座城市的生存法则，乔安琪的不安与方远的虚荣，就是这座城市施与外来人的魔法。

10

核磁房里只有一台机器和一个瘦小的护士。

"你这个要打造影剂的，知道吧？"护士一边忙活着整理机器上的物件，一边对珊珊说道。

"知道，为什么要打造影剂？"刚才还没有来得及问舒南，但是话一出口，就后悔这不该问护士。

"会让医生看得更清楚。"护士好像并没有认为珊珊的问题有什么不合适，"你看看墙上的注意事项，然后把上面的衣服脱了，把手表、金属首饰也摘了。"

珊珊看到墙上贴了一张打印纸，她仔细看了几条不多的文字，比如做核磁前三个小时不吃不喝，她看了一眼时间，已经十点了。还有写到有些人造影剂打进去会出现头晕、恶心、皮疹等症状，如果忍受不了，可以呼叫医生。做完之后必须大量喝水。

她脱了衣服，把手腕上的银手镯褪掉，放在衣服口袋里。这个镯子是十八岁生日时母亲送她的礼物，从戴上那天就一直没有摘掉过。而这次摘掉后，她再也没有戴上。

按照护士的指示，她趴在一个专门为胸部透视准备的垫子上，头部也有一个垫子，手臂被要求向前伸，在前面合拢。

护士从静脉给药，跟打针差不多。珊珊闭上眼睛。造影剂跟普通的针水不一样，异质性是被强烈感知到的，冰凉的液体通过手臂的血管缓慢而又极具侵略性地爬满了全身，整个过程非常清晰。

"没有难受吧？"

护士的声音打断了她对这种奇妙感受的体验。

"没有，还好。"

"那开始做了，时间有点长。"

身体被缓缓推进圆形的洞口，珊珊想到火葬场的那个熔炉。只是被推进那里的是没有灵魂的躯体，那时候的燃烧，只是物质层面的一个形态改变。但是人的肉体究竟是存在的实证，没人知道灵魂离开肉体，究竟去了哪里，谁也没有回来证明过。如果相信柏拉图的鬼话，她最有可能变成某种过着社会生活、受着纪律约束的动物，比如蜜蜂、蚂蚁。但是蚂蚁太辛苦了，又特别容易被踩死，第二次生命的轮回就会来得太快……

机器的噪声很大，她没有幽闭空间恐惧症，甚至很享受一个密闭空间带来的私密感。她记得大三的时候，自己在校园里发现了一个破败待拆的学院楼，楼顶的钟楼，是她背书学习的秘密花园。她将地板铺了几层报纸，钟已经坏了，阁楼顶垂下一只破旧的吊灯，光线足够她看书上的字。与世界隔离，她只能听到自己的呼吸，甚至书本里的字在她眼前列队浮出纸面的声音。

睡在下铺，能听到车轮摩擦铁轨的声音。火车的身子太沉，将铁轨的表面摩擦得光亮，压得枕木不停下坠，被花岗岩的碎石死死地支撑着。小婉教她把耳朵贴在铁轨上，根据听到的声响判断火车还有多远的距离。她听了一会儿，聚精会神，风吹过她清秀的面颊，额头上被汗黏着的一缕头发，弯曲出一道美丽的弧线。"还有三分钟。"她微笑着冲珊珊报完时间，然后俩人跑下轨道，在大柳树旁数数，172，173，174，火车头鸣着笛忽然出现了，她们跳起来，朝火车使劲挥手。

小婉最后有没有将耳朵贴在铁轨上，她数数了吗？那么沉的火车朝她压过来的时候，她后悔了吗？恐惧吗？

珊珊忽然一惊，睁开眼睛，耳边机器还在咔嚓咔嚓地响着，刚才那一刻，她的灵魂不在这里。闪电一般迅速，她的意识恢复了对肉体的感知。头有些痛，胃里有些翻腾，但是都可以忍受，不用喊医生。

后来病友向她咨询如何度过仪器检查和漫长治疗的，她会跟她们说："把身体交给医院，让灵魂去游弋。"但是下午的一项检查是无法做到这一点的，因为不但疼痛，而且尴尬。

舒南看到珊珊出来，立刻上前想要扶着她，她轻轻用手一挡，摇摇头，弯身坐在检查室外面的椅子上。她拿过自己的包，从里面取出保温杯，使劲喝了几口水。舒南手里多了两瓶矿泉水，"造影剂挺难受的吧？打进去，就是让影像对比度更强，看得更清楚。对身体没啥影响，多喝水，几个小时就给它排出去了。"

珊珊喝完了保温杯里的水，舒南旋开一瓶矿泉水的盖子，递给她。她接过来，往保温杯里倒了半瓶，然后说："麻烦舒博士帮我打点热水。"舒南赶紧接过去，在走廊尽头接了开水回来递给她，"你来例假了？"

"没有，我只喝热水。"

"你回去病房休息一下，下午做钼靶和 B 超。"

"舒南，我能不能求你一件事？"

"你说，只要我能办到。"

"我不想回 67 床了，不想去那个病房。这个科室有没有单人病房？我记得我同事在你们医院生孩子的产科是有的。"

"他们科床位很紧张，我想想办法。"

"谢谢你，真的。"感谢一个人还有假的吗？但是为什么珊珊总是在特别诚恳地跟别人道谢的时候加一个"真的"呢？发现这个问题挺久了，但是挺难改掉的，真的。

珊珊很快又喝完了第二杯水。

"你怎么不上厕所？膀胱够大的！"

"胃到膀胱还是有一段距离的。"

"是不是有一种喝解药的感觉？"

"谁知道你们医院给我打的什么毒药？我感觉每个毛孔里都是它。"

"别上瘾了，以后还想回来打，这做一次一千块呢。"

"这个检查要一千？你们医院够黑的。"

"是吧，我也觉得。"

从卫生间出来，珊珊觉得身体恢复得差不多了，头晕恶心都缓解了一些，打算请舒南吃个午饭。但舒南赖在椅子上，没有起身要走的意思，"一个好消息，一个坏消息。要先听哪个？"

"结果出来了？"

"一千块钱的检查，哪有这么快？"

"先说坏的吧。"珊珊在他身边坐下。

"今天下午做钼靶，沈玥上班。"

"她不是放射科的吗？"

"钼靶就是放射科做的。"

"不是好几个机房吗？"

"钼靶就一个机房。"

"明天做行吗？"

"徐仕平让你今天把所有检查都做了，这样能早点会诊，早点手术。你也不想在医院待太久不是？"

"就一个机房？她一个医生？"

"机房就一个，医生应该还有别人。"

"破医院！"

"同意，是个破医院。"

前夫的现任妻子要给自己做检查，她心里说不出的别扭，虽然她对沈玥没什么不好的印象，但是以这种特殊身份进行接触，她觉得很自卑。之前两个人的关系是平等的，因为是她先放弃了与彭宇在一起生活后，沈玥才认识彭宇，跟他结婚的。两个人没有任何不平等的利益关系。但是现在她成了沈玥的病人，本来病人在医生面前的弱势，是天经地义的，但是混杂了她们本身的关系，让珊珊觉得非常难过。

"还有个好消息呢！"

珊珊还沉浸在这个"坏消息"中没缓过劲儿，对舒南打一针给颗糖果的幼稚安慰没有什么兴趣。

"你不是讨厌 67 床吗？他们科室唯一一个单间的病人下午办出院，我给你申请换病房了。但是单间的床位费报不了。"

"我自己出钱，太感谢你了，真的。"这是个好消息。

11

没课的周日是"清洗日"。几个姑娘先一起把鸽子笼似的宿舍打扫得一尘不染，不要说写字台桌面和地面这样的明显位置，就连暖气片的夹缝、窗框、铁床栏杆……都不会有一处疏忽。这也不是因为珊珊宿舍有个洁癖舍长，或者宿舍希望竞争拿到寝室卫生嘉奖，就是北方女生的习惯。来这里上大学，珊珊也在感受着各地文化的差异。比如，北方女生特别爱打扫整理，南方姑娘喜欢捯饬自己。宿舍里的温州姑娘穿着胸罩内裤就着急接电话了，潍坊的女孩在宿舍里换衣服还要关灯。南方的女孩每天要用水洗私密处，北方的基本没有这个习惯。刚开始，彼此都把对方当笑话看，时间久了，也求同存异，不那么大惊小怪了。

周日的第二项集体活动是去洗澡。可是珊珊宿舍有些特殊，这项活动从没有集体完成过。首先，温州姑娘看不上学校浴室的条件，她总是带着精致的洗浴包，去学校外面的韩式桑拿馆。潍坊的女生从来不去公共浴室，她要等到室友都不在的时候，去水房打热水在宿舍里擦身体。剩下的俩就是她这个安徽人和寝室长辽宁人张森森。森森认为两个人去洗澡，太没有阵势了，于是每次都叫上隔壁宿舍落单的于红，于红是内蒙古人，也是一口东北口音。跟俩东北人一起去浴室，不但能听到二人转、相声、脱口秀，还能洗得贼干净。森森教珊珊如何挑搓澡巾，那种厚实的、表面跟普通毛巾一样柔软的，都是中看不中用的费钱玩意儿，必须要薄，但是也不能只一层，里面稍微垫一块薄衬布，干的时候往皮肤上一划拉，能感觉到摩擦力的那种，沾水不打滑，特别下灰。

"我得有多脏啊？"

"在东北的时候，我最喜欢我妈带我去她们单位的大浴场子，你知道纺织厂的女浴室有多大吗？可以容纳两百个人同时洗澡。"

"两百个淋浴头？"

"没那么多，咱们不也两三个人凑合一个吗？而且还有大池子，泡里面可得劲了。我就在那里学会的游泳。"

"那不脏吗？"

"你以为正经游泳池就干净了？大浴池子里起码没有男人。"

"那你从小就见识过大场面啊！北方女人的胸是不是都像你的这么大？"珊珊知道怎么调侃森森她都不会生气。

"你错了，胸这个东西不分地域，没有歧视。"然后坏笑地朝对面努努嘴。

珊珊顺着她下巴指引的方向看到在对面龙头下的于红，她真瘦。珊珊如果是一颗饱满的鲜葡萄，于红就是被新疆的太阳暴晒了数日终究脱离了所有水分缩成的一颗葡萄干。她的胸完全是平的，几乎没有任何起伏的弧线。珊珊也曾经认为自己的胸太小了，但是起码还有两小坨柔软蓬松的脂肪，如果穿上当时流行的钢圈塑形文胸，也是能挤出一条浅浅的沟壑的。

上中学的时候，是没有女孩子之间比较胸的大小的，大家都穿宽松的校服，一旦有胸部发育比较明显的女生，可能还会受到言语上的霸凌。但是到了大学，浴室里，女生窃窃私语的话题，开始有了新的审美转向。大部分胸部丰满的女生，也是肩宽体魁的，所以，同类会看，但是并不会羡慕。于红这种，有一张足够好看的脸，穿上衣服，就是个美人，但是她在浴室里，会不自然地背过身子，不愿让别人过多注视她的平胸。森森对于自己身体的美，不但自知，而且自傲，像她这种拥有水滴状大酥胸，还腰细腿长，且长着一副玲珑面孔的女孩，是造物主的偏爱。她享受别人的注视，每次去浴室都没有半点遮掩扭捏，聊天讲笑话的时候声音恣意，珊珊总是会不时地碰碰她，提醒她毕竟是公共场所，所有人赤裸相向，不要太放肆。

有一天晚自习，张森森在翻看一本时尚杂志的时候，像是发现了宝藏一样，突然跑去于红的座位，指着一个广告给她看。正在看书的于红脸通红，拿了书，走出教室。其他不明就里的同学围过去，看到的是一则隆胸广告。

很多玩笑只能在私密场合开，而有些事情是不能开玩笑的，张森森不懂。从那以后，于红没再跟她们一起洗过澡。

12

护士像是蛋糕烘焙店的面点师，揉捏挤压着那一小块肉，用尽一切手法想把它塞进模具里。这个叫作"钼靶"的检查，让珊珊第一次怀疑，胸小不仅关乎人体美学，或许还真是个生理缺陷。这个机器应该是针对大多数女性的胸部尺寸设计的，张森森应该不需要护士的辅助，直接可以把胸盛在机器的托盘上。

护士觉得基本上算是塞进去了，迅速用一个类似盖板的东西压上，疼得珊珊叫出声来。护士让她不要动，离开了放射室。很快X光拍完，护士又走进来，珊珊以为是要给她解开"刑具"，哪知道把没有肿块的右边乳房用同样的方式，又来了一番挤压夹住，疼痛再重复一遍。灯亮了，这次跟护士一起进来的还有一个人。

珊珊又疼又尴尬，但是被释放的乳房很快就从疼痛中缓解过来，她进到帘子里，把衣服穿好。出来的时候，护士已经把下一个年老妇女的乳房轻松地放在"模具"里了，她应该有七十多岁了，乳房像两只瘪了的气球，耷拉在胸前，几十年前，有脂肪的加持，也一定是傲人挺拔吧。

珊珊瞥了一眼赶紧跟着沈玥走出机房，进了医生工作的办公室。

"这个检查好疼。"珊珊不知道怎么打破沉默的尴尬，"也许是我胸太小了的原因。"

"胸大的也疼。"珊珊不知道沈玥只是在回答她的问题，还是在安慰她，因为她说话的时候也没有表情。

她领着珊珊到一个隔间，里面坐着一个秃顶的医生，戴着眼镜，正在聚精会神地看着电脑上的片子。

"李主任，麻烦帮我看一个片子。"沈玥跟同事说话的声音里也没有半点热情。

"你看得比我好，还用得着我帮忙啊？"李主任的眼睛没有离开电脑屏幕。

等了一分钟，三个人都没有说话，好像过了一个小时。

"叫什么名字？"

"管子珊。"她的名字从沈玥口里出来，很陌生。

李主任从电脑里搜索到了她的片子，看了一会儿，"左侧单发，1.5厘米，边缘清晰，4A吧，良性可能性大。"

"谢谢李主任。"沈玥转身离开，珊珊赶紧跟上去。

"之前B超定性的是4B，钼靶是不是更权威一些？"

"每个检查都有它的必要性。"

这是珊珊第三次接触沈玥，她可以确定沈玥就是这样一个刻板的人，而非针对她的特殊身份。她头脑中的一个谜团，黑黑的，僵在额顶里挺久的，此时散开了，消失了。自己是彭宇的一次试错，关于"不同性格的人是否在婚姻中一定互补"这个命题，结果失败了。之后他找了一个跟他一样的人。根据彭宇的性格，他会非常理性地对待第二次婚姻，别人说他再婚太快，但是如果合适，间隔多久完全不是一个需要考虑的因素。

珊珊知道如果自己不开口，她们俩就会在机房门口沉默地分开，这不是珊珊与人相处的方式。

"谢谢你。那个，小光，这段时间给你添麻烦了。"

"他是彭宇的儿子，他应该做的。片子过十五分钟到窗口拿。"

珊珊以为沈玥会对她的病情，说上两句安慰的话，但是并没有。机房的门打开了，她转身走了进去。

病房在走廊的东边尽头，大概十几个平方，有一个独立的卫生间，淋浴隔间，房间里摆着一张病床，一张陪护床，两张单人沙发配一个茶几，一面弧形的大玻璃窗横跨了东边和南边，窗外是已废待拆的造船厂和医院繁忙拥挤的停车场。

这个晚上，没有人来打扰她，因为要等着核磁的结果，医生才能确定手术方案。她第一次一个人躺在医院的病床上，不需要打针吃药，也没有医生护士来过问。她把门从房间里反锁上，留了洗手间的镜前灯，黑暗中能听到江面上传来的轮船汽笛声，恍惚中，珊珊误以为又是在哪里出差住在酒店里。她吃了一颗安定，把自己的意识按到水里。这一夜，她睡得很安稳，没有再漂浮起来，连一闪而过的梦都没有。

早晨七点，病区的走廊里就开始热闹起来，家属和病人在忙活着开启新一天的吃喝拉撒和治疗程序，有的人预约、有的人手术、有的人需要会诊、有的人在打点滴、有的人办出院……护士在各个房间和走廊快速游走穿梭忙碌着。

珊珊打开手机听新闻，这是她几十年如一日的习惯。刷完牙，洗完脸，在想着点什么早饭，敲门声急促地响起来，她打开门，一个唇红齿白眼睛圆圆的年轻护士说："病房不要反锁，八点医生会来查房。"说完，就消失了。这个病区的护士们，都好像踩着隐形的风火轮。

她走回房间，大片的玻璃窗，只有一小块能朝外推出一只手掌宽的距离。以前听说过医院的窗户都是开不大的，防止病人跳楼。她刚打开窗户，窗棂上就飞来一只鸟，这总是让人惊喜的场景。珊珊屏住呼吸看着它，一只淡黄色的长尾鸟。有些回忆像是复刻在身体中的密码。

"是你吗？小婉？"

在人潮拥挤的城市里，也许很容易看到一只鸟，但是很难观察到它的眼睛，因为它们早已经对人类产生了恐惧，警觉性让你无法靠近。但是这只长尾鸟与珊珊对视着，灰色的眼珠停了几秒，然后不知所措地转了几圈，白色的喙像小尖刀一样在不锈钢的窗框上啄了几下。珊珊不敢动，轻轻地控制着呼吸，不让它发出声音，这样过了不知多久，好像整个世界就只剩下她和这只长尾鸟。

门忽然打开了，珊珊下意识地朝门口望去，再立刻转回头的时候，长尾鸟已经不见了，没有在天空中留下一丝痕迹。

"在看什么呢？"舒南拎了两只袋子，一个鸡蛋灌饼，一盒豆浆。

"天使，也许是死神。"

"为什么流眼泪？怕死？"

珊珊才发现自己的泪痕被风吹得凉凉的，眼睛还湿润着。

"你说，死去的人会不会有灵魂？它会钻到一个动物的身体里，或者一朵花、一片叶子里。还有意识感知到这个世界？"

"现代以来，科学界已经不会用'灵魂'这个词了，只会出现在你研究的文学领域，基本上也就是个修辞吧。哲学还有心理学会用你刚才说的'意识'这个概念。至于说死去的人会不会还有意识，那是肯定不会有的。但是如果问灵魂是否会飘到哪里，找个宿主，从心理学角度，如果肯定了这种可能性，对于活着的人，能很大程度上解决创伤的问题。"

"你话一多，我就头晕。"

"那就一句话，我觉得有，灵魂不会死。"

"有时候我真怀疑你是不是一个科学工作者。"

"每个学科都有边界。"

"灰色地带？"

"我觉得是透明地带。"

"为什么是透明的？"

"管小姐，吃早饭吧，凉了就不好吃了。豆浆不加糖，鸡蛋灌饼不甜微辣。"

早饭吃完，七点四十五分。

"我上午有门诊，你昨天的检查单我都看了，跟初诊没有太大的区别，不过核磁可能在影像上更清楚一些，徐主任会看片子，我看不懂。今天手术方案出来，明天就能做。你做好心理准备了吗？"

"嗯，必须要面对的事情，没处可逃，越快越好。"

"那个，一会儿，彭宇送完孩子去幼儿园，会来医院。"

"他非要制造尴尬吗？我不需要他出现在这里。"

"你别这么激动。就算是普通朋友，也会关心不是？何况你还是他孩子的妈妈，扯断骨头还连着筋。你的好坏，对小光重要，就不可能跟他没关系。"

"我就是不想在我特别脆弱的时候见到他。"

"他想请假来护理你几天的，沈玥也同意。但是我给他劝退了，知道你不会接受的。他就是过来看看，你就成全他的一份心意吧。"

舒南看了一眼表，有点儿慌，"我得赶紧走了，快迟到了。护工的事找吴医生！"舒南飞奔出病房，她听到他撞到护士，一连串抱歉，越来越模糊，然后是护士机关枪似的骂声。

八点十分，徐仕平带着四五个医生走进了管子珊的病房。一个二十四五岁的女医生，打开怀里抱着的文件夹，向主任汇报："1床，36岁，发现左乳包块两月余，入院时间：2017年2月27日，B超钼靶显示左乳内上象限一大小约1.5厘米×1厘米肿块，质硬，边界欠清，活动度一般，无明显按压痛……"

"核磁结果出来了没有？"徐主任打断了这个实习医生口齿清晰的朗诵。

吴医生走了进来，从手中的袋子里，把两张黑色的片子拿出来递给徐主任，"刚刚从放射科拿到的"。

徐主任接过来，对着玻璃的方向，举起片子，让阳光照射在上面。

四年级，有一次日环食，老师把全体同学集合到操场，大家都拿着事先烧黑的酒瓶底子，对着太阳，可能是她的酒瓶底子太厚了，或者烧得太黑了，并没有特别清晰地看到日食的模样。

徐仕平的表情，显示出他已经看到了日环食的全貌。但是他没有对珊珊说什么，面对一个不愿意跟病人语言交流的主治医生，珊珊不知道该主动询问还是保持沉默。

一行人跟着徐主任走出了病房。

门敞着，彭宇走了进来。

珊珊庆幸自己上午还化了个淡妆，穿着一套深蓝色带白条边的运动装，给自己泡了一杯红茶，此时坐在大窗子下面的沙发上，在看卡尔维诺的《看不见的城市》，这一段时间，她根本没有看进去一个字，手端着书，眼睛前面全是雾，书里的文字一会儿清晰，一会儿被雾气笼罩，乱窜的思维抓不住一个句子。

"你状态还不错。"

"没有选择。"

"医生怎么说？"

"你在门外没听见？"

"没听清。"

"那是因为他什么也没说。"

"沈玥说良性的可能性比较大。"

"希望吧。我这辈子没做过什么坏事，不会这么倒霉的，是吧？"

"嗯，不会的。"

管子珊看着彭宇的眼睛，他好像变得柔和了，虽然表面还是涂着一层厚厚的石料，但是眼神里带着一丝怜惜，他们很久都没有看过彼此了，两个人不爱的一个身体宣告，就是不再看对方的眼睛，因为这种特别容易产生情感连接的方式，被彼此嫌恶地切断了。这一刻，珊珊明白了舒南说的"成全他的心意"是什么意思了。

彭宇突然想起了什么，从背包里掏出一个文件夹，和早晨查房朗诵病例的那个实习医生拿的一模一样，颜色也是透明淡蓝色的。只是彭宇拿出来的这个是空的。

"这个，给你，看病的发票、检查单、手术的东西、出院小结，按照日期装好，方便之后的查阅和报销。"

珊珊笑着接过来，她记得在他们婚姻中，他一直都嫌弃珊珊不会归类自己的东西，每天都在花时间找东西，浪费生命。他会隔几个月给她整理一次电脑、手机，删除垃圾、重装系统、更新软件、归类文件夹。

"别人看病人都买花，你送文件夹。不过谢谢，我可能是需要的。"

彭宇好像没有听见珊珊的话，继续在背包里搜索着掏出一个牛皮纸信封，里面厚厚的钞票把牛皮纸顶出了整齐饱满的压痕。

"这是我们的一点心意。"

"我的钱够花，舒南说这个手术大概一万多块钱，还能报销掉大部分，不需要。"

彭宇不会跟人拉扯，直接把钱塞到珊珊放在衣帽架上的背包里。

珊珊听到彭宇说"我们"的时候已经没有以前的吞吞吐吐了，这个人，已经彻底跟自己没有情感上的关联了。她忽然很想跟他聊聊沈玥，但又觉得唐突。

这时候，那个大眼睛护士进来了，拿了一套浆洗得有些硬的半旧条纹病服，放到床上，"1床，把衣服换了"。

"现在？"

"是的，住了院，就要遵守统一管理。"

护士看了彭宇一眼，他立马意识到了什么，起身走出了房间，把门轻轻关上。

"你老公？"

"老公还用出去？"

"有的老公也这样。"

"前老公，前夫。"

"哦，对不起啊。"

"这有什么好对不起的？"

"那……舒主任是你什么人啊？"

"你们护士还查户口啊？"

"不是不是，我们科有个护士对他有点意思。"

"他是我前夫的同学。"

"你知道他有没有女朋友啊？"

"这个我不是很清楚。"

"哦。我看他对你挺关心的。"

"别瞎猜，是可怜我吧。"

"你也别害怕，很多人都是切掉肿块住个三天就出院了。"

"谢谢你。"

管子珊看了一眼护士的胸牌，"梅雪晴"，是自己的管床护士。

13

"上海是这书里写的那样吗？"张淼淼晃了晃手里的《萌芽》。杂志连续几期在连载一个网名叫"安妮宝贝"的作者的小说。故事基本以上海为背景，主人公差不多都是爱穿棉布裙子白球鞋的女孩，情节比较暧昧，讲故事似乎不是目的，而是在刻意营造一种黑色浪漫的氛围。

"这么立体庞大的一个城市，我只是去踩了几个点。还没有体会到这个城市的味道，就回来了。建筑物很高，人非常多，刚去的人很容易被淹没，感觉不到自己的存在。"

"存在感跟城市大小有什么关系？"

"当然有关系。我们俩现在在宿舍这个狭小的阳台里，上面晾着三个胸罩、两条内裤、一件白衬衫，我们与栅栏的距离大概半米，伸手可触，墙上是你的脚印。"

张淼淼不知道管子珊想表达什么。

珊珊站起身，冲着楼下正在走路的一行人大喊："美女！"

几个女孩儿一起抬头看她，她朝她们招手，她们大笑，也朝她招手。

"你在小的空间里，很容易与人建立连接，与物体产生联系，人的存在感很多时候都需要参照物，但是在上海那样的城市，你走出家门，立刻就被裹到人潮中。路人很少有表情，他们好像必须时刻保持警惕，不然就会失去坐标不知漂到哪里。"

"你不喜欢那里？"

"说不上，我觉得需要一定的时间适应吧。"

"你跟方远分手了，还考上海吗？"

"考啊，参考书都看了一半了。"

"我有时候挺羡慕你的。"

"我有什么好羡慕的？"

"你很独立，不会为了谁改变自己。"

"你也有自己的个性，比如你不爱学习，谁说也不听。"

"高中我拼尽全力了，就是为了姜文凯，跟他考上同一所学校，在学校谈恋爱，然后一起毕业回老家，结婚，一辈子不分开。"

"这条路踏实、笔直，但是一眼可以望到头。"

"你改变主意了？"

"没有，我这辈子只会爱他一个人，但是我忽然觉得年轻的时候是不是该出去体验一点儿不安分的生活？"

"他是怎么想的？"

"没敢问，他是独子，家里让他回去考公务员，新房都买好了。中秋节他父母还去我家送了礼，跟我爸妈说回去给我安排在当地师专里教书。我爸妈老高兴了。"

"那是他家里人的意思，他愿意出去闯吗？"

"就我对他的了解，压根儿没有想过。"

"那就比较麻烦了。你是不是最近看安妮宝贝把脑子看乱了？她写的上海只是她的偏见，而且小说写得雾气腾腾的，跟我去看到的锃明瓦亮的城市并不一致。每个人都有自己的视角。"

"所以，我也想去体验一下。"森森把书放到一边，"她的文字确实很吸引我，第一次感觉对一个跟自己八竿子打不着的地方产生了向往。"

珊珊没有说话，趴在栅栏上看着路灯下接吻的一对情侣。

她听到打火机的声音，回头看到森森点了一支细细的烟。

"这不是你让我从上海买的那包520吗？不是要送给姜文凯的吗？"

森森递给珊珊一支，她犹豫着接了过来，白色的过滤嘴里有一颗红心，她在南京路到外滩的一个路边小卖部里十块钱买的。这是森森托她从上海带的许多件东西中的一个。

"不送了，我们自己抽。"森森给珊珊的那支点着了。

她俩坐在阳台的小凳子上，墨蓝色的天空像床单一样铺盖严实，星星慢慢从后头钻出来，越来越多，珊珊甚至看到了一颗流星，不知滑落到了哪栋楼。

烟不呛，有点儿甜甜的焦糖味。这是管子珊第一次，也是最后一次抽烟。不是觉得不好，而是没有需要。

"今天不是周五吗，你不出去约会？"

"你不去上自习？"

"你不去班里，都不知道周五晚上放电影吧？"

"哦，是的，你们这些单身汉也要过周末。这周放什么？"

"《爱情故事》，单身汉更渴望爱情。"珊珊自嘲道。

"珊儿，今晚我不回来了。"

珊珊早就知道森森有一天会跟她说这样的话，所以并不意外。而且，在珊珊的认知里，张森森和姜文凯注定是要结婚的。

"是第一次吗？"

"是的。"

"那要在日记里记一下。"

"我有点儿紧张。"

"我都紧张，别说你了。"

"你能帮我挑一下内衣吗？"

这个要求，甚至在她们这样无话不谈的朋友之间，也产生了片刻的尴尬。也许是烟抽得上了点儿头，两个人都有一点儿微醺的感觉。进到宿舍里，森森打开自己橱柜里的一个抽屉，整整齐齐摆放着六七个胸罩，还有十几条内裤，各种颜色，带花纹或者纯色，大大的罩杯上都镶着精细的蕾丝。

说是让珊珊帮着挑，其实还是她自己拿主意选了一套蓝紫色带小蔷薇印花的，珊珊点点头。

那天晚上，管子珊看电影的时候走了几次神。她忍不住想象着穿着那套蓝紫色蔷薇花纹内衣的张森森，感觉烟的味道还卡在喉咙里，干干的，咳不出来，又吞不下去，似乎还在一直燃烧。

14

十点多，珊珊还在沙发上坐着，翻看着那本没有趣味的书。语言的寡淡和情节的丧失，正好应对她现在的状态。文字和纸页只是暂时放置无处可归的揉成一团的肉体和意识，书的形状和棺材、骨灰盒差不多——一个精致的长方体。多年以来，她已经形成了习惯，包里放一本书，毛姆说的"移动的避难所"，可以从周围的环境里抽离片刻。

开着的门轻轻地被叩了几下，珊珊抬头，看到一张憨厚的笑脸，带着一阵轻盈的风，朝她移动过来。吴兴东医生的个子不高，身材敦实，白大褂的领子有一面没有翻过来，胡茬剃得长短不齐，左眼眼镜片上有一条裂痕，但是丝毫遮不住他眼神里的善意。

"您请坐下说。"珊珊知道他是来告知手术事宜的。

"管老师，安排您明天手术。排的是徐主任的第三台，因为前面两台的时长无法确定，所以，我现在也不能给您确切的手术开始时间。"吴医生没有叫她 1 床，也没有直呼她的名字，而是叫她"管老师"，这里头的尊重让珊珊有些感动。

"没有关系，我在病房等着，辛苦你们了。"

"不客气，是我们应该做的。有个事儿，想问您一下。"

"您说。"

"咱这个手术，没有家属来陪护吗？"

"我父母弟弟都在外地，也不想麻烦朋友，您能给我介绍个信得过的护工吗？"

"护工只能照料，但是最好还是能有个家属在场，手术全麻的，有什么问题家属可以做得了决定。"

"这个手术不涉及内脏，切掉乳腺上的肿块，应该没有什么风险吧？"

"任何手术都有风险，何况是全麻的。"

"委托非直系亲属可以吗？"

"可以，您要在术前把带着委托人和被委托人签名的委托书交给我。"

"好的，谢谢您。"

"我把手术方案给您介绍一下。"吴医生打开他的文件夹，从里面抽出一张白纸。珊珊有点儿惊讶，她以为是打印出来的具体的文字。

"手术有三个方案，"吴医生一边介绍，一边开始用黑色的中性笔在白色打印纸上画画，"第一种，肿块切除，快速病理诊断，良性，手术结束，大概只需要半小时就 OK 了。"他在纸上画了一个饱满的乳房和一颗小肿块，用除掉符号把肿块从乳房里圈飞出去，在旁边画了一个非常得意的笑脸。

"第二种，肿块切除，快速病理诊断，恶性。要继续进行切缘，就是把肿块周围，上下左右前后，再切一圈，并取前哨淋巴结，进行标本病理检测，如果显示阴性，手术结束。"这幅图里，他把乳房里的那个肿块用中性笔涂黑了，但还是用同样的符号将它圈了出去，没有画笑脸，也没有画哭脸。

"第二种，就是癌症了，是吗？"

"是的。但是属于早期，考虑到你的年龄，还有肿块的大小，徐主任决定在第二种方案里使用保乳手术。"

"我这个肿块离乳头距离不远，符合保乳指征吗？"

"管老师，您一定查了不少资料吧？很多病人手术前后都是稀里糊涂的。"

"会忍不住查，但是您也知道，网上什么来源都有，所以，不能尽信，我选择在你们这里做手术，就相信你们。"

"我坦白跟您说，做出保乳决定的医生，都是担风险的。因为后期一旦复发，无论什么原因，病人可能都会归因为没有全切。最新的国际国内指南，都明确提出，符合保乳指征做保乳术和全切术，在复发率上几乎没有区别。"

"几乎？那还是有？"

"百分之二。这个方案您可以自己做决定。"

"嗯，给我时间想想，我今天尽快给您答复。"

"那咱们接着来，第三种，切缘和前哨淋巴结阳性，说明已经扩散，这时候没得选择，只能全切。但是全切也有两种方案，一种是切除就结束了，另一种是切除后直接做假体。因为有的病人全切后身体恢复了，接受不了乳房缺失，要做重建，又是一次手术。如果能一次性把全切和重建做完，就省得受二茬罪了。"

管子珊看着吴医生的笔在纸面滑动，最后一幅全切重建图，构图有些复杂，这个医生显然小时候有个漫画梦，这么恐怖的概念，被他画成了毫无侵略感的连环画，最后还在右下角加了一个闪着光芒的小太阳。

意识到这幅"乳房历险记"里的那个主角是长在自己身上的时候，珊珊觉得有些不真实感，倒不仅仅是吴医生画的乳房形状过于完美，跟她的没啥关系，而是整个剧情导向的深度和复杂性，是她始料未及，没有做好准备的。这个世界上很多悲剧，事实本身不过人生常态，但是悲的起因大多是没有准备。

看到陷入沉思的管子珊，吴兴东医生很不专业地安慰她："管老师，我只是必须要把我们的手术方案详细地给您介绍清楚，但是我觉得，您这个八成是良性的，第一种就完事儿了。不要担心。"这种话，管子珊知道，徐仕平绝对不会说，舒南也不会。但她对吴医生的善意，心存感激。她提出能不能把那幅连环画留给她的时候，吴医生掩饰不住地流露出孩子得到肯定后的那种开心。

"我可以接受你的委托。手术方案你全部接受，其实不会有什么意外的情况，你年轻，没有基础疾病，麻药不过敏。只是不能说得太绝对，就跟飞机失事一样。"

"谢谢你，舒南，万一'飞机失事'了，你做的任何决定，我都接受，我写清楚，绝对不会让你有任何麻烦。我的命啊，是我自己的。以后爸妈有弟弟弟媳照顾，儿子有他爸。"

"你的命，是你爸妈给的，他们没有权利在你的生命遇到威胁的时候，知情并在场吗？"

"虽然我清楚吴医生是安慰我的，但是我心里也一直在祈祷就是一个小手术。兴师动众起来，我感觉真的好像是要生离死别似的。好事都是悄悄发生的，不是吗？"

"拥有最好的愿望，做最坏的打算。你刚才说手术还有一点儿细节没有商量好？"

"嗯，如果肿块是恶性，切缘和前哨阴性，徐主任打算做保乳处理。但是我看了互助平台里保乳的人很少，而且很多人都提议如果恶性一定要全切，不留后患。"

"吴医生是不是跟你说了最新指南关于保乳和全切与复发的关系？"

"是的，说百分之二的差别。"

"生病的这一段时间，只关注那个肿块。但是等你康复以后，人生的路还很长，失去的那个身体至关重要的部分，可能会随时成为创伤的提醒，不利于你心理的重建。但是这个决定只能你自己做，百分之二，一个乳房。"

"你说话有倾向性，这样不好，舒医生。"

"我当你是朋友，不是我的病人。你知道吗？有时候这种复杂的身份，确实会让我误判，这也是医生不给自己亲人看病的原因。

所以，我的建议是，听主治医生的。平台上都是病人发的文章和建议，中国医生工作中最大的困难就是信任问题。那些人虽然也生着看似同样的病，但是缺乏足够的医学知识，每个人的情况也都不一样。你的主治医生不但时刻更新自己的知识，也对你的情况有全面的掌握。"

"那我听他们的——保乳。虽然我这也没有什么存在感，有总比没有强是吧？"

"还能调侃自己，很好。"

"还有一个是，如果需要全切，是否在手术过程中重建的问题。"

"他们乳腺科和整形科有合作的，如果真的到了那个程度，顺便让徐仕平给你隆个胸。"

"我都快死了，你可不可以严肃一点儿？"

"好的，就是告诉你徐仕平也在整形科做隆胸手术。他有经验。"

"但是，我决定了，如果全切，不做重建。"

"为什么？怕不安全？"

"就是不想做。"

"行。"

"舒主任，你在这里啊？"梅护士尖厉的声音划破了房间里短暂的沉默。

"你们俩在这里聊，我去找一下吴医生。"珊珊把两个人留在病房，自己走了出去。

徐主任有一个单独的办公室，隔壁相同大小的办公室里塞了五六张桌子，加上柜子椅子、桌子上一摞摞材料、电脑显示屏、打印机，显得非常拥挤。珊珊一眼看到吴医生正聚精会神地在电脑上敲一份出院小结，就没有打扰他。

她找了个可以落脚的空地站着，手边的书桌上整齐地堆着一摞病人资料。她扫了一眼最上面第一份里的关键词："53 岁，右乳癌，淋巴结转移 7 枚，全切……"珊珊抬头瞥了一眼办公室里的三个医生，他们都在忙活着手里的事情，没有看她。她忍不住继续往下翻看，"65 岁，右乳癌，淋巴结转移三枚，肺转移，右乳全切，肺部微创……""39 岁，纤维瘤……"珊珊羡慕地看着这三个字，渴望自己也有这份运气。"16 岁……"珊珊刚惊诧居然还有这么小的病号，还未来得及看到具体的内容，就被吴医生的声音打断了。

"管老师，不好意思，都没看到您进来。"

珊珊慌忙把手从翻开的报告里抽出来，十分尴尬。

"手术方案里您的问题想好了吗？"吴医生很贴心地给她解了围。

"想好了，第二种情况就按照你们计划的采用保乳手术，如果出现了第三种情况，我不做重建。"

"好的，我觉得第三种情况是不会出现的。"吴医生微笑着推了推鼻梁上的眼镜，带着裂纹的镜片上有一层薄薄的雾气，或者是灰也说不定。

"谢谢您，真的。"珊珊不知道多年后吴医生是否会变成徐主任那般惜字如金，没有表情。她知道吴医生说出的这句话是绝大多数医生避讳的用语，但是此时，它确实很珍贵。

"管老师，我给您找了个护工。金阿姨，五十多岁，是您老家那边的人，她在我们病区做护工做了好几年了，干活儿利索，口碑好。"

"谢谢，让您费心了。怎么收费？"

"你们自己谈，有没有家属，护理的要求，可能会影响价格。不过，你这种情况，大概是 180 元一天吧。"

"好的，我跟阿姨谈，吴医生，太麻烦您了，真过意不去。"

"不用客气，您不用有负担，今天好好休息，晚上安心睡一觉，一切都会好起来的。"这句客套话，从吴医生的嘴里说出来，听不出半点儿的敷衍，能感受到他真的有这样的信心。

15

"是管子珊吗？"

"是。"

"你怎么不问我是谁？"

"因为我知道。"珊珊有个对她的专业和生活没有什么帮助的特长：凡见过一次、仔细看过一眼的人，再次遇到，无论在哪里，如何改变装束，她依然能认出来。凡听过别人讲话，再次听到，无论在现实中还是电话里，第一时间就能知道声音的主人。

"你知道我是谁？"对方很惊讶，因为两个人没有说过几次话，更没有单独说过话。

"你是姜文凯。"珊珊放下啃了两个小时的商务法语书，周五晚上八点，宿舍里只有她一个人，说这句话的时候，客厅里居然还有一点儿回声。

忽然，电话那头的人开始哭起来，没有任何征兆，没有从啜泣开始的情绪逐渐上升，直接号啕大哭，很像个受了委屈的孩子，拼命用哭声要回属于自己的东西或者尊严，很显然自知这种做法本身就有损颜面，所以，哭声里的怨气除了发泄还带着绝望。但是，这不是一个六岁男孩的哭声，这是一个二十五岁男人的哭声，所以，听觉上不只是胡闹的刺挠，沙哑的干号里有一丝血腥的悲凉。

珊珊没有出声，她拿着手机，静静听着他号到没有力气，声音开始游离，漂浮，不那么沉沉地扑过来，然后听到他擦鼻涕的声音，不知道是用的纸巾还是衣服。最后，终于平静了。

"我刚从上海回到锦州。"

"你去上海找她了？"

"能不去找吗？电话都不接了。"

珊珊想到自己几年前去上海找方远，也是同样的理由。上海真是个魔幻的城市，那些带着诺言去冒险的人啊，有多少就这样消失在那里了，他们把承诺直接丢进了黄浦江。

"找到了吗？"

"我按照她以前给我寄信的地址找到她住的地方。"

"见着人了？"

"没有。"

"不在家？"

"在家，不开门。"

"你们之前就吵架了？"

"没有，她说上海冬天很冷，没有暖气。我说回锦州吧，咱老家暖气足，冬天不冷，夏天还不热。"

"她一直都怕冷，一到冬天就手脚冰凉，开着暖气还抱着热水袋。"

"她说有个男的，买了几捆胶带，把她租房的窗户都给糊起来了，不透风了。"

"哪个男的？"

"你不知道？"

"毕业以后，我们也不经常联系了。"

珊珊保送了本校的研究生，从一栋楼搬到了另一栋楼。张森森跟姜文凯说，给她一年的自由，她在上海待一年就回锦州。比她们高一届的姜文凯考到了锦州市团委，虽然不乐意，也答应了她的要求，在家里筹备婚礼。

"我这次是去接她的，她住的那个小区很破，楼道里全是小广告，黑乎乎的。上海的金碧辉煌是属于有钱人的，是给游客看的，没钱在那里活得跟只蚂蚁一样，天不亮挤地铁，累一天还要回到用胶带糊起来的小屋子里。我不能让她过那样的生活，半年了，她想体验也足够了。"

"她为什么不见你？"

"我真他妈的丢人啊！她跟那个男的好了。"

"你怎么知道？"

"门口摆着两双鞋，一双男人的。"

"我把门砸瘪了，就用我的拳头。对门一个老太太开门，给我递了一个马扎，让我坐坐。"

"没有人报警吗？你太暴力了。"

"他们不敢开门，开门，真的会出人命。我忍不了。"

"你怎么放弃了？"

"我在门口坐了一夜，老太太让我去她家，我没去，她给我拿了一个毯子让我裹着。我就在门口坐了八个小时，想我和她的七年。跟放电影一样，过了一遍。人想开了和放弃了也搞不清楚是不是一回事儿。我把马扎和毯子还给了老太太，就走了，下楼还差点儿被汽车撞到。那一刻，浑浑噩噩，想着就被撞到算了，她总能来看我一眼吧。"

"上海老太太还挺好的，本来以为她们都看不起外地人呢。"

"老太太沈阳人，老乡。"姜文凯声音忽然明媚了起来。

"你还等她吗？"

"她把我给伤着了，就是把我的心给挖出来，还用绞肉机绞碎，血肉模糊，洒到河里，我疼啊，疼得要死了，而且这心都碎成渣了，还咋拼得回来？"

姜文凯说到这里，又开始出声地哭起来。珊珊听出来他喝了不少酒。她的电话已经开始发烫了，室友们也陆陆续续地回来。她带着这个陌生男人的哭声走到阳台。那一刻，珊珊在别人的故事里清楚地看到，爱情是长跑，不是停在原地的拥抱，如果走散了，坚持留在原地的那一个如果不改变方向，就会以死收场，不是肉体，而是精神上。

等到他再次平复后，跟珊珊说："我妈明天给我安排了相亲。一个中学老师，看照片挺好看的。"

"这么着急？你喜欢？"

"不重要了，但是我会去。如果不讨厌，就结婚。"

珊珊记得森森说过她一辈子只会爱姜文凯一个人。

第二天，珊珊收到一条短信："对不起，昨晚喝多了，打扰了。"从那以后，她再也没有接到过姜文凯的电话。

16

从二楼做完心电图回来，珊珊一直待在病房里。在住院部做的检查，都不用取单子，医生的电脑都连着网，他们可以从自己的办公室里查看或者打出来，省去了病人不少麻烦。

珊珊用手机连了一个迷你的蓝牙音箱，"小王子"的胡桃木音箱，就它的体积来说，音质已经非常好了。珊珊没有按照瑜伽老师的建议放梵语的音乐或者《大悲咒》，选了巴赫 D 大调前奏曲，把声音调低，这是她平时"神游"的背景音乐。老师说巴赫的音乐太有逻辑性，不适合冥想，但是她也不是很在乎。她试过各种音乐，其实都没有进入过老师说的那种冥想境界——想象自己是一朵莲花，慢慢地从这朵莲花上升起，升起，离开它一小段距离，仔细观察它：每一片柔韧的花瓣，每一根细密的花蕊，每一颗软糯的花粉，此时花是你的身体，而观看的眼睛是你的意识，当你的身体脱离了警觉的意识，它就可以进入一种踏实的休宁状态。冥想其实是用无意识来控制意识，珊珊觉得太难了，她只要没有进入睡眠状态，意识就无法被控制。

门忽然被推开了，那一刹那，珊珊好像觉得自己之前的意识是有些模糊不清的，所以，有可能她刚才进入了冥想也说不定，清醒过来的是有意识还是无意识，究竟是分不清了。

本来有一种被打扰的不悦，但是忽然发觉自己身处何处，那点儿将欲升腾的愠怒就立刻被身份制服了。吴医生敲病房门的行为，是非正常的。希望护士每次进病房都要敲门，是很不合理的要求。况且大部分病房都是合住，本身就没有什么隐私可言，现在每个病床都可以拉上帘子，已经非常人性化了。

大二吧，宿舍开始掀起了挂帘子的风气，一时间，军营一般整齐透明的上下铺，变成了双层帐篷结构。睡前的一段时间，大家都把帘子拉上，打开帘内的台灯，忙活自己的事情，偶尔也会隔着布帘聊天，不得不说，那层薄薄的帘子，代表一种文明。

"来，管老师，量血压。"在梅护士嘴里，自己是怎么从"1床"变成"管老师"的，珊珊有些诧异，但是梅护士喊得十分顺口，没有半点儿改口的别扭。

珊珊把病号服脱了半边，灰色的打底衫袖子朝上面撸了撸，梅护士又帮着再往上扒拉了两下，然后打开长条状的盒子，从里面拿出测血压的仪器。

"50，90。"低压有点低。

"我一直都这样，不影响手术吧？"

梅护士没有回答她的问题，在表格里填上她测量的结果，然后把表夹入一个铁质的文件板，"明早六点半，有护士来给你抽血，之前不吃不喝"。

珊珊点点头，说了声谢谢。梅护士没有走，好像有话要跟她说。

"你要坐会儿吗？"

"不了，上班呢。"梅护士咬了咬红润饱满的嘴唇，唇边有细细的金色绒毛，"舒南说他是独身主义，就是一辈子都不结婚。他条件这么好，为什么不结婚呢？独生子，父母都是有头有脸的人物，他不为老人考虑吗？"

管子珊此刻觉得在这里与梅雪晴探讨舒南的婚恋观，十分荒谬。她有一颗前途未卜的肿瘤明天要切除，现在她的世界里，只有这颗肿瘤，她不想谈论任何与此无关的事情。但是，她的教养让她还是勉强接了下去，"选择独身跟条件好不好没有关系"。

"究竟是为什么呢？"

珊珊明白不可与夏虫语冰，但是夏虫问了，怎么回答呢？

"不是每个人都觉得婚姻是必需品。"

"人类世世代代都这样，才能繁衍，不然很快不就灭绝了？"

珊珊没有想到梅护士忽然上升到了人类学的高度，"还是想结婚的人多。现在国家放开生育政策，不是很多人都在积极响应吗？"

"我就觉得他那么好的基因浪费了挺可惜的。"

珊珊开始觉得梅护士是个挺有趣的人。"这个世界这么大，不止他这么一个好基因。"

梅雪晴好像才意识到自己的心思被暴露了，一张白嫩的小脸迅速充血红了起来。之后叹了口气，彻底放弃了遮掩的念头："我们医院的护士都很辛苦，排班日夜颠倒，也没有机会认识外面的人，年龄合适又没有对象的男医生，太少了。"

"不要着急，你这么漂亮，又能干，肯定能遇到优秀的。"珊珊没想到自己当下还能有心情去安慰鼓励别人。

"谢谢你，管老师，今天我们说的话……"

"放心，我们什么都没有说过。"

"是不是读书读傻了呢？"梅护士一边往外走，嘴里一边还在嘟囔着。

音乐还在放着，珊珊选择巴赫的平均律作为放空的背景音乐，是因为作为门外汉的她，只能感受到韵律节奏，也许就是老师说的逻辑，但是听不出叙事性。乐曲在白色的墙壁上用音符画出各种情绪的线条，却织不出带有情节的网，不会牵扯她的情绪，又能绷住空间里沉重的寂静，她的意识得以随意地飞。

这个房间的窗户虽然很大，却因为面对着东南方向，看不到夕阳，但是看得到层次复杂的天空，淡蓝、淡紫、灰白、橙红、深蓝……像是一笔一笔涂抹上去的颜料，它们不停变换浓浓深浅和面积的大小。

住在这个病房的管子珊，切断了与现实的连接，平时与她分享心事与八卦的女朋友们，她一个都没有告诉，她的父母、兄弟、同学、学生，都不知道她此时在这所医院住院部的九楼，等待着宣布她此后命运的一个手术。

会不会真有平行空间呢？这一切不过是她不小心一脚踏入的另一个时空，看似真实，但是发生的一切都只在这个场域里，与之前她一直生活的空间没有任何关系。也许一觉醒来，她又一脚踏回了之前的世界，会跟那里的朋友说起这次的经历，她们会用戏谑的语气说她灵魂出窍了而已。

几下克制又谨慎的敲门声将珊珊的意识从云层中拽回来。

"管老师吧？"珊珊不喜欢这里的人都叫她"管老师"，她想在这里安安分分做个"1床"，这样她才能证明这一切的虚妄，与真实之间的差别。

"是的，您是？"

"我姓金，是吴医生介绍的。"

"金阿姨，您好！"

珊珊没有想到护工会给雇主带花，金阿姨手里拿了一束透明纸包装的百合，有六七朵，三朵已经打开了。看到珊珊在看花，金阿姨赶忙解释："这个花是刚才护士站的让我拿来的，说花店送来给1床的，一位彭先生订的。"

怎么没有想到是彭宇送的呢？珊珊自嘲地笑了笑。尽管她跟他说过很多次，自己不喜欢百合，这种花带着一份有距离感的傲气，又散发着浓郁的胭脂香味，尖锐的花瓣很难打开，但会迅速枯萎脱落。她喜欢所有小小的花朵，各种雏菊、蔷薇、小玫瑰，喜欢它们花瓣层层叠叠、花头聚在一起时候的热闹。

"我这里也没有花瓶，就放在茶几上吧。谢谢您！"

"等我一下。"金阿姨从外面拿回一只黑色金属外壳木制手柄的热水壶，高度与花瓶差不多，"医生办公室刚丢的，内胆不保温了，我给洗干净了，装了水，您把花放到这里吧"。

珊珊把包装纸解开，从里面把百合一枝枝取出来，然后按照它们的姿态、高矮，插到瓶子的不同位置，然后把黄色的花蕊一点点去掉，彭宇教她的，说这样可以延长花期，还不会让花粉蹭得到处都是。

"真好看，您学过插花吗？"

"没有，瞎弄的。您很有眼光，这个瓶子很适合做花瓶。"

"您喜欢就好。"

"金阿姨，我是不是需要付给您一些定金？"

"不需要，等到出院的时候一笔结。吴医生介绍的，您又是大学老师，有什么信不过的？"

"谢谢，这几天要辛苦您了。"

"不要这么说，您出钱，我出力，还得感谢您给我工作。"

"阿姨，您比我年长，别称呼我'您'好吗？就叫我小管，珊珊也行。"

"好嘞。吴医生说您，嗨，说你也是明市的，我都听不出你的口音来。"

"在明市十八年，在外面生活了十八年。不过回去了方言还是会说的。您不也说普通话吗？"

"我在这里也生活十几年了，说普通话，哪里人都听得懂。你看，我们俩都说不出老家话了。"

两个人寒暄了一会儿，金阿姨是个情商很高的人，聊得欢畅或者沉默，她都没有问过珊珊私人的问题。也许常年混迹在医院里，人情世故都已看得透彻，疾病是打开的伤口，疼痛无可掩盖。但是疾病背后每一个人的故事里，都有隐痛。知其痛，而不揭其创，是阅历，也是教养。

"小管，在你这里的护理工作是从明天开始的。今天8床护理结束，她出院了。今晚可否让我在你这个陪护病床睡一晚，我家离得有点儿远，骑电动车单程要一个小时。"

珊珊是个喜欢独处的人，当初要找个单人病房也是希望不受别人的打扰，但是手术前的这个夜晚，眼前这位与故乡有着些许联系的阿姨，可以陪在她身边，她是不排斥的，竟还有一点温暖的踏实感。

"可以的，金阿姨，但是今晚可不付您工资哦。"

"瞧你说的，你不收我床铺费就十分感谢了！"

珊珊决定今天好好洗个澡，忽然想念起张森森的搓澡巾了，现在的条件早已经做到了洗澡自由，很久都没有去澡堂子的经历了，也没有再用过搓澡巾。洗澡真正变成了一件私密的事。她又想到了于红，她博士毕业留在香港中文大学教非洲文学。

她洗完澡，没穿衣服，在浴室里对着镜子，吹干了又长又浓密的头发。她放下吹风机，看着镜子里自己的身体。她的比例很好，头不大，直角肩，腰线比较高，虽然生过孩子，但是腹部非常平坦，长期运动，让她的马甲线清晰可见，胯部有明显的外扩，支撑起了圆润紧实的臀部，腿部肌肉线条像个运动员。她的上肢纤细，胸部像个刚刚发育的少女。她的身材并不完美，五官也只能算清秀而已，但她盯着镜中的裸体看了很久，深深地被自己的身体吸引着，以前从未如此观察过自己，也没有过自信认为这是一副美丽的躯体。但此时此刻，她认为它非常完美，是因为它是如此完整、一气呵成的线条。如果明天真的是最坏的结果，这个身体将会变得残破，而此刻，是她最后拥有"完整"的时间，她甚至不愿意离开镜子，就这样看着，想要牢牢记住自己此时的模样。

也许是在里面待得太久了，她听到浴室门被轻轻敲了两下，"小管，没事吧？"

"没事，金阿姨！"她看到镜子里的那个人在流泪，赶紧调整了嗓子，让声带发出不带哀伤的声音。

珊珊穿好衣服走出来，趁金阿姨去洗澡的空当，她吞下一颗安定。

这一晚好难熬啊，那颗安定像一粒糖丸一样，戏弄了她的神经，似乎在搅扰着它们，而非抚慰。它们变得异常兴奋，继而狂躁，在海盗船的帆顶，迎风飞舞，水在船底翻滚，水底的寂静遥不可及。

"小管，你睡不着？"

"嗯，脑子里很乱。"

"正常的，大部分人手术前一晚都这样。"

"我吃了药，不管用。"

"别吃了，那个药吃多了不好。"

"睡不着，我就会焦虑。"

"你想着，明天手术，麻药一上，你肯定睡得沉沉的。"

"这倒也是。"

"小管，我给你看样东西。"金阿姨把床头灯打亮，拉开两个人之间的帘子。

金阿姨把秋衣掀开，解开有些臃肿的内衣，左边乳房位置顺着肩膀平铺着下来，没有乳头，也没有乳房，一条半尺长的疤痕像一条蛇一样伏在她的皮肤上。

"金阿姨，你？"

金阿姨把衣服穿好，帘子拉起，灯关上，躺下去。她刚才好像是在把"传家宝"展示给珊珊瞅一眼，立刻收起来，想让她见识，又不希望她惦记。

"我九年前做的手术，那时候的创面就是这么大。现在技术好了，很少有这么大的创口了。我给你看不是想吓唬你，就是想跟你说，我当时发现的时候就是晚期了，医生说一年多的时间，我就是不信，有时候你必须要有强烈的求生欲，有人说求生欲是本能，如果是，还会有那么多人自杀吗？自己要相信，你才有力气打败那些坏东西。他们都说我是个奇迹，这些年我在这个病区，可是见过多多跟我类似的病例，奇迹多了，是不是就不能叫奇迹了？肯定有一些原因的。我琢磨出来，就是信心，一门心思想活下去，不给自己别的选择。"

关于生死的话题，离她很遥远，金阿姨说的话隔着一层布帘，但似乎在千里之外，这个空间的旅行刚开始，就一直急速下坠，在一片漆黑中珊珊看到一个摇晃的光晕，晃久了，她觉得累了，便昏睡过去。

17

"你这个专业可真好。"珊珊在同楼层中文系的宿舍里，跟方美云一起吃着用不锈钢饭盒从食堂打回来的午饭。方美云是影视文学方向的，她的导师刚拿了个东亚影视方向的国家级项目，作为课题组的成员，方美云可以经常看韩国电影。

"你看过韩国什么电影？"

"电影还真没看过，不过电视剧看了几个。《蓝色生死恋》《浪漫满屋》……"

"好看吗？"

"好看啊，又虐又美。"

"美在哪里了？"

"演员美，背景美，故事美，音乐也美。"

"跟你看的美剧不一样？"

"太不一样了，觉得韩语就是一种用来恋爱的语言，上头。"

"大概率你是被洗脑了。"

"我也只停留在遐想的阶段，你看学校留学生楼里的韩国人，最近可受欢迎了。大家都羡慕你，看韩剧就是学习。"

"看来有必要对你的认知进行一个冲击了。"方美云吃完最后一勺米饭，把饭缸子啪一声丢在临时拼作餐桌的木凳上。

"什么冲击？"

"你知道吗？我导师从不会让我们看你看的那种韩剧。"

"为啥？"

"往深了说，非现实类型化的文化输出，男主高富帅，女主纯美甜，十分做作的爱情童话，但是击中了当代剧荒背景下的中国观众，尤其是女观众，就像你这类。往浅了说，这种剧没啥好研究的，写不出论文。"

"韩国不是电视里演的那个样子？"

"我没去过韩国，但是我看的电影可不是那个样子。你看到的是梦幻彩虹色，我看到的是压抑暗黑色。"

"是你们那个观影环境压抑吧？据说你们导师有个黑屋子。"

"你想去看看不？我有钥匙，今天下午没人，带你看看我们平时看的电影。"

"我不敢看恐怖片。"

"不是恐怖片，放心。"

"黑屋子"名副其实，在文学院三楼走廊的尽头，半间教室大小，厚重的窗帘，一旦拉上，密不透光。十几张简易的皮质折叠椅，对着一台有四十几英寸的大电视，一本《牛津词典》厚度的录像机，两面墙的木架子，整整齐齐放满了黑色录像带。

"你不要说我是有预谋的，我随便拿一张没有封面名帖的。"美云从架子上抽了一盒出来，用手在抽出的位置画了一个圈，"这一大片都是我没有看过的。"

黑屋子的录像带好像是同一个工厂出品的货物，外包装完全一样，黑色带子，透明盒子，没有包装纸或者广告图片。有一些贴着标签，上面手写着片名、导演、演员和年份的简单介绍。美云拿的这个，没有贴标签，她们俩就像拆盲盒一样，把带子塞进打开的录像机里，轻轻推了进去。

18

没有一个病人是自己走进手术室的。

尽管管子珊手术前的状态与常人无异，意识清醒、行动自如，但还是由一个老年男护工推着一张带轱辘的床进到病房来接她。珊珊以为要换手术衣服，但是梅护士说不用，她有点儿战战兢兢地躺上那张移动床，倒不是怕即将到来的手术，就是觉得一群人看着她自己手脚麻利地爬上这张需要人推去手术的床，有些别扭。如果可以，她倒是真愿意直接走去手术室，推门、签字，护士告知在哪间，她可以大步流星走进去，脱鞋、躺好、闭眼，让麻醉师下手就可以了。这似乎合情合理，但是没有哪个医院会允许病人这样进入手术室。

你总要由一个年龄大的护工推出病房，在家属和其他病人的注目礼下，缓缓滑过窄窄的走廊，然后推入一个专用的大电梯间，里面有一个操作电梯的工作人员，帮助按下楼层键，这真是一份寂寞的职业。很快门打开，床继续滑行，索性就盯着天花板看吧，灰白大方格吊顶，明暗交替，藏着灯源，不会刺眼。忽然一道自动门开了，床被搁置在一个新的走廊里。待她转头，推她的大叔不见了，他应该去某个病房继续推人去了吧，没打声招呼就把她丢在这里。她看到了他日复一日的流水线，自己算什么呢？瞧瞧这件破旧的病服，应该不是奇货可居的新产品，大约是售后回收的问题产品，有待修理车间处理，处理好了继续投入使用，处理不好，就运到下一站等待报废。

自己是一辆甲壳虫还是迷你呢？她一直想要这种带着复古气息的小小的车，但是开的却是离婚前彭宇坚持买的 SUV，体型笨拙，没有性格。车留给她的时候才开了两万公里，两个人却好像经历了千山万水，走到了婚姻的绝境，彭宇车房都给了珊珊，因为孩子。一点微不足道的存款，没有拿到台面上分割，保持了最后的颜面，彭宇卡里有十万元，他拿着那张卡和自己的所有物品，一辆面包车就把他不留痕迹地从她的生活里划走了。

还是迷你吧，甲壳虫总还是些许夸张了。珊珊好像要跟身边的人确定这件事似的，才意识到自己在这里无人问津挺久了。她没有戴表，这个走廊是个时间隧道吗？充满时间的地方，时间就不重要了。她不知道自己是一直这么躺着，还是站起来去找个人问问。

在犹豫的时候，她仿佛被一种力量钉在床上，隐隐地告诉她不要乱动，她头有点儿晕，大概有些低血糖，已经快十一点了，早餐应该被消耗得差不多了。一个护士叫她名字的时候，她发觉自己在憋气，一旦紧张，她总是会下意识地憋气，憋到快要呼吸不上来，这是她身体的一个坏毛病。护士穿着绿色衣服，墨绿色的，不是春天柳树刚吐出嫩芽的那种绿，是被雪覆盖着仍然不愿低头的冬青的绿。

"管子珊是吧？徐主任这台手术时间比较长，你还要在这里等一会儿。"

珊珊点点头，在医院里，慢慢变成一个单纯听指令的人，她的脑子开始不那么爱思考了，因为思考是为了做选择，但是很多事情，在这个场所里，没有选择。

这是一条横纵坐标不停移动的走廊，横坐标是病人，被丝滑的推床悄无声息地推进推出，纵坐标是穿着绿色手术服的医生、护士，十几个手术室都在忙碌着，他们打开车的引擎盖，把车吊到半空，查看轮胎和车底，钻进车里看方向盘和空调，有些东西要修，有些东西要换。有些拆开了，又合上，什么也没有做。

绿色的迷你，36年车龄，开得很小心，小碰擦还是有的，但是大的事故没有出过，有时候会偷懒错过定期维护的时间，啊，还有一条很严重的问题，是不是应该说呢？他们看到轮胎的时候应该会一目了然，她开过山地、河床还有道路颠簸的田埂。这些地方超出了她的能力，彭宇的那辆SUV底盘高、轮胎大，更适合。是这个原因吗？

"管子珊，15病区1床，左乳肿块切除。"护士好像在跟躺着的珊珊确认身份，但又似乎在自言自语，不需要她回应。胖胖的护士一使劲儿，就把她的床推进了旁边的门里。手术室里真干净，所有的设备都一尘不染，各种射灯、顶灯照得眼睛里冒金星，胖护士让她起身从推床上下来，换到手术床上躺着。

护士们在准备手术用具，医生们在讨论刚才的病例，手术刀、钳子、夹子在盘子里发出金属相碰脆落落的声音，没有一丝情绪，珊珊又开始憋气了。

一个高个子瘦瘦的男医生，过来跟她说话，好像所有人只有他注意到了她的存在。

"你不要紧张，放松一点儿，我看你拳头都攥起来了。"他的声音很轻，穿透过金属的响声和医生的交谈，但是非常清晰地抵达珊珊的耳膜深处。她才意识到自己的身体好像被螺丝刀拧了几圈。她吐了一口气，然后又做了几次深呼吸，把攥着的拳头松开了，放在胃的上面，抚摸到了一个干瘪的气囊。

"谢谢你。你是徐主任的实习医生吗？"

"不是，我是谢主任的学生，待会儿给你做麻醉的。"

"你说话的声音跟我弟弟好像，你家是明市的吗？"如果只能选一个人陪在她身边，她希望是子墨。但是这几年，是她主动疏远了弟弟，她想念每年从大学回家，去他学校门口接他带他去吃肯德基、逛游乐场的日子。那时候他们之间很亲密。

"我不是明市的，但是离得不远。你弟弟在外面等你吗？"

珊珊摇摇头。

"老师来了，你不要紧张，一会儿手术就做好了，你就没事了。"

面前出现了一个透明的罩子，"是给我吸氧吗？"

"是的，放松。"谢主任是个女的。

珊珊还没有看清她的脸，面前的世界就在刹那间被那个罩子完全吸了进去。没有一点儿意识上的挣扎，也没有过程性的渐进，没有梦境、没有文字、没有图像、没有声音、没有颜色、没有形状、没有疼痛、没有希望。

19

五年级那年十二月底的一场雪，是珊珊这辈子见过的最大的雪。

她清晨从家里骑自行车去学校的时候，地面已经完全白了，没有风，大雪片不飞不舞，冷峻地坠落，可是落到头上脸上，又没有重量，很快被皮肤的温度融化了，一会儿就把脸敷得冰凉，再落上去的雪花就能多停留一会儿了，在睫毛上的，变成冰晶，珊珊舍不得眨眼，伸出舌头舔鼻子上滑落的冰，酒窝里也藏着一朵。额头前面已经变白了，她裹着围巾，穿着棉裤，费力地蹬着车，去学校的路变得很长，很多人都会迟到，就不用再担心时间了。

　　欣喜在学校里延续着，同学们玩着永远不会过时的旧把戏，帽子、围巾、棉袄、棉裤都湿了。教室中间放着班主任家的炉子，大家排队围着它烤。

　　那次的雪好像带着一种执拗的使命，闷不吭声地落着、不知疲倦地落着、不计后果地落着。接近傍晚放学的时候，地上已经积起了一尺厚的雪了，还有几个孩子仍然没心没肺地在雪地里滚着，但是很多同学都在考虑怎么回家的问题了。

　　那时候的学校，哪怕是小学，也不会承担学生放学的安全责任。没有手机的时代，只能指望可靠的亲情，大部分孩子选择在学校等家长来接。

　　班主任在火炉边烤着手，陪她在教室里等。珊珊觉得耽误老师回家很是抱歉，但也不愿拒绝他的好意，于是低头默默写作业，把基础训练写到了后面的单元。

　　"你爸单位有电话吗？"

　　"好像有。"

　　"你记得吗？"

　　"不记得。"

　　"你知道你爸单位的名称吗？"

　　"知道。"

　　班主任再次走进来的时候，珊珊已经把教室的黑板擦干净了，五十多个人的桌椅板凳都摆放整齐了。

"管子珊，你不知道你妈妈今天去医院了吗？"

"我妈去医院了？"

"你妈妈生宝宝啊。"

珊珊愣了一下，她知道妈妈的肚子已经很大了，医生说一月份生，现在才十二月啊，早晨妈妈还跟往常一样做了烙饼和粥，出门的时候给她系了围巾，嘱咐她骑车要小心。

"你爸妈都在医院，没办法接你了。但是你爸单位的人会通知你家亲戚，你先跟我回家吃饭等着吧。"

班主任家的饭是什么味道，对珊珊来说已经完全没有记忆了，当时她食之无味。记得师母是个笑靥如花的美丽女人，孩子也很安静乖巧，她像个不识好歹不懂规矩的流浪汉，并没有对班主任一家的热情做出任何言语和情绪上的回应。她很想去医院，但是外面的雪太大了，她太小了。被大雪覆盖的城市，像一个深不可测的迷宫，她无法穿越没过膝盖的雪地走回五公里之外的家，更不用提那个不知道具体位置的医院。

珊珊的感恩之心被一种只能听从安排的无力感掩盖了。半年后，师母出车祸去世的时候，她产生了一种难以排解的巨大的自责。班主任瘦到脱形的凄苦身形和那孩子总是孤独的背影，每在校园里见到，她都会像掉进一个冰窟窿一样，觉得自己对这一切负有责任。

她觉得自己那天做错了事情，与这样巨大的灾祸存在着冥冥之中的联系。她忘不掉师母笑着问她："你想要个弟弟还是妹妹？"她看了旁边的小男孩，说："我什么都不想要。"

"为什么呢？有个伴儿多好呢？""你怎么不再生一个？"珊珊看到师母表情掠过一丝不自然，片刻又恢复了刚才的微笑，只是有些勉强："再生一个，我就不能上课了哦。"师母在附近一所中学当语文老师，"其实我很羡慕你妈妈呢，孩子多了家里热闹。""我妈以前也有工作，生弟弟，工作就不要了。""你知道是弟弟？"珊珊赶紧闭嘴不说了，她意识到自己泄露了一个很大的秘密，她不小心听到的秘密，奶奶威胁她不能说出去，说出去，就会有坏事发生。

所以，珊珊一直在为师母的死而自责，她相信了奶奶的话，因为她说了不该说的话，发生了这么可怕的坏事。她是个罪人，从那所小学毕业后，她再也没有回去过，连学校门口都会绕开，那里有个冰窟窿，不会放过她。

到了快要九点钟，电视下面滚动出现让孩子早点儿睡觉的提示字幕，老师家的门才被敲开。珊珊看到一个身形魁梧的大个子女人，喊她的名字。

"我是珊珊的表姑，她爸联系到我，让我过来领她回家。我家就在附近，走路不到十分钟。您放心吧，给您添麻烦了。"表姑很胖，但是说话利落。

珊珊只见过一次琴表姑，是在爷爷的葬礼上，她的身材很难让人注意不到，一米七的个子，大概有两百斤，哭得地动山摇，披麻戴孝的珊珊爸还要过来安慰她搀扶着她离开。

班主任看了珊珊一眼，眼神里有一种希望得到确认的询问。可是她能有什么选择呢？不可能留在老师家，她点点头，拎起书包，跟着琴表姑走了出去。

"门在这边，你怎么还往学校里面走呢？"

"我去推自行车。"

"这么大雪，走路都费劲，还推什么自行车？"

珊珊没有说话，一直往自行车棚走去，学校里被清扫出一条小道，但是已经又落了几寸新雪了。她吃力地推着车回到琴表姑身边的时候，看到一个圆滚滚的大雪人，还在不停拍身上的羽毛。

"你可真倔，这个天，小偷都歇工了，放在学校还安全些。"

珊珊没有说话，她又一次接受着无法辩驳的安排。谈不上喜不喜欢琴表姑，这样一个大雪天，她被父母忘得干干净净，老师找到他们，他们就安排了一个几乎不认识的亲戚把她接走，她怕陌生的地方，怕需要费力融入的感觉，怕需要记住每个人的名字，怕寄人篱下，小心翼翼生活的感觉。这一切对父母来说，应该都不会考虑的，此时，他们忙着迎接一个新生命的到来。

"你妈生了个弟弟。"

"生出来了？"

"生出来了！"琴表姑的脸上洋溢着真诚的开心，费力踩雪路的白色喘息拧成一股股彩色的飘带，拽曳着她的身体离开地面，好像在她身边飞了起来。珊珊仍然深一脚浅一脚地踩着雪，推着车，不时滑一下，快要跟不上她了。

这个秘密一旦成了事实，就不再具有泄露的危险了。珊珊为这事高兴。因为刚才自己说漏嘴的时候也许妈妈已经生过了，这样，就不会有坏事发生了。

"你爸是独子，得亏第二胎就生了男孩儿，这下你家好了，你妈没白'牺牲'。"悬着彩带的琴表姑在半空中说的话，好像整个城市都在听。

"我妈死了吗？"珊珊想到战场上的"牺牲"。

"你个丫头，瞎说什么呢！你妈好好的，母子平安！"琴表姑身上的飘带不见了，重重地坠在雪地上，一个碾子那么大的坑，站得笔直，她觉得表姑能一只手把自己拎起来。

琴表姑有对双胞胎女儿，上初二，跟小婉一样大。她们遗传了表姑的大骨架，但都瘦瘦的，还没有肥硕的肉长出来，她想到灰姑娘后母的两个姐姐，虽然她不用穿着旧衣裳住在厨房，但是她看得出对家里多出的一张嘴，除了琴表姑，其他人都很冷漠。她尽量不说话，希望有个隐身衣，可以让所有人都看不到她。

那场雪，就那么无声无息地下了一个星期，足有半个房子那么高，所有的人每天都在铲雪，男人、女人、老人、小孩，都拿着各自的工具，每天铲，好像是上帝的旨意。没有人再堆雪人打雪仗了，也没有人去看雪花落在指尖的形状，学校的作文里没有人把雪比作姑娘，不再赞美她的圣洁和美丽。太阳终于出来了，半个月后，整个城市彻底融化了，露出丑陋的建筑，泥泞的街道和寻找食物的野猫。

而珊珊继续在琴表姑家住着，似乎没有人记得她，雪融化后是不是应该回家。她不知所措地等待着，什么也做不了。直到放寒假的那天，表姑带着一家人和她去参加弟弟的满月酒，她才被交回到父母的手中。这场交接也没有任何人关心，所有人都在看那个刚满月的小男孩，琴表姑的笑声，跟当年的哭声一样，整个大厅都震动起来。

20

意识从虚空中攒了游丝一般的力量，抓住了一个声音。

"醒醒，别睡了。"

意识继续聚集，她看到了模糊的光。

一时间，她不知身处何处，但是可以肯定自己沉沉睡了一觉。过了几分钟，她才从身边忙忙碌碌的绿色身影中，隐约记起自己在手术室里。但是身体动弹不得，坠在床上，她慢慢想起了重要的事情。

"你醒了吗？"还是那个瘦瘦高高像子墨的实习医生在跟她说话。其他人都在忙活自己的事情，好像刚才不是给她做的手术一样。没有人该跟她说点什么吗？

"是不是恶性？"珊珊嗓子很干，挤出了一点儿声音，问这个俯身叫醒她的瘦高医生。

"有……一部分恶性吧。"这个男孩忽然露出了一种不忍的表情。作为麻醉师的实习生，他应该在此时就完成自己的工作了，但是他跟着护工一起，将她搬到推床上。

珊珊顾不上感受自己身体为何如一块铁板似的僵重，她的脑仁被刚才男孩的回答撞击着，随之袭来一种要把她整个活吞下肚的恐惧。从第一次做检查以来，她一直隐隐担心，即使她听了吴医生的方案，看了很多论坛的帖子，但是只是担心，潜意识里仍然没有往危险的铁丝网靠近半步，遥遥相望一种可能性，也默默笃定自己无须穿越把人刺拉得血肉模糊的那道网，滚到另外一边漆黑的无望中。

在涉及生死的问题上，无论怎么做好准备，都是不够的，因为想活，是最本能的欲望。

来推她的还是那个护工大叔，他仍然面无表情，可是无论他如何保持一致，也不能将她推回手术前的世界了。

门打开，几个人拥了上来。那个男孩真是子墨，珊珊知道自己出现了幻觉。

她闭上眼睛，眼泪大颗大颗地滑落，她听到电梯的声音，走廊里明暗交错的光线在她眼皮上跳动。几个人的脚步很轻，跟床的滑轮一样，在医院干净的地砖上没有任何摩擦力的响动。他们是谁？他们应该很难过吧。但是难过和绝望是两种情绪。她不知道怎么面对，第一时间的绝望是本能、是盔甲，也是软肋。是什么都没有关系，因为她还没有能力产生第二种情绪。

几个人把她搬到病床上，她还是没有睁开眼睛，耳朵里全是泪水，她没有哭，只是流泪。任凭他们摆弄自己的位置、枕头的高度，用被子给她轻轻盖好，掖紧边缘，她感觉自己像一具尸体。

有人拿纸巾给她轻轻擦面颊上的眼泪，可是他不知道她耳朵里全是泪水。她睁开眼，看到的是瘦高的子墨，不是手术室里的实习生。从什么时候开始是子墨的，她也不清楚。

看到子墨后，她的眼泪似乎更难以遏制地涌出来。子墨不停地给她擦，自己也在掉眼泪。

"子墨，你把窗户关了，有风，你姐身体虚，不能受凉。"是舒南的声音。

珊珊的眼睛随着子墨移到了窗台，看着他把那一小扇窗户合上。眼睛再扫回房间的时候，看到舒南和彭宇并排坐在沙发上。护士给她挂好点滴以后就走了，金阿姨坐在床脚的凳子上。他们一起看着她，眼神里都带着难以掩饰的失望。对，不是悲伤，是失望。是对结果的失望，还没有转化为对人的悲伤。好像是在赌马中，那匹被买中的马半途受伤，赌马的人第一个反应是输了，继而才是对马命运的关注。

珊珊舔了一下嘴唇，觉得很干。

"两个小时之后喝水，四个小时之后可以吃点儿容易消化的食物。"金阿姨说完，用棉签蘸了一点杯子里的温水，给珊珊的嘴唇轻轻擦了一下。

珊珊想动一动身体，发现动不了。病服只扣了一颗扣子，整个上半身被纱布厚厚地裹缠着，像一只作茧自缚的蚕。

麻药的作用渐渐散去，疼痛慢慢攫住了珊珊仅存的力气，她开始不流泪了，但是也同时丧失了说话的欲望，她自己孤独地在疼痛中挣扎，这点儿抵抗的能力，让她逐渐感觉到了自己的意识在身体里主动行动的力量。

一只被命运揉捏的蚂蚁，真可怜啊。这世界有那么多蚂蚁，她一直辛苦地活着，终老不过一刹，但是她想看的风景还很多，为什么任性的厄运就选中了她？捏死一只蚂蚁，有什么快感吗？

不知道过了多久，珊珊知道如果自己不说话，这三个男人，也不会开口。

"舒南，跟我说一下手术的情况吧。"

"等一会儿，徐主任会来跟你说的。"

"你先跟我说说。"

舒南犹豫了一下，应该是跟彭宇交换了一下眼神。"手术做了快三个小时。"

"那么久？"珊珊知道，越久，情况就越糟糕。

"包块取出来还是很完整的，去做了快速病理。"他顿了一下。

"是恶性的，我知道了。"

"嗯。然后就按照之前的手术计划进行了切缘，取了前哨淋巴结。好消息是这些病理都是阴性。"

珊珊的心情并没有因为这些"好消息"而雀跃起来。对她来说，恶性和良性，就是 1 和 0，被确诊了恶性，就是癌症，癌症这个词，是个百分百的坏消息，令人绝望的坏消息，无法安慰的坏消息。

"徐主任给你做了保乳术。"

"整个乳腺科，徐主任手术是做得最好的，我看你出来没有插管，都觉得诧异。这个手术十个有九个都要插导流管。"金阿姨很显然已经是这个病区的编外专家了。

珊珊也不知道什么是导流管。她只知道那些都是 1 的附属，此时，她已经不是 0 了。

徐主任也许是手术太多了，那天最终也没有来病房里看她一眼，跟她说说病情。小吴医生也没有来。有些医生只会做手术，不会看病。医者仁心，很多病都是要医病且医心的，她从入住这个病房，徐主任跟她说的话没有超过三分钟。这也是后来管子珊执意要换医生和医院的重要原因。

"子墨，你晚上回家住吧，这里有金阿姨就行了。"

"我就在这儿，哪儿也不去。"子墨嘟囔着，好像受委屈的是他一样。

"你晚上打呼噜，吵得大家都睡不好。"

"我啥时候打过呼噜？"

"你自己听不到。"

"让子墨留在这里吧，睡看护床，我再问护士要个加床。你让他回去他也担心得睡不着不是？"金阿姨打断了姐弟俩的争吵。

"就非要添乱！是谁告诉你的？"

"这么大的事儿你瞒得过去吗？是家里没人了吗？你就喜欢逞强，住院做手术都不告诉我们，你把我们当亲戚吗？"子墨边说边哽咽起来。

金阿姨赶紧去拍拍他，让他坐下。"你姐这个是不幸中的万幸，发现得早，虽然是恶性的，但还没扩散。好好配合后续治疗，肯定没事的。"

"还有啥后续治疗？"子墨一脸茫然。

金阿姨看了一眼珊珊，没有说话。

"子墨，姐得的是癌症，后面还得化疗。"

子墨的眼睛里出现了呆滞，然后趴在珊珊的脚边哭了起来。他还是个孩子，自己都快做父亲了，仍是一副不经事的模样。

"子墨，不哭了，你姐伤口还疼着呢，你这么哭，影响她情绪，愈合慢。"金阿姨轻轻地拍着他的背，他才慢慢从抽泣中安静下来。

三个人，两幅帘子，漆黑的夜，静深深的，没有人说话，虽然都睁着眼。珊珊疼得有些撑不住了，发出"哎呦"一声，子墨赶紧从床上爬起来，"姐，你怎么了？"

"好疼。"

"开皮拉肉的，麻药过劲了，可不疼吗。受罪了，疼你就哼哼出来，不要忍着，喊出来多少能缓一点。"

"那你们都别睡了。"

"第一晚就没睡过。"

第一晚除了疼痛必须承受，还有现实需要面对，以刚受重创之躯来消化极为可怕的消息，是的，这样的夜晚，谁能睡得着呢？

"那你们都陪我熬着。"

"我是你花钱雇来的，分内事。他是你亲弟弟，手足情。都不欠。"

铁板一样的身体，动弹不得，伤口在燃烧，吱吱作响。手上打着吊瓶，下面插着导尿管。她听了金阿姨的话，隔几分钟会把积攒的疼痛哼出来，从嘴里吐出去，好像在给身体释放痛压，如果有这么个东西的话。

"爸妈知道了吗？"

"不知道这么严重，就知道要做手术，姐夫，哦，彭宇打电话给我的。"

"我就知道是他。"

"他现在这身份，来照顾你也不合适。家里没人在哪儿行？"

"你能干啥？"

"你就一直瞧不起我。"

"你这样认为？"

"不是吗？高中时候我不想考大学，你说我不考，你就不认我这个弟弟了，我去考了，两百分，啥学校也上不了，去个垃圾大专，不是浪费钱吗？"

"爸妈由着你，不想学习就不学。"

"不是所有人都跟你一样，想学就能学好的。"

"你问问你自己，你想学过吗？"

"我看到书就困，听到老师讲课就晕。太痛苦了。你非逼我学，没别的路了吗？"

珊珊又轻轻挪了一下身子，吐出一口痛压。

"子墨，今年你多大了？"

"你是我姐，你不知道？"

"你二十五岁了，你后悔不好好学习，没上大学吗？"

"不后悔。我现在开出租挺好的，不比你赚得少。等我再攒点儿钱，打算跟心怡一起开个剧本杀店。"

"你不后悔就好，姐当时劝你，就是怕你以后长大了会后悔。"

"人各有志，姐，我知道你为我好，但是我不可能走你的路。没本事也没兴趣。"

"心怡什么时候生？"

"还有三周吧。"

"爸妈高兴吧？"

"嗯，准备了好多小衣服。"

"妈手巧，快生你的时候，挺着个大肚子，还做了好多棉裤棉袄。"

"姐，其实爸妈没有不喜欢你。"

"知道，只是更喜欢你。"

"是我比较没有出息。"

"爸妈喜欢男孩，你是啥样的他们都喜欢。"

"你真这样认为？"

"不是吗？"

"爸妈一直都把你当作骄傲。就在我们那一片儿，能让他们挺着胸脯走路的，在老同学、老同事聚会的时候吹牛的，你觉得是我这个开出租的儿子吗？是他们从名牌大学毕业的女儿，在大学里教书的教授，出国留学的高端人才！"

"我可没评上教授，出国是访学，不是留学。"

"反正对我们来说都一样。我开出租跟别人聊天，说出来都特别有面子。"

"爸妈真的在别人面前夸我？"

"就差印个广告，见人就发了。你知道吗？你是他俩的面子，我是个里子。我虽然撑不起咱家的门面，但是件小棉袄，负责让他俩开心，不漏风。"

"这几年，你口才变得这么好了。"

"社会是个大学校。你一年教多少学生？我一年拉多少乘客？什么人都有，没事儿的时候，也在车上琢磨一些事儿，开着开着车，就想通了。你天天看书，不琢磨吗？你说你是面子，爸妈就得打理你，让别人看着光鲜；我是里子，贴着肉，软乎布就行了，贵贱好赖，没有关系。你跟我比啥呢？"

珊珊听着子墨说话，脑子里一直紧绷着的一根绳索断开了，一丛神经被释放了，一阵轻松。她并没有被说服父母也同样爱着她，而是觉得自己那个浑不吝的弟弟长大了，他看事情可以这么通透，说话这么有逻辑，他一定过着自己想要的生活。

沉默了一会儿，子墨开始打呼噜了，声音不大，一种很安然的小泡泡，从他两岁，睡觉就会冒这种快乐的小泡泡。

"有的人，天生命好，没心没肺。"珊珊对起身给她倒尿袋的金阿姨说。

"没心没肺的人，心和肺都好着呢。"金阿姨从洗手间回来，"你压力太大了，得这种病，不是气的，就是憋的，你大概是后者。"

"您呢？"

"我是躲不掉，家族基因。"

"金阿姨，跟我说说化疗的事。"

"现在不问，珊珊，这个病，每个人的情况都不一样，你听医生的，不要一下想后面很多步，就想着眼下该干什么。"

"我以为您会用您的经历开导我。"

"我在这里好好的，你能看得到，但是你也很难得到安慰，会觉得我是个特例。所以，我不能用过来人的身份跟你说话，那样没法感同身受。我要退回到你现在这个阶段，用这个阶段的感受跟你说话，这样你才能听进去。这个晚上是最疼的，当时我的创口大，我都号得护士过来给我打了止痛针。你哼哼出来，我才放心，不能憋着。"

"阿姨，我觉得您真的有慧根。"

"啥慧根？"

"就是有大智慧的人。"

"照顾人多了，也会像你弟说的那样琢磨。大智慧没有，但是尽量去感受到别人的痛和苦。"

"哎，鲁迅先生说过，'人类的悲欢并不相通。'其实，很久以来，我都不期待所谓的感同身受。"

"这文化多了，到底是好事还是坏事呢？好的是一肚子道理，总能挑出来解决问题；坏的是有时候简单的事情，道理会把它变复杂了。"

总是有人说珊珊是个心思重的人，不大快乐，但是她没有把这种气质与她读的书联系过，觉得可能有一种天生的基因控制着她，让她很难打开自己的内心。

21

12 岁的子墨，上六年级了，字跟人一样瘦长，好像纸面上有八级大风，全部歪着头倒向一边，头发飞舞，让人看了心慌。

"姐姐，我今天在爸妈大衣柜里翻东西，看到一封信，是写给你的，还是你初中的地址，应该是很多年前的信，信封很旧，是打开看过又用胶水糊上的。我觉得应该是妈偷看了别人给你写的情书，没有给你。但是你现在已经是大人了，这是你的东西，我寄给你。你别生妈妈的气，我们班也有同学写情书，班主任在班里大声读，真是很丢人的事情。我喜欢谁，可不能留下任何证据，妈妈是为了你好，这样谁也不知道，你就不会感觉丢脸。但是妈妈做得不对，到现在还藏着。你千万不要出卖我，不要说是我寄给你的。姐，我很羡慕你，你已经是大人了，很自由。我每天放学去打会儿游戏，都跟做贼一样。马上就要上初中了，离长大又近了一点儿，很开心，可是，好像长大的尺子就是学校，考试。姐，世界那么大，是不是每个人都要被学校管着呢，必须要学那些课本，做那些试卷呢？……"

珊珊迫不及待地拆开随信寄来的另一封信。

如子墨所说，信有年头了，邮票还是两毛一张的，一簇开了花的水仙。盖了1995年5月的邮戳，那时候，是珊珊上初二，读了一本言情小说被母亲发现的那段时间。难怪母亲对这封信严防死守，从未透露。信封上只有收信人的地址和名字，寄信人的地方是空着的，好像并不期待回信，或者应该确定对方是知道自己在哪里的。

她用一把尺子，越过被撕开又黏合的卡角，轻轻把信封短的一边细致地划开，没有留下一点毛边，平平整整，她想看看那个时期是哪个男生对这样一个平凡的姑娘，动了浪漫的心思，所有落在纸上的心思，在珊珊看来，都是珍贵的。即使历经了九年，沧海桑田，但还是让人心生悸动。

"我最亲爱的珊，听说你的成绩特别好，真为你高兴。咱们大院里出来的孩子，还没有一个上过大学的。我相信你，努力考上一中，然后肯定能上个好大学，你的前途一片光明。

人在看不到未来的时候，就会回头看，我最近经常想到咱们一起在铁轨上捡石头寻宝，回去藏宝还做藏宝图的那段日子，那是我这辈子最快乐的时光。我还回去过一次，现在铁路都被拦起来了，火车越来越快，没有小孩儿敢在铁轨上玩儿了，我们有独一无二的童年。珊，你会有很多的朋友，但对我来说，也许你就是唯一了。但是我们朝着不同的方向，在越走越远。你往天堂，我向地狱。我们不再会有交集了。在彻底掉到十八层之前，我想找个人把这件事说出来，珊，我只有你。刚上初中的时候，我也爱学习，但是我爸妈没有你家的远见，买的房子太偏，我就近上了15中。我没有埋怨他们，觉得只要努力，哪里都能学出来。这种想法，多幼稚啊。我身边没有人学习，一个没有学生学习的地方，老师也不会费心去教了。这里拉帮结派搞小团体，打架斗殴谈恋爱，上课睡觉说话连纸条都懒得传。但是我还是想学习，我不加入任何一个团体，也不交朋友。他们随意骂我、推我、用针戳我自行车的轮胎，我就把自己当成行尸走肉，什么都不在乎，时间久了，他们觉得无聊，就放弃欺负我，转向别人了。我尽量不说话，看自己的书，买了一些参考书，做得很吃力，我有个目标，想考上运校中专，毕业了到铁路上上班，看到火车心里踏实。我们的数学老师，他看到我很努力，主动帮助我，每天放学都给我补习，我对他充满了感激，那个地狱一样的学校里，只有他是我每天醒来迈出家门的动力。有一天傍晚，他让我去他宿舍，要给我一些资料，我心里是有犹豫的，十四五岁，异性的吸引这种感觉，我也很敏感。但是不知道是不是因为感激他，还是喜欢他，反正就稀里糊涂地跟他去了。他任何话都没有说，关上门，就开始摸我，那一刻，我是很恐惧的。我知道即使是谈恋爱，也是需要一个过程的。而且他已经结婚了，如果他要跟我在一起，他需要先离婚，他需要等我长大。但是他什么都没说，那一刹那，我开始后悔了，我对他的好感没有了，但是他已经把我压在床上，扒光了我的衣服，他说他喜欢我，会帮我考上中专，会娶我。珊，你一定要记住，千万不要让自己陷入这样的境地，男人的身体一旦进入你的身体里，一切都不一样了。我不得不听他的，他也不再给我补习，就是一次次地要我爬上他的床，连我来例假的时候也不放过。他给我吃避孕药，跟我说不吃就会生孩子，我不是处女的事情就会被所有人知道。我已经不喜欢他了，因为他不会跟我谈恋爱，他只是需要我的身体，他没有跟我聊过天，不关心我的任何其他事情。珊，我自己把自己毁了，如果当初没有那点儿好感，明明知道可能会发生点儿什么还跟着他去了宿舍，就不会有后来所有这些恶心的事情，但是已经发生的事情，没有办法按倒带，重新再来一次。我是一个没有未来的人，事情被人知道，我就是个婊子，不被人知道，以后也嫁不出去，嫁给谁谁都会知道我不是处女，我还是会被嫌弃。我每天都做噩梦，睡不着觉，我想到他就会呕吐，吃不下饭，就是想吐，可是我吐出食物，也吐不掉跟他发生过的一切。我是一个烂透了的人，很脏，我不配生活在这个世界。既然不能返回，我就按暂停键吧。珊，你那么美好，你替我活吧，你要一直好好的，我不知道人去了地狱还能不能保佑阳间的人，如果可以，我就用我的一切能力保佑你，保护你。永别了，珊。爱你的，小婉。"

这是一封来自阴间的信。

珊珊给母亲打去电话，那头是一阵无奈的沉默。

"信是你班主任给我的，那时候怕早恋，信都寄到班主任手里，再给家长。我背着你拆了信是我的不对，但也是为了保护你。"

"你看到不是情书，为什么不给我？"

"珊珊，你才14岁，我怎么敢把这封信给你？"

"如果给我，我去找她，也许她就不会死了。你杀了人了知道吗？"珊珊在电话里咆哮着。

"这封信拿到我手里的时候，她已经不在了。她是卧轨的，还在以前老房子附近，是东子爸发现的。没有人知道为什么，她写这封信的原因，你觉得我能说出去吗？人都不在了，再传出去，她爸妈怎么活？你觉得妈妈自私吗？"

珊珊号啕大哭，边哭边吐，不知道这一刻，小婉是不是跟她在一起。

她只把这件事告诉了方美云。

"你朋友太傻了。第一，她没有报警维权；第二，她把贞洁看得太重。遇到这样的事，首先要让犯罪的人去承担责任，她把一切都揽到自己头上。而且她认为贞洁的失去，是自己的过失，虽然她也有点儿不谨慎的失误，但是绝不是她的问题，她还未成年。人的未来不是一层处女膜决定的，她的认知决定了她的命运。"

"可以用这封信报警吗？"

"过了这么多年了，何况凡事都讲求证据，本来强奸举证就很困难，何况收到信的时候人都火化过了，当初就是你妈给了你这封信，也定不了他的罪。你不要再怨你妈了，也不要自责。"

"我已经做了一个月的噩梦了，梦到跟着小婉一起，在铁轨里，火车来了，她不走，我拉她拉不动，火车越开越近，大灯刺得我的眼睛不开，有时候火车就开过去了，没有疼痛，我俩都好好的，有时候我在最后一刻跳走了，回去找她，怎么都找不到。每天做同样的梦，每天。"

"小婉在信里让你好好活，替她活。她这个要求过分了。"

"她说她只有我。"

"也只怪她那时候太小了，总是把自己依附在别人身上，她对那个人寄托了可以被帮助的希望，才会让他趁虚而入。她临死的时候，又把她的灵魂附在你身上，让你替她活，一个人能过好自己的人生就已经不易了，承担不了两个人的生命。如果灵魂也能成长的话，她一定会改变主意的。那封信得亏你妈没在你14岁的时候给你看，不然也许真的会毁了你。你该感谢你妈，不要怪她，是我我也会藏起来，还会烧掉，没机会让你那个自作聪明的弟弟寄给你。"

22

疼痛被吐了几十上百次，终于在凌晨的时候安生了，珊珊沉沉地睡了过去。一个小时不到，天就亮了。护士过来给她换吊瓶的时候，把所有的隔帘、窗帘全部刷刷地拉开，突然的明亮，刺着她薄薄的眼皮，眼珠子生疼，但也没有力气睁开。

"能把帘子拉上吗？让她多睡一会儿，疼了一夜。"金阿姨轻声细语地问道。

"早晨就要把窗帘打开，多晒晒太阳，也有助于她恢复。"一个陌生护士的声音，干脆利落，"八点医生查房，九点护士查房，家属在吧？"

子墨回答"在"的时候，护士已经离开了房间。

"姐，你想吃点啥？"

珊珊没有想到有一天，这个孩子能来照顾她。她的身体像一块经过激烈战斗、士兵刚刚撤退的战场，硝烟未灭、尸横遍野。她不知道胃的想法，只是轻轻摇了摇头。

"子墨，你出去买点儿吃的吧，医院里有白粥，早上我给你姐买一份，她先喝点粥，手术过了24小时，她身体慢慢恢复，就能喝点鱼汤吃点面条什么的了。"金阿姨也一夜没怎么睡，但是她的思路清晰，说话没有一点儿疲态。

子墨在家听父母的习惯了，对金阿姨也很自然地言听计从，当然也忘记问她要怎么吃早饭。珊珊费力地睁开眼，子墨已经出去了，她很抱歉地说："我弟被爸妈照顾得太好了，考虑不到别人。金阿姨，您也出去买点儿早饭吃吧。"

"你别说话，省着点儿劲儿，今天还得疼一天呢。食堂的推车一会儿过来，我给你打碗粥，也顺便拿个馒头，医院的送餐样式少，但还算干净。白粥还真煮得比外面卖得好。"

珊珊点点头。战场上的硝烟正在慢慢变淡，一只橘色的梅花鹿顶着带露珠的树叶，踩着烧焦的草地，细长的蹄子轻抬轻落，所经之处，尸体都不见了。一束琥珀色的光温柔地照在一团橘黄色的蔷薇上。

"感觉怎么样？"舒南一边问着话，一边把带着花瓶的蔷薇放在茶几上，旁边的百合已经半垂着脑袋，没有半点儿想要展开的欲望就已经奄奄一息了。

"感觉死了一回。"

"你生孩子那次，也说过同样的话。"

"是吗？"

"也是手术第二天，一个字都没差。人哪，就是好了伤疤忘了痛的。"

不知道是不是麻药使人的记性变差，她真的不记得之前说过一样的话。

"你那时候胎盘粘连大出血，输了600cc，还好景主任艺高人胆大，换第二个人，你子宫就保不住了。"

人的记性，真的很差。此时的痛，似乎永远都是最痛的。曾经的，再怎么惨烈，也只是一道疤。

"你推出手术室，所有人都看你去了，护士抱着小光，没人要。

是我把他接过来的，那小子，忽然睁一只眼，吓我一跳。头老长的，还黑不溜秋，还好我忍着抱住没给扔了，抱到病房，彭宇和他妈才开始找孩子。不是我，小光不晓得被哪个冒领的抱走卖掉了。"

"求你不要惹我笑，伤口疼。人孩子不是从会说话就叫你干爹吗？"

金阿姨从走廊里拎了早餐回来，洗了手出来，舒南已经把病床摇起了一点点，大概有20°的斜角。"阿姨，您吃早饭吧，我来喂她。不然您喂完，饭也冷了。"

金阿姨看了看珊珊，她的职业素养不可能让她因为自己的饭会冷而犹豫，这么多年的护理经验，让她在面对不清楚的状况时，都会保持沉默，看病人的眼神。她时刻提醒自己，服务的对象是躺着的那个，她的感受和需求是最重要的，周围一切以各种身份出现的人，在她那里，都是其次的。而这一次，珊珊也没有表态。

一旦没有顺理成章的反应，空气就会感受到，立刻释放一种尴尬的信号，让置于其中的人极不自然。打破这个气场，就需要有新力量的加入、搅扰。子墨回来了。

"子墨，你是来照顾你姐的吗？吃早饭还是吃早茶？"珊珊责备道。

"姐，你别生气啊，门卫大爷说你们这里最好吃的是汤包，说有个店不错也不远，我哪晓得，被他忽悠了，找了半天。心里想着回来着急，嘴都被烫了。你看你看。"子墨翻开嘴唇给她看。

"姐从小给你喂饭，今天你给姐喂碗粥。让金阿姨赶紧吃，不然都凉了。"

"好嘞，我可会伺候人了。"

"你今天没有门诊？"
"下午的门诊，上午过来看看徐仕平怎么说。"

"你打个电话问问不就行了。"

"还是见面说比较清楚。"

"昨天手术后没有一个医生来，你们这流水线，下线就不管了？"

"他昨天后来还有手术，可能做得比较晚吧。互相体谅，中国医生很多超负荷工作的。不出医疗事故是底线，其他的不周全，你多担待。"

"你是你们医院的发言人吧？"

"我在这个病房里，身份只能是病人亲属。"

他话音一落，刚刚散去的尴尬气场瞬间又升腾，把几个人包围住了。

"哎，舒主任，你在啊！"这次来释放气压的是梅护士。

梅护士一边取下挂在床头的表格，往里面填写一些东西，一边跟舒南说话。金阿姨知道她填写的内容，主动地汇报着病人饮食、排泄、疼痛用药等情况。

梅护士几乎没有看珊珊一眼，所有的注意力都在舒南身上。但她造不出裹缠其他人的尴尬，因为她自己不尴尬，所有产生的冒昧和沉默都会被她连珠炮一样的声音不断戳破，不给尴尬任何机会形成压力。

医生终于来了。

七八个白大褂瞬间把房间塞满了。

走在最前面的是一个女医生，珊珊之前好像没有见过她。她径直走到病床边，把虚掩的病服拨开，将裹得严实的纱布往外扯了扯，露出了手术刀口上用胶带粘住的纱布，她把里面的纱布也揭开，呆滞的眼神忽然柔和起来，继而发出了让人迷惑的光彩，她转身对那几个白大褂说："你们过来看看，徐主任这个刀口缝得多漂亮！"其他几个实习医生模样的都过来"瞻仰"了徐主任的杰作，频频发出赞叹的声响。

最后，徐主任踩着彩虹桥出场了，他终于靠近了自己的病人，先看了一眼女医生还掀开着展示的"艺术品"，他虽然也是得意，脸上却波澜不惊，显然整日乘着彩虹飞，并不觉得稀奇。他仍然没有跟管子珊说一句话。女医生把伤口重新盖上，一群人正准备离开，珊珊喊了一声"徐主任"。

"麻烦您跟我说一下接下来的治疗方案。"

"你先把伤口养好……"女医生抢着回答道。

"徐主任，您跟我说吧。"珊珊打断了女医生的话。

徐仕平转头看看站在沙发边上的舒南和子墨，"我查完房，舒主任和你家属一起去趟我办公室吧。"

"您就在这里说，我需要对我接下来做什么有个心理准备。他们是我的弟弟和朋友，做不了我的主，我做我自己的主。"珊珊说话的时候用了点儿力气，感觉整个胸部又燃烧了起来，她看了看纱布，还在紧紧裹着，没有火苗从底下蹿出来。

徐仕平又看了一眼舒南，然后转向病床的方向："手术做得挺好的，周末就能出院了。等大病理需要十五天。"

"大病理是什么？手术中不是出了病理了吗？"

"大病理是免疫组化，根据里面的具体指标来确定 CA 的性质和后续治疗的方案。"女医生又抢着回答，这次珊珊没有打断她，因为她已经确定徐仕平在语言表达能力上是有欠缺的。女医生口齿伶俐，但是她用 CA 来代表 cancer（癌症），珊珊意识到自己得了连医生都要使用委婉语的病，可是他们不知道这种避讳很刻意，反而会加强病人的恐惧感。

十五天，大病理，后续治疗。珊珊接收到了这些信息，她想到金阿姨说的走一步看一步，不要看很多步，就放弃了再追问下去的想法，待她缓过神来，屋子里又空旷得只剩下他们四个人了。

"舒南哥，你咋不问问你同事，我姐这么大的病，他一副不关心的样子。"

"他是你姐的主治医生，肯定希望她好，只是每个人的性格不一样，他在与病人沟通上，可能不是很擅长。"

舒南转向珊珊，继续说道："保乳手术，切缘和前哨淋巴结都是阴性，虽然肿块是恶性的，但是并不大，目前判断肯定是早期，肿瘤早期和晚期，在治疗上区别也很大。免疫组化是很重要的参考依据，里面的一些数据会显示肿瘤的恶性程度、复发可能性，还有治疗的方案。这十五天，等得会有点儿煎熬，你趁这段时间好好恢复身体。"

珊珊和子墨都没有说话，看子墨又要哭，金阿姨给他一个空暖瓶，领他走出了病房。

"舒南，我才三十六岁，怎么能得癌症呢？我这辈子坦坦荡荡，也没有做过坏事。怎么遭到这样的报应呢？小光才四岁，我想陪他长大……"珊珊忽然就崩溃了，本来被纱布紧紧裹住的情绪，全部垮掉，一下决堤似的倾泻下来，她呜呜地哭出声音，舒南坐在床边，轻抚她的头，好像在把她的悲伤从头发根里一把把地捋出去。

身体的疼痛不允许珊珊哭得太大声，她很久没有这么出声哭过了。爷爷的葬礼上，看到熟悉的人闭上眼睛，被棺木合上，埋进土里，永远不会再见面，她也只是流泪，哭不出声。这种把悲伤哭出声来的感受对她来说是陌生的，慢慢平息之后，她竟感觉浑身轻松了一些。连纱布裹住的疼痛的身体，都好像通了血脉，没有那么僵硬了。

"让你见笑了。"

"你干吗总是在乎别人呢？"

"我有吗？"

"一直都是。"

"你现在要给我治疗心理疾病吗？"

"我这几天把乳腺癌最新的治疗指南看完了。"

"你是要跨学科发展了？"

"我是要在你有疑问的时候，不只是对徐仕平感到失望。"

"谢谢你。"

"你不要有负担。所有人，愿意对你好的，出于各自的目的，你理解成喜欢、同情、利益都可以，没多少人委屈自己对别人好。所以，不要因为别人对你好，你就有负担。那是他们自己的事。"

"你让我安然接受你的好？"

"所有人的。"

"我怕别人同情我。"

"管他们怎么想。"

"哭完了觉得好一点儿，虽然天还是塌的。"

"哭是对自己的奖赏，不丢人。想哭的时候就哭，大声哭。你有没有发现，你从来都没有大声哭大声笑过。"

"平凡的生活，最多是一点儿苦涩，一点儿甜头，表情肯定也不会很多。现在觉得能平平安安不生病不出事，就是最大的幸运了。"

"记住你今天的话，我怕你好了伤疤忘了痛，出去了又要打打杀杀地去拼，证明自己有多优秀。"

"我这次能好吗？"

"你信我吗？咱们认识十一年了，作为一个医生的舒南同志有没有在涉及医疗的问题上，给过你不负责任的答案？"

"好像没有。我信你。"

"我告诉你，你会没事的。"

"为了安慰我，连信用都押上了？"

"把性命押上都行。"

"我真的会没事？"

"真的，但是这是一场硬仗，手术仅仅是个开始，你能答应我，可以很勇敢地去打这场仗吗？"

"我还能有别的选择吗？"

"没有，但是态度很重要。"

"我现在很消极，眼前全是乌云，根本拨不开。"

"你打过'超级玛丽'吗？"

"我打过，小时候经常玩这个，舒南哥也玩吗？"不知道金阿姨在外面跟子墨说了什么，走进屋时他带着笑容问舒南。

"我在跟你姐说，要一关一关地过。"

"姐，你一定会顺利打通关的！"

23

会议在学校的学术中心召开，珊珊晨读的时候经常路过，还在旁边的小树林里捡过松果，却不知道这栋偏于校园北面一角的普通建筑，走进去别有洞天，是一座非常豪华的酒店。她被眼前的辉煌大气闪晕了眼，还在驻足欣赏着大厅里的中式布景与壁画，就被杨老师打断，让她赶紧跟姜华去2号同传室。同传室在一楼，大厅侧面一条走廊越走越窄，就到了。几个一模一样的小门，上面有数字。她跟姜华找到2号，推开门，压迫感扑面而来，空间太小，抵住墙壁厚重力量的，只有一张小桌子，摆放着两台小机器，连着话筒耳机，面前悬挂着一台微型电视，可以同步看到会场里的情景。

她负责一位韩国和一位蒙古教授的传译，之前沟通费尽了精力，因为他们的英语能力有限，英文的发言稿写得很难理解，又只能通过邮件沟通，如果不是杨老师的几次翻译指导会，真的会很难进行下去。前期的工作再怎么折磨，现在她在同传室里浑身轻松了，只要根据发言人的说话进度，照着稿子念清楚了就行。

茶歇回来的时候，姜华不见了。主持人马上要上场了，珊珊很惊慌，赶紧给杨老师打电话，杨老师在主会场，他很快来到同传室，告诉珊珊："姜华茶歇的时候肚子突然很痛，被送到医院去了，估计是急性阑尾炎。你替他顶一下，现在临时找不到人，没有经过培训的也不敢用。"看到珊珊一脸愁容，杨老师拍了拍她的肩膀，"相信你自己，可以的，集中注意力。"

主持人的说话是即兴的，而且姜华还要负责提问环节，之所以让姜华负责这一块，是因为他是拿了高级口译证。研三的口译大神，还没有毕业，学校和当地政府都在抢他了。杨老师看向管子珊的眼神不仅是鼓励，还有信任，这让她一向缺乏的自信瞬间上身了，她点点头，主持人上台了，她赶紧戴上耳机，杨老师轻轻退出同传室，关上了门。

杨文斌是这次国际论坛组委会的负责人，他是学校外事办的老师，在英国留学工作了十年刚回来。珊珊大学里的老师，尤其是研究生的导师们，基本上不修边幅，头发稀疏蓬乱，衣裤也不讲究样式，与校工的穿着无异。还好有满腹经纶撑着，同学们能感知到他们的学究气，忽略他们粗糙的装扮。杨文斌不一样。他大约三十七八岁，一米七五左右，身材板正结实，没有突出的大块赘肉。他总是穿着考究的西装，裤子熨烫得没有一点儿褶皱，皮鞋也是时髦的复古样式，不是轻易能买到的质感。他脱掉外套的时候，会露出两根背带，在现实生活中，珊珊头回见到一个成年男人整日穿着背带裤，好像是从钱锺书小说里走出来的人物，每天从哪一页走出来？回去的时候又翻到了别处吗？是谁在翻动那本书呢？

庆功宴上，杨文斌让管子珊坐在他左边，他右边是校长。席间，杨文斌夸了整个翻译团队的工作，尤其把管子珊临危受命的事情，添油加醋地在校长面前说了一番。校长问："小管，毕业打算留校吗？"珊珊没有考虑过，回答："还没想好。"杨文斌看了她一眼，这个眼神是他之前没有过的，但是再驽钝，珊珊也晓得这是在告诉她别不识好歹。珊珊觉得在领导面前的杨文斌，和在外事办公室里的杨老师，好像不是一个人。随着几杯白酒下肚之后，他的舌头发硬，脸皮通红，衬衫领子敞开的地方有稀疏的胸毛，平时一直收着的腹部似乎打盹了，瘫坠一团，把腰带勒得紧紧的，那两根背带也终于派上了真正的用场，像拉丝桥上的钢管，死命地吊住桥身。

杨文斌跟着几个同学一起往学校里走，他喝醉了，走得歪歪倒倒，珊珊想去扶他一下，但是觉得不合适，就在他旁边走着。渐渐跟前面的同学拉开了一点儿距离。

"小管，你很优秀。"

"谢谢杨老师，这段时间跟您学了很多。"

"我以后会给你……更多的机会。"

珊珊的谢字还没有说出口，就感觉一只发烫的粗手在她背上抚摸。她下意识地往前快走了两步，没有说话。杨文斌的手很快又贴了上来，迅速在她身上滑动，珊珊像被蛇咬了一样，疯狂朝前面跑，追上了同学。

"如果我是你，就当场给他两个大嘴巴子！"方美云又把饭盒摔到凳子上，怒其不争。

"我反应太慢了。"被咬的那一口，毒液蔓延了她的全身。

"这种四十岁左右的大叔，最能把握小姑娘的心理了。打造一个完美成熟又贴心的形象，就开始使用嗅觉来捕捉那些被他吸引的女孩子，你的崇拜肯定都挂在脸上了，一闻就知道是猎物的味道。"

"我承认之前是有好感的，有一阵子，还很期待见到他。但是他昨天晚上触碰到我的时候，我觉得非常反感，特别恶心。"

"你们对彼此的需求是不同步的。他从嗅到你的气味，就开始动了邪念。你把他当作崇拜对象，一个充满魅力的师长。即使你想见到他，喜欢他，但仅止于精神。你们俩的底线和欲望，隔着千山万水呢。"

"我是哪里给了他错觉，让他认为我是可以为了一些'机会'出卖自己身体的？"

"他觉得是等价交换，各取所需。"

"这件事就这样过去了？"

"你想怎样？摸你一下，你有什么证据？告到校长那里？"

"刺在喉，意难平。"

"你这后知后觉的，昨天一巴掌，再踹一脚，就完了。现在要怎么办？"

"你陪我去找他，我要他给我道歉。"

"道歉这事就能过去了，你就不难受了？"

"嗯，道歉，我就翻篇儿了。"

"那我陪你。"

外事办平日里似乎是个清闲衙门。她俩径直走到杨文斌的办公室，今天他没穿背带裤，大概是昨晚酒喝多了，面部肌肉有些僵硬，失去了平日里的潇洒劲儿，看到管子珊，他表情有点儿难看。

"是在这里说，还是出去说？"方美云开门见山。办公室门开着，外面几个女老师在朝这里瞟。

杨文斌拿起灰格西装外套，走出了办公室。外事办是个独栋的三层小楼，离教学楼比较远，楼下有一块大草坪，几棵梧桐树，两把长木椅。他们仨站在一条长椅旁，没一个人打算坐下说话，显然都默认这是一件长话短说的事情。

"昨晚，我喝多了点儿。"杨文斌知道她们找他的原因。

"还能走路，还能说话，你确定你失去了做人的意识？"方美云像是管子珊的律师。

"回去吐到半夜，有点儿意识模糊。"这种闪烁其词让珊珊更加瞧不起眼前这个男人。

"不跟你绕圈子了。你昨晚对管子珊做了一些不雅的行为。是她及时止损，才没有导致不可收场的后果。但是吞了苍蝇的感觉，你懂吗？"

"我没做什么。"杨文斌好像忽然意识到自己是可以矢口否认的，一本正经了起来。

珊珊很怕方美云扇他耳光，把她往旁边拽了拽，自己上前，"杨老师，我尊重您，但是您显然把我当作了一个很随便的人，这是对我人格的羞辱，我心理上接受不了。"

"你也不想刚来我们学校，就被举报到校长那里吧？在英国，你敢伸手吗？怎么回国，就觉得大学里的姑娘能随便碰呢？"方美云不依不饶。

"我就希望您能做事有担当，错就是错，给我道个歉，以后我们就当不认识。"珊珊的话不强硬，但是态度很坚决。

有人从身边经过，看了他们一眼，走过去之后，还回了两次头，进了小楼。

"昨天晚上我确实喝多了，头脑发了热，做了让你觉得被侵犯的举动，对不起，请你原谅。"杨文斌意识到今天不说出这番话，这俩姑娘是不可能善罢甘休的。小楼里的窗户上很快就会聚集一些闲着没事的人头。多年以后，珊珊想起杨文斌的道歉，才琢磨出来话里的玄机，他说的是"让你觉得被侵犯"，他并没有认识到自己的问题，也没有客观对待性骚扰的实质。可是毕竟彼时年轻，看到他一副怕事闹大的怂样子就误以为他在忏悔了，珊珊希望杨文斌那天再回到书里，书就被人合上了，永远不要再打开。

24

皮肉的疼痛，无论等级，在人的心理上，都不是最可怕的一种。因为它总是会随着时间慢慢变好。然而，并不是每一种疼痛都有这样毫不含糊的方向。

第三天上午，胸部依然很疼，虽然看起来刀口不大，但是毕竟里面挖掉了一块肉，腋下也恢复了痛觉，前哨淋巴结就在那里取的，所以，也有创口。疼痛虽在持续，但在对人精神摧残的力度上，正慢慢减弱。人的进化过程就决定了自己的适应力，无论是对环境还是对自己身体的变化。珊珊可以感知到，之前一块铁板一样的身子，通体钝痛，现在已经开始分清疼痛的位置了，身体没有之前那么沉了。梅护士让她忍着痛，把导尿管拔掉，尝试着自己去卫生间。

卫生间的镜子里，珊珊头发凌乱，面呈土色，她瘦弱的上身，缠着层层的纱布，里面还有压强包。身体做成了炸药包，不知道火线在哪里，好像不小心触碰到，里面的肉就会炸得分崩离析。宽大的条纹病服松松地挂在弯曲的骨架上，丧失了衣服的功能，只是身份的象征。

金阿姨不让她在镜子前面停留，赶紧扶着她回到了病床上。她闭上了眼睛，体会着第一次下床走路每一步提拉牵扯的痛，等待它们风平浪静。

几个清浅的脚步声，她懒得睁眼。

"小光，去看看妈妈。"彭宇小声说。

珊珊眼睛还没有睁开，眼泪就流了出来。孩子往爸爸身后躲，不愿上前。他把下巴卡在脖子上，但是大眼睛还在朝病床上望。彭宇应该没有给孩子做好思想准备，他看到这样的妈妈，有点儿害怕。珊珊很想伸出手，像每天去幼儿园接他时那样，远远张开双臂，儿子就会从班级飞奔出来，撞到她的怀里。但是现在她左手抬不起来，右手打着吊瓶。

"小光，来妈妈这里。"她呼唤着儿子。

小光还是在他爸的裤子边绕着圈，眼睛一直盯着妈妈，但就是不愿意靠近。彭宇像一只母猴一样，身上挂着小猴，往前挪着步，好容易挪到床头，小猴一下松开了攀着母猴的胳臂，又返回到刚才站着的墙边。

"这不是小光吗！"吃完早饭转悠一圈回来的子墨把外甥抱起来，放到肩膀上。

小光一下子兴奋起来，咯咯地笑。

"你还记得我吗？我是舅舅啊！"没等孩子回答，子墨就把答案说了出来，"叫舅舅，舅舅带你去买好吃的！"

"把他放下来，别吓着孩子。"珊珊责备子墨。

子墨被喝停了不合时宜的兴奋，把孩子从肩膀上卸下来，又随手托在腰间，坐到沙发上。能看出他喜欢小孩儿，马上要有自己的孩子了，他应该是个可以跟孩子一起玩儿的爸爸。

对于小光的疏远，珊珊感觉很难过，这么久的相依为命，难道抵不过三天的分离？她之后需要长时间的治疗，孩子会一直跟彭宇在一起，她怕自己连最后这点精神支撑都要被抽去。

无论子墨怎么说服，小光就像看怪兽一样看着妈妈，自始至终都没有靠近。珊珊好想摸一摸他软乎乎的脸蛋，想听他口齿清晰的小嘴说说幼儿园的事情，想让他抱抱妈妈，说几句暖糯的话。最后彭宇把他抱起来，带出病房，他趴在爸爸的肩膀上，咬着大拇指，没有说再见，只是怔怔看着她。

"小光胆子太小了，你平时带得太细了。男孩子要多跟他爸在一起待待，不然以后就不像个男子汉。不过，他爸也没啥阳刚气。"子墨滔滔不绝，珊珊没有打断他。

金阿姨使了个眼色，让他不要再说了。

"这孩子一看就知道心思重，普通孩子都会扑上来喊妈妈，他为啥躲着你？"

珊珊摇摇头，又摇出了几颗大滴的眼泪。

"你儿子转来转去，眼睛都没离开过你身上。我见过太多这么大的小孩儿来病房，'妈妈、奶奶'叫得可亲了，哄得病人很开心，但不到一分钟，就要手机看动画片，或者好奇病房里的东西，扯帘子，拽床单，乱按电钮，摇床，还真有拔管子玩儿的。你儿子一直在看你，不论他爸还是他舅抱着，他眼睛都没离开过你。这孩子不一般。我也说不清楚，就觉得他心疼你，他不敢靠近，也不是跟你不亲，或者嫌弃你。"金阿姨边说话，边拿热毛巾给珊珊擦脸，顺便在眼睛上捂了一会儿，把眼泪擦得不留痕迹。

走廊里一阵高分贝的喧闹声，像一股岩浆从地底喷涌出来，一路燃烧着冲进了珊珊的房间。她们是管子珊的闺密们。平日里她们两周一聚，选一个安静的咖啡馆，吐槽领导、吐槽老公、吐槽孩子，八卦同事，也谈论时事、褒贬电影、评论文学作品。珊珊确诊后，在群里轻描淡写说了一声。但是她清楚，因为请假的时候跟教学院长说了原因，她得癌症的事情会迅速在学院甚至整个学校传开。一个消息在田间地头篱笆院散播的方式与在所谓的象牙塔中传播的方式，没有两样。

进到房间她们先是围观了珊珊的伤口，然后参观了这个医院难得的单间。

萍萍羡慕地问道："这个单间你是怎么申请到的？是提前预约的还是找关系的？我也打算在这个医院生，产科单间太紧张了，不给预约，只能碰运气。这儿有独立的卫生间真好。我第二次生孩子了，可不愿再跟别人挤在一间病房里。年龄大了，睡不好太难受，容易没有奶……"

珊珊看着萍萍高高隆起的腹部，问她什么时候生。

七嘴八舌中，音调最高的是宋莹，说话像极了花腔女高音，每次在咖啡馆聚会的时候，珊珊都会提醒她压低一点，因为旁边人总会露出嫌恶的目光。宋莹的性格极其自由，先生对她也是宠溺有加，她才华横溢，教学科研都是她们中的佼佼者。她迫不及待地跟大家分享她这次博士面试的经历："五个教授面试，前面我都答得很好了，可能是因为我太能侃了，他们想多跟我聊会儿，一个教授又加了一题，问我对热奈特理论的看法，叙事学我根本没有认真看过，我哪儿有看法，但是天无绝人之路，面试前我看过申丹的一篇综述，里面有一段专门说热奈特的，我这过目不忘的记性啊，一顿说，哈哈哈，就这，面试得了第一名！"

几个人在旁边夸赞她厉害，珊珊觉得头很晕。胜男趁她们移到沙发去的机会，靠近珊珊身边，俯下身子，问她："你是怎么发现的？我胸上也有小疙瘩，知道你的事，我就一直在摸，觉得有两个还挺不像好的，到底什么样的是啊？你帮我摸摸这个？"

珊珊说自己的手没法抬起来，告诉她一些基本的判断，如果不放心，可以去做个检查。

小静走过来，坐在珊珊床边："我马上带她们走，你脸色很难看，她们太吵了，宋莹太兴奋了，你不要介意。这是我们几个的一点儿心意。"她把一个信封放到珊珊的枕边。

"没关系的，我也替宋莹高兴。你也有四个月了吧，注意休息。"

"快22周了，预约了四维，也在这个医院。我今年博士也考上了，打算申请推迟一年入学，先把孩子生了。"

"你真好，每个人都有好消息。"珊珊忍住了，她知道，此时她不可以流泪。

小静把几个人赶在一起，连推带哄把她们拉出了病房。岩浆翻滚着继续流下去，慢慢失去了温度，融进了黑色的土壤。

金阿姨把珊珊的床摇下去，帘子拉上："你睡一会儿吧。"

珊珊在帘子里放心地流着泪，一起成长的人，就此分道扬镳了，她们每个人都有灿烂的未来，她却掉落在深不见底的山谷里，四下漆黑，没有光，没有希望。

"楼下一个男人病得要死，那间壁的一家唱着留声机；对面是弄孩子。楼上有两人狂笑；还有打牌声。河中的船上有女人哭着她死去的母亲。人类的悲欢并不相通，我只觉得他们吵闹。"鲁迅先生一边抽着劣质的烟卷，一边用绍兴腔跟她说这段话。

"你当真觉得宋莹她们不把你的病当一回事儿？"

"说实话还蛮难过的。"

"你们这么久的交情，就算是塑料的，就算是普通同事，这事儿也不大可能一点儿都不往心里去。"

"为什么她们要在病房那么闹呢？也没有人问我的情况。"

"吓的呗。自己的朋友，这么年轻，忽然得了癌症。迫于情分，必须来看，但是她们都没有做好怎么面对你的准备。那个胜男就算了，脑子不太好使。宋莹说面试，萍萍问病房，都是躲闪直接谈论你的病。学历高的人，想得更多，社会经验又少，会弄巧成拙。原谅她们吧，她们今天是来表演看病人，比真实看病人要更困惑，更紧张。"

"看病人还要表演？"

"你摔了腿，碰了头，做个剖宫产，开个阑尾炎，都好探望，也好询问，但她们敢问你的病吗？又不能几个人来了都沉默不说话，估计半路上就想好了让宋莹堵枪口，喧宾夺主地说她面试的事儿。"

"说得跟你也参与了似的。"

"但是她们没有考虑周全，倒是没有问你的病，但是又是要生二胎又是要去读博士，不小心炫耀了一把，躺在这里的人会更可怜自己的处境。"

"我去年申请的国内进修批下来了，打算九月份去上海，进修一年也考博士的。现在，都是奢望了，还不知道这条命能活多久。这个年龄正是拼事业的时候，我倒好……"

"你非要把人生比喻成赛道的话，现在你已经换了场地了。隔壁病房，这个病区，每天从手术室里推出来的人，你和她们是一个赛道的，暂时不要考虑进修、考博、评职称的事情了。你的思维不转变，接下来的路没法走。"

"我尽力，但需要时间。今天我们院长、书记都发了信息，要来看我，都被我拒绝了。我现在不想见同事，也不想跟谁说话。看到他们的信息，我就忍不住流泪，还在生命运的气，我知道最后还得认命、接受，但是给我一点时间。我做不到一开始就表现得很优秀。"

"这个病的治疗，跟马拉松一样，但是它的过程中，总是一程结束会有一段时间休整，手术与病理，病理与化疗，化疗每个疗程，化疗和放疗，中间都隔着时间，会让你调整，然后攒足力气再来。"

"还要放疗？"

"你做了保乳，肯定要放疗的。"

"你知道吴兴东去哪儿了吗？是请假了吗？我从手术室出来就没见过他，还是我的管床医生呢。"

"他离职了。"

"犯错误了？"

"不是，主动辞职的。"

"为什么呀？他人很好，这个病区的医生就他有人情味儿。"

"也许就是他的人情味儿太多了吧。他管床的一个女孩儿，十六岁，在这里看了快两年了，查出来就是晚期，肝转肺转，没法手术，化疗了二十多次，家里没钱，要放弃了，吴医生把自己的存款都拿出来捐给她了，前阵子脑转，骨转，昏迷了，家里人悄悄带回家了，还没到家，人就走了。"

"因为这个吴医生辞职的？医生也不能看好每个病人啊！"

"压倒骆驼的最后一根稻草吧。他是不是也跟你说你没事，肯定是良性来着？"

珊珊想到那幅《乳房历险记》还夹在《看不见的城市》里，点了点头。

"他不适合做医生，医生不能毫无同理心，但是也不能过于情绪化，在每个病人身上投入过多的感情，一是会影响自己的专业判断，二是无法从一个病例中迅速抽身去顾及更多的病人。"

"好可惜啊，国家培养一个医生不容易，自己也吃了那么多年的苦。"

"每个人都有自己的路。他把女孩儿的故事画成了漫画，在网上有很多粉丝，有文化公司要跟他合作出版。"

"真好，他适合做个漫画家。"

"我给你看个东西。"舒南从口袋里掏出手机，点开一个视频，拿到床头给珊珊看。

"你为什么不敢摸妈妈？妈妈生病了。生病了就不能摸吗？不能。为什么呢？因为摸了，她会很疼。你想妈妈吗？想。想妈妈是什么感觉？是霸王龙加鳄鱼加大狮子的感觉。"

舒南把视频放了三遍，然后收起来。他也跟金阿姨一样，用热毛巾给她擦了脸，但是她的眼睛好像一个漏了洞的水库，不停地往下流泪。

"哭吧，把脑子里的水也哭干净。"

"你脑子才有水呢。"

舒南每次来看珊珊的时候，金阿姨都会带着子墨出去办事，声称买这买那，或者就是在医院的花园里散步聊天。他们刚进来，看到珊珊泪痕未干的脸上笑意盈盈。

舒南看到他们回来，打了声招呼就离开了。

"只有舒医生来，你姐才能露出一点笑脸。"金阿姨一边削苹果一边笑着说。

"姐，老早我就觉得舒南哥对你有意思。"

"管子墨！"

珊珊叫子墨的全名，给他吓一跳，从小姐姐一喊他全名，都是要教训他。

"以后这样的话，不要说，提一次我打你一次。"

"为什么不能提啊？金阿姨也能看出来。他没结婚，你离了，怎么就不能在一起呢？"

珊珊不知道自己的弟弟为何跟她一点心灵相通的地方都没有，梗着脖子跟她说这些话的时候真招人恨，可是他又有什么坏心眼儿呢？他从小看事情就只看表面，不然成绩也不会那么差。

"子墨，你姐之前带着孩子就没打算再嫁人，现在，我得的是癌症，就算我能顺利完成治疗，可也不知道哪天就复发了，身体里装着一颗炸弹，我这样子，有什么样的未来，你清楚吗？你说这样的话，就是拿刀子拉我的伤口，哪儿疼往哪儿拉。你以后还要说吗？"

25

珊珊和小婉的一批宝贝石头藏在一个绝对安全的地方，安全到她们自己都不会再去找了。她们从琢磨藏宝这件事开始，就不约而同地想到了"那个屋子"，是的，那个红砖盖的小房子，在东子家旁边。宿舍大院的成排瓦房都是车站统一盖的，慢慢地，由于每户人口增加、住房需求扩大，各家都在原有分配的一套基础上，加盖一两间。糊上水泥、刮上大白，尽量与排房保持质量上和外观上的统一性。但是"那个屋子"不太一样，大概只有五六个平方，砖头砌得没那么平整，还有半块的、破损的掺杂其间，粗粝的水泥从砖缝间挤出来，有的圆润润的，有的尖刺刺的，看过盖房子的珊珊知道，这些本应该被泥刀抹平，但好像很赶时间似的，没有被打理过就干结在那里。外墙也没有粉刷，深红色的砖屋，小小的一间，像忽然长出的杂草，在宿舍大院里格外刺眼。珊珊和小婉的妈妈们都警告过她们，去哪里玩都可以，但是不要靠近"那个屋子"，小婉妈说里面有蛇，珊珊妈说里面闹鬼。小婉怕蛇，珊珊怕鬼，在其他小朋友那里听说，"那个屋子"里有一百只老鼠、有马蜂窝、有掉进去就回不了家的大窟窿……

虽然口径不一致，但是恐怖的氛围一旦被营造出来，不但连小孩，就是大人，也会尽量绕道，不靠近那里。

"我们把宝贝藏到'那个屋子'旁边吧，没人去那里。"小婉提议。

"你不怕蛇吗？"

"怕。"

"那你还敢去？"

"你没发现'那个屋子'装的是铁门，没有窗户吗？蛇从哪里爬出来？"

"好像真的没有窗户，我还没有见过没有窗户的房子呢。"

"不是给人住的呗。蛇哪儿需要光呢？"

"东子爸为啥要养蛇呢？"

"蛇肉能卖钱吧。"

"谁吃蛇肉呢？太可怕了。"

"那也有可能是卖给动物园的。你在动物园见过吗？"

"见过蛇屋，一床被子盖着，等好久都不出来。"

"我有次给我爸送饭，一条蛇从我脚尖爬过去，我反应过来就不见了，当时吓得真的差点儿尿裤子了。"

她俩使劲用小铲子刨出一个小坑来，然后连着塑料袋一起把最好看的宝贝石头放在里面，四只手一起压得紧实，正准备把刨出来的土再填回去的时候，东子爸从她们身边走过，小婉赶紧一屁股坐到没有填的坑上，珊珊也跟着坐了上去，屁股隔着裤子被石头硌得生疼。东子爸好像没有看见她俩，表情木讷，手里拎着一个红色塑料外壳的保温饭盒，径直走向"那个屋子"的铁门。她俩赶紧趁机把土填上，然后一阵乱踩，小婉又在上面铺了点碎土和杂草。两个人正准备跑，忽然听到"那个屋子"里传来一阵哼哼唧唧的声音，是人发出来的声音。是个女人。她们还是拔腿跑了。

"如果是女鬼，东子爸不怕吗？"

"肯定不是鬼，鬼怎么会吃人的饭？"

"我们去问问东子？"

"我问过，他说不知道。别人盖的，跟他家没有关系。"

"撒谎，跟他家没关系，他爸去送饭？"

"你敢问你妈吗？"

"不敢，她会打我。你敢吗？"

"我敢，但是我知道她不会说实话。大人就是这样，让我们要诚实，自己一天到晚扯谎。"

宿舍大院拆迁，珊珊家拖到最后，只剩寥寥几户了。才十一月初，在明市这个地方，秋意刚浓，银杏才黄，她还不愿穿臃肿的厚衣裳。搬家那天却很冷，爸爸找了辆三轮货车，跟妈妈一起把打包好的东西一捆捆一件件往车斗里运，奶奶抱着弟弟，在旁边指挥，珊珊在被丢弃的废物堆里扒拉看看有没有她的东西。

就在他们忙活的时候，东子妈的哭声尖厉又突然，划破了这片破落社区的凛冽空气，像是被人拿刀剜去了眼睛。珊珊看到奶奶、爸爸和妈妈互相看了看，似乎他们知道发生了什么事情，爸妈放下手中的活，朝东子家走去。珊珊刚想跟着，被奶奶一只手拽了回来。

"奶，怎么回事？"

"小孩子不要问。"

"我都六年级了，不是小孩子了。是'那个屋子'里的人吗？"

奶奶很诧异珊珊问这个问题，小孩子不是随便一句就可以搪塞糊弄的。但是她也不知道该如何开口，总之她很确定的是，这个事情，小丫头不可以知道。

这个时候灰蓝色的天空开始落下头皮屑一样的雪片，细细的，脏脏的。奶奶对抱在怀里的子墨说："子墨，下雪了，雪，雪！"

不到一岁的子墨跟着说："雪！"奶奶和珊珊都很兴奋，这是子墨说的第一个字。然后三个人就一起傻笑着把这个字重复说了一百遍。

26

家里很整洁，地板干净，桌面上没有浮灰，东西都归置得很整齐，珊珊是收拾了东西匆匆出门的，不记得自己把房间打扫得这么干净。

"姐，没有田螺姑娘，是我帮你收拾的屋子。还不错吧？"

"你啥时候干的？很不错！"

"昨天你让我回来取小光的疫苗接种卡，我看你这里又脏又乱的，就顺手收拾了。"

"又脏又乱，哪有那么夸张？"

"我有洁癖你忘记了？"

"瞎扯，小时候肉掉到地上捡起来就塞嘴里了。"

"你才胡扯，现在花生米掉地上我都不捡了。"

珊珊坐在沙发上，一种熟悉的味道慢慢包围了她，让她觉得舒适，伤口还在隐隐作痛，但是她的神经开始松懈下来。很奇怪，神经绷着的时候总是不易察觉，但是一旦放松下来，那种解脱的舒坦，好像亲手解开鞋带那么清楚明白。

子墨从旅行箱和几个袋子里往外拿东西，手脚利落得很，什么东西放在哪里都不需要问他姐。这些年他一直跟父母住在一个屋檐下，珊珊以为他一定是五谷不分、四体不勤的。

"子墨，过来，先别忙活了，陪姐坐一会儿。"

"我陪你呢，先把东西放好，不然心里闹得慌。"

"你还真有强迫症。"

"哎，我这好好的习惯，到你嘴里怎么又是病了？"

子墨最后把装着各种检查单、发票、出院小结的文件夹从箱子里拿出来。

"就这几张纸，用这么大个文件夹？"

"你在医院没有听到吗？现在仅仅是个开始，这个文件夹肯定能装满的。彭宇做事有条理，总是未雨绸缪。"

"他买的？你现在又觉得他好了？"

"人都有优点。"珊珊把沙发上的盖毯披到身上。

"我听说他现在这个老婆就在你住的医院上班，那么多天都没见到她去看你，这人不行啊。小光跟他们住不会受委屈吧？"子墨把空箱子合起来，放到门廊的储物柜里。一屁股坐在沙发上，依偎在他姐身边。

珊珊靠在他的肩膀上，她还得让他往下沉沉，才能靠得上，这孩子长得太高了，开出租真不适合。

"她是放射室的，我拍片子的时候，她还让他们主任帮我看了，也不是完全当作路人。但是毕竟身份尴尬，人家在你最惨的时候来看你，不懂事的人会曲解成同情或者看笑话儿。"

"你又不是不懂事的人。"

"我是什么样的人，对她重要吗？"

"我其实不太懂你们这些文化人之间的关系，以前觉得咱们那里亲戚、朋友、邻居之间的人情往来太多了，爸妈又看重，一年到头都没个歇，不过那些规矩都特别简单，全部摆在明面儿上的，看了就会，记得就好了，别人家有啥事，你家人出现就是最大的支持。但是你们这些人之间交往，就有很多我看不懂的地方。"

"人性都是一样的。你带着偏见看我们，所以才会觉得不一样。家里现在的人情往来，爸妈都让你去了？"

"也不全是，一部分吧，离得远的，关系一般的，小辈儿的。关系近的老同学、老同事什么的，他们还是自己去。"

"把你当大人了。"

"也不是一天两天的事。他们是慢慢变老的。姐，你不怎么回家，尤其这两年，他俩老得挺快的。"

"身体没有问题吧？"

"身体还好，慢性病，吃些药控制着，老头老太谁都有。我是觉得他们慢慢变小了。"

"人老了，本来就是要缩的，蛋白流失，骨质疏松，脊柱变弯，最后就会变得佝偻干巴。"

"身体确实是变小了，妈以前比你还高，现在感觉矮了很多。但是他们心理也会变小。"

"他们才六十多岁，就开始变老小孩了吗？我总觉得七八十才会有孩子气。"

"你说的是咱奶，跟孩子似的，得哄。爸妈还跟以前差不多，脑子清楚得很。只是他们现在特别喜欢说话，说以前的事。"

"罗素写过一篇文章，说人该如何变老，他说人变老有两个需要避免的做法：一是过分把注意力放在孩子身上；一是沉溺于回忆不可自拔。"

"罗素是谁？他肯定不了解中国国情。"

"是英国的。"

"他们外国人小时候就很独立，老了也要独立，都去养老院等死。"

"你说得也绝对，现在中国很多老人不都上老年大学、跳舞、旅游吗？学习新的东西、结交新的朋友、有未来可以期盼，老年也可以过得不悲哀。"

"都是表象，跳着舞，家里孙子醒了闹了，得立马回去，拦都拦不住。"

"爸妈肯定特别期待你这个孩子的出生。"

"当年你生小光，他们不也激动吗？你有婆婆，妈还过来照顾你月子。"

"反正不一样。"

"手心手背都是肉，你从十八岁离开家，每年回去的日子掰着手指头都能算过来。想关心，也关心不上。人就是相处出来的感情，没有机会处，感情不就慢慢变淡了？但是爸妈对你，从来没有断过牵挂。天天念叨，真的。"

"子墨，你知道吗？你出生那天，下了特别特别大的雪。我这辈子都没再见到那么大的雪。"

"我知道你说的事，妈羊水早破，那种天找不到车，是找领导申请让一辆直达车停了三十秒，坐上火车去的医院。妈生我难产，生了两天，老爸吓傻了，就在产房外面发抖。结果就把你忘学校了。"

"你怎么知道这些事？"

"我听过不下一百遍。"

子墨的嘴巴像是一台废弃在角落里的打印机，被误插了电源，诡异地亮了一下，然后源源不断往外吐出印满秘密的纸张："后来单位联系到老爸，他想到离你们学校最近的就是他表姐，那个年代只有单位有电话，但是表姑下班了，又查了很久，打到他们街道，求人家帮忙找到她，把你接回她家。"

"他们怎么都没跟我说过这些事呢？"

"我小的时候他们也什么都不跟我说。就这几年吧，反反复复就是这些陈年往事，跟下酒菜似的，一遍遍嚼。"

珊珊半晌没有说话，子墨也没有吭声。俩人就这么倚靠着。

"我挺羡慕你的，子墨，我只在父母面前长大，但是没有经历他们变老，他们的头脑中，现在记忆越来越重，会慢慢地都说给你听，在你那里，爸妈从年轻壮年到慢慢老去，经历了他们完整的人生。他们对孩子的管制到对孩子的指望，这个转变的过程，我没有参与，真的会很遗憾。"

"他们都健在，身体健康，说什么遗憾呢？你以后多给他们打电话，多走动。"

"我会的，等过了这段时间。"

"姐，我真高兴你说'这段时间'，你这阵子太悲观了，你能觉得这只是'一段时间'，说明你能好，很快能好。"

珊珊看着弟弟，觉得心里无比踏实，为父母感到心安。

"爸妈跟你说过东子家的事吗？"

"你说的是东子姐吧？"

"东子姐？"珊珊恍然大悟。

"据说东子姐是大院里最漂亮的女孩，但是跟了一个有妇之夫，被人家扯着头发拽回东子家，让东子爸妈看好了，以后再出去，就打死她。这么大的姑娘哪里关得住，又跑了几回，跟那男人要私奔，在火车站被抓回来的，他爸连夜糊了个小房子，咱爸也去帮忙了，然后就把她关里面了。人也疯了，不知道是关之前还是关之后疯的。大院拆迁前死在里面了。"

27

毕业前方美云发生了一件大事，起码对管子珊来说是个天大的事。

方美云留校任教的文件是五月底才发出来的，离毕业只有二十天的时候。她计划一边教书，一边跟着自己的导师继续把博士读了。今年的硕士毕业生，留校的名额非常有限，大多数专业的教学岗门槛都齐刷刷地提到了博士，留洋镀过一层真金假银的，还能享受政策上的倾斜，虽然本身也是"985"高校，但因坐标在发展地区的省会，面对突然涌来应聘的北上广的学生，学校对自己的优秀毕业生也不再讲究什么情分，留了不多的名额基本上全是辅导员，方美云能够以教师编留下，眼红的可不在少数。

公示本应该有一个月，但通知出来的时候大部分同学都已经找到了工作，在忙着办理离校手续，没人在意这个跟自己无关的宣告。但是六月初的时候，出事了。有人举报，方美云留校是因为与某个具有决策权力的导师存在不正当的男女关系。这下，那些打了包寄了行李、准备赶紧去单位报到的同学们，似乎都不着急离开了，毕竟大热天的，从天而降的"大西瓜"，谁不想去啃一口解解渴呢？

管子珊的手机里塞满了各种打探短信，在食堂里，也会有人端着盘子跟她凑一桌，想从她这里问个究竟。珊珊统一回复他们："举报是实名的，你们找举报的那个人问吧，我也跟你们一样，什么都不知道。"

在这件事上，珊珊确实什么都不知道。平时她对方美云几乎知无不言，她信任美云，觉得她不仅聪明而且果敢，做事从不拖泥带水，一个不折不扣的人间清醒。所以，这件事出来的时候，她第一反应是失落，觉得自己从没有得到过美云的信任。女生之间的友情，是以分享秘密为基础的，就像本科时候她跟张淼淼之间，什么都说。但是冷静下来，她又劝自己，方美云之所以让她心生类似崇拜一样的感情，并不是因为两个人之间有多么惺惺相惜，而是美云在很多事情上对她都有影响。人与人之间的情谊，分成很多种，在珊珊每次向她求助的时候，她从来没有含糊过，都会挺身而出，替她解忧。而美云也许根本不需要珊珊分担她的问题，她或者自己可以解决，或者有别的更好的途径。

但珊珊还是要去找美云，心里隐约希望事情并不是外面传言的那般。

"不是我导师，是刑柯南，一个课题组的，我们专业最年轻的博导。"

"我见过他，来我们院做过讲座。柯南，这名字够特别的。"

"你想问什么？"美云的直接并不是想堵住珊珊的嘴，只是不想让她为了避免尴尬而非要兜一会儿圈子。美云的性格特别像冬日里的北风，不带一丝水汽，锋利得很，让人脑瓜子清醒，也能割破没有防护的神经。

"真有事儿？"

"有。"

"交往到什么程度，还只是暧昧？"

"不只暧昧，你能想到什么程度，就到什么程度。"

美云的坦白让珊珊一时觉得自己的提问变成了无聊的盘问，但是她有很多疑惑，"当初你帮我骂杨文斌的时候，你是很憎恨这种事情的呀！"

"管子珊，你脑子进水了吧？杨文斌是在欺负你，他想利用权力占你的便宜，你当时的反应是厌恶、反感，觉得被侵犯。我跟刑柯南是在谈恋爱。"

"他有老婆，有家庭。"

"所以呢？你在审判我吗？"

"我没有资格审判你，只是觉得你那么聪明的一个人，为什么会让自己陷入这样的窘境？"

"爱情是个很奢侈的东西，发生的时候就是一瞬间，维持可能有长有短，各种原因。但是那一瞬间彼此对同一份感情的确定，十分珍贵，转瞬即逝，也许一辈子都不会再有了。"

"敏娜为什么会举报你，她不是签了省台了吗？你留不留校，跟她也没有关系。"

"人心最难测。不过我也感谢她。"

"你没去扇她？"

"人家说的是实话。虽然我是特殊专业，条件也符合留校要求，但是为了保险，刑柯南还是做了点儿工作的。"

"这些事情，她是怎么知道的？"

"刑柯南老婆跟她说的，证据也是她提供给她的。"

"她俩到底是谁恨你？"

"不知道。不过我找了敏娜，当面谢了她。刑柯南老婆背后做的事也是她跟我坦白的。"

"你谢她什么？"

"刑柯南说他跟他老婆关系不好，让我给他一年的时间，处理好离婚的事情。到今年五月，刚好一年了。其实我并没有要求他什么，是他自己跟自己许的诺，到头来又在找补实现不了的原因。他在我们俩的感情里制造了困难，又很艰难地去解决困难。在这个过程中我发现了这个人的能力非常有限。"

"所以，敏娜的举报，让你看清了这个人的嘴脸？"

"别用那样的词，两情相悦，没有谁的错。我最讨厌一遇到这样的情况，就赋予女人受害者的角色。其实我跟他老婆都比他好过，他老婆自己玩自己的，两个人默默较劲儿谁的事业更出色，这次是柯南快要提院长了，她正好找到机会踹他一脚。我对这个人的爱也在失望中慢慢消耗了，他在好好爱一个人和现实的得失中不停权衡，纯粹的一段感情，被揉捏得没了滋味儿。他既不能放弃我，又不知道该怎么跟我相处，他脑子里的情欲、道德、虚荣……轮番逞强，把他折磨得够呛。我是可以断了这份感情的，而且能很快从坏情绪中抽身，我可以离开这个地方，到新的城市，从头开始，我的未来充满可能性。但是这个人，还会跟全面碾压他的妻子继续纠缠，他也许还能遇到像我这样可以跟他好好恋爱的人，也许遇不到，但是不管怎样，都跟我无关了。"

"美云，为什么再复杂的问题到你这里都会烟消云散呢？"

"问题都有解决的方法，复杂的是人心，是问题带来的情绪。任何让你觉得被控制的情绪都是坏情绪，任何坏情绪的来源你都可以选择斩断或者保持距离。"

"你打算去哪里？"

"去上海。"

"我认识的人都去上海了。"

"我最后跟刑柯南提了一个要求，就是把我这个名额留给你。你不是一直想留在高校里的吗？"

"谢谢你这个时候还想到我。我签了一个学校，在彭宇的老家，他明年博士毕业也会回到那里。"

"网恋，见过一面，你就把自己的前途押在那里了？你确定要去一个三线小城市？如果彭宇不合适怎么办？你是个很难从头开始的人。"

"我觉得就是他了，为了他，我愿意去小城市。"

28

免疫组化结果出来的时间比徐仕平说的早了三天。三个人像法院派来递交传票的，敲开了珊珊的门。这是沈玥第一次踏进这个公寓，她丈夫和前妻一起生活过四年的地方。她似乎没有任何窥探心，眼神里没有好奇的张望，无论是性格还是修养，都缓和了珊珊对她来访的抵触。

三个人并排坐在沙发上，稍显拥挤，开始时还都挺板着身子，更让人觉得紧张。珊珊去厨房拿了三只玻璃杯，泡了三杯绿茶，舒南赶紧过去帮她端到茶几上。

"你刀口恢复得怎么样了？尽量不要用左胳膊拎重物。"

"疼还是疼的，但是好多了。左边抬不起来，但是网上病友们都说要尽早练习'爬墙'的动作，不然久了就真的抬不起来了，筋被切短了。"

"别老上网，真的假的你又分不清楚。手术又没切你的筋，腋下取了几个'前哨淋巴结'而已，也没有全部清扫。伤害没有那么大。"

"我一直想问什么叫'前哨淋巴结'。"

"学语言的，可以顾名思义啊。'前哨'就是前线的哨兵啊。如果发生了淋巴转移，就像敌军开进了我们的国土，进行侵犯，首先要跟他们战斗的就是边防哨兵是吧？所以，淋巴转移也会率先体现在'前哨淋巴结'上。取了这些淋巴结，就可以判断，是否发生了淋巴转移。"

"那么多淋巴结，哪些是前哨，怎么判断呢？"

"他们手术时应该会用一种试剂，好像可以测试出来，具体怎么操作的我也不太清楚。但是你要相信，技术已经很成熟了。"

端了茶水回到客厅时，舒南没坐回大沙发上，在茶几边找了个小光平时玩玩具时坐的小圆凳坐了下来。在他和珊珊说话的时候，彭宇和沈玥就端坐在沙发上，一直沉默无言，像是一对在等着拍结婚照的夫妻，生怕变了姿势，摄影师会责怪。

"免疫组化出来了。"舒南好像忽然想到了此行的目的，他看了一眼沈玥。

沈玥从随身拎的手提包里拿出了一张报告单，递给舒南，舒南递给珊珊。报告单字数不多，黑体字标注着"补充病理诊断"，她看到几行字：

（左乳）浸润性癌非特殊类型/浸润型导管癌 II 级：癌肿直径约 1.6cm；脉管，神经未见癌侵犯；

免疫组化标记结果（201703092）：癌细胞 ER（3+，80%），PR（3+，90%），C-erbB-2（1+），CK5/6（－），P120（+，胞膜），E-cadherin（+），P53（+，50%），Ki-67（+，20%）。

看到珊珊一脸迷茫，舒南解释："免疫组化就是肿瘤的一个定性，你的结果概括说是两阳一阴，就是前面三个指标，中间不看，最后一个 Ki-67 也很重要，代表复发转移率，20%，不算高。"

珊珊还是听得云里雾里："第三个不也是加号吗？"

"一个加号算阴性。"

"这阳和阴有什么区别？"

"阳性，就说明你的癌细胞是雌激素供养的，但是第三个指标是阴性，在治疗上会比三阳要简单一些。还有一些人是三项阴性。"

"是不是阴比阳好？"

"这个说不定的。三阴民间说很凶险，但是我看资料，三阴不需要复杂的后续治疗，而且能撑过前三年，就相对安全了。"

"我要撑几年？"

"你需要进行五年的内分泌治疗。"

彭宇大概是坐不住了，摄影师似乎把他们忘记了。他伸手把茶几上的杯子端起来，呷了一口放回去，好像是为了润润干涩的嗓子，然后开口："舒南，我觉得你可以转行了。"

"舒主任的知识渊博是我们医院出了名的。"沈玥难得开口，夫唱妇随起来。

"我只是懂个皮毛，明天还是要去找徐仕平，商量一下后续的治疗方案。"

"管老师，你有没有考虑一下去大城市看看？"沈玥的提议让珊珊有些意外，当然喊她"管老师"听起来也有些别扭，她一时也没有想起来之前她是怎么称呼自己的。

"你们医院会误诊吗？"

"我们都希望是误诊，但是可能性不是很大，我们虽然在小城市，但是医院的病理科很优秀，它们在全国的比赛里都经常拿奖。"

"那为什么建议我去大城市呢？"

"你的免疫组化我问了不同的医生，肿块小，没有淋巴转移，但是浸润了，Ki-67 是 20%，不高，但是又卡在化疗与不化疗模棱两可的数值上。我问了上海的同学，他说上海肿瘤医院可以做个基因检测，对后续的治疗方案有更明确的指导。"

"这个检测你们医院没有吗？"

"没有，这是医疗公司的项目，太贵了，只在某些大城市的大医院里才能做得了。"

珊珊没有想到沈玥对她能如此上心，为了她的病还到处打听。一刹那她想到如果自己不在了，可以放心让小光跟着她。

珊珊经常听说身边的同事或者他们的家人生了大病，都会往北京、上海跑，但是轮到自己，她犹豫了，她在学校里生活了很多年，这次在自己城市里又有熟人帮忙的情况下，她依然觉得看病是件很麻烦的事，现在让她拖着病体和半自闭的性格，跑到陌生的大城市，投身举目无亲的人潮里，不是去看展览，听音乐会，而是去看病，注定是个漫长、复杂又煎熬的过程，她有些胆怯了。

她看了彭宇一眼，彭宇又喝了一口茶，"子墨老婆生了吗？"

"还没，昨天见红去医院了。"

"你爸妈知道你的事吗？"

"不知道，我让子墨不要说。"

"你想自己扛？"

"不然呢？家里马上要添一个新生儿，一个产妇，够他们忙的。而且，我不想让他们知道我得了这个病。"

"我跟沈玥商量了，请几天假，陪你去上海，带着病理切片，去上海把免疫组化再重新做一下，基因检测也做了。那边医生见的病例多，诊断和治疗方案都是最先进的。这个病，是个大事，咱们有这个经济条件去看，尽量不要留有遗憾。"彭宇说出"咱们"的时候，珊珊又流泪了。她以前一直要求彭宇对她温柔浪漫，但是他的铁石心肠从来没有改变过，可是他跟看起来同样冷酷的沈玥在一起以后，对前妻都可以说出这样贴心的话，她觉得也许破碎掉的婚姻问题在她这里吧。

珊珊陷入了两难。如果接受彭宇的帮助，现在的身份让她很尴尬；如果不接受，她知道自己没有能力一个人去看病，从心理上她也需要一个支撑。她看看舒南，想听听他的意见。

那一刻，她意识到自己更想要被舒南陪着，之前他怎么帮她，她都受之泰然，没有过多考虑，但是当她看清自己心里想法的时候，就不能再随口提出要求了，这个心理她还没有闹明白，只是张不开口。舒南也没有主动提出替换彭宇，也许他对他们之间的关系有自己的界定吧，这种带到外地看病的活儿，男性朋友和前夫之间，也许后者更合适吧。

"我也建议去上海看看，也许病理出来，就是误诊呢，你俩顺便去迪士尼玩一趟再回来。"舒南说的话既打破了医生不制造期待的原则，也在这四个人尴尬的关系里扔了个闷火的炸弹。

"你不用介意我的感受，你是小光的妈妈，我希望你好好的。我们能在这个过程中做什么，会尽力而为。小光的爷爷奶奶这段时间也在我们家，他们也难得享受跟孙子的天伦之乐。你放心让彭宇带你去看病吧。"

沈玥的话，让珊珊想到了方美云。一个内心敞亮的人，只会想着如何去解决问题，不会让问题复杂化。

29

管子珊第二次来上海，第一次是大二，来找抛弃她的负心汉，这次是研三，来见恋了一年的网友。

上次下火车时，穿着丝袜打滑了的脚，落在月台地面往前抻了一下，凉鞋带子断了，她驮着重重的书包，拎个塑料袋子，跛着脚拖着坏了的凉鞋，最后一个走出出站口，乔安琪领着她在车站的超市买了一双拖鞋，告诉她："以后不要买质量不好的鞋子，因为你随时可能要走不好走的路；不要穿廉价的内衣，因为内衣裤贴着的是你作为女人最重要的部位；穿裙子，包里装一双备用的丝袜，因为袜子破洞会让你失去尊严；还要常备一支香水和口红，因为不知道什么时候就会遇到你喜欢的人。"

这次，她穿一件白色棉衬衫、淡蓝色牛仔裤、一双白色运动鞋，十分舒适稳妥的旅行打扮，下车前在洗手间迅速化了个淡妆，拂去了几个小时车程带来的疲惫感。

读研的几年，因为公费，加上做了几份兼职，她的收入已经抵得上一个全职白领了，不需要家里人的经济供应，偶尔还给父母买些衣物，给子墨寄些零花钱。读书和赚钱，是一个女孩成长的灵丸。她越来越爱照镜子了，当她对着镜子里的自己微笑时，就是她在宣告她爱着全世界。她是在这样美好的年纪里认识了彭宇。

在写毕业论文的时候，她需要一本重要的文献，通过全国图书馆的联网检索，只有两所大学有馆藏。她在常发帖子的高校论坛里求助，彭宇私信了她，过了一周，一本一千多页英文原著的影印版寄到她手中，字迹清晰、装订整齐。她按照寄件人的地址寄去了她评估出来的费用，彭宇收到后说给多了，又把差额寄了回来，就这样一来二往，两个人熟识了起来。

虽然这次的鞋子轻便舒适，但是她还是走得很慢，落到急匆匆的人群后面。那个年代，已经过了网恋的高峰期，本科时候，太多无法"变现"的案例，因为很多情节夸张，最后都成为同学们茶余饭后的谈资了，"见光死"也是那时候对网友见面的一种结局预判。

珊珊为什么鼓起勇气来见彭宇，也是经过深思熟虑的，不是一时的头脑发热。首先，彭宇与她交往的这一年，没有表现得巧言令色，甚至有些木讷和被动，而且性格状态很稳定，从没有发生过消失或者找不到无法解释的情况，他说话很温和，不急躁，听不出什么炽烈的感情，但是也没有无法琢磨的情绪。其次，他们之间交流的话题，基本上是各自的专业。珊珊跟他聊小说、诗歌和电影，彭宇的话不多，珊珊问的时候，他会介绍自己正在做的实验，大多时候的描述都是很平淡的，但是也偶尔在珊珊的追问下说出野外采样的奇遇或者实验室火灾的内幕。两个完全没有交集的人就这样在网络上碰到了一起，虽说没有燃起多么璀璨的火花，但是珊珊很喜欢这种慢慢笃定的体验。她反复回忆她与彭宇之间有没有方美云说的那种一瞬间对同一份感情的确定，好像找不到那样的一个瞬间，但是每个人都不一样，"1+1"产生的化学作用就有更多种，何况网恋的时空也与从一开始就在现实世界里认识的不一样。

本来是彭宇要来珊珊学校的，但是方美云给珊珊出了个主意：既然对方的身份很明确，不是社会上什么不三不四的人，你不存在见网友的安全风险，那你就去他那里。他如果介绍你给他同学朋友，就说明他认可你，而且能证明他没有女朋友，没有脚踩几只船。你对他如果喜欢有感觉，就继续交往；如果不来电，你回来就可以跟他分手。他如果来咱们这里，就咱楼那些娘娘们，肯定又要嚼一阵子舌头了，你又不是不在乎的人。

"一个人有什么样的朋友，大致就能了解他是什么样的人。"

"别人看到你，怎么也想不到我这么蠢。"

"珊，你不是蠢，你在意的东西太多，活得不洒脱。我们俩本质上是一样的，不然你不会这么信任我。"

彭宇穿着一件墨绿色的短袖 Polo 衫，站在离出站闸机大约二十米的地方，好像不着急见到被接站的人。虽然只是见过照片，他们还是第一时间认出了彼此，彭宇走上前来，接过珊珊身上的背包，没有不礼貌的端详，没有让人不安的问话，就直接领她去坐地铁。好像并不是第一次见面，而是分开了一阵子的情侣，一次普通的再会。

30

两个人在一个车厢，中间隔了两排，珊珊知道这是彭宇故意买的座位，提醒着他们现在的关系，彭宇是带她去看病的，他们之间不要有任何纠缠不清的地方，产生暧昧不明的情感。车票就是第一个标识，楚河汉界，明明白白，这是彭宇的做事方式。

这些天，手机还是会时不时地响起来，看到是同事打过来的，她就会挂掉不接，不是不领情，试着接过两次，但是没开口眼泪就流了出来。所有的安慰和关心只会让她更可怜自己，觉得委屈，好不容易积攒起来的一点儿平静的力量，一个电话就分崩离析。所以，她选择屏蔽这些善意，即使别人误会她不识好歹。方美云曾经说过她太在意别人的看法，如今不是她病了就顿悟了，而是真的没有能量去在乎。

还有一些人持之以恒地要联系到她，给她发信息。有的是让她加油，说一切都会好起来。她不知道怎么加油，如果可以去加油站，刷个卡，95号加满，她这个配置的可能92号就可以了，然后就可以斗志昂扬，多么简单。她看着三个拳头的表情包，不知道该如何回复，在普通人的眼里，这是一场与死神的较量，可能是需要攥起拳头的，但是珊珊觉得自己这个凡人，在死神面前攥拳头的动作，过于幼稚了，如果它想要你的命，你抢金箍棒、踩风火轮都没有用。她觉得自己能做到随波逐流不沉底就已经很好了，但是那些拳头的表情包提醒她"你还不够努力"，她有点儿厌恶这样的提醒。还有一些人会发信息来分析她的病因：你就是太要强了，你平时看太多压抑的书了，你一个人带孩子太辛苦了……跟握紧的拳头相比，这些话的刺激就更大了，它们在暗示一个人生病并不无辜，这关乎生活方式，或者跟性格有关。一个基因研究的专家说，癌症的发生，大概率是上帝掷色子。一个不抽烟的人会得肺癌，一个不熬夜的人会得肝癌，一个正常年龄生育且哺乳够一年的女人会得乳腺癌……但周围的人却要告诉你，你需要为自己得的这个可怕的病负责任，对珊珊来说，此时去定罪、反省、悔改，未免过于残酷了。她需要沉淀下来，她不想自责，也不想握紧拳头喊口号，只想把这片湖面冻住，再有人往里面扔石头，就不会泛起波澜。她知道每一颗石头都怀着好意，但是她就想任由自己不去理会。

彭宇在这个城市里本硕博读了九年，虽然大部分时间都在学校里度过，但地铁的路线都很熟悉，找地方不成问题。提前在医院旁边的酒店订的房间是挨着的两间，空间很狭窄的快捷酒店因为靠近这个全国有名的肿瘤医院，价格昂贵。珊珊把所有的花费都记在小本子上，她不想欠他的情还欠他的钱。

第二天要挂胡主任的号，舒南说他是这个领域里的权威，国内的治疗指南就是他的团队做的。网上没有约到号，还有两个办法：一个是高价买黄牛的号，一个是第二天医院一开门，就去跟黄牛赛跑。如果幸运的话，能跑过他们，挂到剩余不到十个号，或者能排到一个加号，加号是等所有病人看完，医生还有时间的话，就给看。正常挂号298元，舒南给的黄牛电话珊珊打了要600元，还说不一定能抢到。珊珊在跟黄牛确认身份证号的时候，手机被彭宇抢了过去，按掉了。

"我明早去排，不买黄牛票。"

"我出钱，不要这么拼，你抢不过他们的。"

"你不知道我跑半马的？"

"你跑长跑靠的是耐力，这抢号靠爆发力。"

"你不用管了。"

"你如果能挂到，我给你600元。如果没有挂到，第一时间告诉我，我还是找这个黄牛买。"

"好。现在咱们去一趟医院。"

"现在去干吗？"

"沈玥的同学给我们联系了一个医生，也是乳腺科的，咱们先去找他看看。"

"这个医生厉害吗？"

"留洋回来的，成果挺多，上海十大杰出青年。"

"科研好，临床就一定行么？"

"人家这种医院，科研和临床都强，才能有机会上升。"

周强医生在住院部，没有费什么工夫就问到了他的办公室。中等身高，有些偏胖，看起来不到四十岁，四方脸，大眼睛，说话带着一种海派的自信。

"你把所有的检查单给我看看。"

珊珊从大背包里掏出文件夹，把之前做的所有影像资料、出院小结、病理免疫组化都交给了周医生。

"你这个病理还不错的，按照美国的标准，Ki–67 指标 14% 以下是不用化疗的，欧盟的标准是 20% 以下。你这个肿块也小，化疗受益不大，我的建议是不要化疗。你再做个 21 基因，如果在 18 以下，就更确定不用化疗了。直接放疗内分泌就可以的啦。"

听到周教授的话（刚才有个护士进来叫他周教授，后来珊珊发现这里的医生之间彼此爱称呼"教授"，而他们那个小城市里，医生们喜欢互相称呼"主任"），珊珊觉得一道阳光从刀口射进了心上，吃掉了一大块阴霾。

"周教授，我真的不用化疗？"

"化疗的受益不大，对身体的伤害很大，权衡起来，不做更好。现在国内只要确诊，就要化疗，你不给病人化，她还逼着你给她化，很多过度治疗的。只知道化疗能杀死癌细胞，不晓得化疗是'伤敌八百，自损一千'，得不偿失的呀。"

"听您这么说，我太高兴了。我也很怕化疗。"

"你去门诊那边挂一个号，还没有下班，让他们给你开一个 21 基因检测单预约去做，结果出来了告诉我。"

两个人谢过周教授，就去门诊挂了一个号，在 10 块普通号和 30 块专家号之间选择了 30 块的。同样是专家，有的 30 块，有的 300 块，每个医生都被明码标价放在挂号处。相比之下，学校还是委婉一点儿的，虽然不同职称的老师工资奖金不同，课时费也不一样，但是起码学生不会直观地看到老师们的价码。如果在选课的时候标上：助教10块，讲师20块，副教授40块，教授80块，不晓得学生们会怎么选。

30块的专家是位女医生，快五十岁的样子。本来只是让她开一个21基因的单子，但是她也照例要了珊珊所有的资料，看完后说："你这个是一定要化疗的，为什么要做21基因，万把块钱，不给报销，你们是安徽来的吧？这笔费用不小的，你做可以，但是对你的治疗方案没有什么影响。"

"我必须要做化疗吗？"

"当然了，你这个是浸润Ⅱ级，必须要做，而且你年轻，复发率是比较高的，至少要做6个疗程的化疗。"

"但是刚才……"彭宇用胳膊碰了一下珊珊的后背，示意她不要说下去。

"我们现在有个试验组，用的是国内一个公司的化疗药，你如果要进组，可以享受到一些补贴，我给你登记一下。"

"谢谢医生，我们再考虑一下。"珊珊还没听懂女医生说的话，就被彭宇拉出了诊室。

"进什么组啊？"

"让你当小白鼠的。"

"哦，这样啊。我刚才都没听懂。"

"新药上市，都要经过临床试验的，会用优惠来吸引病人加入，乳腺的化疗药已经很成熟了，你也不是什么特殊性质的肿瘤，咱们也不缺钱，她这么着急让你进组，肯定有利益的。"彭宇现在每次提到钱，都会用"咱们"，好像他们在其他方面都要划清界限，但是钱是共有的，珊珊觉得有点儿别扭，但也不免感动。

"刚才你为什么戳我后背不让我说话？"

"你跟她说别的医生不同的意见，她肯定不高兴啊。"

"不都是为了把病看好吗？多问几个医生也是人之常情啊。"

"你看可以，不要用别的医生的话来反驳她。"

"彭宇，你变了。以前你是个挺直来直去的人，是不是跟聪明的人一起就会变聪明？"

"年龄的问题吧，跟受谁影响没有关系。"

"你说，他们是一个科室的，平时也会有很多交流，为什么对同一个病例，会给出截然不同的治疗方案呢？"

"我也很纳闷，明天我一定把胡主任的号挂上，再问问他的意见。300 块的，总比 30 块的权威吧。"

两个人出了门诊大楼的时候，夜色灰蓝，门口的喷泉在无力地向上涌着，没有一点力道，半途就折返奔拉着落下，像是一个费力小解的老人，不得已，也很无奈。水面上漂着几朵快要烂掉的睡莲叶子，红绿相间，旁边几朵闭合着的花，像纸叠的一样，花瓣死白，不晓得第二天的阳光照耀到它们的时候，还有没有力气盛开。快下班的时间，人群依旧熙攘，没有人会在乎这几朵睡莲的命运，每个人都在这里向死神卑微地讨要自己生存的时间。他们有的坐着轮椅，有的扎着头巾，有的看起来很虚弱，有的似乎没有毛病，但是每个人的脸都比常人多受了几倍的地球重力，眼角、嘴角、颧骨上的肉、肩膀、手臂……都使劲地朝地面下坠着，他们很难露出笑脸，那是一种反科学的行为，也许也是反道德的。

正对着便池一样的喷泉，是一个难以称之为广场的小片空地，几个工人正在搭一块巨大的广告牌，待到他们将它竖立起来，珊珊才看到是一个学术会议的海报。一个关于乳腺癌靶向药临床研究的会议，参会发言的国内外专家的照片和简介都印在上面，当然也包括第二天珊珊要挂的胡主任。此时近在咫尺，可与明天真的能见到他一面，还隔着十个黄牛的距离。

"你看这个会议是什么时候？"珊珊问道。

"这个周末。"

"今天才周一。"

"不然呢？你要去参会？"

"起码去会场门口堵一下，说几句话，不然这一趟不白来了？"

两个人在宾馆旁边的面馆一人吃了一碗面，就回住处了。以前在一起生活的时候，珊珊和彭宇少有的共性之一就是对吃不讲究，好赖到点能吃上嘴就行了，从来不会为了什么美食而搜街串巷，家里几乎没有零食，又加上两个人都坚持锻炼，彭宇长跑，珊珊游泳，他们的身材都保持着刚认识时候的状态。

回到宾馆，两人没说一句话各自回到自己的房间。这次是他们离婚两年以来，第一次单独相处，珊珊能够感觉出来，一种刻意但又合理的陌生感存在他们之间，话说到什么份上、肢体之间的距离保持多远，都好像有把尺子量得精准，而他们是有默契的，这把尺子，他俩都看得见。

与小光的视频，沈玥是分别打给彭宇和珊珊的，不知是她与彭宇提前商量好的，还是她自己的主意，但珊珊心理上没有任何的不适，如果继母打视频给父亲，孩子看到视频里是父亲和母亲在一起，他多少是会困惑的吧。阻碍小光成长的并不是父母的离异和重组的家庭，而是让他持续对这些错综复杂关系的困惑。孩子的不安多来自无人在意他的不安。他们花了一定的时间让他接受了爸爸妈妈不能生活在一起的事实，爸爸有了新的爱人，没有谁被丢弃，只是换了一种更好的方式生活，所有人对他都很好。再复杂一点儿的情绪，可能会在他成长过程中不断出现，但是珊珊有信心可以关注并及时给予引导。生活中的无可奈何，孩子也得接受，但是接受得好是成长，接受得差是创伤。此前，珊珊与彭宇唯一的联络和话题，就是小光。他们在对孩子心理的关注上，保持着同样的态度，也一直都尽力做到最好。

视频显然是先打给爸爸的。

"爸爸不在家，出差了。妈妈，你在哪里？"

"妈妈也在出差。"

"是跟爸爸一起吗？"

"不是的。"

"爸爸说要给我买玩具。"

"你想要什么玩具？"

"恐龙！"

"你有太多恐龙了。"

"但是我还想要。"

"你要听阿姨的话，听奶奶的话。"

小光一听到妈妈要教育他，就跑出了屏幕。沈玥露了半张脸，说了一句她去陪孩子，就挂掉了。

这次生病前，珊珊对沈玥有过很多猜测，从舒南嘴里，从小光嘴里，从彭宇的变化。一个女人对前夫的现任不好奇，几乎是不可能的。一开始得知他有了新的爱人，心里会有一种与吃醋不太一样的酸涩，觉得他悼念逝去情感的时间未免也太短暂了，会把自己看得很低，那个未曾谋面的女人即使拼命在意识里被打压，也按不住，释放出耀眼的光辉，无凭无据，但对方在她的头脑里就是比自己强的角色。这种比较毫无道理，也没意义。但是人的脑子就是喜欢恣意妄为，这种荒唐得比较久了，就会把无处安放的这个人放到对立面的位置，好像那里是她理所应当的归宿。

所以，此前，不能说珊珊有多讨厌沈玥，只是说到好感之类的，是不可能产生的。她甚至每次在小光周末被送回家后给他洗澡的时候，打开浴霸的灯，仔细检查他的身体，看看有没有擦伤或者瘀痕。从小光嘴里问不出个究竟，他对谁都是说"喜欢"，好像全世界没有坏人一样。她对于沈玥，一直提防。表面上看，是为了儿子，但是，深究下去，还是一种不太健康的心理在作祟。珊珊跟这个男人的婚姻失败了，沈玥如果和彭宇可以过得很好，那之前的问题就是出在她的身上，这种挫败感是她很难去面对的。

这次无论是他俩谁的主意，能够让彭宇陪她来外地看病，把她当作家人一样关心，这件事把珊珊从尘埃里释放出来，但是也同时扇了她几个响亮的耳光。她开始认识沈玥，也重新审视自己失败的婚姻。有的人不张扬，活得透彻冷静，不会在人际关系中表现得热情，她浅浅的一份情意，因为诚挚和宽厚，就足以让对方得到极大的恩惠。而又因为这份情感清浅的包装，不至于让接受的人感到难堪，非要表现出感恩戴德的压力。

珊珊也问过自己，换位思考的话，自己能不能做到跟沈玥一样，让丈夫陪前妻去看病，他们有过十年的过往、六年的婚姻、一个孩子，更多的人会竭力让男人避开甚至扯断这种关系，但是沈玥放手让他带她去外地，这需要有一颗仁慈和宽厚的内心，以及对丈夫的绝对信任。

十点了，毫无困意。她希望隔壁的彭宇可以睡个好觉，她明天一定要见到胡主任的念头，在强迫性地压着她控制睡眠的神经，房间的墙壁开始向她逼近，空气变得稀薄，她拨通了舒南的电话。

"深呼吸，用鼻子吸，然后用嘴吐，慢慢地。"舒南听到她又开始有了焦虑症状，引导她通过调整呼吸来缓解紧张，"早知道你这么焦虑，我给你开点儿药带着。"

"你的药我可不敢随便吃，吃了就停不掉。"

"你对吃药的恐惧本身，就是一种焦虑。如果吃药可以让你变得舒服，为什么非要挣扎呢？持续焦虑和失眠对身体带来的伤害，可能比所谓药物的副作用更大。"

"能不吃就不吃吧，不过如果化疗，你这点儿药，都算不得什么了。你今天很忙吗？一整天都没有消息，也没问我看病的情况。"

"彭宇在你旁边吗？我不是怕打扰你们的二人时光吗？"

珊珊不太明白，一个情商这么高的心理医生，为什么会说出这么不合时宜也缺乏体面的话。

"我真的会生气，你以后不要再说这样的话。"

听出珊珊口吻里的愤怒和不容置疑，舒南只得尴尬地收回玩笑的口吻。

"不是挂明天的号吗？今天就看了？"

珊珊把今天下午看了周强教授和30元女专家的事情详细地跟舒南描述了一遍。

"明天如果见到胡主任，不要跟他说今天看了两个医生的事情。"

"彭宇也这么跟我说，你们医生这么在意病人多咨询几个医生吗？货比三家呢，这么大的病，不得多问问不同的医生吗？而且，事实证明，不同的医生给出的方案确实差别很大。"

"然后呢？你问了三个医生，他们给出三个不同的方案，你选哪个？"

"这怎么能让我选呢？医生的职责不是给病人确定最优的治疗方案吗？"

"他们难道没有给你方案吗？"

"为什么会差别那么大呢？你不是说乳腺癌的研究成果很多，现在也有比较统一的治疗规范，而且国内外每年都更新指南吗？"

"你教的课程有大纲吧？你们教授同一门课的老师大纲是一样的，但是每个人的教案一样吗？上课的内容和方式一样吗？"

"你不要总是拿看病和教学相提并论，知识的传授每个老师都有自己的特点，也会根据学生学情进行调整。但是病不一样啊，关乎人命，也许不同的治疗方案有可能会带来致命的差别。"

"指南是死的，医生是活的，病人是不一样的。指南再怎么细化，也只是个大纲，病人的真实情况永远都比指南划分得要复杂得多。比如，符合五条指征，病人必须化疗，但是你符合三条呢？指南没有写，病人不会照着指南生病。当你符合三条的时候，百分之七八十的医生会让你化疗，但是也有少数医生会觉得不化疗对你的身体更好。周教授是留洋回来的，年轻，他的方案会比较激进，认为国内过度治疗太多。女医生年龄大，保守，又带着新药试验的任务，觉得你需要化疗。他们每个人都是根据自己的经验、学识和你的情况做出自己的诚实判断。"

"所以，即使他们的方案差别很大，也没有谁对谁错。"

"从指南上判断，没有对错。"

"真是刷新了我对医学的新认知。"

"病人也需要学习，就中国的医患比例，大多数医生没有时间向每一个病人详细解释自己的诊断动机和依据。"

"所以，最后的判断，并不在医生，而在我，病人自己？"

"是的，取决于你决定相信哪个医生。"

"这不是给我出难题吗？"

"你是奔着胡医生的头衔和威望去的，是你们俩自作聪明，非要多看几个，对于理性且坚定的人来说，多问几个没有问题，但是对于有选择困难症而且焦虑多疑的人来说，多看几个医生不是好的选择。你要做的是，选择一个医生，绝对相信他。"

"那大家岂不是都选择贵的医生？"

"不是所有人都付得起钱看贵的医生，也不是有钱就能挂得上贵的医生。有些病人只信自己，所以，贵不贵不是他选择医生的标准，而是哪些诊断符合他意愿的，比如有些人认为化疗就是自杀，他会选择那些不给他化疗的医生，十块的也信。也有像周教授说的，不给她化，还要求化的，是觉得必须化才能根治自己的癌细胞。"

"看病是一个哲学问题。"珊珊感叹道。

　　小时候跟妈妈去国营的百货商场，珊珊觉得柜姐是这个世界上最气派的职业，柜台就是她们的宝座，所有来买东西的人都要先请安，带着恭敬的态度，让她高抬贵手，取下后面货架上的某种物品，如果不合适需要调换，她们厌恶的表情立马会让你为自己没有深思熟虑后的轻率决定而感到后悔。白眼、板脸和扬起的下巴，是珊珊小时候在比自己高的玻璃柜台前踮脚抬头看到的售货员的标配。而即使文化不高，平时混迹在市井小街，与邻居高分贝交流惯了的珊珊妈，在这里也变得小小心翼翼，好像货柜上摆放的是什么了不得的文物，总是端详半天，下定了决心，才轻声细语地说："同志你好，请麻烦帮我拿一下那件白色胸罩，中号的。"柜台上"啪"扔过来一件，"五块！"珊珊妈赶紧检查了一下有没有瑕疵，掏出五元，掌柜的女人一边写收据，一边丢过来一个塑料袋，珊珊妈把胸罩迅速装进袋子，塞到包里，然后等着拿收据。全程，柜姐都没有正眼瞧她们一眼。

　　那时候国营商场里的胸罩，没几个款式，基本上就是一片长条的棉布，罩杯的概念非常含蓄，虽有一些空间设计，但跟珊珊妈挂在门后铁丝上的月经带一样，布料的简单拼接，只限于功能的需求，而且是最基本的功能。这些东西，在年幼的珊珊眼里，都是遮羞的东西，而它们也因为遮羞的功能，本身变成了一种羞耻。

　　后来她陪小婉去小商品城买文胸，已经是二十世纪九十年代，个体户遍地开花的时候了。商场的东西比较贵，样式也少，那时候，柜姐们已经开始有表情和笑脸了，有的地方因为经营不善，生意不太好，她们甚至开始主动招揽顾客了。但是因为兜里钱太少，她们还是会去个体的内衣店，老板娘通常都很热情，跟她们说哪些样式是广州的，哪些是温州的，胸罩的样式开始出现了变化，有了简单的花纹，有的甚至在罩杯上镶了半圈廉价的蕾丝，这都传递了一种转变的信号，当时的珊珊心里并不太明白，这种对羞耻符号的美化，到底意味着什么。那时的珊珊，还是个只买小背心、胸部像风吹过湖面微凸涟漪的小女孩。

大三的时候，张森森给她洗脑，你不要再买那些便宜的内衣了，洗一次，钢圈就变形了，布料又差。珊珊说自己又不像她，有男朋友，自己穿内衣就是为了不露点，穿在里面有什么重要？乔安琪当年的话早就被她当作了耳旁风，那是一个在上海学设计的漂亮女生的建议，对她这个窝在校园里每天两点一线只知道学习看书的姑娘来说，没有什么参考价值。在珊珊二十一岁生日的那天，森森把她拉到当地最好的商场，一整层的三分之一都是内衣的专柜，森森领她到了一个品牌，按照色系，胸罩被挂在可以转圈的支架上，像是游乐场里的旋转木马，每一匹都不同，可以随意抚摸、揉捏、拿起、放下，没有人苛责。森森让她挑一个，她送给她做生日礼物。也是那次，珊珊知道内衣也有试衣间，而且，尴尬的是，贴心的店员会陪你进去，帮你试穿。她先把内衣给珊珊扣上，然后轻柔地将她小小的胸脯从腋下往中间上方轻推，另一边重复，调整好之后，她的胸被钢圈和肩带严丝合缝地卡住了，还露出了从来没有在自己身上见过的乳沟。一百六十八块钱的胸罩，是珊珊半个月的伙食费，她坚持没有让森森出，她说第一件贵的内衣，应该自己买给自己。森森悄悄又买了一件同样尺码不同颜色的，送给她，告诉她，内衣至少要两件，需要换着穿。然后逼着她把那些廉价的内衣全部扔到了宿舍楼下的垃圾桶里。

方美云指着自己被钢圈勒出的印痕，告诉她那些漂亮昂贵的内衣，是反人类的。两个人一起到图书馆查资料，研究了西方内衣发展史和中国内衣发展史，发现在这方面中国古代的内衣是更为舒适和健康的，可能也是中国人比较保守，外衣宽大，所以，女性内衣基本是以抹胸或者肚兜的样式为主。但是国外文艺复兴以后，虽然说以人为本，大概还是以男人为本，各种裹胸、塑形内衣、衬裙，要求体现完美的腰胸比，迎合男性的审美需求。但是现代西方一些国家的女性都在解放自己的胸部，有些明星带头不穿内衣。回到宿舍以后，她们把所有内衣的钢圈全部拆掉扔了。让乳沟见鬼去吧！从此，她们开始一起买运动内衣、任何穿着舒适而不是以美观为目的的胸罩。

32

从一点到四点半，一颗安定面对全身蔓延的焦虑神经，只能努力杀伐三个半小时，便退下阵来，退的速度极快，珊珊是突然清醒的，没有意识逐渐恢复的过程，她感觉自己在床上的位置都没有改变过，也不像之前每次住酒店醒来时都会有一刹那不知身在何处的困惑，她睁开眼睛，头脑像是休眠了片刻的电脑屏幕，因为触碰了鼠标，立即恢复原状那样清晰。她没有开灯，拉开窗帘，天还是黑的，一头巨鲸趴在沙滩上，肚子上的白，还没有露出一点痕迹来。人们在各种梦中摇摆，没人对它的翻身有所期待。

对面是一个居民区，有零星的灯光从几个窗户透出来，珊珊知道，总有一些人是在巨鲸翻身前浮出水面的，他们也许是渔夫，也许是海盗，也许是灯塔的管理员。后来珊珊才知道，医院附近的小区，基本都是出租屋，房东们不知所踪，二房东们租来整栋，出租给来这所医院做化疗和放疗的病人们。这些灯光照亮的是一些沙丁鱼或者虾虎鱼，无须巨鲸翻身、任何其他鱼一张嘴，就能被轻易吞下消失的那种。

五点一刻，她听到隔壁彭宇刷牙洗脸的声音，这堵几乎没有隔音效果的墙壁，在万籁俱静的清晨，更是薄到让她产生了彭宇又回到家里洗手间的错觉。他刷牙的声音很大，好像对自己的牙齿很是嫌弃，非常暴力又不耐烦地使劲来回挫擦。他的牙齿每次都会被刷出血，然后使劲吐水，会把水槽吐得到处溅满沾血的泡沫，最后使劲将牙刷在牙缸里搅拌，他的牙刷毛通常一个星期就会被折磨得东倒西歪。但是现在隔壁的水流刻意开得很小，也没有使劲吐牙膏沫的声音，连搅拌牙刷的响动都极其克制。医生大多有洁癖吧，他以前是多么倔强和难以改变的人啊，他们之间因为一些小事的撕扯，最后都是珊珊举白旗告负，顽石也许遇到化学试剂才能融化，而她只是另一块石头而已。

五点二十五，彭宇开了隔壁的门，珊珊想出去跟他打个招呼，但是不知道说些什么，也怕吵到别人，所以，就由他去了。

她在房间里不知该干些什么，电视剧和电影是看不下去的，出门时随手拿了科马克·麦卡锡的《路》，英文的看完了，这是中国台湾人毛雅芬翻译、竖排繁体的版本。在美国进修的时候，当代美国文学课的老师介绍的，后来又在凤凰卫视的《开卷八分钟》里听到梁文道的推荐。书里的一个场景正适合珊珊当下的心境，一对父子，在末日后的世界里一路往南，沿途一片荒凉、尸横遍野。他们只有一个念头就是活下去，至于怎么活，前面是什么，南方有出路吗，救世主会降临吗，统统不知道。她耐着性子翻了几页，但是景物描写太多了，她心浮气躁，看不下去。就这样坐立不安地熬到七点多，手机响了一声，她赶紧打开去查看。

"挂到了。"

胡主任的号有几种挂的方式：一种是网上挂，但是他们几个人每天无论什么时间点打开网上的号都是挂满的状态。双十一很多人熬到零点抢东西的事情，珊珊没有干过，她觉得没有什么东西值得牺牲她用药物换来的睡眠，另外也对自己的运气从来没有信心。电光石火间，羊就被薅秃了，这些人的键盘和网速肯定有什么了不得的秘密。所以，对于连续多少天网络挂不上号的情况，珊珊也没有觉得多失望。第二种就是他们现在使用的这种几乎是带着刺激性的赌一把的方式，抢窗口放出来的几个号，跟黄牛赛跑。第三种是每周一的电话问诊，价格更高，五百块一次。人见不到，只是咨询，还是让人无法放心。虽然现在中国的医院大多采用西医的诊疗方式了，但是中国人骨子里还是更信任"望闻问切"的面对面诊断。

吃早饭的时候，珊珊问彭宇，"你是怎么挂到的？早晨我一直担心着，觉得希望很渺小。"

"跟你说了，肯定能挂到。"

彭宇没有想跟珊珊分享细节的愿望，这种情景又让珊珊想到他们曾经无限旋转下沉的婚姻。珊珊喜欢交流，彭宇没有话说。刚认识的那会儿，彭宇也说话，从自己的出生、小学讲到大学、研究生，像是做汇报一样，只有事实陈述，并没有细节描写和观点论述，这些要靠珊珊不停追问，时间久了，问的人就会很累。但是她执着于夫妻之间必须交流这件事，于是，被问的人也烦了。他不明白为什么需要事无巨细地喋喋不休，很多事情，做过了，完成了，经历了，知道就行了。两个人一起长途旅行，一个爱看风景，另一个只注意路标，本来可以互不干涉，各看各的，也能顺利抵达终点。也许很多同行的人都差不多吧，路途遥远，哪里能始终保持步调一致呢？你看到草地上的羊群和天上的云一起晒太阳，你看到电线上的麻雀排列出了巴赫，你看到农夫和他的牛在池塘里一起洗澡……你终究忍不住需要分享的欲望，而你的旅伴闭着眼睛，只是关心前方几公里有驿站。他对你眼中的世界没有兴趣，他对你也逐渐感觉聒噪。珊珊想着他们如何渐行渐远，没有觉得有什么遗憾，因为他们的撕扯持续了一段时间，但是分手时火山已经停止了燃烧，连烟都消散了，彼此冷静得像覆盖了黑色火山岩的石块。他们俩都意识到再一起生活下去，对彼此都是一种精神上的折磨，他们之间没有第三者，没有憎恨，只是不快乐，又不可能为了对方改变自己的精神内核。

那天早晨，彭宇五点半就到了医院，也许只有这样的医院才会这么早大门已开，人的生命十分脆弱，但是求生欲又是那么强韧。所有来到这所医院的病人，都是癌症患者，都在经历生死的考验，这种感觉让彭宇有些错愕。管子珊是他的前妻，是他挥之不去的记忆，是他的初恋，是他肉体和灵魂被割去的一部分，但是仍然血脉相连。从她确诊之后，他的心就没有停止过疼痛，他以为不爱了的人，不会再引起情感波动，但是她的病，让他觉得无法置身事外，他要做的不只是关心和问候，而是义不容辞地参与其中。他需要跟沈玥说明自己的动机，与藕断丝连之类的感情毫无干系，但他不知怎么开口。然而他刚说出自己的想法，沈玥就点头同意了，她没有要求他解释什么、保证什么、分析什么，她信任他，并且也认为他应该帮助，解释便是多余和做作了。

他在一群人中挤到保安把守的门诊大楼门口，在凉薄的晨霭中等了一个小时，六点半门诊开门，又是一阵骚乱，他随着人潮往前跑。这种状况上次发生还是他在读大学，寒假回家赶上春运的时候，不需要打听和询问，只是随波逐流，就可以找到你要去的站台。再次被拦住，他数了一下自己在队伍中的位置，大概是第十二个，前面几乎全部都是黄牛，他们没有统一的制服，年轻的中年的男的女的都有，能辨识出来是他们脸上轻车熟路的表情，为了钱和为了命去拼的样子是不一样的。前面有个中年男人说，胡主任今天放了七个号，齐主任放了五个号。正说着，闸门开了，有的人乘电梯，有的人跑楼梯，彭宇跟在一个女的后面选择了楼梯，事后他想自己的第一反应选择楼梯，可能是因为自己可以掌控速度，而进了电梯，那就是机器给的命了。如果跟珊珊聊这个，她一定又能说出一堆带有哲理的推论。其实，对他来说，就是本能。果然，他爬楼梯的速度比电梯快了两秒钟，在五楼知名专家门诊的挂号窗口再次排队的时候，他已经排在第九个了，他心里默算，如果有两个人挂齐主任的号，他就可以顺利挂到。可是，他数学再好，也没法算到：到他的时候，号没了。窗口里的人说，胡主任今天只放了五个，前面的黄牛在吵，他说没有办法，网上又被挂掉两个，这个是同步的。他还待在原地思考这种挂号系统到底是怎么操作的，不知从哪儿钻出来一个精瘦的中年男人把他拉到一边，问他是否要挂胡主任的号，他有一个加号，下午四点半胡主任诊室门口会安排加号排队，他手里的是加 2 号，基本确定今天是可以看到的，到时候拿着这张加号纸，去窗口付挂号费就行了。这个人是谁？他是黄牛吗？他怎么可以拿到加号？一个堂堂有名的大医院挂号体系为什么如此拖泥带水？但是，现在这个像是得了肝炎，眼珠和皮肤都发黄的男人，就是他可以抓住的唯一一根救命稻草。出于谨慎，他还是问了旁边的保安，这个加号是不是医院的，能不能用，保安似乎对自己维持的这一摊混乱局面颇为适应，向他保证这个号是可以用的。然后就是瘦男人坐地起价了，最后以四百块成交了这张写着二号印了印章的薄纸片。珊珊联系的黄牛要六百块给她挂号，现在自己一大早起床，排队、奔跑，忙活了一早上，最后多了一百块，还挂的是个加号。这个过程有些复杂，他是不会跟珊珊分享的，反正最后的结果就是挂到了号，他不会跟她说细节，不想让她心烦，专心看病就好了。可是珊珊并不是这么想的，她喜欢听生活中的所有细节，这种挂号的故事，足以让她放松紧张的神经，可能还会笑出声来。但是他永远都不会懂，而如今，两人的关系，懂不懂，也都不重要了。

33

珊珊在老家已经待了三天了，学校需要她回去，在假期里做合作班级的招生简章和培养方案，她知道没法再拖下去，今天必须要把这件事情说出来了。

因为下午的火车要走，中午的饭菜比较丰盛，她现在很少回家，回去也待不了几天，慢慢把自己变成了家里的亲戚。父亲还是需要小酌一点，子墨烟酒不沾，但是会给他把酒烫好，倒满。

"子墨，给姐也倒一杯，我陪爸喝一点儿。"

子墨拿着酒瓶子的手停在空中，看了看他姐，又看了看他爸。父亲没有说话，母亲说："你什么时候学会喝酒了？还要带孩子坐车，别喝了。让他自己喝，这么多年没人陪，自己喝还畅快。"

"喝酒还是有人陪畅快，子墨开车，不喝酒是好事。但是偶尔晚上也可以陪爸喝两杯。我能喝着呢，遗传，就是平时不喝。没事的，就喝一杯。"

子墨又拿来一只酒杯，给他姐满上。

几个人一边吃一边闲聊，她站起身，举起杯子，稍低于父亲的杯口，轻轻碰了一下，喝了一半。父亲也喝了一口，仍是他平常喝酒的悠然姿态，但是也能看出稍微有些激动。

"子墨不喝酒，彭宇也不喝酒，喝一辈子了，最后还是女儿陪我喝。"

"爸，以后您和妈可以去我那里住一段时间，我天天陪您喝。"

"我不去。"

"为什么啊？女儿家就是别人家？"

"你奶腿脚不灵便了，我们在这里生了根，去哪里都不自在。你要对你公婆孝敬，要勤快，彭宇人不错，你们能好好相处，我们在家就放心了。"

　　父亲通常一口气说不了这么多话，怪不得中国人说酒桌上能办成事，觥筹交错，热辣的饮品下肚，一起喝酒的人会释放出一种可以同频共振的气息，拉近本来疏远的距离。珊珊把杯子里剩下的酒一饮而尽，拿过瓶子帮父亲斟满，给自己倒上。

　　"我跟彭宇离婚了。"

　　一股肃杀之气笼罩在饭桌上面，没有人说话，父亲的脸涨得通红，并不是酒的原因。珊珊可以感觉到雪落之前天空中那种惨淡的灰白，让人非常沮丧。子墨赶紧让心怡带小光出去玩。

　　"他外面有人了？"母亲小心翼翼地问。

　　"没有，他外面没人，我也没人，就是过不到一起。"

　　"都说门不当户不对、身份悬殊，过不到一起。你俩都是工人家庭的孩子，都受过高等教育，在大学里教书，孩子才两岁，你们是拿婚姻当儿戏吗？"父亲抓着酒杯的手在微微颤抖，好像在空气中画出了他已经不太正常的心电图。

　　"性格不合，在一起难受。"珊珊所有的大道理，在父母这里都讲不出来。她论证过无数次离婚的必要性和正确性，但是她回家来准备告诉父母的念头，冒出来就像一簇火苗一样四处乱窜，烧光了她的逻辑，只剩下荒芜的错误。她在开口之前，家里的气场和氛围就决定了，无论她怎么说，这都是在找骂，被苛责，在承认错误，确认失败。

　　"爸妈，谢谢你们培养我，供我上学，让我有份体面且喜欢的工作。我打算明年进修，然后读博士，没有婚姻，我自己也能过得很好。"

　　"你读什么博士？家都维持不好，你读的那些书有什么用？你给你学生都造成什么坏影响？"

　　"爸，离婚就是坏事，就能否定一个人的全部？"

"它是好事？在我们这里，它就是丢人的事！"

"我是个女孩在你眼里本身就是个丢人的事是吧？"

"女孩不丢人，你做不好妻子，做不好母亲，经营不好家庭，就是失败。书读到天王老子那里，也是屁用都没有！"老管把酒杯往地上一砸，一地玻璃碴子都扎在珊珊心窝子上。

从那以后，她再也没有回去过。

34

下午两个人三点半就到了胡教授的诊室门口，门是关着的，会有护士出来喊号，五楼的特级专家门诊与三楼的专家门诊和普通门诊都不一样，下面的诊室门口都有叫号的自动显示屏。下午候诊的人不是很多，没有人头攒动的拥挤。他俩坐着离开两个座位的距离，各自看着自己的手机，没有谁想主动跟对方说话。

珊珊的电话响了，是子墨。珊珊走出大厅，打开防火门，进了楼梯间。

"姐，心怡生了！"

"怎么今天才生？这都去医院好几天了吧？"

"见红就去医院了，结果住下了，就没动静了。医生让打催产素，我总觉得那个对身体不好，就等吧。等到医生说这孩子该有八九斤了，心怡听了怕，死活不愿意顺产了，今天就剖了。"

"大人孩子都好吧？"

"都好，母女平安！"

"是女孩儿？"珊珊才想起来关心孩子的性别，这本是听到女人生产本能的第一个问题，她却忘记问，不是不关心，而是她内心里一直认为肯定是个男孩儿，这么认为久了，就当作事实存在脑子里了。

"咱爸有没有不高兴？"

"管他呢！女人生孩子真不容易，我看到小葡萄的第一眼就哭了，这孩子，给她妈折腾的，先兆流产以为保不住，打了多少针，稳定了，心怡就一直吐，吃不下东西，吐到七个月，胎盘又低长不上去，怕早产卧床了一个月，最后一切好了吧，还不愿意出来，让她妈挨了一刀，手术室推出来的时候，她妈脸上一点血色都没有。"

"月子好好坐，补回来。记得千万不要积奶了，如果奶水有多余的，就用我给你寄的那个吸奶器吸出来，一旦有结块，必须立刻去医院消炎，不然比生孩子还痛。"

"姐，女人真不容易。"电话里子墨又呜呜咽咽地哭起来。

"以后对心怡好一点儿。"

"我肯定会的，我也会对妈好，对你好！"

"小葡萄是名字啊？"

"心怡怀孕的时候就只爱吃葡萄。就是个小名，大名你给想想，全家就你最有学问。"

"起名字不用学问，是父母的一种意愿寄托，你们俩起吧。"

"其实我挺开心是个闺女的，都说女孩儿像姑姑。"

"像我有什么好的？"

"姐，你不知道，我从小就崇拜你，对，崇拜。普通的女孩子是喜鹊、是鸽子，你就是鹰。那种可以飞得特别高，什么也不怕的那种。"

"你别跟我在这儿贫了，赶紧去照顾心怡吧。"

"两个妈，还有一个月嫂。病房里挤得慌。"

"她现在最想你在身边。"

"我知道。姐，你现在怎样了？"

"你没跟爸妈说吧？"

"肯定不说啊，你不让说，我哪儿敢提？"

"我现在在上海呢，打算过来找这边的专家再给看一下，出个治疗方案。"

"就得去大城市看，东子爸肺癌晚期，东子给他弄到北京瞧的，现在两年了，还好好的。东子哥出息了，他在我们这里弄个物流公司，十几辆大货车……"

"你快去病房看看心怡。镇痛泵用到明天再关，导尿管去掉第一次小便会疼到要命，护士可能今明天就来催奶了，也会挺疼的。这几天让老人和月嫂照顾孩子，你一直陪着你媳妇儿。"珊珊打断了子墨。

"好的，好的，我去了哈。姐，孩子满月，你能回来吗？"

"应该是回不去，即使不用化疗，也要放疗，一时半会儿是结束不了的。姐对不起你了。"

"你怎么说这样的话？要不是心怡生孩子，我应该陪你去上海的。现在你一个人，身体这么差，还要自己忙看病的事。"

"你不用担心，我有人陪。你把老婆孩子照顾好，请了月嫂，就别让妈太累了，她血压高，不能熬夜。"

"谁陪你的？"

"我在上海的同学。"

珊珊听到楼梯门打开的响声，回头看到彭宇，赶紧把电话挂了。

"子墨他老婆生了，女孩儿。"

"哦。喊到加1号了，快到你了。"

胡教授的诊室没有什么特别，面积也与其他诊室无差。两张桌子上背对背两台电脑，靠近门一侧的电脑前面坐着两个年轻女医生，进去的患者会先在这里登记一些基本信息。对面的电脑面前也坐着一个女医生，应该也是助手，胡教授站在她的身后，在指导她往电脑里输入怎样的信息。珊珊进去的时候，里面还有一个患者没有结束，诊室的门也不停地被打开，有一些人闯进来，说着自己是谁介绍来的，或者要过来给胡主任看检查报告单，都被护士和助理劝出去了。珊珊没有想到全国有名的上海大医院，几百块一个号的知名专家门诊里，也做不到一医一患，不能提供安静的就医环境。

在看病的程序上，与三十元的还是有所不同的。两个年轻医生先在电脑里根据珊珊的口述和提供的病理及出院小结，将她的信息非常详细地建了一个档。之后她被叫到里面那张桌子前，此时胡教授已经结束了前一个患者的所有问诊，专心看着他眼前这台电脑里可以共享到的管子珊的信息。教授大概快六十岁了，前额到头顶都秃得发亮，一圈白发，像是沙漠边缘的沙打旺，生命力非常顽强地守护着秃化地区的扩张。他的脸瘦削但是没有什么皱纹，挂着淡淡的笑意，说话声音温和轻柔，不急不躁，好似《西游记》里的太白金星，藏着玉帝带来的什么旨意。

他示意珊珊进入诊室靠门口的一个帘子里，帘子也是之前住院时那种从天花板上垂下来的圆弧形拖地布帘，里面一张诊床，他需要给珊珊做个触检。珊珊脱掉外衣，解开衬衫的扣子，她里面没有穿内衣，从她做手术后，就没有再穿过内衣。表面上看，是她怕摩擦伤口，压迫乳房，或者造成就医的不便。但其实是有一种钝钝的感觉，掌控着她残破的躯体，让她忘却了这个身体旧日里的身份。此时，她是一个病人，一个乳房被切割掉一部分的病人，一个随时需要将胸部示人或者用机器检查的病人，一个没有性别的人。

胡教授对乳房、腋下、锁骨、脖子做了仔细的触检，边检查边问她，之前有什么病史，她说有过焦虑症，又问她对什么药物过敏，一定要仔细想，一次也要说出来，她使劲想了想，说好像有一次青霉素皮试过敏，但是只一次。

他们从帘子里走出去，珊珊坐在教授示意她坐下的凳子上，他一边让助理补充病人的信息：青霉素过敏史，焦虑症病史。教授继续问她当时用了什么药，珊珊的记性很好，西药的名称也都记得，助理继续添加：曾接受帕罗西汀、氯硝西泮治疗，去年十月停药。

教授问珊珊是否要重新做病理，珊珊说要，并主动要求做21基因检测。教授还给她开了胸腔薄层CT，抽血各项肿瘤指标检查。珊珊问教授，听说手术后如果需要化疗的，一定要在三周内开始，现在已经过去两周多了，等这些检查结果出来，又要再过两周，是不是到时候会影响化疗效果。教授说，国外的标准是六周以内，让她不要担心。他拍了拍珊珊的肩膀，跟她说："等结果出来，再来找我，你在这个过程中吃的任何药物都要跟我说。"

珊珊觉得见到太白金星一次实在太难了，总不能每次都大闹天宫，于是问他如果挂不上号怎么办，他说，你到时候拿着这次的病历来诊室问助理要加号。珊珊心里的石头放了下来，她可以放心回花果山了。

21基因当天就可以做，但是要等两周才出结果，带来的切片送到病理科，告知需要一周时间，抽血第二天空腹来，CT预约最早到第三天的上午。对医院已经摸清楚了门路，接下来就是等着时间做检查，这趟行程不再有什么困难，也涉及不到具体的治疗，珊珊让彭宇先买票回去。

即便现在身体如此不堪，心理完全封闭，她也有个人要见。

35

六月底，珊珊用"宅急送"把整理好的三个大编织袋、一个旅行箱和一组笨重的台式电脑寄去了工作单位。在繁杂的毕业手续和离校事务的消磨下，很多毕业生都是匆匆离开的，留下一屋狼藉。而珊珊还是对打包行李这件事情兴味盎然，捋起袖管，对一堆混乱的东西进行分类，首先，像是采摘水果的农妇，拿到手里的物品，经过片刻观察，就决定是留还是丢，很快就将物品分成了两堆。不要的再分成送给楼管阿姨和丢垃圾桶的次分类。回头再来整理需要打包带走的东西，衣服叠好，用小麻绳捆结实，装进一个编织袋里。比较新的床品和陪了她四年的小毛毯也用同样的方式捆好，放进第二个编织袋。第三个编织袋里装着不舍得扔的书，课本、习题、讲义、作业论斤称卖了，一些觉得不会再看的文史哲类的图书送给了学弟学妹们，最后剩下来的还是塞满了一个最大号的编织袋和一个旅行箱，怕书太沉，袋子半途罢工，套了三层，又把拎带的地方，用最粗的针全部缝了一遍，把所有不堪一击的拉链也都用针线加固了。她很困惑，既然中国流动人口如此依赖编织袋，为何不能生产出一些质量好的来？似乎每个使用过编织袋的人都有过在火车月台费力前行时，听到手中袋子"嘣"的一声炸开的经历。那一年，物流业还没有全面开花，邮政几乎垄断了所有的寄运市场。还是敏娜给她推荐了"宅急送"这个新的品牌，不但速度更快一些，而且可以点对点地接送货物，省去了两头的奔波之烦，价格稍贵，但是完全在合理的范围之内。

珊珊整理的是自己的青春，一边整理，一边翻看，一边评论。美云嘲笑她："你可真像我奶奶，家里那些破烂每年被她扒扯来扒扯去整理许多遍。每件东西都有故事，足够她度过一个充满回忆的晚年。"

"我可真做不到你那么潇洒，所有的东西都不要，全部扔掉。"

"人只有轻装上阵，才能步履轻快。无论是人还是物，是负累，就丢掉。不留恋，是最好的告别。"

"我舍不得，这些东西都是我的宝贝，说真的，很多东西，你说带着有什么意义？以后一定会用得着吗？不一定，但是不想扔，就好像已经成为我的一部分，我不觉得是负担。"

"不是负担，你左三圈右三圈地缝，好不容易分到一间新宿舍，一下子就用旧物填满了。新柜子就该放新衣服，新书架就该摆新书。不与往事告别，就没法与未来相拥。"

"咱俩不一样。我就是个负重前行的人。"

"你都搞定了吗？昨天就催我们离校了，你那边什么时候报到？"

"还有十几天呢，不过宿舍钥匙拿到了，什么时候去都有地方住。"

"我也还有十天才报到。咱们来一场说走就走的毕业旅行吧！"

珊珊本来是要去上海找彭宇的，等他结束了工作，跟他一起回弋江。但美云的提议让她立刻心动了，本科毕业时，几个好朋友去海边租了一个别墅，吃烧烤，看日落。如今这么仓促离校，好像这三年的结束缺了一个标点。

"你想去哪里？"

"去爬山吧？"

"好啊，我本科毕业去看海，这次去爬山！"

两个人选择了离学校城市最近的泰山，八元钱的火车票，这么多年竟都没有去过，因为不知道以后还会不会单独为了这座山而回到这个地区，所以，以此了了心愿。

泰安市很小，依山而建，也因山而建。不像屯溪市与黄山，还隔着一段高速的距离。这里抬头见山，爬的起点应该很多，但是作为游客，大都从一天门开启行程。她们在附近找了一家三星级的宾馆，80元一晚的标间，空间宽敞、干净整洁，价格可以说便宜得惊人。

就在她们俩办理入住的时候，熙熙攘攘拥进来七八个学生模样的游客，每人背着一个背包，有的拖着行李箱，他们也来办入住。

"你们是哪个学校的？"美云对站在她右手边排队的男生问道。

"南邮的。"男生用省略的方式回答，好像所有人都应该知道一样。

"南京石油大学？"珊珊戏谑道。旁边的队伍发出了一阵单纯又快乐的笑声。从这笑声就能听出来是一群未入社会染缸的坏布青年，这种笑声长着洁白的翅膀，会在空气中上扬。很多成年人的笑声，是会啪的一声落到地上的。

"南京邮电大学。"那个穿着蓝白格短袖衬衫的微胖男孩红着脸又解释了一遍。

"我知道，逗你呢，挺好的大学。高考分可高了。"美云笑着看着他，那个男生竟然不敢直视美云的眼神。

看到这群年轻人聊了起来，前台的服务员说："有一个豪华套间，六个人的，你们一共五个女生，现在特价是 180 元，算下来比标间还便宜，里面有棋牌室、两个卧室、两个洗手间。"

年轻人的相识就是如此简单。他们一起吃了晚餐，非常默契地AA 制，惊叹这个城市的物价之低，食物之咸，然后去超市抱了一堆零食回豪华套间打牌、聊天。这些是南邮大四的毕业生，他们也将毕业旅行的地点定在了泰山。

珊珊到了十点准时去卧室睡觉，她的习惯一旦养成，就很难改，不会因为认识了新朋友，舍弃睡眠去狂欢。她也没太睡得着，本来计划这次旅行，跟美云单独相处，她想跟她聊聊关于彭宇的事情。有时候自己的行为，本人并不能很清晰地分析，她需要美云这个时候可以用抽离事外的视角替她观看一下，哪怕那个视角也存在一定的偏差。

首先是，她去面试的时候，有个老师问她，有没有男朋友，她脱口而出"没有"。她不是一个爱说谎的人，迫不得已非要说假话糊弄的时候，也是脸红心跳、吞吞吐吐、犹犹豫豫。但是这次她的回答好像是设置好了的按键，根本没有经过大脑，直接蹦了出来。这样的单位需要持续培养人才，所以，稳定是关键。有些人外地有男女朋友，撒谎说"没有"，是为了稳定用人单位的信心。但是她不同，她的男朋友家在本地，且博士再过一年就要毕业，因为她在这里，学校还能引进一个高层次人才，这是加分项。可是为何她不假思索地回答"没有"呢？话一出口，不能随意改变，会给别人留下口是心非、不值得信任的印象。于是，就没再多语。

其次是，当他们通知她过了笔试和面试，让她去签协议的时候，她又撒了一个谎，她说协议在学校里，没有带，要回去拿，找时间回去签。为什么要费这个劲，再多跑一趟？她内心里对笃定的事情为什么到了要用协议的方式确定下来的时候，会产生一阵慌张？她心里一刹那的犹豫并非是"我喜欢这份工作吗"，而是"我真的为了他愿意来这个人生地不熟的小城市吗"。最后，她还是带着协议回到了单位，但是，似乎有种说不上来的勉强。这种勉强，让她心慌，预示着她可能有个非常重要的潜意识，并没有被自己捕捉到，今后要么它消失不见了，要么会钻出来闹个大事情。

此时美云不再是自己毕业旅行的好闺密，而是一众邮电大学学生的精神领袖，她到哪里都能立刻成为中心，与张淼淼不一样，淼淼纯粹是靠外表，并且会主动要求别人的关注。美云有一种不容置疑的权威感，她的权杖可以是龙头，也能变成仙女棒，你不会觉得被压迫，而是被吸引，甘愿听她说话，不介意她的颐指气使。

一点出发，从一天门到光明顶，他们只用了四个半小时，一路上遇到一些拜山的老人，已经爬了一天一夜了。年轻真好，取之不竭用之不尽的力气，快要枯竭的时候，大家轮流讲些笑话，哈哈一笑，喝口水，又继续前行。山间偶有水流声和动物的叫声，安静得只能听到自己的呼吸。爬山是一件极为单纯的事情，只要一直爬，就终究会到顶。

这天天气很好，山顶忽然把整座山的人都纠集在了一起，变得非常热闹，大家各踞一块岩石，一起望着东方仍然乌青的天空。停下脚步，身上的汗开始挥发，六月底的山顶只有十摄氏度，穿着卫衣的珊珊有些瑟瑟发抖了，她回头寻找美云的身影，发现她和南邮的一个高个子男生一起，两个人裹着一件租来的军大衣。那个胖胖的男生过来把自己的大衣给珊珊，珊珊谢绝了，说她不冷。

天空的颜色开始变化，巨鲸翻了身，也许山下还只能看到它黑色的脊背吧，但是山顶已经开始发白了，头顶依然是乌青的，一枚蛋黄一样的火球从云层后面慢慢升起，人们开始欢呼、拍照，胖男生过来给珊珊拍照，教她摆出捏住蛋黄的姿势。珊珊看到美云和那个男生在拥抱，像是被海草黏在了一起，热烈地亲吻着。

下山后，几个人要一起吃一顿饭，疲劳和受凉已经让珊珊浑身无力，她先告辞回到宾馆，倒头睡得昏天黑地，醒来时，那几个人已经不见了，美云用一个湿毛巾贴在珊珊头上，用另一个湿毛巾给她擦拭身体，

"你发烧了，我给你买了药。物理降温和化学作用一起。"

"他们那些人呢？"

"回南京了。"

"你，跟那个男生？"

"我都不知道他叫什么名字。"

"没有留联系方式？"

"为什么要留？日出那一刹，你需要一个拥抱，他恰好在旁边。"

"给我照相的小胖子也没问我要邮箱，他给我拍的照片不知道怎么给我？"

"他问我了，我没给。照片送他算了，景色在你心里。"

"美云，有没有什么东西，会一直留在你心里？"

"以后年纪大了，也许会有吧。现在，我不希望什么东西束缚我。"

"束缚住你的东西也许会给你提供一个支点。"

"我不需要，安全感通常都是披着羊皮的狼。"

"美云，你以后会跟我保持联系吗？我是你的负累吗？"

"把药吃了吧。我马上要出发了，我的火车快到点了。你是下午的车，再睡一会儿，我跟前台说了，你两点半退房，不加钱。"

"你回答我啊！"

"珊，人与人的交往不过是一场场的相遇、陪伴和告别。该说再见的时候，不留恋。"

"所以，我们以后不会联系了吗？"

"我们试试十年不联系，十年后我们再见面，好吗？"

36

从住的酒店到缤纷城，步行不过十来分钟，手机上的地图显示，这里离江边已经非常近了。

彭宇陪她看病的这几天，两个人的轨迹就是医院酒店加上楼下的面馆。他在科学上不停精进的探索精神在生活中并没有同时推进起来，起码在与珊珊一起的时候，他不仅自己懒得认识外面的世界，也会将这种抵抗传染给她，她慢慢放弃了旅行、购物和与朋友定期小聚的习惯，跟他捆绑在一起似的足不出户，到点了出去运动，买了食物回家。

与彭宇离婚后，她的腿脚和意识是逐步恢复知觉的。很多人是先有自由意志的觉醒，然后才会做出离婚的决定。在珊珊这里，这个顺序是颠倒过来的。她跟彭宇离婚的时候是痛苦的，挫败感占据着情绪的中心，此前生活中很多的琐碎都是彭宇替她操办的，因此她并没有意识到自己从热爱探索外界到蜗居深宅的变化。虽然离婚是最后争吵到疲惫不堪时两个人的共识，但是彭宇搬走之后，珊珊遭遇了巨大的空洞感，就好像有人在她的灵魂上画了一个大大的"拆"字，却无人来管，孤零零地立在一群新楼之间。离婚后的很长时间，她没有感觉到自由，她需要面对很多变化，自己交水电费、物业费、停车费，自己接送孩子，在各种群里捕捉重要的信息，在这些事情上她之前已经萎缩掉的能力要重新振奋起来。除此之外，她还要面对当面和背后的闲言碎语，在迂回逃避的策略使用到疲惫的时候，她最后采取了直接的方式，只要有人露出打探的口吻，她都毫不掩饰地说："是的，我离婚了。"这种坦荡反倒让对方的小心翼翼显得不太体面，收回了更多的问题。

她的自由意志慢慢苏醒是在离婚半年后，在她可以游刃有余地处理生活中的各种问题之后，她发现自己一直被捆绑的手脚，是彭宇强大静默的气场影响的。他在自己的意志中自洽，并没有刻意去控制过她，而她受到影响后，选择被控制，然后再对这种控制表示反感，于是产生冲突。彭宇是不可能改变的，每次冲突完，她必须调整自己，跟上他的节奏。两个人的交往中，价值观和情绪一直稳定的一方，无论对错，一定会在碰撞后被镀上道德正义的金光。所以，反反复复多个来回之后，不但彭宇觉得她情绪不稳定，容易走极端，无中生有，爱瞎折腾，连她自己冷静下来，看着彭宇身上的光芒，也会觉得自己黯然失色，失败至极。当她离开彭宇的磁场，能够清醒地看到两个人冲突的深层原因时，仿佛给自己打开了一扇善意的大门，爱是祈求不来的，善意也不是施舍之物，当你认识到自己的价值，并肯定自己的情绪，善意自然如春风一样拂过身体。这种自由意志释放了她。

此后的一年半，她出国进修、利用每个假期出门旅行，她设置新的目标，一点点将那个遭到厌弃的自我打捞上来，刚晒足了一个太阳，想跟父母说也想证实给每个质疑过自己的人看，离婚不是人生的污点，而是一个更好征途的起点时，没想到风云突变，那扇门轰的一声关上，她又被抛入了暗无天日的深谷。

今天的天气真好，大城市的天空是被高楼切割过的，一片片的蓝，行走的过程中，看着它们每一块的形状变化，沉重的脚步也变得轻盈一些。她很久没有好好走路了。当一个人忽然坠入谷底，她以前以为第一反应应该是立刻奔跑着去寻找出口，但是，这次的经历让她恍然意识到，之前遇到的所有谷底，都不过是山腰而已，生死之外，皆空悲喜。真的落到了谷底，就只想趴着。

等到她走到缤纷城的时候，豁然开朗，一个不大的广场，大片水蓝色的天空，清洗着她的眼睛，泪水积累多了，眼睛会变成灰色。她抬头任凭阳光刺激着她的皮肤，她想到有一些沙滩，是可以裸泳的，被很多人贴上了伤风败俗的标签。可是这一刻，她也有这样的欲望，一丝不挂地躺在沙子上，让阳光灼热身体的每一块肌肤，身体与自然无可切分，浑然一体。而她现在只能用眼睛看着这样奢侈的天空，身边是行色匆匆的人，他们虽然带着对陌生人浑然不觉的表情，但是如果你脱了衣服，他们一定会停下脚步，一起咒骂你。她忽然笑出声来，很久都没有笑过了，这个动作居然拉酸了颧骨上的肌肉。一定是做手术的时候哪根神经搭错了，让她产生如此荒谬的想法。

她希望自己先到，这样可以坐下来，整理一下杂乱的情绪，虽然现在的自己，已经很难整理出什么像样的模样了。那天她拨通了方美云的电话，是她毕业前给她的上海号码，她完全没有抱希望这个电话的那端还是美云，因为她的性格，是随时换地方，更换一切的联系方式，与过去断得干干净净。但是听到那头"喂"的一声，她的眼泪就决堤了，本来计划水库放水只是灌溉田地，结果闸门坏了，村子都淹得不复存在。她甚至哭出了声音，是无辜村民失去家园的哀号。电话那头一直安静地守着，等着，直到村庄重见天日，露出脏兮兮的淤泥。

她一眼就认出了美云，虽然这一眼，隔了十一年。如果说当年的美云胜在气质出众，如今她的容貌也精致了起来，学生时代眉清目秀，但五官整体扁平了一些，现在脸部的轮廓有了一些层次感，又恰当地施以粉黛，有一种成熟的明艳。她仍然保持着当年的身材，瘦而不柴，穿什么衣服都好看，她穿了一件特别干净的白衬衫，外面套了一件宽松的卡其色羊绒开衫，蓝色的牛仔裤轻柔地裹着修长的腿。

"你能喝咖啡吗？"没有任何寒暄，仿佛两个人经常见面。

"能喝。"珊珊坐在她的对面，停止了自己对美云的审视，对方并没有用好奇的目光在打量自己。

"那你自己点吧。"她把菜单递给珊珊，没有像上学时候那样总是帮她点好。

她们点了咖啡和甜点，有那么一刹那，两个人都沉默了，但是并不尴尬，时光和往事在桌子上飞速地旋转，它们一会儿呼扇翅膀，一会儿发动引擎，一会儿又穿上超人的内裤和披风，横冲直撞，最终兵不血刃地拆掉了两人之间果冻一样的壁垒。

"这个拿铁里还有肉桂，不过味道不错，你要不要尝尝？"

"美云，你什么时候说话开始绕圈了？"珊珊端起自己的美式咖啡，猛呷了一口苦涩，随即变成酸钻到舌头里，立刻生长出无数个小炸弹，在口腔里轻轻爆破，珊珊感到头脑一阵清醒。

"珊，你放松，我觉得你的神经都能把风筝线割断了。"

珊珊意识到自己又不由自主地憋气了，只有美云和舒南能够看得出来。她呼了一口气，但是神经放松了，眼泪又绷不住了，哗啦哗啦湿了脸颊和衬衫前襟。美云拽了好几张纸巾，递给她，等她恢复平静。

"现在看到哪一步了？"

"手术做了二十天了，在这边重新做了病理，要等一周，还做了个基因检测，半个月出结果，七七八八做了全套的检查，等所有结果出来，再来定后续的方案。"

"思路清清楚楚的，挺好的。"

"挺好的？我现在感觉一下被打入了十八层地狱。美云，我才三十多岁，大家都在拼事业，我在保命。"

"拼事业的那些人不是在保命？"

"你别跟我说修辞，在医院里，真刀真枪的，没有一点儿隐喻。"

"那我说什么你都觉得是隔靴搔痒，同理心是很奢侈的东西，是不是？你不愿意跟任何人说，把自己封闭起来，不也是不想让别人同情你？设身处地代入别人的痛苦，你可千万不要对任何人有这样的奢求。"

"都明白，但是不能去想，一旦思考眼下的状况，就觉得自己特别可怜。"

"这是个大事，搁谁都很难接受，给自己一点儿时间。我刚才说'挺好的'，你不要误会，我的意思是，你很明确接下来每一步该怎么走。很多时候，人最大的困境，不是困难本身，是自己的困惑。"

"我也不是很明确，但是我愿意听这个医生的。他应该是思路清晰的。"

"肿瘤医院这些大咖的号都很难挂，你找黄牛挂的吧？"

"彭宇这次陪我来的，他早起去跟黄牛抢的号。"

"你不是说你俩离婚了吗？"

"是的，他老婆同意的，让他来陪我看病。"

"心够大的，这老婆能处。"

"你别笑话我，人家这也是看我可怜，不想让孩子这么早没妈。"

"你跟彭宇离婚，我一点儿都不奇怪。"

"你又来事后诸葛亮这一套。"

"我之前说过什么你都不记得了，那时候可能是恋爱时期恋爱脑。彭宇有典型的隐性精神 PUA 倾向，你是间歇性清醒症患者，你俩不可能长久。"

"被你说得八九不离十吧。"

"但是来陪你看病这个事儿，办得挺地道的，说明这个人品质还不错。我真是发现，前妻是个特殊的物种。男人、女人、前妻，得分开算。"

"我们这类人怎么就没有性别了？"

"不是性别，是心理上很特殊。你还记得刑柯南吧？"

"当然，我得的是癌症，不是失忆症。"

"你吃点蛋糕，接下来，我可能要跟你说个挺长的故事。你确定你现在的体力久坐能吃得消？"

"谁不爱听八卦啊？我急需一些事情转移对自己的注意力。"珊珊用勺子挖了一小块提拉米苏，塞到嘴里。

"我来上海工作的第二年，刑柯南辞职来找我。他说他经过两年的痛苦思考，发现他离不开我，必须要跟我在一起。"

"我就知道你俩没完。"

"你说这个男人是不是有病？他自己苦苦思考是不是应该跟我在一起，根本都没有问过我的意见，我还愿意接受他吗？他凭什么就相信别人原地不动地在等着他？"

"那你当时还爱他吗？"

"你问倒我了。但是我觉得当时爱与不爱已经不那么重要了，我很明确的是我当时已经往前走了，不再去考虑和他一起的事情了。他的自负有点儿惹恼我，我对他的态度不是很好。"

"你希望他不要打扰到你的新生活？你当时有男朋友吗？"

"没有，但这不重要。"

"你有没有潜意识里其实还是没有放下他？在等他做出这样的一个决定？"

"潜意识的事情，是弗洛伊德说的，当然我有时候也会用它鬼扯一下。我的意识是冲锋陷阵的正规军，它们不允许阴曹地府钻出来的什么潜意识来困扰消磨。我的意识明确地跟我说，远离这个男人！"

"你拒绝他了？他辞职了，还能回得去吗？不过凭他的资历，哪里要他都不叫招聘，叫人才引进。"

"是的，找工作很容易。我跟他说他愿意到哪里工作是他的权利，但是不要再来找我。"

"他当时离婚了？"

"离了，他老婆哪天忽然神经错乱了吧，居然签了字。他孑然一身，一腔孤勇地来找我，感觉为我放弃了全世界。你觉得这样的阵势，我敢要这个男人吗？"

"你别笑话我，我觉得还挺浪漫的。"

"他租了跟我同一个小区的房子，说什么时候我回心转意了，就去找他。这男人，从哪里来的自信呢？"

"可能当时你们分开的时候，是出于外力的压迫，还是相爱着的吧。"

"他知道我的性格，不走回头路的。"

"人都会倾向相信努力就有结果。"

"他有一天在自己的出租屋里，煤气忘记关了，等邻居闻到，打了报警电话，砸开门弄到医院，已经昏迷了。"

"啊？他是自杀吗？"

"没有遗书，也没有动机。"

"你的拒绝不是动机？"

"这个不能瞎讲。他这么浮夸的一个人，不会选择悄无声息地离开，而且他买了第二天去广州的机票，要去参加一个学术会议，与组委会一直积极地联络着。他这个生活不能自理的人，一定是烧水忘记了，睡着了，水沸腾出来把火浇灭了，煤气就慢慢散出来了。"

"他后来呢？不会死了吧？"

"死了倒好了，植物人了。"

"他离婚了，也没有人管他了，后来怎么弄？"

"我能不管吗？他好好的，我可以不理，但是他就用这种方式来折磨我。正好踩到我的底线了，稳稳当当地。我这个人最怕被所谓的道德绑架，但是他这件事，就把我给绑了。我给自己找了一万个理由，甚至做了离开这个城市的准备，但是最后还是做不到。你还记得我们俩分开的时候，你问我有没有什么事情会让我一直放在心上。我现在可以回答你，是一个变成植物人的刑柯南。"

"你照顾他？"

"我哪有那个能力和精力，我也要生活。而且我得怎么赚钱，才能养这个废人？"

"他自己应该有工资和医疗保险啊。"

"之前的单位刚办完离职，新单位还没有办好手续，看刑柯南没有可能恢复了，一个个咬死不认账，他等于处于无业的状态，连居住证都还没有办好。你说他是不是把我往绝路上逼？"

"他家人不管他吗？"

"父母都不在了，两个哥哥过来看了一眼，买了几箱牛奶，走了再也不敢来了。你知道最后是谁帮了一把？"

"谁？"

"他前妻。所以，我说前妻是个特别的物种。恨你入骨，但是关键时刻，救你于水深火热。"

"这个不容易，不过他们之前也一起完成了财富的原始积累。他如今遇到困难，多少还是要资助一点儿的。"

"她可不是资助一点儿，她把刑柯南租的房子买下来了，护工也是从他们老家请的亲戚，一个月八千的护理费都是她出的。我只是每天去看看，买点儿日常用品和吃的，隔段时间带他去康复中心做些治疗。"

"她前妻可真仗义，这个前妻也能处。"

"她一两个月来看他一次，基本能连续骂几个小时，骂到情绪高昂时会忍不住动手。这么刺激，刑柯南都没醒，我们也对他醒过来慢慢失去信心了。不过我觉得他活着这件事，对他前妻来说，还是很重要的，给她保留一个发泄口，如果真的死了，可能她会非常难过。这俩人就是那种相爱相杀，无法相处，也不能离开的那种关系吧。"

"你和他前妻可以和平相处了？"

"可不是嘛，每次她骂完，都累得筋疲力尽的。会到我那里喝上几杯，聊到半夜。让我们曾经彼此对立的人如今变成了一株植物，不再释放出任何可以爱或者伤害的能力，只能被动接受照顾，这时候女人的母性成了结盟的基础。我们不是朋友，只是盟友。在这株植物枯萎之前，我们都无法独善其身去生活。刑柯南好像能感受到这一切，非常顽强地活着。有时候我觉得他不是一棵植物，而是一只蜘蛛，不停结着网，或者是一条蝎子，吐着毒液。"

"你一直单身？"

"我也恋爱，精神肉体都有需求，不可能为了他也变成一株植物，植物也会受精开花结果不是？"

"没有遇到可以结婚的人？"

"我会坦白刑柯南的事，当然有些被爱情冲昏头脑的人会说不在乎。但是如果我和那个人结婚了，我们婚姻的基础是不稳固的，此时让他勉强接受的事情，此后就会变成要挟我、质问我、指责我的利刃，我不相信无条件的爱，人都是自私的，我不能赌，因为一定会输。"

"你对刑柯南的爱，不是无私的吗？"

"我不爱他。但如果不管他，我过不好余下的半生。这是我的自私。"

"没有想到，这些年你是这样过来的。"

"你说，我和他前妻是不是有病？而且是没法医治的，如果给我开一刀，用个射线照一下，我就能把心中的负担消除掉，我愿意。但是没有这样的法子。而你的病是明确的，你一步一步地去做，接下来的结果就交给上苍了。"

37

下了火车，一阵热浪袭来，江南的七月，高温结成水汽，瞬间将珊珊的整个身体糊起来，她觉得五脏六腑都在烤箱里翻滚，自己的汗钻出皮肤，同时，湿热的水汽渗透进去，习惯了北方干爽天气的她，一阵目眩头晕。

这是二十世纪七十年代修建的车站，铁轨边杂草快要长到树那么高了，月台狭窄，要努力走在中间，防止因为热晕了掉落深深的轨道里。站务员的衣服还保持着二十世纪九十年代的样式，地下道墙壁灰黑，出站口只有两排，还没有长途汽车站的容量大。走在这样的车站里，让见证了改革开放后中国铁道发展的珊珊感叹这里似乎是在时光里冻住了，做了一辈子铁路工人的父亲以后来这里，定会显示出极为鄙夷的态度。

这一站下车的人不是太多，珊珊走得很慢，其他人在出站口很快就消失了。她落到了最后，室内的光线很暗，外面似乎艳阳高照，出口处的人因为反光，看不清他们的脸，有一些黑影攒动，他们在等谁呢？珊珊想找检票的人查验车票，但是发现那人已经进入旁边的休息室里喝茶。她把车票收到随身带的包里，学校人事处的人说，来报到时候的车票可以报销。一些人冲她大声喊着她听不太懂的方言，车站门口的叫喊声，基本都是黑车司机，这倒是各地统一的操作。

她忽然在这群人中看到一面举起的牌子，上面赫然写着自己的名字，是打印出来的楷体字，A4纸大小，不是很张扬，但是她还是第一次受到这样的待遇。牌子后面站着一个一米七五左右的年轻男人，穿着胸口带英文字母的白色T恤，牛仔裤，戴着一副极黑的墨镜，看到她在看自己手中的牌子后，摘下墨镜，露出了微笑，那个笑容很真诚，一般很少在初次相见的人脸上看到，因为第一次见到陌生人的一刹，没有什么理由发自内心地产生开心的感觉，礼貌性的微笑是最常见的，大家都对这种敷衍习以为常了，但是这人的笑容冲破了社会功能，直接袒露了自己，也一下子能够抵达别人的内心。

珊珊示意他可以把牌子收起来了，虽然人不是很多，但是看着自己的名字被这样举着，心里有种说不上来的别扭。

"你也没有行李，怎么走到最后一个？"

"不好意思，是不是举了半天的牌子了？"

"那倒没有，前面出来的都是大妈大爷，我只有看到有美女的时候才举一下。"

珊珊想表达一下自己对"美女"这个称呼的反感，但是出于礼貌，她没有说话。

"管子珊你好，我叫舒南，是彭宇的高中同学，很高兴认识你！"舒南好像想起来什么似的，忽然来了个非常正式的自我介绍，然后伸出了右手。

"你好，谢谢你来接我。"珊珊勉强伸出右手，指尖轻轻触碰一下他的指根，避开可能有汗水渗出的掌心，然后迅速收了回来。

舒南打算把珊珊的大背包接过来，但是珊珊拒绝了，她感觉自己的后背已经跟包被汗水黏合在一起了，就让它们这么着吧。她穿一件浅蓝色的雪纺上衣，如果把包拿开，里面的内衣带子一定会印出来被人看到。

"你的行李呢？"

"已经到了学校附近的邮局，我直接去取就行了。"

"那咱们先去吃个饭，然后我跟你一起去取行李，给你送到宿舍。"

"不麻烦你了，我坐车有点儿晕，没什么胃口。"

舒南从自己的斜挎包里变出了一个鼻通、一盒清凉油、一瓶风油精，全部递给珊珊。鼻通是个好东西，爸爸单位每年防暑用品里都有，缓解头痛和晕车还是很有效的。这些小物件稍微解除了一点儿她的戒备之心。

"先回你宿舍吧，我知道在哪里。咱们坐公交车吧，这个时间人不多，顺便看看这个你要生活的城市。"舒南带路，公交站就在车站广场一侧，大概有四五路车的终点站都在这里，他们很快等到一路车，珊珊迅速从包的侧袋里掏出四个硬币，塞到了投币箱里。

"我有公交卡，一块二一次，你看，浪费了吧？"舒南从口袋里拿出一张卡片，给珊珊看了一眼，说，

"等你安顿下来，我带你去办一张，非常方便。"

珊珊知道他在努力尽地主之谊，也许是彭宇在弥补自己没法亲自来接她的遗憾。这座城市的规模不到自己上学的城市的三分之一，她对于很快能够在这座城市安顿下来，没有什么担心。

公交车上人确实很少，他们坐在靠后的座位，舒南没有跟珊珊坐在一起，她内心觉得一阵轻松，觉得他还是有分寸感的，见面后舒南的热情让珊珊略有不安，她不太喜欢也不知如何跟性格开朗的男生相处，这是她的问题。从小到大，吸引她的总是那些不苟言笑、待人疏离的异性。车里的空调很舒适，甚至温度有点儿低，让珊珊

瞬间有了清醒的感觉，她把重重的背包放在身旁的空座上，薄如蝉翼的上衣很快就被吹干了，被烤焦了的胃恢复了弹性，开始分泌胃酸，发出咕噜咕噜的声音，这让珊珊十分尴尬。

"饿了吧？坐火车胃会不舒服，待会儿带你去吃点儿清淡的东西。"

珊珊点点头，今天暂且就任他安排吧，晚上要跟彭宇说，以后不要再派这个朋友来照顾她了，她自己可以搞定一切的。她也理解他剩下不到一年的时间有多忙碌，等他毕业回来，他们可以一直在一起，不分开。

舒南跟她介绍着沿途的风景、地标。这是彭宇出生长大的城市，她好像在环游一个类似子宫的地方，想象着他从小如何与每一处景观联系着，对于陌生的抵触在慢慢融化掉。

经过一片比较狭窄的街道，路边很多凌乱破旧的商铺，宏伟的教堂和考究的西餐厅又夹在其中，舒南说："这里非常靠近港口了，刚刚打捞上来的江鲜都在这里交易。不要看这里表面破落，其实是这个城市的心脏，最有活力和输送血液的地方。对了，彭宇家就在附近，你以后肯定会经常来的。"

她跟彭宇认识那么久了，他从来没有跟她描述过自己住在鱼市附近，没有说过这个城市的人们对于长江的依赖，没有说过他家附近有个漂亮的天主教堂。

车子停靠站台，因为司机没有看到有要上下的乘客，于是还未停稳立刻又发动了，后面一个老人大声喊着"停车"，司机好像没有听见一样，继续往前开，老人用手里的拐杖敲击着后门。司机口里噼里啪啦地冒出一些火花，因为有些字眼是全国通用的，所以，珊珊听懂了他在骂什么。舒南起身，一个箭步冲到司机旁边，"停车！你要是拖倒那个老人，是要吃官司的！"舒南此前一副玩笑的悟空脸立刻变成了托塔天王李靖一般，神情严肃，不容置疑。

司机一个猛刹车，珊珊身体差点儿被甩了出去，舒南要不是抓住了栏杆，也会跌倒。他对着司机的卡牌拍了张照，让他把门打开，老人以自己最快的速度追到车前门，舒南把他扶上来，领到爱心专座，老人气喘吁吁，口里还不停地感谢他，司机依然在骂人，老人好像耳聋一样，并没有跟司机对骂。

"不好意思，让你看到这座城市不堪的一面。"舒南坐回珊珊前面。

"每个城市都有吧，不过这个司机太粗鲁了。你拍了照，是要投诉他吗？"

"投诉过，没有什么用。码头文化的弊端吧，即使现在大部分人不再依赖码头生存，但是骨子里的痞气还是会延续下来。"

"你是学什么专业的？"珊珊忽然对眼前这个人产生了一些兴趣。

"我是学医的，专业是心理学。"

"你是心理医生？"

"更准确地说是心理科医生。"

"有什么区别吗？"

"这个，改天跟你聊，可能需要说很久。"

38

从立春开始，人们就格外关注节气了。农耕时期的中国人探索又顺应、敬重自然，因为靠天收成。在工业时代，这些节气被城市的现代人重新认识，与土地脱离，再谈节气，就会赋予更多季节变换带来的浪漫气氛。听听这些春夏节气的名称：惊蛰、清明、谷雨、小满……文字带来的意象就足以让人沉浸在气温回暖、枝条渐厚、春水涌动、万花齐争的美好时节中。珊珊做手术的时候赶上"惊蛰"，春雷鸣、蛰虫醒，万物复苏，多么好的春日景象啊，隆冬退去，生机盎然。可是珊珊的身体里发现了蚕食她性命的东西，也许这东西也选在"惊蛰"出动，但是它的乍动让珊珊的身体进入了新的冬眠。回家等待检查结果的这些日子，赶上春分和清明，空气里的寒凉慢慢被春风吹散了，留下抚慰肌肤的温度。冰雪冻裂的大地，也被青草和野花愈合了，山樱、桃花、玉兰、海棠、白李……在小区里竞相开放，居民们都走出了家门，在各种花下拍照，面色绯红。

珊珊在阳台，站着或者坐着，看着楼下的热闹。这两周她几乎没有出过门，黎明或者夜晚会下楼走走，尽量避开人多的地方，买一些食材和水果，回到家里，慢慢做。此前的她总是雷厉风行，凡事必须事先规划，从不拖延，这样使她保持着向上生长的姿势，她喜欢也习惯了那种节奏，不仅让她在学业上顺风顺水，也在工作的前几年就从一群年轻人中脱颖而出，得到领导们的赏识。除了上课之外，她兼顾了很多的行政事务，每天的日程都被安排得满满的，总有一种时间不够用的感觉。如今，她的生活被按了暂停键，她有时候在阳台可以发一个小时的呆，回过神来，也不知道刚才的空白里闪过了什么。她一个人吃不了多少东西，但是每顿饭都自己亲手做，切菜可以切很久，将不规则的肉切成大小、形状一样的肉丁，西红柿、土豆，都这样切，仿佛她失去了一切，但是得到了没有任何刻度的时间，随便使用，她就用切菜的刀，一点点把这刻度划出来，然而扔进锅里，一切又归于无形，她又遁入无边的时间里。

那些在她手术后执意要来看望她的同事领导们，此时也都不再坚持，手机几乎不再响起，这是一个逐渐被忘却的号码，她选择以这种方式退出之前的社会生活，好好做一个病人。

徐仕平的短信让她十分意外，他如此不爱说话，而且珊珊选择去上海的时候，他也露出了不满，说了一句"去哪里都一样"。之前她听到这样的话有些不高兴，但是上海的看病经历和舒南的解释，让她知道，作为一名比较自信的医生，对于病人"多投医"这件事的介意。但是在她从上海回来的第十天，徐主任给她发了一条短信："重做的病理有没有出结果？手术已经一月整，尽快化疗。"

珊珊谢了他的关心，说再过不到一周就可以出结果，她没有跟她谈到胡教授说的六周理论，不过她自己心里也开始着急，认为接下来的治疗应该尽早开始比较好。也许那时候时间又会有刻度了。

她在阳台整理黄月季的遗体，这是她这个春天养死的第三盆植物了。也按照说明去浇水施肥，但它们很快就低眉垂眼，失去了生命力。她甚至有点儿怀疑这个房子是不是风水有问题。这时候房门有钥匙转动的声音，珊珊的心脏停止跳动了一秒钟，然后看到门口立着拿着一束橘色雏菊的舒南。

"我给你钥匙，是备用的。我不在家的时候，你过来关个门窗，给植物浇个水什么的。你明知道我在家，为什么还擅自开门，不先敲一下？"

听到珊珊暴躁的语气里有一丝歇斯底里，舒南试图缓和一下眼前的尴尬，"我也不知道你在家，再说你在家也不会裸奔，怕我看到什么吗？"

"我不喜欢你这种玩笑，如果你在医院跟护士打情骂俏胡扯八道习惯了，请在进我家门之前停一下，想想我是什么样的人！"

舒南不再说话了，他把五斗柜上的空玻璃花瓶里装了水，用剪刀把雏菊的根稍微修剪了一下，放到瓶子里，把溅出来的水滴用纸巾擦干净，花瓶摆好，纸巾扔到垃圾桶里，顺便把垃圾桶里已经满了的垃圾袋拿出来，从储物柜里撕了一截新的垃圾袋，套上。走到门口，推门把垃圾袋放到门边，转身走到阳台，把钥匙递给珊珊，"对不起，我知道你现在心情不好，不该跟你开玩笑，而且也不该不敲门自己开锁进来。你不要生气了，如果看到我烦，我就消失好了。"

珊珊没有伸手去接那把钥匙，她把死掉的月季连盆一起砸在阳台上，花盆碎成了三瓣儿，黏乎乎的土撒了一地，她用沾着黏土的手抱住自己，把头埋在胳膊里，呜呜哭了起来。

舒南没有劝她，任她的哭声忽大忽小，好像惊蛰的雷声，有时候轰隆隆的好似远在天边，怎么也击不破厚厚的云层，最后就被包裹在那团水汽里；有时候又突然地咔嚓一声，从天劈到地，留下一道骇人的闪电，花鸟飞虫有灵万物皆被惊醒。他把碎掉的花盆捡起来，用塑料袋扎紧实，又从储物柜里拿出破碎危险物的标签贴在袋子上，然后用小扫帚把阳台上的土扫到一堆，用手和花架上的小铲子把土一点点地装到一只空花盆里，最后用一块湿抹布将阳台地砖缝儿里的残土一点点抹干净，再在阳台上的水龙头下把抹布、铲子和自己的手洗干净。忙活完这一切，雷声已经慢慢又朝天边飘去了，渐渐平息。他抽了两张湿巾，拉了一把小凳子，坐在她身边，等她的头从自己的胳膊里抬起来，帮她擦脸上的泪水。

"我自己去洗，别浪费我家的湿巾。"

"不浪费，我装口袋里，上厕所用。"

"你到底有没有正经的时候？"

"没有，正经要装，多累啊！"

"你给人看病的时候，都是装的？"

"哎哟，我这稍不留神，就掉你坑里了。"

"我现在只能挖坑给自己埋了，你看死了三盆了，花都养不活，自己也养不好。我都怀疑儿子我也养不好，当初就该让彭宇带的。"

"养花先养根，这种盆里，小花开多的，得在一开始把花骨朵掐掉一些，不然养分全部都被花苞抢走了，先把根养壮实了，有的是看花的机会。"

"你说得好像真懂似的。"

"我哪懂种花？实不相瞒，这几盆花的死，我也有不可推卸的责任，开始浇水浇太猛了，估计根茎都被淹烂了。我赔你，再给你买几盆。"

"别买了，我接下来还不知道怎么回事呢。"

"下次去拿了报告不就可以开始下一阶段的治疗了吗？一步步走，走一步看一步。你现在这种状态，估计一个疗程就给你打趴下了。"

"你看外面的阳光多好啊，春光灿烂。可是，跟我有什么关系呢？小区里面增加了一个快递驿站，外面的马路在修整路面，远处钢筋混凝土浇筑的一个个桩子，是要建轻轨。今年全国辩论赛的辩题快出来了，学生的论文定稿，五月答辩，六月离校，所有人都在忙碌着自己的事情，可是这一切跟我有什么关系呢？我觉得自己被涂了一层毒液，所有触角都被封住了，除了悲伤和麻木，没有别的感受。这个世界抛弃我了。"

"是你抛弃了这个世界。你把世界的格局想得太小了。外面的花儿，不仅给健康的人开，也给生病的人开，甚至给死去的土里埋葬的白骨盛开。给富人开，也给穷人开，给小孩开，也给大人开。给伟大的人开，也给渺小的人开。"

"我为什么不能停止悲伤呢？我也想振作起来，我也知道必须也只能坚强，但是我就是觉得很难过，这种难过消耗了我所有的能量。"

"悲伤是合理的，等你进入程序以后，会慢慢减少情绪，我了解你。"

"什么程序？"

"治疗的程序，你赖以生存的秩序感。"

"希望吧。"

"一定会的。你是我见过的非常有韧性的女人，这种能力比聪明、漂亮更重要。"

"你是说我不聪明不漂亮？"

"你的脑回路这次也一并治一治吧。那你证明给我看你有多漂亮，去化个妆，穿件好看的衣服，我们带小光一起，去中央公园转转，看看到底花啊、树啊、草啊有没有歧视你。"

"小光在幼儿园呢。"

"有什么关系呢？跟老师请假。多晒太阳补补钙长得快。"

39

彭宇因为要帮助导师完成一个重大项目，所以，毕业的时间又推迟了半年。其间，学校人事处的老师还有环境科学学院的领导都电话"关心"过她，旁敲侧击地询问彭宇毕业后是否确定回到弋江，毕竟在最大城市的一流大学读热门理工科专业，博士期间发了四篇SCI，其中一篇是 *Nature* 子刊，获得了国家奖学金和校长奖学金，又顺利申请到了国家留学基金委的出国访学资助，这样的人才对三线城市三流本科的弋江大学来说，是可遇不可求的。显然，所有人都清楚，他有更好的去处。做科研，最重要的就是平台，无论是实验室的硬件条件还是科研团队，这里都不是他最好的选择。甚至珊珊自己学院的院长也开始找她谈话，因为彭宇若是在别的城市谋职，她也势必会离开这个还未扎下根的陌生地方。

其实，所有人关心的问题，珊珊也很想找个机会跟彭宇谈谈，可是他真的很忙，不是出海没有信号，就是在实验室里静音。他们之间现在基本是靠邮件联络，珊珊给他写的邮件，通常都隔几天才能收到回信，珊珊的长篇大论，一般收到的回复只是寥寥数语。在问到他毕业去向的问题时，彭宇总是说先把手头的事情做完了，再考虑。至于手头的事什么时候能做完，他又会怎样考虑，摆在他面前有什么样的机会，他的内心里最真实的想法，珊珊一无所知。

她很讨厌学校里的领导们对她越来越明显的施压，首先是让她传达学校的人才引进政策，为了跻身二流大学的队伍，学校舍得花血本引进学科带头人和优秀的博士，安家费各种补贴已经达到了三十万元，还不包括科研启动金。环境科学学院的领导跟珊珊说，只要彭宇来这里，他可以拥有自己的实验室，器材购买的资金不用担心，学校尽量开绿灯，而且来了就可以破格升为副教授，招硕士生。这些阐述条件的领导，还只是让珊珊感到有些负担而已，让她觉得无可忍受的是，有些五十多岁当了半辈子高校领导的人，竟然催起了婚，提议她和彭宇先把证领了，可以申请学校两室一厅的青年教师公寓。

珊珊以前在青岛的海边见过一种非常小的动物，乍一看以为是一只海螺，但是突然伸出几条细细的螃蟹腿，飞速地跑起来，模样真是非常滑稽，其实并非是两只动物打得难解难分，而是螃蟹捕食了这种硬壳动物后，就把它的壳当作了自己的家，既是铠甲，又是负担。这种呆萌小东西的中文名很雅，叫"寄居蟹"，但它的拉丁名就比较直接，叫"白住屋"。无论是"寄居"，还是"白住"，都抹杀掉了小螃蟹自己的努力，展现一副寄人篱下的弱者模样。这是当下管子珊的感受。此时，她不是一个教学质量很高、受到学生欢迎的英语系教师，而只是一个诱饵而已，所有人都觉得她无足轻重，而她能钓来的那条大鱼，才是他们想要的东西。后来珊珊在这个学校待久了，发现学校里有这么一群分布在各个行政岗位的女性家属们，她们通常姓甚名谁都不重要，比如外院资料室里喜欢养花的胖老师，是历史系李清教授的妻子；图书馆哲社部总是睁不开眼睛的高个子女人，是化学系钱行之教授的爱人……她们以前是学什么的，做什么的？由于丈夫的才能，学校解决的这份就业，她们喜欢吗？她们工作的地方是"白住屋"吗？她们介意这种"寄居"的身份吗？她们有过自己的职业规划吗，开个花店或者做个编辑呢？在一个与丈夫毫不相干的单位里，不被贴上"李氏"、"钱氏"的标签，她们是否可以凭一己之力被看见，成功或者失败，度过不攀附的一生呢？

每个周六中午和舒南一起吃饭，好像已经变成了周末一个固定的安排，除非舒南加班或者珊珊出差。

"你越努力，越心虚。"

"我有什么心虚的呢？我又不是靠他找的工作。"

"那你要证明什么呢？顺其自然就好了。"

"他们在慢慢把我变成'彭氏'。"

"你介意彭宇的优秀吗？"

"当然不，他这个人比较单纯，只是持之以恒地去做一件事情，取得这些成果，不是他计划的、渴求的，我希望他能保持着这份单纯的心做科研，他自己从中得到快乐。优秀不优秀是外界在统一标准下对他的评价，并不会影响到我对他的感受。"

"我挺佩服彭宇的，我们高中的时候在教室里开联欢会，他就坐在教室最后一排做数学题，是不是超级扫兴的一个人？教室里锣鼓喧天，歌舞升平，人家自岿然不动，把一份试卷做完了，才勉强加入玩了个击鼓传花。"

"是他能干出来的。"

"当时我们班同学就说，如果地球必须要派一个人去火星生活一年，没有任何人可以交流和联系，就对着一成不变的红色土壤度过三百六十五天，那我们一定首推彭宇。"

"你们是在夸他还是在嘲笑他？"

"当然是夸他。当时有女孩子喜欢他，估计是崇拜吧，但是没有一个人敢去接近他。她们说他像一座冰山，看着伟岸，但是谁接近，谁沉船。她们都没有你的眼光。"

"我觉得彭宇的心中装得下星空，藏得住海洋，他有情感，只是不露声色而已。"

"彭宇跟你说了吧，12月毕业后，他要先去美国访学半年，把导师的项目做完，然后回来跟弋江大学签工作。"

"他什么时候跟你说的？"

"大概有半个多月了。出海前我给他打电话，他跟我说的。"

珊珊面前的圣代已经慢慢融化了，巧克力汁渗透进白色的奶油里，旋转出了龙卷风的造型。

40

四月五日，从弋江市到上海虹桥的高铁通车了，三个多小时就可以直达，珊珊从彭宇那里提前知道了这个消息，婉拒了他四月六日要再次陪她进沪的提议，但是接受了他在网上给她买好的车票，是靠窗的，离行李架也不远，倒水上厕所都很方便。酒店也订好了，还是之前的房间。这些事务型的工作，你可以永远相信彭宇，他会像在实验室里洗烧瓶一样一丝不苟，像仪器检测物质一样不容出错。

珊珊叮嘱彭宇注意多跟小光说话，他没有时间的话可以让奶奶多带着跟别的小朋友一起玩儿，因为老师在群里发的好多照片和视频，很少看到小光，偶有几个，总是一个人坐在教室后面。彭宇嗯了一声，珊珊知道十有八九是没有什么作用的，她还得跟舒南说一说。

高铁的车厢非常干净，跟飞机差不多，座位全部朝前，虽然可以调整方向，但是很少见到有人这么干。虽然高效整洁，但是与绿皮车相比，少了一分坐火车的烟火气。坐火车有什么烟火气？嗑瓜子的泡面的抠脚的看书的斜着躺的打地铺的搭讪的打牌的吵架的谈恋爱的……以前上大学每坐一次火车就好像进入了一个情景剧场，单景多幕剧。珊珊是铁路大院里长大的孩子，她对于这种搬到移动封闭空间里的市井情境有一种深深的迷恋。她大部分时间是观众，在突然被拉上台的时候，也要扮演某个角色。大三的时候，她在学校的英文剧社，当别人在无休止地演着莎剧的时候，她自己写了整个台本，《火车狂想曲》（*Green Rhapsody*），在学校里演了三场，场场爆满。莎剧必须有一定的语言功底，看过书才能勉强看得懂，但是珊珊编排的这出是十分接地气的生活英文剧，只要是当时乘过长途火车的同学（基本是全部）都能产生共鸣，演出结束后校报还专访了管子珊，让她定义自己写的是滑稽剧还是正剧，她说自己对戏剧没有专业研究，由观众的感受来自己定义吧。毕业的时候，她也想过做个北漂或者沪漂，为自己的文艺梦散落个几年，但是父母对她的择业要求就是：考公务员或者在公立学校当老师。这是他们那个年代的父母觉得一个女孩子最好的职业归宿，他们不可能理解一个硕士毕业生在大城市里租着拥挤的房子，去做一份有可能没有出路的工作。他们的不理解也束缚了珊珊，这么多年她努力地让自己多读书，接触更大的世界，但是到最后，每个重要决定要做出的时候，她总会回头，遥望父母，在乎他们的意见。即使她非常确定，自己的人生握在自己手里，自己的生命也不再属于生养她的人了，但是，她无法做到无视他们的态度。得到他们的肯定，是牢笼，但她还是甘愿去钻。

今年的冬天特别长，雨水过后，冷空气隔一周就纠集起来，对准人们急于脱掉棉衣的身体进行一番残酷的攻击。人们在初春着急卸掉的并不是过于臃肿的外衣，而是一个冬天积攒起来的怯懦，被寒冷冻尿了的志气急于挣脱，跟春风抱个满怀。

窗外的大片农田绿油油，无论是什么作物，已经比人类更适应了多变的温度，油菜花居然还在蓬勃着，这种花单株毫不起眼，但是凭着排兵布阵获得了无数踏青和摄影人的青睐，它们甚至超越了姹紫嫣红的桃花和杜鹃，成为春天的象征。这种勃勃生机，在珊珊某段放空的时间里，从她的身体里钻了出去，穿过厚厚的全封闭玻璃，飞到了车厢外面，以 329 公里的时速与火车同速前行着，她闻

到了油菜花浓烈却没有脂粉味的香气，几只白色的蝴蝶被她从花间
惊起，想来追逐，但是跟不上她，只好作罢，回到花田里，继续采
蜜。她看到了自己的父亲，他很年轻，身体笔直，没有发福，小时
候教她骑自行车时的眼神，信任又自豪，但是没有微笑，只是冲她
点点头，让她稳一点儿，胆子大一些，她也点点头，看着慢慢模糊
的父亲，一直轻盈地飞，忽然她发觉自己的翅膀不见了，一阵惊恐，
瞬间回到了坐在窗边发呆的身体里。她这才意识到，这副经历着磨
难的躯体，是多么重要，如果刚才没有它，那断了翅的自己，要往
哪里逃？她抱了抱自己，左胳膊腋下隐隐作痛，许久没有拉伸了，
她默默为身体许下了诺言：我一定要好好医治你，照顾你。

　　一个盹儿从丹阳打到了无锡，珊珊身上盖了一条藏蓝色绣花的
棉麻大围巾，这是她坐高铁的必备物，但忘记了自己什么时候披上
身的，自从做了手术之后，脑子就会偶尔宕机，一片空白，记忆不
是模糊，而是完全断片，一顿麻醉抵得上几十顿宿醉吧。她把盖巾
从身上拉扯下来，叠整齐，塞到背包里，拿出装好茶叶的杯子，把
小台板收起来，扣在前排的座位后面，准备起身去倒水，旁边的男
人站起来，她刚想感谢他的礼貌，那人把杯子从她手里抽走了，她
很诧异遇到了什么奇怪的人，惊得她抬头瞅了他一眼，
　　"舒南！你是什么时候坐在这里的？"
　　他没有回答，径直走到车厢一端，给杯子装了三分之二的热水，
重又折返回来，坐在座位上，把珊珊前面的台板放下，茶杯底正好
扣在圆形凹槽里，"小心，烫！以前火车上的水都是不开的，还有一股
铁锈腥味儿，现在火车升级了，烧水箱也跟着优化了。我还带了挂耳咖
啡，你……"
　　"你到底什么时候坐到我旁边的？"珊珊打断了话痨的絮叨。
　　"我给你盖围巾的时候，旁边的大哥主动提出跟我换个座位。"

珊珊记得上车的时候旁边坐着一个四五十岁的秃顶中年人，一直在用手机发语音，好像是到昆山谈生意的。

"你来干什么？"珊珊跟舒南说话的语气总是直来直去，从来不去想说出的话给他带来的感受是什么。她与别人说话并非如此，虽然不是逢迎之人，但也懂克制和分寸。甚至她与彭宇之间，大多时候也是考虑措辞的，如今离了婚，更是没有理由不以礼相待。她这句话一问出口，才感觉到自己的咄咄逼人，有意无意中传递着一种反感。舒南不可能接收不到，他是以观察别人心理和情绪为生的人。这次他没有开玩笑，停了一分钟，让刚才那句问话产生的防范之刺慢慢地缩小、变黄、发软枯萎掉。

"你这次来，该做什么，都很清楚吗？"

"我上次在家里跟你说过了。拿所有的报告，再去看胡医生。"珊珊注意不再用反问句，让说出的话尽量柔和，即使没有花瓣，也是不割手的圆边草。

"拿报告你都知道在哪里，不知道的也可以问；去看胡医生，这次是复诊，他给了加号，直接去挂号就可以看，不用担心挂不上。所以，你一个人就可以搞定，不需要任何人陪，对吗？"

"是的。你这么清楚，所以，你出现在这里就是巧合了？是去上海有事吗？"

"你有没有想过，这次找胡医生，把所有的检查报告单给他看，是干什么的？"

"给他看，然后让他出一个后续的治疗方案。"

"然后呢？"

"开始按照他的方案治疗。"

"你要在上海治疗是吧？有两种可能性，一种是很幸运，各种指征让他做出不需要化疗的决定，但是你保乳，一定需要放疗，放疗15次到30次，一天一次，每周五天，你需要在上海待三周到六周的时间。如果需要化疗，四到八个疗程，每个疗程三天，疗程间隔 21 天。化疗对身体的伤害很大，虽然每个人的反应不一样，但是你属于敏感人群，对人对事对药物，都敏感，没有人陪着，肯定是不行的。化疗期间，需要进补，大补，提升免疫力和白细胞。你打算在快餐店里吃饭吗？"

珊珊愣住了，她真的觉得自己一向非常缜密的脑子，自从生了病做了手术之后，就变得无法正常工作了。她只想到这次拿报告看医生，根本没有想到后面的事情。

"咱们先看医生，我打听过了，医院附近都是出租房子的，他的方案一出来，咱们就去找房子，离医院近一点儿的，独户的，不跟别人合租的那种。"舒南看珊珊露出了难得的不知所措，立刻把自己这次来的作用和目的阐述清楚，希望不被反驳。

"你是打算一直在这里陪我？你不用上班？"珊珊清醒了一点儿之后，舒南的计划虽然条理清楚，但是瞬间又被归为让她产生负担的那种关心，她不想欠他如此大的人情，即使做了这么多年的朋友，但是界限分明，租房子住在一起，让他照顾自己，这是无法接受的。

"我先请了三天假，后面再看。如果是只放疗，你一个人基本能生活自理，我帮你找好房子就回去，放心，不烦你。如果需要化疗，那我陪你化完一次，然后带你回去，房子可以暂时不租，看看医院可否办理住院化疗，不行住酒店也就三天。然后咱们回家，休整 21 天再来。"舒南口吻中的小心翼翼，像是在仔细拨开一片荆棘。

这份小心让珊珊觉得有些愧疚，她不知道什么时候开始，舒南在跟她交往的时候变得谨小慎微了，这不符合他的性格，还记得第一次见面时，那个狂傲开朗见不平拔刀相助的青年，也许是父母从小给予宽容又足够的爱，让他自信又自在，他在医院里为了科室的规范发展，跟院长拍桌子，因为护士对病人的怠慢，他训斥起来毫不嘴软。他在朋友聚会时各种荤素玩笑不忌讳，是所有人的开心果，他带小光攀岩的时候，又非常严格，任凭他哭喊也不让他下来，指导他一步步攀到顶才罢休。但是对珊珊，他从什么时候开始示弱了？很多次珊珊都觉得他应该可以摔门而出或者挂断电话的时候，他选择低头了，等她的情绪恢复。而一个人在你面前越卑微，你就越看不见他，越能增强伤害他的本领。这个世界，毋说父母手足都难以做到绝对的包容，而对朋友你怎么就这么自信可以一直恣意妄为？

看到珊珊不说话，舒南以为她还在纠结自己的莽撞，"我这次来，彭宇和沈玥都知道，沈玥本来说要来的，你说，我和她之间，你必须选一个，是不是得选我？"

"是的，她和你，我肯定选你。"珊珊顺着台阶走下来，顺便收拾了一路碎掉的荆棘。

"你心里不要有负担，我这次来也不全部为你，顺便做个田野调查，接触一些肿瘤患者，你知道吗？我接诊的一些病人，都是癌症康复期的。一般他们在治疗期，都不会有抑郁倾向，但是反而是结束治疗以后，不少人的心理出现了问题。"

"你们心理学也有田野调查？而且你观察康复期的，还去医院找病例？"

"医院里除了治疗期的病人，还有定期回去复查的，还有过度复查的。"

"过度复查？"

"医生让你三个月半年查一次，但是你总觉得自己复发了，一个月半个月就频繁去医院检查。"

"病人多可怜啊！身体残破，心理也崩塌了。一个人的自信心一旦被摧毁，可能比身体的恢复需要更久的时间。"

"喝几口茶，我们快要到站了。"

"对了，我的围巾怎么在你那里？"

"你上次从火车站回家落我车上了，我还帮你洗了呢。你以为我去你家偷的？拜托，管子珊，把我想成个好人吧！"

血检和 CT 报告在大厅的机器上取。

糖类抗原 CA125，糖类抗原 15-3，癌胚抗原的检测数值全在正常范围内偏低，还记得之前单位体检，胜男就是哪项抗原指标高，吓得要死，说自己可能得癌症了，把能做的检查全部做了一遍，除了近视和脚气，没有任何异常。医生解释说，这只是一个参考，高的不一定有问题，低的也不一定没有问题。这就让珊珊很是纳闷儿，这种检查的意义何在呢？是不是还处在临床试验阶段？如果数值结果对诊断没有指导意义，这个钱为什么要病人负担呢？此后珊珊每次化疗前的身体常规检查和内分泌治疗期的定期复查，医生都会给她开这几项检查，既然上海的专家都开，小地方的医生也没有理由不开，至于他们是怎么思考这些检查意义的，她不得而知。

CT 的诊断描述很简短：左乳癌保乳术后改变，乳腺情况请结合专项检查。两肺未见明显活动性病变。胸部骨窗未见明确骨质异常。

与医院打交道多了，珊珊也发现了影像检查医生们的报告话术，发现什么结节，即使非常小，凭经验和知识不可能是不好的东西，也会写"结节病变"，细心的会加上"胶质结节，其他性质不排除"。卵巢发现了肿块，即使你告诉医生在排卵，他们也会写上"囊性病变，考虑卵巢囊肿，其他性质不排除"。报告上最常见的"未见明显异常"，也看得出用词的谨慎。现代人对技术过于依赖了，导致很多人对医学影像存在不容置疑的态度。可是 B 超和 X 光，甚至是 CT、核磁共振，都存在一定的未检出率，它们的成像并非镜子一般清晰，每个读取片子的医生的水平也存在差异，至于日后成为她定期复查的重要检查项目的 B 超，每个医生检查的仔细程度，对于异常的捕捉能力和判断，是存在明显区别的。高中有个成绩特别好的同学考上了医科大，很多学医的同学都选择了临床，但是他选了影像专业，当时珊珊还很不解，觉得操控机器，护士都能干吧，居然还报了本硕连读。跟医院打交道，也是拓展了自己的眼界，很多习以为常的事情，自以为是的判断，如今成为自己生活基本内容的时候，又获取了新的视角来观察。当然，一个健康人大可不必去研究这个。

　　因为 CT 报告正常，珊珊不想去另一个柜台取片子了，她觉得那张黑乎乎的大胶片，拿着也没有什么用。但是舒南坚持让她取，说以后这些东西都放在一起可以做比较，她不是很明白，都写清楚了没有异常，为什么还要拿片子，只有不正常的片子才有收藏必要啊。拗不过他，让他拿着自己的诊疗卡去取了。她坐电梯上了三楼，用身份证去取病理报告。一共有两个窗口，像是慢车时代的车站售票口，一面磨砂玻璃上挖了两个圆拱形的小窗，看不见里面人的模样，对着挤满人的小厅，珊珊看了一会儿才发现大家是在排队的，只是空间狭窄，队伍像贪吃蛇一样扭曲。旁边一个保安大叔一副见惯了这种混乱的冷静表情，偶尔喊两句"不要挤"，虽然人多，取报告的队伍移动得还是很快的，蛇头慢慢消失，身体后部又有新的组织加入，很快珊珊也变成了消失的蛇头。

　　她挤出人群，刚好迎面碰上过来找她的舒南。她吸了一口污浊沉闷的空气，又从鼻子里使劲呼了出去。她把那张报告纸打开：（左乳）伴有破骨样巨细胞的浸润型导管癌，Ⅱ级，未见肯定的脉管侵犯。标本各切缘未见癌累积。（左腋前哨）淋巴结（0/7）未见癌转移。

　　那个千分之一但是始终未能舍弃的奇迹奢望，像聚会剩下的最后一个气球，被打扫现场的大叔一脚踩爆，塞进垃圾桶里。

　　"跟你们医院的病理基本是一样的，只是多了点描述，什么叫破骨样巨细胞？听着怪吓人的。"

"我也不知道，报告单上什么字都吓人。答应我不要瞎百度，不懂问医生。但是好消息是，脉管切缘和前哨都没有扩散，这个结果被肯定了。"

他们接着看免疫组化：ER（+）（90%强），PR（+）（90%强），HER2（0），Ki-67（15%）……

珊珊终于看到一个比之前数值低的，Ki-67之前是20%，这里的报告是15%，她记得周强教授说什么欧洲标准、美国标准，14%、20%的，这个15%不知道会不会让她不用化疗，无论如何，这个指标是复发率的一个重要指标，低了总是好事。

最后他们来到做21基因检测的那栋楼，与门诊大楼隔了一段距离，走在路上，舒南问她，"这个检查多少钱？"

"快八千吧。"

"八千！全自费的吧？"

"是的。"

"胡主任给你开的？"

"不是，我要求的。"

"你怎么知道这个检查？"

"周强医生让我做的。"

"那个十大杰出青年？"

"嗯，说这个结果出来如果是低危就不用化疗了。"

"那些不做这个检测的人，怎么被判断需不需要化疗呢？"

"病理和免疫组化吧。"

"你也知道。"

"什么意思？"

"没什么意思。去拿报告吧。"

拿检测单的办公室十分冷清，不太像这所拥挤医院里的一个分支，因为整个医院都在高效地运转着。拿到报告单，珊珊越过看不懂的检测内容描述，直接跳到检测结果：21 基因复发风险评分（RS）=22.4，结论：RS 值提示该患者属于中危组（中复发风险）。

珊珊心里一沉，刚才因为看到 Ki-67 数值的开心，又被浇了冷水。她看了报告单上的说明，21 基因检测评分分成三组：低危组（RS<18），中危组（18 ≤ RS < 31）和高危组（RS ≥ 31）。低复发风险评分提示内分泌治疗获益较大、辅助化疗获益较小、远处复发风险可能较低；而高复发风险评分提示辅助化疗获益较大、远处复发风险可能较高；中复发风险评分者预测价值尚不明确，还需进一步研究。乳腺癌患者治疗应由临床医生综合病史、病理判断、免疫组化和 RS 等结果决定。

"八千块买个'尚不明确'你觉得值吗？"

"我觉得值。能做的检查全部做了，是我作为病人尽力了，把所有的报告单、病史、手术情况全部放到医生面前，他根据他的知识体系和能力做出诊断和治疗方案，是尽他的职责。我这段时间在看你给的指南，也看了一些国内外顶级期刊关于乳腺癌治疗近两年的论文，现在乳腺癌的治疗越来越讲求个性化方案，这是你们医生梦想的一个境界吧？以前以为同样一个病，就是"一刀切"的同一种治疗方案，但是自从得了这个病，才知道乳腺癌的分类如此之细，不同分类不同年龄的人的治疗方案都不一样，三阴不吃药，三阳要靶向，保乳要放疗，肿瘤大小还决定了先手术还是先化疗。我有机会接触到国内一流的医生，我就要努力做一流的病人，才不枉来这里大费周章地看个病。"

"管子珊，你真让我另眼相看。不过学霸真的很可怕，做学生要做一流学生，做老师要做一流老师，做病人还要做一流病人。什么都不能落后啊！"

"不能落后。以前看史铁生《病隙碎笔》里写他自己职业是生病，业余写点儿东西。觉得挺难过的。现在自己不得不专心做一个病人的时候，才知道好好跟这病体相处，认真跟医院打交道，在这期间不停地回应别人的同情，处理自己产生的不同层次的感悟，真的可算得上是个职业了。史先生比我的困境大很多，也通透得多，我有什么资格不努力呢？"

"我上次见你，你还整日以泪洗面，这才过几天，怎么像变了一个人似的？"

"你请我喝咖啡，我告诉你。"

上海这座城市，最不缺的就是咖啡店，除了那种统一装修没有特色的连锁店之外，还有各种街边无法堂食只能外带的迷你咖啡店，开个窗口，几个平方，一两个伙计，这种价格一般比较低一点儿，但偶尔能遇到味道很惊喜的店铺。他们慢慢走到离江边不远的一个十字路口附近，白色墙面蓝色门，落地玻璃窗，一个小栅栏，爬满了蔷薇，没有盛开，但是已经出了不少的花骨朵了。他们对视了一下，走了过去，舒南给珊珊推门，两人轻步走进去，门合上的一刹那，不知挂在哪里的风铃声细碎地撒了一地。

侍者是个围着牛仔围裙的小姑娘，二十岁左右，齐耳短发，眼睛很亮，白皙的皮肤上有几颗痘痘，红得显眼，一股青春无敌的气息。

"现在的咖啡店很少有服务员了，吧台点，吧台取，全程都是自助服务。"

"你说'服务员'感觉好土啊。"

"有吗？现在都怎么称呼？"

"刚才这位，我会喊她'小美女'。"

"你喊可以，我喊不显得有点儿调戏人家的感觉？"

"别说还真是，你这副油腻长相，还是喊'服务员'比较保险。"

"我哪里油腻了？我又不戴串儿，不挂玉，肚子不大，六块腹肌……"

"停！夸自己能夸一天，我也是服了，你知道吗，这就是一种精神油腻。"

女孩子把两杯拿铁端上桌，听到两个人的对话，露出了浅浅的笑，痘痘在酒窝边旋转舞动了起来。

"只有看到这样的年轻女孩，才会意识到自己离这样的年纪，已经很遥远了。"

"那时候，你还很年轻，人人都说你美。对我来说，我觉得现在你比年轻的时候更美，那时你是年轻女人，与你那时的容貌相比，我更爱你现在备受摧残的面容。"

"刚才你看门口的蓝白颜色，有没有想起什么地方？"

"希腊？圣托里尼？"

"我也想到了那里。不是你一直向往的地方吗？等你好了，去看看？"

"那里拍出来的照片美，听说到处都是骡子屎。"

"有时候我真不懂你，浪漫的时候能腾云两万里，现实起来，跟农妇一样接地气。"

"干吗要费心思懂我呢？"

舒南没有回答这个问题，好像并不是不知道怎么回答，而是不想面对这么直白的提问，

"对了，你说我请你喝咖啡，你告诉我你是怎么从怨妇变成悍妇的？"

"什么词到你嘴里，都这么难听。其实我自己也感觉很神奇。有一天晚上，大概就是带小光去公园放风筝那天。我做了一个梦，在一片原始森林里，雾气缭绕的，特别安静，没有水流、没有动物、没有路，抬头看满眼都是树枝盘绕，看不到阳光。离我不到十米远的地方，有一只老虎，皮毛干净发亮，表情很淡定，不过我已经惊

恐到不能呼吸，只能屏住气朝前走，它就一直跟在我后面，保持着不变的距离，我感觉它随时暴躁起来，就会扑上来把我撕碎了，但是我有什么选择呢？只能往前走，脚底下各种荆棘、树枝、杂草，但是也顾不上了，身后的那只才是致命的威胁。走着走着，我忽然意识到自己在做梦，但是身处的场景又特别的真实，我不能让自己醒过来，因为看到前头有一缕阳光刺进来，那一刻的感受，我这辈子都没有过，我用意识还是潜意识控制着自己继续把这个梦做下去，一直走到森林边上，看到树枝蜷曲环绕出的一个圆形的门，我迈步走出去，是一个沙滩，远处海水青绿，我走在热烘烘的沙子上，回头看到老虎在圆形的门边站着，它就那样直直地盯着我，眼神里没有一丝恶意，反而有一种说不上来的悲伤，然后它就转身走回了森林。我才放松让自己醒过来。"

"老虎是你内心的恐惧。它在梦里消失了，对现实的你产生了影响？"

"你不觉得这个场景很熟悉吗？《少年派的奇幻漂流》。少年不得不在海难后与老虎共存，他在行程中也经历了恐惧、迷惑和孤独，学会了跟生命中最大的威胁相处，最后老虎在沙滩上悄然离去。"

"梦既是心理的一种反映，也能治愈心理，很奇妙。"

"是的，我获得了一种类似顿悟一样的启示。我这个人太务实了，像你说的，虽然披着学习外国文学的浪漫外衣，但是骨子里跟农妇一样要靠每日刨地才有踏实感，很少会相信超自然的力量，此前再多的人安慰我都无济于事，但是这个梦很神奇，它介于醒与睡之间，真实与虚幻之间，所以才能触及我的意识。我一下子变得有了斗志，如果上天注定给了我这样的经历，我就好好'与虎同行'。"

"管子珊，我打心眼儿里佩服你。你是个宝藏。年轻的时候就已经是，现在更加是，你拥有更有厚度的生命，我说过你是我认识的最有韧性的女人。"

"听惯了你开玩笑，每次你一本正经地说话，我就不是很自在。"

"我真的替你高兴，你有好的心态，治疗就成功了一半。医生很多时候能医好身体，医不好心，那作用也是大打折扣的。"

"舒南，咱们玩儿一个游戏好不好？"

"好啊。"

"都没说什么，你就说好。"

"你这么不爱玩游戏的人，难得开口，我手机里、iPad 里都有，复杂的估计你不会，但是也有一些入门级的小游戏。"

"不是手机游戏，"珊珊对着正从包里掏 iPad 的舒南一阵笑，刚好门推开进来一个学生模样的高个子男生，戴着耳机，关门时，挂在门上的风铃把珊珊的笑声淹没掉。

"咱们看着窗外，十字路口等红灯的人里，挑一个，然后让对方描述他／她是一个什么样的人。"

"这可难不倒我，上学时候写作文全部是瞎编的。"

"那个，穿深蓝色西装的年轻人。"

舒南顺着珊珊手指的方向，看到那个人，观察了几秒钟："现在很少有人穿西装打领带了，而且这套西装看起来也廉价，他是房产中介的员工，大专毕业来这个城市没有多久。他好几次想闯红灯，看看身边的人又忍住退回来了，不停看手机，是在看时间，也在看客户的消息，这房子要是能成交，他拿到的提成可以坚定他在这座城市生活下去的决心。他嘴巴里好像在吃东西，其实是在背稿子，关于这所房子的一切信息。他还没有碰到足够多的壁，他还有一腔热血可以燃一段时间，面对这座城市的残酷和冷漠。"

"要不要这么狠啊？对了，你知道当初彭宇为什么要选择回弋江大学，他明明可以在这座城市扎根的。"

"为了你啊。"

"你知道我问的不是这个，我去弋江是他的主意。"

"要不要玩游戏了？自己开个头，又不专心。看，那边一个老外，留络腮胡子的小个子。"

"鸭舌帽，复古格子西装，合身略短的烟管裤，鞋子跟衣服很搭，包也是复古的，有点雅痞的味道。家在英国伯克郡，父母有个农场，家里有两个姐姐，嫁给了当地的医生和木材商，母亲早逝，父亲脾气暴躁，看不起不太有男人味的儿子，他成绩优秀，偏偏没有去学医，而是学了摄影。在伦敦上大学的时候认识了一个中国男生，相处了两年，男生回上海结婚了，他来到这个陌生的城市，用姐姐们给他凑的钱开了一家小小的摄影工作室，他想再见到那个男生，可是上海太大了，大到一辈子有可能与爱人都无法擦肩而过。"

"为什么我们本能地都会说出一些悲伤的故事？"

"遗憾是人生的主题吧。"

"是不是过于悲观了？哪部文学作品让你变得这么消极？"

"太多了，文学作品多以悲剧表现深刻。不过既然你问了，我想到的是《安娜·卡列尼娜》，最后她卧轨前经历的绝望，对这个世界深深的失望。"

"你朋友的事，现在你能释怀了吗？"

"哪个朋友？"想到刚才的话题，珊珊一脸迷惑，"你知道小婉？"

珊珊没有跟彭宇提过，更没有可能跟舒南说过，但是她很确定，此时，他问的是什么。

"很难释怀，长在身体里了。她当时如果能求助你这样的医生，也许结局就不一样了。"

"我努力，尽我所能，让从我诊室里走出去的孩子懂得去珍惜自己。"

珊珊觉得眼前这个男人，了解她远超过她的想象。但是她没有多问，很多时候，她能明确地看到一道线，闪着电光，提醒她，到此为止，不要往前迈步了。

两个人走出门的时候，珊珊惊呼，"你看这朵粉色的蔷薇，刚才我们进去的时候还是花苞，就这一会儿，展开了。太神奇了！"

"你就是传说中的人见人爱，花见花开啊。"

珊珊无视舒南的说笑，仍然沉浸在这场生命的奇迹中。

"咱们那里的蔷薇连花苞的影子都没有见到呢，这里的都开了，看天气预报温度差不了两度，但体感不一样，这是这座超级城市的'热岛效应'。"

"这样的术语，一定是彭宇教你的。"

"是的，每个陪伴你走过一程路的人，多多少少都会成为你的一部分。"

舒南想说什么，又咽了回去，他知道这种话只能当作玩笑，但是此时晚霞在江面上铺陈开来，货船游船穿梭其间，一个白胡子老爷爷开始吹奏起了萨克斯，一切都示意他不要说话，这不是开玩笑的氛围。

太白金星的炼丹房跟之前一样热闹，病人和家属进进出出，三个徒儿努力敲打键盘，老头儿不急不忙，不是在电脑前指导着，就是跟病人在谈话。珊珊把检查报告给了靠近门的两个女助理，她们把报告结果一一输入，这么先进的大医院，报告结果还做不到全院联网，直接调取，也是让人不解的事情。两个助理一个念，一个输，输入的那个嘴里也在念着，彼此确认，也让珊珊感受把一种病拆成分子的奇妙过程。未曾经历的人会理所当然地认为所有癌症都是一种病，但是在这台电脑上，它被拆解成各种看得懂看不懂的数据，庞杂而具体，让人忽略了"癌"这个字带来的冲击力。也许不联网，也有它的好处吧。

胡教授送走了上一个病人，珊珊挪移到里面的座位，这两台电脑是联机的，他仔细看着珊珊的资料，对他来说，这仿佛是个陌生的病人。他年龄大了，每天接诊量也不小，对于只见过一次的非特殊状况的一般性癌症患者，他没有理由记得住。他看完了电脑上的各种数据和材料，又要求给珊珊做触检，从脖子到乳房到腋下，很仔细地盘查一遍。面对先进仪器检查出来的结果，老医生还是坚持着最古旧的方式，虽然是西医，也算是恪守望、闻、问、切之道吧。后来接触到更多的病人之后，珊珊才知道，很多人的复发就是发生在手术之后，癌细胞如果处在非常活跃的时期，它的复制和侵袭速度是惊人的，所以，这也是包括徐仕平在内的不少了解癌症治疗步骤的人担心珊珊手术与化疗之间隔了太久的原因。

老教授走回电脑旁边，并没有坐回他的椅子上，珊珊也站着。下一个病人已经进来了。教授停了好几秒，在这个略显拥挤和不停流动的空间里，显得有些异样。最后好像下了决心似的对珊珊也对旁边的助手说："做四个疗程吧。"

珊珊知道他说的是化疗，问他："ki-67的值只有15%，是不是可以不用化疗？"

"如果浸润不是Ⅱ级，是Ⅰ级，如果21基因在18以下，就可以非常确定不用化疗，但是你的每个指标都比不化疗的要求高出了一点，年龄也是，指南35岁以下高风险，你36岁，这有什么区别呢？所有的都卡在线上。所以我让你做四个疗程，化一下，你自己也放心。"

"您怎么知道我化疗了会更放心呢？据说副作用很大。"

"这些指标，都只是参考，百分之一，落到你头上，就是百分之百。我们只能在保险的基础上，尽量不过度治疗。你还有焦虑症病史，谁能保证你不化疗后，是否害怕担心，又焦虑了呢？"

胡教授最后用手拍了拍珊珊的肩膀，似乎让她放下心来。

"我给你把TC四个疗程的方案打出来，你在你们当地医院做就可以，弋江医院还是不错的，我知道。"

珊珊点点头，知道该来的，始终躲不掉。她感谢老教授句句说到她心坎上的解答，经验丰富可能就是表现在对病人所有状况的迅速整合，做出正确的诊断，给出最适合的治疗方案吧。

她从诊室走出来，舒南立刻从门口的椅子上站起来，珊珊没有说话，把病历递给他，上面写着：处理 1. 建议 TC（多西他赛 / 环磷酰胺，75/500mg/ ㎡，dl 用药，21 天 1 疗程）方案化疗 4 疗程，化疗后全面复查。2. 化疗后放疗。3. 放疗后内分泌治疗。4. 术后两年内每 3 个月全面复查；2—5 年每 6 个月全面复查；5 年后每年全面复查。

"感觉是条很长的路啊。"

"很多人都怕这条路走不长，你觉得长，就一定能康复。"

"走着看吧，金阿姨说只看眼下的这一步。我得克制住自己的好奇心，过好每一天。"

"你会一直好好的，我也会一直陪着你。"

舒南盯着珊珊的眼神让她很不自然，说出的这种话又让她不知该如何去接，他们之间的那条线刺啦刺啦地冒着火光。她不喜欢他这样直白，这样的绝境出现多了，似乎他们之间的某种默契就要消失了。

"胡教授说化疗可以回你们医院做，他还知道你们医院，说不错的。"

"嗯，化疗的方式就是点滴，药物都是统一采购的，不存在什么技术问题，你如果不想去找徐仕平，就直接去肿瘤科做，他们那栋楼在江边，很安静，走廊还能看到日落。不过放疗还是来这里做，机器不一样，而且也涉及精准度。"

"都说好了，走一步看一步，你又跟我说放疗的事。"

"好的好的不说，现在想吃什么？"

"想吃羊肉串，能吃吗？"

"当然可以，西医不忌口。听到你说想吃什么，就觉得很高兴。化疗很伤身体，你这两天要使劲吃。我怕你到时候吃不下去。"

"你放心，为了活下去，为了小光，只要我能张开嘴，就一定会努力吃饭的。"

这是管子珊癌症确诊的第三十五天，舒南第二次掉眼泪，第一次当着她的面。珊珊拉他坐下，拿出纸巾给他。快下班的点，诊室门口人不多，也没有人多看他们一眼，在医院里，尤其是肿瘤医院，也许人们见惯了流泪的人。珊珊知道，身旁这个人在乎她，无论如何，她感激此时他在场。

41

以前，多久以前呢？就是在"癌症"这个词还基本上只是从电视电影里看到的时候，"化疗"在珊珊头脑中是跟"癌"一样可怕的概念。化疗的病人一般面无血色，骨瘦如柴，好像都被死神吻过，时日不多了。而且之前以为得了癌症会掉头发，生了病之后才了解到，癌细胞本身不会攻击毛发，是化疗药水的作用。当然，健康的人，没有必要了解这些，只用在电视里看到这些病人的时候唏嘘感叹他们的命运就可以了。

而现实中，拥有这种命运的人，绝大多数都会拼尽全力去对抗的。求生欲是一种本能，病人在经历了一个月的意识抗拒、自我怜悯和对命运不公的诅咒之后，通常都会重整旗鼓地接受化疗。舒南说珊珊具有韧性，韧性不也是人性吗？

从上海回来，珊珊第二天就去了弋江医院肿瘤科，一栋红砖建筑。据说这所医院最初是个教会医院。港口城市，在清末的时候都对洋人开放了，学校、教堂、医院都是当时教会办的，西医也是从那个时候传进来，冲击着中国人原有的就医理念。中医将身体看作一个整体，重用调理，血气运行，器官之间达到一种平衡和稳定后，自然会得到治愈，这种治疗方法适应一些慢症，而且一旦病人接受理解了医生的治病哲学，心理上也会得到极大的宽慰，每天一服苦苦的药剂，在瓦罐里咕嘟咕嘟慢火炖开，倒入碗中，热热地下肚，每一寸内脏和血管都有一种被药物流动到而被治疗着的体验感。西医不同，西药针对性很强，牙痛医牙，胃痛医胃，仪器的快速发展之后，医生与病人之间的沟通也变得更为简单，快速、高效、对症是西医的特点，但是很多病人的心理和作为整体的人的身体状况和变化就容易被忽略了，老祖宗的东西是不能全盘否定的，所以，现在很多中西医结合门诊，就是走了一条中间路。

百般拒绝，舒南还是陪她来办理住院手续。昨天让她把上海所有的病理和检查报告复印好带过来，他陪她走过医院拥挤的门诊大楼和住院部，渐渐走到一条安静的小路上，两边的香樟枝长叶茂，层叠着不同的绿色，淡淡的香气，在微风中忽明忽暗，远一些的花园里盛放着樱花和杜鹃。

这条路珊珊是走过的，但都是匆匆而过，何况那时候还是隆冬，并没有什么值得她驻足观赏的风景。彭宇的同学一家刚移民到了加拿大，父亲被查出了胰腺癌，已是晚期，服用了一段时间中药，感觉身体好转，老两口委托懂英文的珊珊给他们填写一些签证材料。老人想活，中国医生说了没有好办法，但他还想去加拿大试试。但是就在那时候，病情加重了，重新住进那栋红色的小楼。材料全部整理好的那天，老人跟珊珊说他做了一个梦，梦到一片特别绿的草地，他推门走出去，感觉非常温暖，浑身没有一点儿疼痛，虽然没有看到上帝，但是他觉得那里大概就是天堂吧。老人发了一夜高烧，第二天走了，医生说胰腺癌走得这么平静没有痛苦，是很少见的。

如今自己也要住进这座红色的小楼，那个她当时觉得离死亡咫尺之遥的地方。舒南将她交给了一个气质恬淡的美女医生尹主任，跟她说是自己的好朋友，然后看着时间就赶紧回科室了。办好了住院手续，尹主任给她开了第二天的检查单和药。珊珊问第二天吊的水是不是化疗药，她告诉她在用化疗药之前需要给身体做好充分的准备，会先吊一些保肝护胃的、防止过敏的药物。化疗药现在在珊珊的意识里有些敌我不分的感觉，一方面，她清楚地知道，这些药是把她身体里残存的、手术无法去除的癌细胞全部杀死，以绝后患，是保卫她的；另一方面，她又很害怕化疗药，那都是真正的毒药，金庸小说里的以毒攻毒，它杀死癌细胞，也损伤好的细胞，伤害身体里的器官，攻击神经，像原子弹一样，没有精准打击，所到之处，全部夷为平地，一片废墟。所以，她既依赖它的医治，又恐惧它的破坏，但是无论如何，先让自己抵得住第一轮攻击。

　　第二天，六点半就到了小红楼，清晨的江风凉凉的，她戴了一顶报童帽，连帽衫外面罩了一件薄羽绒服，很难想到这是四月的江南。抽血、心电图之后，就到了指定的病房开始吊水，这是一个两人病房，只有她一个病人，楼很旧了，虽然外面翻新过，但是内部的设施比较落后，有一种 20 世纪的遗风，但是这个房间真的可以看到长江，听到江面轮船的汽笛声，与喧闹的医院似乎隔了一个黑洞的距离，这让她可以忽略房间的简陋，把心静下来。药水一瓶瓶地往身体里输入，珊珊知道，这些都是帮助她一起抵御攻击的救兵。当吊到地塞米松的时候，她一下子昏睡了过去，这种药她以前吃过，得荨麻疹的时候，一小颗就让浑身的红疙瘩消下去了，这样成瓶地吊，可见化疗药造成的过敏得有多么严重。她的这种昏睡，是眼睛嘴巴立刻塌了下去的那种，是吃了好几颗安定跌落到了三层梦境很难清醒过来的那种。之前她在网上看过一些帖子，是说打了地塞米松之后失眠的。人的个体差异可以大到什么程度？所以，后来在平台上翻到的一些评论，她也只是看看，保证每次的战事之前有个心理准备而已。

这一觉睡得真是太沉了，以至于她不知道自己是几点结束所有点滴的，以至于她不知道什么时候舒南和沈玥同时出现在她病房的，以至于她看到窗外的江面上渔火点点，灯塔闪耀，星星都已经出来了。

"很久都没有睡得这么踏实了。"珊珊想伸个懒腰，才意识到左胳膊还是伸不直的。

"你今晚睡在这里，还是明天起大早过来？"

"我可以回家吗？"

"今天可以，明天打化疗药，因为是第一次，得住在医院。"

"那我想回去。"

"起来走吧，我没开车，让沈玥送你。"

"不用了，我可以打车，只是那个，沈玥，今晚小光我能接回去吗？我怕之后没有力气照顾他，还得麻烦你们。"

"可以，我开车带你去接他，然后送你们回家，明早我六点去接小光，你自己打车过来。"

"这不折腾孩子么？六点他哪儿能醒？我明早六点去你家，陪他一会儿，等七点半喊他起床带他吃点儿东西，再送他去幼儿园。"

珊珊不想给任何人带来丁点儿的麻烦，但是此时面前的两个人也许都不明白，她心里对化疗的恐惧，需要一个至亲的人在她身边，哪怕只是她四岁的儿子。也许是有些自私了，但是听到他们两个人的方案，她觉得哪一个都可以，只要晚上她可以抱着自己的儿子，抱抱他软软糯糯的身体，听他说一些有趣的话，给她补充一些能量。"为母则刚"并不是成为母亲之后自然就拥有了刚强的力量，而是孩子激活了母性中坚强的那一部分。不是一种职责，是一份幸运。

在沈玥和舒南之间，她还是选择了麻烦舒南。

帮儿子洗完淋浴，用一块大浴巾裹住，顺势把他抱了起来，左半边的身体有些撕扯痛。把重量移到了右边，有点儿吃力地把他抱到房间。儿子使劲地搂着妈妈的脖子，好像怕妈妈随时抱不住他松手让他掉了下来。

到床上，肉嘟嘟的孩子开始自己穿睡衣，珊珊伸了伸左胳膊，这段时间又忘记规律的拉伸了，看到一些帖子里说要坚持做"爬墙"的动作，不然久了就真的伸不直了。小光虽然动作缓慢，但是很仔细，裤子前后分得清楚，衣服的扣子也全部扣对了。

"妈妈，奶奶说你生病了，所以这段时间你不是出差，是去医院了吗？"

"妈妈是生病了，也去了医院。可能接下来还要经常去医院，所以，不能一直陪你，你会在爸爸那边多一些，可以吗？"

"妈妈，你得了肺炎吗？我们班三个小朋友得了肺炎都要住院。"

"妈妈得的不是肺炎，这里，里面长了一个疙瘩，被医生取出来了。"

"医生是开刀的吗？"

"是的，开刀的。"

"疼吗？给我看看？"

珊珊让儿子隔着她的睡衣摸了一下她左边的胸部，把他的小手放在刀疤的位置，

"就在这里，有一条疤痕，还有点儿疼，你要小心，不要碰到或者踢到哦。"

小光用小手非常非常轻地在妈妈的伤口上摸了摸，像一根羽毛在施魔法。

"小光，你在幼儿园里为什么都不跟小朋友们一起玩？"

"女生和男生是分开的。"

"你想和女生玩？"

"不是，我想跟男生玩。"

"那很好啊，为什么不加入他们呢？"

"他们都在打枪战，会到处跑，有时候老师会批评罚站。"

"你只要注意不要受伤也不要伤害到别人，就可以跟他们一起玩啊。幼儿园里设置了这个游戏，就是给你们小朋友玩的，而且教室里的枪也很安全，你不要打到别人就可以了。"

"奶奶说，我表现得乖，妈妈才会接我回来，我怕被罚站，你就很久不来。"

珊珊把小光从躺着的位置拉着坐起来，靠在被子上，握住他的小手，很坚定地看着他的眼睛，"小光，妈妈是因为要去看病，所以，暂时让你住在爸爸那里，小光没有做错任何事情，而且即使小光犯了错误受了罚，妈妈也不会不去接你，妈妈一直都跟小光在一起，永远都是你最好的朋友，不会丢下你。你记住了吗？"

小光似懂非懂地点点头，珊珊知道彭宇妈随口说的一句话，没有恶意，但是孩子会误解，也会困惑，他会把妈妈这段时间的缺席归罪到自己不乖，这样的思维方式如果养成了，很容易让他长成一个自卑的人。她又想到生了孩子之后与彭宇妈两年的相处，婆婆每天碎碎念，充满打压人积极性的抱怨，是她话语体系里的主要结构，如果没有个钢筋铁骨，很容易在长期的相处下被腐蚀成一个不快乐的人。彭宇还好，宠辱不惊，没有什么情感流露的愿望和能力，快不快乐对他来说并不影响他对生活质量的判断。但是小光身体里有她的基因，内心越敏感富饶，就越容易被影响被摧毁。她又产生了一个想法，打算第二天跟彭宇商量。

"小光，你知道为什么妈妈给你起这个名字吗？"

"为什么呢？"

"因为你是妈妈生命里的光啊。"

"跟太阳发出的光一样吗？"

"是的，你在上苍那里选择了妈妈，要做妈妈的光。"

"上苍是不是全世界，全太阳系，全宇宙，全太空，全，全……最厉害的人？"

"是的吧，虽然我们都看不到他。"

"我可以跟他许愿吗？"

"可以，你有什么愿望，可以跟他说。"

"怎么说呢？他有电话号码吗？"

"不需要，你在心里默默地说，他就可以听到。"

"妈妈，每天睡觉之前，我都会跟上苍爷爷说，让你赶快好起来。"

"谢谢儿子，为什么是上苍爷爷呢？"

"是上苍奶奶吗？"

"也可能哦。"珊珊抱着小光一顿猛亲，他咯咯咯地笑出了一串星星，飞出了窗外，缀在夜幕中，"妈妈明天要去打第一只怪兽，你可以把你的超级激光能量给我一部分吗？"

"全部给你，还有我的战神恐龙能量和飞侠总队能量，全部都给妈妈！"小光把小手掌对准妈妈的大手掌，然后做出能量传输的推动力，嘴里还念念有词。

"你不能都给妈妈，自己也要留一些，去战胜你遇到的怪兽啊。"

"妈妈，我随时都可以制造出来新的能量，我要把所有的都给你。"

珊珊把卧室的灯熄了，给小光盖好被子，轻轻拍着他的后背，给他用手机放着睡前故事。窗外是万家灯火，珊珊感觉有些孤独，但是并不难过，她在离婚后第一次正视并且接纳了这种孤独。

"对一个小孩来说，母亲生病，能构成他的幼年创伤，但蒙在鼓里，在真相与谎言中穿梭，也是创伤。有最新的研究说，一个人在幼年遭遇创伤并从中恢复，对他成年的心理健康是有好处的。"

"你又来忽悠我。"

"论文不都是忽悠人的吗？"

"博士说这样的话。"

"有人认真忽悠，有人认真相信，就值得了。"

"心理学这么唯心的吗？"

"唯物和唯心之间的界线没有你想的那么清晰。"

"昨晚我也犹豫了一下，才决定告诉小光的，他还说要每天为我祷告，还把他所有的法宝能量借给我打怪兽。"

"这孩子看着内向，但是对妈好是真不含糊，让他参与到你的治疗中来，他会觉得自己也负担了一部分，会有在为你努力的成就感。"

"这么小的孩子，是不是不应该给他压力？"

"每个人都有自己应该承担的那一份。你要相信他。"

七点半到了小红楼，尹主任已经在办公室了。助手询问了珊珊的身高体重，确定了用药量，让她签了字，简单交代了几句注意事项，就让她回病房等着了。她一进病房就闻到了一股浓浓的米香，在窗台附近，一只简易的小电饭煲煮的粥已经咕嘟咕嘟把玻璃盖子顶起来了，她赶紧快步走上去，把插销给拔了，正纳闷怎么有人在病房里做饭，就看到一个大姐风风火火进来了，端着一盆洗好的衣服。她大约五十岁上下，身体壮实，面色黝黑，应该是个风里来雨里去不得闲的人物，她一边麻利地晾着衣服，一边打量着坐在病床上的珊珊，

"你今天吊化疗药？"

"是的，您是——34床的家属吗？"珊珊觉得贸然问别人是不是护工有些不礼貌。

"我是34床啊。"大姐笑着说。

"哎哟，我可真没看出来，您身体看着真棒！一点儿病色都没有。"珊珊是真的吃惊到了，这两天在小红楼里晃悠了几趟，在走廊里，也从开着的病房门里，观察着做化疗的病人们，大多是病服裹着的哀怨眼神，木讷呆滞。这位大姐连病服也没有穿，衣服晾好以后，用大碗盛了满满一碗稠得跟米饭一样的粥，从旁边的塑料袋里拿出一个大白馒头、一袋榨菜和几条小咸鱼，吃了起来。

在与大姐的闲聊中，得知她三年前查出乳腺癌，手术全切、腋窝清扫、做了化疗，但是今年查出转移到肝上了，又得回来化疗，得化十几个疗程。

"您每次都自己来化疗吗？"

"那可不？家里老公和儿子都要打工呀，本来我做小工一天也能赚一两百的，这下不能出去干活，还得付医药费，能省就省，我在这里做饭他们不让的，但是我硬做，他们也就不管了。"

"您真厉害！"

"你不也是一个人吗？家里没人陪你？"

"跟您家一样，都忙。"

"你是本地人吧？"

"算是吧。"

"我是江北的，他们爷儿俩在这边打工，我吊完水骑电动车半个小时就到租的房子了，回去还要给他们爷儿俩做饭。"

在跟珊珊说话的时间里，一锅粥和馒头都被大姐装进了肚子里，她又马不停蹄地去洗碗洗锅了。珊珊看着她壮硕如牛的背影，只得自愧不如。活着，对大姐这样的人来说，是基本要求，也是终极目标，她如磐石一般，对待严苛的命运，不会露出一丝的哀怨。

一直到了九点半，护士才开始拿着吊瓶进来，昨天手臂上扎了留置针，今天就不用重复扎针了。珊珊的血管很细，生小光的时候，镇痛泵扎的留置针只三个小时不到就打鼓了，护士顺手给取掉了，她那个夜里经受着人生最为剧烈的疼痛，伤口痛、尿管痛、下床走路时听得到浑身撕裂的痛，每一口呼吸里都能听到疼痛的声音。这一次的手术虽然也痛，但是因为痛级达到过十级，再次冲到八级九级，身体因为存有对极端疼痛的记忆，而有所准备，就不那么惊恐了。珊珊在觅健的帖子里看到很多六个疗程八个疗程的都需要在颈部埋管，因为化疗药的杀伤力怕手部的血管承受不了，但那大小又算是个手术，而且一埋就是整个化疗期，洗澡什么的也不方便。珊珊因为胸小，脂肪少，手术没有插引流管，化疗因为是四个疗程，医生考虑埋管的代价，也决定直接每次扎静脉。

化疗药可真是相当有架子，本以为今天来了就和它较量，没想到又是吊了一堆"卫兵"，增援到了她快要睡着的时候，护士终于拿了两个咖啡色的袋子，珊珊以为是为了增加仪式感，护士解释说，这是避光用的。她有些激动，也有点儿害怕，护士将点滴的速度调到很慢，并嘱咐她，有什么不舒服的感觉立刻按铃。

为了分散自己的注意力，珊珊选了三部电影，不去看也不去想吊针的情况。其间护士不停进来，监控血压、心跳，打屁股针，换药水。

舒南进来的时候，珊珊才觉得肚子饿了。

"感觉怎么样？"

"我可以说暂时没有什么感觉吗？很多人吊着就开始吐了，我怎么没有什么感觉呢？是不是我耐药，这个药对我没有什么作用啊？"

"你大话不要说早了，药的作用发挥起来有一段时间。当然，每个个体之间确实存在差异。你年轻，平时又坚持运动，身体基础好，可能确实不会轻易被它打倒。"

"我有点儿饿了。"

"就喜欢听你说饿了。想吃什么？"

"点个健康一点儿的外卖吧。"

"好的，我陪你在这里吃。昨晚我去我爸妈家'扫荡'了一圈，给你弄了不少好东西，海参、孢子粉啥的，在我车里，明天我给你带回家里。"

"那些是叔叔阿姨补身体的，你拿来给我不合适。"

"估计都是别人送的，他们年龄大了，最好不要瞎补。你化疗期间一定要保证营养，尤其是高蛋白的东西。我打算明早去早市看看有没有泥鳅什么的。"

"舒南，我想请个住家保姆，如果化疗反应不是特别大的话，我想把小光带在身边。还没跟彭宇说。"

"彭宇和沈玥今天下班过来看你。住家保姆临时找不一定能找到合适的，我问问我爸妈家的阿姨，让她介绍个钟点工，帮你做饭、洗衣服、打扫卫生，干半天的。小光的事，你结束第一疗程，回去看看情况再说好吗？"

"你们条件这么好，为什么没有选进口药啊？"旁边的大姐忽然插进来问了一句。病房就是这样，说的都是比较隐私的话，但是多人的房间，没有任何隐私可言。

"进口药也有副作用，现在这种化疗药国产和进口的没有什么区别，临床都很成熟了。而且，进口的全自费，四个疗程也得快十万呢。"

"有钱人也怕花钱啊？"

"大姐，我不是有钱人，工薪阶层，钱也计算着花呢。"珊珊看了大姐一眼，又看了舒南，无奈地摇了摇头。

"你怎么不用进口药呢？"舒南压低声音问珊珊。

"尹主任说的，都一样。"

"纯度和效果还是有点儿差别的吧？你别告诉我你舍不得钱。"

"你一个中国医生，怎么对中国药没有信心呢？"

"毕竟是西药，国外的临床经验和制药能力确实要强一些，不得不承认的，经济状况允许的情况下，还是用进口药啊。能不能从下个疗程换？"

"你别折腾了，就用这个。赶紧帮忙催一下外卖，我要饿死了。"

所有的水吊完，已经傍晚五点多了。珊珊不知道是自己身体基础很好，还是受到了隔壁床强悍大姐的鼓舞，抑或是所有的卫兵都尽职尽责地保卫了阵地，反正"毒液"进入身体后，暂时还没有什么特别的感觉，躺了一天，身体有些僵硬，起床走了走，胳膊上的血管隐隐作痛，毕竟作为战略通道，它承受了较大的压力。尹主任下班前来看了看珊珊，回应了她关于耐药的问题，

"化疗药是累积作用的，不要小看了它。但是保持乐观的心态是非常重要的，坚持锻炼，走走路，做做操，都可以。"

"这个药是不是可能不掉头发？"

"一定会掉的，大约过两个星期。提前买好假发。"

尹主任比徐主任的话多一点儿，但也总是言简意赅，她会面带微笑地说出也许并不迎合你心意的话，但又让你接受起来没有那么困难。

"你是舒主任的女朋友吗？"

没想到人淡如菊的尹医生也很八卦。

"不是，我是他的朋友。"

尹医生的眼神表示她相信珊珊的话，然后微笑着走了出去。

天色逐渐暗了下来，珊珊披上一件有些厚度的焦糖色羊毛开衫，背上装了手机、钥匙、各种卡的斜挎包，走出小红楼，朝江边漫步，没走多远，舒南从后面追了上来，他下班了。

"就知道你会去江边看日落。"

"人为什么这么爱看日出和日落呢？"

"会造成地球是宇宙中心的错觉。"

"你这个答案还真出乎我的意料。"

"那你说呢？"

"古人日出而作，日落而息，看看日头，就知道自己该做什么。现在日夜不分，日出和日落就只有审美意义了。"

"感受到时间的存在。"

"感受到自己在时间里存在着。"

江边的观景亭里，座位是水磨石的，晚风一吹，变成了冰块。舒南把外套脱下来，叠整齐，让珊珊坐上去。两个人并排坐着，看着一颗红日漫不经心地沉入江底。渔船和采砂船在江上拉出一道道浅浅的直线，货轮昂扬着身体，用尖锐的船头切开一条深深的路，奔向远处。

"生日快乐！"

"我就怕你想起来。"珊珊继续看着江面，并没有转身看舒南。

"为什么？"

"快乐，对我现在来说，有点儿要求过高了。"

"是祝福，不是要求。"

"但是，我听起来就是要求。会让我觉得有压力。好像过生日我不快乐，就是我做得不好。"

"你给自己的压力还是很大。"

"我在努力释放自己，给我一点儿时间。"

"那我祝你平安。"

"你是打算唱孙悦的歌吗？"

"哎呀，你这个人，太难伺候了。这么美的夕阳，都被你搞得一点儿气氛都没有了。"

"你才是破坏气氛的那个人。我很怕提这个生日，三十六岁，本命年。红袜子、红内裤、红内衣我都穿了，但还是躲不过这一劫，我是真没想到，要经历这么大一劫。"

"过去，一生都顺利了。这个送给你。"舒南从包里掏出一个首饰盒，打开里面装着一个红色绳子的玉吊坠，弥勒佛的模样，温润的绿，"这是我从九华山给你求的，大师开过光的。"

"拜托，舒博士，你怎么也这么迷信了？"

"如果万一有用呢，我愿意迷信这一次。"

"小光天天求他的上苍爷爷，你呢，又给我整个佛，俩神不打架么？"

"心诚则灵。如果这么计较，他们怎么可能有主宰的能力呢？"

"谢谢你的礼物，我收下。"

"我给你戴上。"

"不用，我自己来。"珊珊的左胳膊抬不起来，右边的血管又胀痛，最后两个人一阵手忙脚乱，给她戴到了脖子上。

舒南的电话响了，"彭宇他们两个去了，我们回病房吧。"

两个人都瘦瘦高高的，并排在珊珊空空的病床前站着，好像也没有再说话，很像考场上的学生，在思考怎么做题。珊珊觉得自己应该立马躺上去，把他俩看望病人的这个空给填上。

"这是我妈给你煮的牛尾汤。"彭宇把手里拎着的不锈钢保温桶放到病床边的柜子上。

"牛尾是个好东西，听说能升白细胞。一般的菜市场买不到呢，阿姨真厉害，她在哪里买的？"舒南把病房里的两把椅子端过来，让他俩坐下，自己坐在隔壁床的床脚处。

"我也不知道。"

"你感觉怎么样？"沈玥看着珊珊，眼神中没有让她不舒服的同情态度，也没有朋友之间的温度，好像是医生在询问自己的病人一般。

"目前还好，可能是网上看了一些帖子，心里做了最糟糕状况的心理准备。"

"你不要总是登那个平台看东西，里面全是病人，但是都在给别人做医生。"

彭宇就是有这个本事，要么不张嘴，张嘴就是刀子。即使你知道他有道理，也因为他的语气和态度让你不想理会他那些狗屁道理。不过珊珊现在已经数次点击了刷新键，让自己与彭宇之间的界线也清楚了起来，一旦一个人失去了与你牵扯的关系，他的话也就不那么容易牵扯你的情绪了。

"彭宇，这个你不了解，在国外，肿瘤患者都是有互助会的，民间的或者教会的，甚至医院也会组织。因为感同身受的人，说出来的话会比较有作用。哪怕就说一句'我也有过，我也出现过这样的情况'，就足以安慰到病友。上次珊珊给我看那个平台，我很震惊，那是一个巨大的网络互助会。"

彭宇不喜欢别人否定他，皱着眉头并没有听进去舒南说的话。

"彭宇，我跟你商量个事。"珊珊不知道几个人还能在这里尴尬地聊什么，就想到之前的计划，"我想把小光接回家，幼儿园离我近，接送都方便，你们每天上班这么忙，奶奶坐公交车接送不方便，她腰又不好，不要让她太辛苦了。"

"你治疗的时间还长着呢，之后的状况怎样也不清楚，小光我们能照看得过来，你就安心看病吧。自己还要别人照顾，你怎么照顾孩子？"

"我请了保姆，生活上不用你操心。小光之前的阅读一直都是我陪的，他在你那边，奶奶手机平板随便他玩，你们俩工作忙，又经常加班，孩子不是吃饱睡好就行了，他还得学习，好不容易已经认得挺多字了，再不看书，就荒废了。"

"他才四岁，玩不是应该的吗？手机里也能学知识。奶奶也识字，也可以带他看书。你是宁愿让陌生人照顾，都不让奶奶带吗？"

"你知道奶奶跟他说什么吗？说他只有乖，妈妈才会去接他，他在幼儿园里不敢跟男孩子疯，怕被老师说调皮，怕罚站，妈妈就不要他了。"

"我们哪个从小不是这么被教育的？他觉得害怕，不调皮，教育的效果不就达到了？"

"彭宇，你真的觉得奶奶说的话没有问题？"

"这么多老年人带的孩子，照你说，都得有心理问题。咱们问问心理医生，我妈有什么问题？"

此时面对滔滔不绝的彭宇，舒南不敢说话了。

"我去美国的那几个月，他奶奶天天说'你不乖，妈妈就不回来了'，孩子从小就自卑内向，他一直都担心自己被抛弃，而且认为妈妈不在，就是对他不乖的惩罚，他以后会把别人的问题都习惯性地揽到自己身上，觉得是自己的错。"

"你现在后悔，当时就不该在孩子那么小的时候出去！"

"你为什么想什么时候出去就什么时候出去，想待多久就待多久呢？"

"因为孩子更需要妈妈，这是你一直强调的。当时你拼了命要孩子的抚养权，一点儿都不考虑跟孩子朝夕相处的奶奶的感受。你能带好吗？你连自己都照顾不好！"

"彭宇，可以了！她今天才做了化疗。你是来跟她吵架的吗？"舒南站起来，走到珊珊的病床边，"孩子跟在她身边，跟孩子之间的互动，包括她力所能及地照顾孩子，对她的治疗都有好处，她的化疗反应还要过几天慢慢显现出来，如果不是严重到卧床不起，我建议把小光接回去陪她。"

沈玥拉了一下正欲反驳的彭宇，彭宇很听话地停住了。眼神中有不满和不甘，想说的话咽了回去，重又整理了一下情绪，放缓了节奏，压低了声音："我知道你跟我妈之间一直相处得不太愉快，但是老太太对孩子，是全心全意的好，你要求她以年轻人的方式带孩子，是不可能的，你走遍全城，也找不到几个那样的老人。"

"我知道，我也很感谢小光奶奶这几年的付出，但是我的孩子我自己带，只要我有一口气，我都要尽我作为母亲的责任。我以前都没有想到过，陪孩子长大，看他上小学、上中学、读大学、娶妻生子，是一件奢侈的事，并不是每一个人都有的福分。"

舒南先陪彭宇下楼了，珊珊知道舒南会用他天赋的语言能力，像橡皮擦一样去擦掉刚才因为争执产生的凌乱的波浪线。沈玥也心知肚明这一切，她留在原地，没有紧跟着他俩出去，依然站在原处，像是房间里多出来的一盏路灯。

"小光妈，小光被你教育得很好，他很善良，内心很丰富也很柔软，我相信他陪在你身边，对你这段比较难的时间有好处。不过，如果觉得很辛苦的时候，你随时跟我说，毕竟他爸也有责任照顾他，他爸和他奶奶的脾性，可能对他性格另一面的塑造有好处，一个人不能一直处在想法被理解、情绪被照顾的环境里，可能各种经历都需要遭遇一些。"

这是管子珊认识沈玥以来，第一次听到她说这么多的话。她看着沈玥转身走出门的背影，清浅又坚定。那一刹那，她忽然舒了一口气，觉得如果自己在这一条路上提早告别，她也许可以放心将小光交给她，但她很快打消了这个念头，因为她不能有丝毫的依赖或者懈怠的借口，她不能给自己任何不好好活下去的理由，她摸了摸胸口的那尊玉佛，虽然佛家让人放下执念，但是这一刻，她希望佛祖可以理解她的执念，成全她的执念。

珊珊这个学期的课不上了，但是毕业论文还带了五个，学生们似乎都知道了她生病的事情，什么也没有问。珊珊看电脑久了头晕，前面两稿都是让他们打印出来，统一交给一个女生，让她送到珊珊家楼下。每次女生都用文件夹把每篇论文归整好，提早在小花园边上等她。送二稿的时候，她对珊珊说："老师，我们几个每次交论文前都会对照您的修改意见认真改，然后彼此交换着改。大家弄好了之后，我再把格式规范全部过一遍，盯一下查重率。您尽量休息，不要为论文的事操心，我们都能顺利通过的。"

这么多年，毕业论文总是各种催，学生也以各种理由拖拉，说了很多遍的问题修改过交上来还是改不对，甚至不改。这次的同学文字内容二稿基本全部过关，连格式都已经整理规范了，只有个别同学参考文献和引用上有些小问题，需要微调。珊珊四月中旬去教学办公室交论文定稿和指导记录的时候，秘书非常惊讶："管老师，全院，您是第一个交的！"

大学生群体一直都被诟病各种问题，但是珊珊在与他们交往的十来年里，发现他们的困扰是：从一种纯粹的压力下被释放后进入一种复杂压力后的迷茫，在维护个人空间与依赖人际关系之间的碰撞，追求绝对自由落空后进行各种调整时的失衡与焦虑。但是绝大多数的孩子，还保持着极其单纯和良善的基底。珊珊生病后，几乎切断了自己与外界一切的联系，但是仍然偶有个别邮件会在她的信箱里，那些真挚的难过和关心，没有任何的修饰和雕琢，非常珍贵。她会给他们回信，虽然不愿多语细节，只是表达感激和安慰。

论文的提早完成，确实应该感激这帮懂事的孩子。因为此后，"毒液"在她身上开始慢慢施展出它的魔法了。首先是味蕾全部关闭了，舌头变成了一坨麻木的肉，在面对食物的时候只能不知所措地蠕动。然后头开始晕，有时候是坠胀的昏沉，有时候是天旋地转的眩晕。最难受的是便秘，在厕所里奋斗得直冒汗，也无济于事，用了开塞露后，只是肚子痛，仍然拉不出来，她最后实在没有办法，不能把自己憋死，只能戴着一次性手套，伸手去抠。疏通了之后，她如释重负，这样的事情可以自己做，保留了多大的尊严！病到一定程度，或者老到一定程度，必须由别人去抠的时候，她希望自己是没有意识的，否则，一定会被自尊心折磨得失去活着的勇气。

即使没有胃口，舌头僵硬，她仍然努力去吃东西。舒南每天上班前、下班后都来看她，不晓得他从哪里买的蔬菜，弄的鱼虾、泥鳅，还嘱咐杨阿姨每天给她泡两颗海参，跟鱼一起烧。他大概是跟彭宇妈妈打听到了哪里可以买到牛尾，杨阿姨怎么放调料都掩不住一股臊气，珊珊实在吃不下去，直到有一次当着舒南的面吐了，他才放弃坚持，不再买了。然后又给了杨阿姨一个五红汤食谱，用红豆、红皮花生、红枣、枸杞加红糖煮汤，珊珊不知道这个是补什么的，但是起码口感上是很清爽好接受的。

珊珊每天坚持在接小光之前走五六千步，阳光明媚，头重脚轻。医生让她多晒太阳，她不戴帽子，也不涂防晒霜，避开树荫，在太阳下走半个小时，此前她很注重防晒，怕晒黑，怕晒斑，现在太阳光射在皮肤上，她祈愿它会像杀死被子里的螨虫一样杀死她身体里的癌细胞。如果没有也没关系，皮肤渐渐被晒得黑厚起来，如同表皮形成了一副铠甲，接下来要打什么仗，总不用赤膊相拼。

就这样晕乎乎地过了七天，到了医生指定她去查血的日子。她溜达到家附近的一个中医院做检查。中午去拿报告的时候，机器上没有打出来，她只好去采血的诊室询问。

"你叫什么名字？"一个小护士问道。

"管子珊。"

"主任！那个人来了！"小护士冲着采血室里头大喊了一声。

珊珊正纳闷自己怎么变成了个特殊人物了，从里面的检验室走出来一个五六十岁的女医生，她表情很严肃，从玻璃窗里朝珊珊看了一眼，说道："你的白细胞只有1.1，我们一直在等你过来取报告。"

虽然对白细胞会低，珊珊是有准备的，但是低成这样，又在吃了那么多据说可以补白细胞的食物之后，还是让她自己吃了一惊，觉得硬塞到胃里的那些东西，正在宣告在保卫白细胞之战中的失败。

"我在做化疗。"珊珊轻声地对玻璃窗说了一句。

"哦。"主任如释重负，"你刚才从机器上没有取到吧，我们怕你取了走了就找不到你了，这么低的白细胞，如果放走了，我们就是失职了，要出问题的。"

"我明白，谢谢你们的认真负责。单子我拿走吧。"

看了一眼单子，确认了这个数值，又看到转氨酶也升到了117，腹部也遭到了敌军的攻击，排毒能力减弱，可能需要额外的增援了。珊珊打电话给尹主任。

尹主任一如既往淡淡地说了一句："没有关系，化疗后这些指标的变动都是正常的。今天我夜班，你晚饭后过来，我给你开升白针和保肝药。"

珊珊不知道为什么，对自己打的第一仗有一点儿失望，她觉得在运动、食补上都很努力，自己身体基础也还不错，怎么还是要求助额外的药物？平台上有很多病友都是靠食补维持在3以上，不用打升白针的。

"你吃进去的，没有补到白细胞，也补到其他地方了，不会浪费的。哎，你真的自己用手抠的？"

"很好笑吗？我把隐私告诉你，你就拿着取乐。"

"哪有取乐？明天开始榨汁机可以用起来了，每天喝一杯果汁，可以帮助你缓解便秘。"

"洗起来太麻烦。"

"不是有杨阿姨吗？"

"人家天天做你买的那些东西就够麻烦了。"

"不还有我呢吗？每天给你供应一杯果汁的时间还是有的。"

"今晚要把小光送到他爸那儿吗？我陪你去打针。升白针有些人打了也挺不舒服的。"

"就是腰酸背痛，没关系的。你帮我看一会儿孩子，我打车去，快点儿回。"

"确定不用我陪？"

"确定。你别给他看手机啊。"

珊珊把就诊卡和手机装到包里，出门前，神情低落地问舒南："我觉得我这个身体挺难支撑这么长时间的治疗的，这才第一次，就有一种被打败的感觉。"

"你也太容易认输了吧？你的基础白细胞就低，你看看化疗以前的血象单，很少超过5，那些化疗后不用升白针的，也许之前就有8、9的，每个人的基础指标不同。而且你这么低，还每天走步带孩子的。转氨酶100多不算高，本来这个指标就敏感，没个三五百的，都不是个事。"

"你怎么知道我之前的血检数值？"

"快走吧，早点回来，头这么晕，回来早点儿睡觉。"

打了三天瑞白，珊珊身体从外到内的那层油赘感退去了一半。不知道是升白针的作用，还是化疗药慢慢代谢掉的原因，舌头上味蕾全失的那种重重的苦味散了不少，舌头的灵魂又开花了。胃里憋得恶心的那股气也疏解了出去，吃东西不再是件难过的事。珊珊把瑜伽垫拿出来，跟着视频做了半个小时，虽然有些动作因为伤口疼的原因不能做到位，但是能坚持把全套做下来，已经很不容易了。从医院刚回来的时候，试图做过五分钟，就喘得进行不下去了。

打针的第四天晚上，珊珊给小光做了他爱吃的番茄意面，她吃完了自己的食物，忽然感觉胸口发紧，闷得发慌，继而开始头晕紧张。这是她以前焦虑症犯了的症状，但是谁知道是不是化疗药水伤了心脏？有些人是一边化疗，一边吃辅酶Q10，当然也不能排除是升白针的副作用。为什么很多晚期病人和老年体衰的都坚持不了全部疗程的化疗呢？它的打击面太大了，跟美国人在广岛扔的原子弹一样，只见一道刺目的白光，整个城市化为废墟。每一次的废墟需要再启用各种药物进行重建，当然这里还需要信心、没有被击溃的精神，辅以合适的运动和营养的食物。21 天，是重建的时间，把内在各个器官之间的平衡，精神和肉体的平衡，痛苦和信心的平衡，重新摆好，接受下一轮的轰炸。

珊珊不想让小光看到自己难受的样子，嘱咐他把面吃完，自己挪到客厅的沙发上，没有开灯，蜷缩着身体躺在上面，把沙发盖巾拉到身上，闭上眼睛，调整呼吸。她感觉到一只暖暖的小手在她手背上摩挲，自己好像变成了隔壁邻居家的灰色英短。小光问："妈妈，你难受了吗？"

"有一点，但是躺一会儿就好了。"

他就像抚摸英短的皮毛一样抚摸妈妈的手，一下接着一下，好像这是一种神秘的疗法。但是对珊珊真的起了作用，她的呼吸平顺了起来，胸口慢慢舒展了。

"谢谢宝贝，你的面条凉了吧，我去给你热一下。"

"我吃完了，而且把盘子都放到水池里了。"

这次轮到珊珊去抚摸"小英短"的绒毛，一下接着一下，他的头发里有一股汗和奶味掺杂着的香气，是可以让珊珊安神镇定的气味。

"妈妈，我给你读你最喜欢的那个故事吧。"

小光从书架上抽出希尔弗斯坦的《爱心树》，开始给妈妈读第一百零一遍。

"小光，你觉得最后大树只剩下一截树桩，它还会觉得幸福吗？"

"会。"

"为什么呢？它自己都快消失了，连一棵树都算不上了。"

"因为老人只能坐在它身上，哪里也去不了了。"

打瑞白的第五天，谨遵医嘱，去医院抽血检查。这一次取单子，机器又没有给她吐出报告。她心里一沉：自己的白细胞也够倔强，打了这么多针，还没升上来？她轻车熟路地走到检验科，这次好像换了一批人，小护士凶巴巴地问她名字，得知后又是冲着检验室喊她师傅。这次走出来的年龄较大的女医生也不是上次的主任，但表情是一样的严肃，"你白细胞 37.5，怎么回事？"

"我在化疗。"珊珊再说这句话的时候，好像多了一丝底气。

同样的如释重负，让那个大概失恋或者处于生理期的小护士把单子打给她。护士一脸不情愿，打印好，用力从窗口甩出来，珊珊没有接住，直接掉到了地上。护士眼都没有抬，在看她的手机。

"你，出来，把单子捡起来，交给我。"珊珊很平静地对她说。

护士没有说话，继续看她的手机。

"王媛媛，你出来把我单子捡起来！"珊珊看到护士胸牌上的名字，提高了声音，但是并没有歇斯底里，语气不容置疑。

主任还没有走远，听到声音，走了出来，王护士放下手中的手机，看了一眼严肃的主任，嘴里嘟囔着，走了出来，弯腰的动作带着极不情愿，把单子塞到珊珊的手上。

"得癌症了不起？"

珊珊看了一眼同样听清楚了这句话的主任。

"让她给我道歉，不然我投诉你们整个科。没有基本的做人素质，配做护士吗？"她转向回到玻璃门里的王护士，"南丁格尔誓言你会背吗？协助医生的诊治，谋病人的福利。你在上学的时候背过吧，下个月护士节你在朋友圈晒花的时候想想自己配吗？"

此时，检验科门口聚集了一些看热闹的人，主任低声跟王媛媛说："跟病人道歉。"

"对不起。"她嘴里呼出了一阵非常勉强的气息，眼神里依然是轻蔑。

珊珊替她庆幸她在检验科上班，如果是在与病人朝夕相处的地方，估计已经被教训过不少次了，总有能让她学会尊重别人和尊重她自己身份职业的方式，但是今天她没有力气继续在她这里浪费时间。她冲玻璃窗里的主任点了点头，表示感谢，转身走了。

她知道那个叫王媛媛的护士可能会在她离开的时候诅咒她，但是于她来说并无干系了。

她出门又给尹主任打了电话，尹主任依然用口吐莲花的语气告诉她，没有关系，打过针，高了也正常。

回去她在平台上发了咨询帖，有些人建议她下次不要打五针，打三针就可以了。也有人让她打三针就去查血。还有一个病友的先生是医学博士，跟她说，她的骨髓功能好，一打针都被激发出来了。当时彭宇说这个网站上都是病人，却都在给别人做医生。但是珊珊越来越觉得离不开这个群体了，因为生着同样的病，即使大家见不了面，交流却很真诚，知无不言，彼此充满善意。即使都知道最后所有的问题还是要靠自己的医生去解决，但是因为互相支撑而产生的坚持下去的力量，是非常宝贵的。

一个疗程结束十天左右，珊珊每天都拽拽自己的头发，她从小头发就又多又厚，化疗后又产生了幻想，希望自己是那种百分之几"发坚强"的特例。可惜尹医生的话像个魔咒一样，从第十二天开始，头皮奇痒无比，她碰一碰，挠一挠，就会有好多根掉下来。在两周整的时候，家里已经到处都是她的落发了，在哪里稍微一摩擦，就会在那里留下一撮。明明是最明媚的春天，她的头发像是进入深秋的梧桐，在风中大把地脱落。她自己用剪刀，对着镜子，把长发剪短了，薄薄的一层，很难盖住头皮了。

"怎么办呢？现在一扯一把，根本保不住了。"

"不要再天天纠结了，剃了吧。"

"剃光？"

"是的，你也能舒服一点，不用总是去拽了，头皮也不会痒了。头皮痒，就是发根坚持不住了。"

珊珊一阵沉默，她心里是有准备的，只是真到了要剃光头的时候，才发现自己没有预料中的那么洒脱。

"检验美女的时候到了，你看好多女演员都剃过光头，什么宁静啊，孙俪啊，赵薇啊，还有你喜欢的莫文蔚。"

"我不是美女，留着头发都不好看，没了头发，得多吓人。"

"你怎么不是美女？我不同意啊！就你这精致的小五官，脸又小，留光头肯定比莫文蔚好看。而且就是头发而已，以后还能长出来的。"

"多久能长出来？"

"化疗完了就能长了。咱们去店里买两个好一点儿的假发。"

"好多人都从网上买的，两三百块钱。"

"那个能戴吗？都不知道什么材料做的，头皮不贴合，毛发也扎人，戴着不舒服，还一眼能看出来是假的。你要接送小光的，不想让别人知道，买个贵的。"

"你对假发也有研究？"

"技多不压身嘛。"

"你会剃光头吗？"

"啊？我没有干过啊。咱还是去理发店让师傅给剃，大不了我给你包个场？"

"我不要，不想去理发店。"

"你真信得过我？我可真没底。"

"我相信你，你干啥都靠谱。"

"就冲你这信任，我先百度一下。"

剃光头的难度超过了两个人的预计。他们先把"剃头铺子"搭在卫生间：两把小木凳、梳子、剪刀、小光的电动剃发器和搭配的塑料围兜。舒南先把珊珊的头发尽量剪短，像是第一次上工还没有师傅监管的园艺师，在修剪路边一株大灌木，长短不一的板寸终于完成，舒南嘱咐珊珊不要看镜子。珊珊知道一定惨不忍睹，但是这只是一个过渡阶段，也不必有什么要求。接下来，是用剃发器见证奇迹的时刻，本来会以为电视上那种推子一推一片白头皮就会显现出来的场景也会顺滑地发生在此刻，但是婴童的剃发器是为婴童设计的，婴童的毛发特点是细软纤柔，而珊珊的头发尤其是发根处，根根分明，异常粗壮，剃发器艰难地工作了一会儿就卡在脑后的发根处动弹不得了。本来一心的忧伤，被这个场景搞得哭笑不得。最后，舒南想到自己包里随身携带着自己的电动剃须刀。他跟珊珊说："你放心，这个剃须刀只有我一个人用，而且我定期检查身体，没有传染病。"

"你赶紧的吧，我只想快点结束这个事情。"

果然成人的剃须刀还是适合成人的毛发，经过几轮的反复深耕，舒南对自己逐渐产生了信心，手法也愈发熟练了起来，不像开始时那么拘谨了。最后终于可以收工了，并没有街边剃头铺子出来的那样锃亮，但也算没有参差不齐，是个七十分的光头吧。

"你知道吗，街边上那些剃光头的，最后都是拿刀片刮的，才那么亮，我可不敢。那你头上就要贴不少创可贴了。"

舒南在打算收拾满地残局的时候，发现珊珊没有说话，她在流泪。有一阵子没哭了，她发誓要好好吃饭、配合治疗。即使在医院里受到王媛媛的刺激，她都刚强得跟一根针似的。但是头发对于女人的重要性，在这难看的光头第一次出现在珊珊人生中，才被感受到。头发和指甲可能是身体上最可有可无的配件了，可再生，随意剪切，并无疼痛，但是头发似乎还是有它的性别属性的，甚至是健康属性。此前，她都可以随意走在路上，陌生人根本看不出她是个癌症病人，但是现在她头发的失去，仿佛给她结结实实贴了疾病的标签。这一刻，她才意识到，此前自己以为的全部接受，都只是接受了当下的情景，她无法预设治疗过程中，疾病发展过程中，她在每一个阶段的接受程度，这个接受仍然是个开放的状态，她仍然需要面对不停变化的状况，去拓展那个接受度。

"我感受到了你之前说的病耻感。"

"觉得光头羞耻还是癌症羞耻？"

"光头标志的癌症。"

"这只是一个阶段。"

"我知道，但是不得不面对的阶段。"

"你知道吗，有些病人对我说，他们对抑郁症的羞耻感让他们觉得不如得癌症。所有对于疾病的羞耻感都来自那种疾病带来的限制感和他人的偏见。而这两者都是很难克服的，但是我对你有特别大的信心，你很快就能从这种感受中脱离出来。"

"其实我没有你说的那么坚强。"

"我说的是韧性，跟坚强不一样。"

"别夸我了，允许我脆弱一下，我感觉一阵风就能把那根需要顶天立地的神经吹断了。舒南，你今天能留下来陪我吗？"

"好的，我陪你。明早我不上班，彭宇带小光去春游，我陪你去买假发。"

珊珊洗完澡，在镜子里看到自己一丝不挂，头顶光秃，像是镇元大仙院子里的人参果，那果子太金贵了，"遇金而落，遇木而枯，遇水而化，遇火而焦，遇土而入"，她不可以，她要像悟空一样，历经苦难，百折不挠，炼丹炉里烧了七七四十九天，仍然是金刚之躯，还炼成了火眼金睛。她不允许自己再为这些身外之物，苦逼自己仅存的能量了。她还要继续打仗，继续战斗。她需要力量，需要任何可以给她力量的人。

从柜子里找到一条深紫色的丝巾,她把它系在头上,钻进被子里,像个婴儿一样蜷曲着身体,她的头发褪去,也带走了她对于这个病的全部面具,她感到一阵轻松,头皮也不痒了,此时,解决身体的困扰是她全力以赴专心致志去面对的事情。

舒南给她放莫扎特,她说想听巴赫。他给她读《庄子》,很快她就睡着了。舒南隔着丝巾吻了她的头,然后一个人去沙发上躺着,他在黑暗里无声地流着泪。

42

车穿过干净的街道,窗外每片叶子上都闪着银光,各种香气,适宜的温度,四月底,真是个舒适的季节,连蜷伏在井底的珊珊,都感受得到。

在去小红楼之前,她去门诊找了徐仕平。最近患侧乳房疼,一天到晚伸手进去摸摸按按,心里不免乱想。在网上挂了第一个号,他抬头看到珊珊,一如既往地冷淡,触检了以后,说:"很好,没问题,跟右边一样,你就是有点儿增生,别瞎想。"

珊珊好像第一次听到徐医生说这么多话,还是让人安心的话。她微笑着朝那张面无表情的脸挥了挥手,开心地去肿瘤科挂水了。医院不知是否有心安排,小红楼里的护士个顶个地漂亮,说话也温柔。珊珊又想到了中医院的王媛媛,也许她那天有事吧,不然犯不着对她一个素昧平生的癌症病人恶语相向。可是她也没有要求自己去理解她,毕竟人与人之间,大部分时候都只是一个擦身而过的缘分。

隔壁床的姑娘很年轻,虽然在平台上有一些比珊珊小的病友,但是现实生活中,她在手术、看病和化疗期间,很少遇到年轻的患者。她偷瞄了一眼床尾的病人信息卡，26岁的年龄让珊珊生出了怜悯之心，这姑娘太年轻了，人已经瘦脱形了，脸上没有一丝血色，有些浮肿，穿着病服，戴了一顶薄薄的发帽，闭着眼睛，在吊着咖啡色袋子的化疗药水。

护士进来核对珊珊身份信息的时候，她睁开了眼睛，护士出去配药的时候，她跟珊珊对视了一下，彼此都露出了微笑，这又是一段两天的萍水相逢。

"姐姐，你一点儿都看不出来像个病人。"

"是因为我休息了二十一天，而且才做过一次化疗。"

"你的头发还没有掉吗？"

珊珊把假发摘掉，还从包里拿出来一顶丝滑柔软的帽子，替换上，"掉啊，化疗完两周就完全挂不住了，来医院就可以不戴假发了。再好的假发，都有点刺挠。"

两个人正在说话，一个年轻男人走了进来，大约也二十五六岁，不到一米七的身高，脖子短腿短手指也短，有一种憨厚的笨拙感，五官像在沙盘上随意用手指勾画出来的，个性很稀薄，像是街上穿着统一服装送外卖队伍中的任意一个，一转身，沙盘就被摇晃了一下，你根本记不住他的模样。女孩见到这个男人后，脸上露出了蔷薇见到太阳才会绽出的色彩。男人没说话，拿着窗台上的一个小盆出去了。

"这是我男朋友，他一直陪着我。"

"男朋友？还没结婚？"

"我大学毕业那年查出来的，查出来就是晚期了，扩散到了肝、肺，这几年一直在治，去年好一些，本来打算把证领了，婚礼就不办了，结果又扩散到了骨头上，放疗、靶向都做了。现在已经到脑子里了，没的治了。"

姑娘描述着自己枯槁将尽的生命，如同在描述路边的一棵树或一朵花一样，语气十分淡然，珊珊知道，这份淡然也必然是经历了无数的痛苦和绝望后一种无奈的平静。

"现在医生在给你吊化疗药，就是还有得治啊。你有这么好的男朋友，也是一种福气，有些得了这个病的姐妹，十几年、几十年的婚姻，老公说不管就不管了。"

"我就是为了他才活着的，如果是我自己，早就不看了。钱都被看没了。我从小就是孤儿，弟弟被人抱走了，我是吃百家饭长大的，考上师范大学，就想回到家乡去当个老师，报答乡亲，但是只上了几个月的课，就一直在看病。"

珊珊一时找不到合适的安慰她的话。男人进来了，洗了一盆草莓，红红的，堆成了一座小火山，开心地拿到女孩身边，取了一支叉子准备喂她。

"姐姐，你也吃。"女孩把男人端着小火山的手推到珊珊这边，男人才顺着她手的方向看到了"姐姐"。

"不用了，我胃寒，不能吃凉的。谢谢你们。"

跟着护士一起进来的还有尹主任，她儿子在念高三，模拟考试作文扣分太多，来麻烦珊珊跟她儿子视频说一下。护士一边给她打留置针，输液，她一边细致地跟尹主任儿子分析他写作出现的问题。

"多谢管老师了，这个小子就是英语不好，从小就不喜欢背单词。"

"他挺聪明的，还懂礼貌。他打算学医吗？"

"我是不想让他学医了，但是他自己想考医学院。"

"还是您影响了他，就咱们国家现在的医患比例来看，还是需要很多医生的。"

珊珊知道尹主任也是一个人带儿子，她希望自己能陪小光长大，想知道他以后学什么专业，做什么工作。尹主任出门后，隔壁的女孩问她："姐姐，你是大学老师啊？"

"是的，跟你一样，我们都是教书的。"

"波波，你可以跟老师请教怎么学英语，你答应我要把自考考完的。"

波波好像是被老师课后留办公室补作业的孩子一样，有一种发自内心的抗拒感，没有接话。"小草莓"虽然已经皮包骨头了，但是跟珊珊说起话来，好像刚插上充电器的手机一样，亮了起来。

"波波说，我坚持治疗不放弃，他就坚持学习不放弃，我把化疗做完，他把自考考完。"

"你们俩真的很坚强，波波有需要尽管问我，其他的不行，英语学习还是可以给你一些帮助的。"

"小草莓"赶紧加了珊珊的微信，像在海边赶海捡到了美丽的贝壳一样开心。

"姐姐，你知道我这是第几次化疗吗？"

"第几次？"

"第三十二次。"

刚才还有说有笑的"小草莓"忽然面色黯淡，让波波赶紧拿垃圾袋过来，她开始呕吐了起来，白色的、黄色的、红色的，仿佛把内脏都一起吐了出来。吐完之后，整个人像是被抽走了灵魂一般，变成了一块软塌塌的肉，陷在病床里，珊珊才发现她好小，人死的时候都会变小，变干，她也会像一颗风干的草莓，慢慢在这充满药水味道的床单里消失吗？她默默地咒骂自己的思绪为什么总朝着死亡的方向飘去，但是隔壁的女孩，只要她看上一眼，就能感觉死神在旁边。

医生们过来了，他们给她做了抢救，各种机器在工作，医生护士进进出出，一个护士细心地把珊珊的床帘拉上。珊珊心跳有些紊乱，手臂上的血管因为吊着浓稠的白色营养液而刺痛不已，仿佛输进去了一排排钢针，费力地在血液里流动，刮擦旋转刺扎她纤细的血管壁。她几乎承受不住了，但是并没有按铃，因为所有人都在抢救"小草莓"，她刚才晕过去了。

一切安静下来，她的胳膊已经痛到麻木了。这才按了护士站的铃。好看的小护士过来问她，她说可不可以把剩下半瓶营养液不吊了，胳膊实在受不了了，护士问了尹医生后，给她停了，换了别的药水，大约过了十来分钟，她的手逐渐恢复了知觉。把帘子扯开，看到小草莓的鼻子上还插着管子，化疗药还在吊着，她闭着眼睛，死神好像暂时去了别处。

波波脸上的泪水还没有干，他惊恐地盯着"小草莓"，仿佛死神威胁过他，必须一直看着她，不然就会随时将她带走。珊珊从波波的脸上看到害怕失去一个人的模样，是随时可以用自己的命去替换另外一条命的勇，是在得知不可能实现后的怯。拼命在抓一把沙，一捧水，捉一束光，一阵风，不敢张开手。珊珊在波波的眼神里看到一个人的命系在另外一条命上的结，这是人生的悲苦，也是命运的喜悦。

"我没有听她的话，这几年都没有认真看过书，她不在医院的时候，我就出去干活赚钱，结婚的房子卖了，想着把它买回来。"波波在说这些话的时候，并没有看珊珊，眼睛一直盯着昏睡着的"小草莓"，好像在自言自语，但珊珊知道她是唯一的听众。

"她这么聪明，能不知道吗？许诺，是向时间讨要一个未来。谁也不知道将来会怎样，很多人都是靠着一个诺言撑下去的。"

"姐，我特别害怕她放弃。我打听到北京那边用伽马刀治脑转移，效果好。我想带她再去试试。"

珊珊看着生命的气息已经慢慢微弱到风中残烛一般的"小草莓"，然后看着单枪匹马一心要去从死神手里夺回心爱之人的波波，她没有说话，纵然她的阅历和知识瞬间在头脑中形成了非常有逻辑的道理，但是她张不开口。

这是第二次化疗，可能是"小草莓"的事件对她产生了一定的冲击，也可能是第二次化疗的药效就是更猛烈一些，她的胃部不适很明显，中午只喝了一碗八宝粥，饭菜几乎都没动。这次不需要晚上住在医院里，但是她还是等到傍晚，舒南下班，两个人一起去江边吹吹风。她跟他讲了"小草莓"的事。

　　"下次我要跟尹主任说一下，不要给你安排在重症病人的房间。你太敏感，情绪容易受到影响。"

　　"别给人添麻烦了。我很喜欢这两个年轻人。"

　　"就是怕你喜欢，万一今天没有抢救过来，你的这份喜欢就会变成恐惧和痛苦。"

　　"我是不是需要写一份自书遗嘱？"

　　"干什么？你的病情跟那姑娘不一样。"

　　"人生无常。其实我难过的不是波波一心要给'草莓'治病，而是'草莓'为了波波，放弃了决定自己生命的权利。"

　　"你觉得波波自私吗？"

　　"自私，但是可以理解。'草莓'早就看到了最后，只是陪着不能接受的波波，把所有能走的路都走一遍，在她离开的时候，让他的内心没有遗憾。"

　　"这么治，真的很痛苦。"

　　"所以，如果我走到了这一步，请千万尊重我的意愿，我没有草莓那么勇敢，也许伸出手就让死神把我带走了。"

　　"你不可能走到那一步，停止你的想象。明天就换个病房吧，我去帮你调。"

　　"不要，我想多看看那个女孩。你不要担心我，我会好好的。"

　　亭子外面有一扇封闭的铁门，里面藏着一栋废弃了的两层小楼，铁门上爬满了蔷薇，上一次来没有注意到，现在开得正茂盛，这是珊珊最喜欢的花，与枝枝独立、叶叶分明、明媚磊落的向日葵相比，她更爱这柔和小巧的花朵，依托在厚厚的叶墙上，枝蔓缠绕，不拘规则，绵延开去的美，让心都化开了。她忍不住走了几步，过去用手机拍了几张照片。

"你又拿起手机拍照片了。"

"好像有一段时间了。我的相册里都是检验报告。"

第二天珊珊过来吊剩下的水，顺便办出院手续，她路过一条小街道的时候，停车下来，在路边的一个水果摊上买了两斤很新鲜的草莓，希望姑娘今天能清醒一些。

她进到病房的时候，发现"草莓"的病床已经空了出来，床单换过，整理利落，铺上了防尘的塑料罩子。她心里一沉，一片浓黑的云盘旋在她的脑子里。护士进来，她都没有听到，"管老师！打针了。"

"隔壁 66 床，人呢？"

"昨天晚上醒了，今早办了出院，说是去北京看病了。就她那个身体，难撑到北京。不过有一说一，那个男人真不赖，家里人都不认他了，亲戚朋友也被借得没交情了，还是不离不弃，这年头，稀有了。"

珊珊打开手机，微信里"草莓"的头像发了消息："管姐，我是波波，她醒了，但是没多少力气，我租了一辆面包车，自己开车带她去北京，走得仓促，没有跟您告个别。"消息后面缀了三颗草莓的表情。

珊珊把两斤草莓递给打针的护士，让她拿到护士站分给大家吃。她没有看电影，也没有看书，闭上眼睛，心里想着"小草莓"，不知道她那只扣住一丝生的气息的荒芜肉体，怎么经受得住在一辆破旧面包车上的长途颠簸。人在什么时候，才可以主动决定，放弃挣扎呢？记得看《遇见你之前》那部片子时，她还没有生病，虽然哭得像个傻子，但还是对男主角威尔坚持安乐死十分理解。女主角是他生命中的光，是他每天早晨活着起床的唯一动力，却不能阻止他选择有尊严、体面地死去。他改变了女孩的生活，鼓励她去看更大的世界。这个故事最感人的地方就是最后没有迎合观众的喜好硬拗出一个尴尬的皆大欢喜的结局。

人生大多时候不可能皆大欢喜，医生知道，"草莓"知道，波波也知道。但是如果波波不带她看病，他的灵魂就不得安宁，而"草莓"的命早就不在自己手中，波波的选择就是她的命，她不能让他失望，即使她早已看到了结局，即使她要勉强自己去接受一轮轮的炼狱。医生也没有办法阻止波波，医学在对待一切与疾病相关的事情上，能做的，非常非常少。可珊珊不愿意也不忍心让自己做出任何类似评判的结论，因为每个人的经历都太不同了。萍水相逢看到的，不足以去解释一个人行为的合理或者不合理。她关闭头脑，闭紧嘴巴，在护士们议论的时候一言不发，她只是默默祈求"草莓"可以顺利到达北京，他们可以见到专家。她忽然想到了什么，拿起手机，用沉如灌铅的右臂点开微信，打开"草莓"的对话框，给她转了两千块钱，诚恳希望波波能够收下。

水吊到一半，胃里又开始翻腾起来，她按了铃，护士从床下拿起没有用过的便盆，让她往里面吐。吐了一些黄水，感觉搅拌着的呕吐物只能顶到食道，使劲呕也吐不出来，但是胃里又一直不得安生，舌头已经又失去知觉了，她觉得天旋地转。

喝了一点白开水，平躺在病床上。她给自己做心理暗示：所有的难受都是暂时的，过个两周，自己的气力和食欲都会慢慢恢复，允许难受在身上折腾，知道它是不会赢的，终将撤退。既然是个战场，就接受它的炮火纷飞。不要被难受打败，不要动用情绪。

她听着缓缓的音乐，慢慢平静下来，冥想如同一场春雨，将火炮烧焦的土地，浇灌了一遍，慢慢升腾起一阵灰白色的烟，也许过一阵子，这片土地还能开出花儿来。

手机响了，铃声中带着不容怠慢的急躁。她睁开眼睛，看到屏幕上显示着"子墨"。她戴着耳机，直接点了接听。

"姐！奶奶走了！"子墨哭了起来，憨直的声音里充满了不知所措的悲痛。

奶奶最近几年有些脑退化，但是医生也没有明确诊断是阿尔兹海默症。在珊珊的概念里，奶奶是会一直存在的那种老人，像家里的一个背景，她坐在她的藤椅上，晒着太阳，念念有词说着谁也不会在意的话。但是她在，那就是个家，她像是一棵大树的根，深深地抓住了土地，没人看到她，但是所有人都在汲取她的养分。如今，这个家的根断了，子墨哭得像个不识回途的小马。子墨是奶奶的命，奶奶是子墨的盾。在没有子墨的前十二年里，珊珊就感觉奶奶一直在盼望着弟弟的出生，包括最后说服母亲放弃工作生二胎，也是奶奶的功劳，她一直用自己的方式在经营着这个家。

珊珊与奶奶的感情，是很疏离的，她有时候很纳闷，为什么自己身为女人，却对女孩有那么大的偏见和嫌弃，她愚忠的父亲，继承了奶奶的观念，这个家庭对于重男轻女这件事，是毫不隐讳的。有一段时间，她甚至非常讨厌这个喋喋不休的老人，她在珊珊的智力和理解力萌芽生发的阶段里，说过太多关于女孩子如何不好的话，以至于自卑深深烙进了她的宿命里，她是靠着远离她远离那个家才慢慢看清和看重自己的，这个过程很不容易。

但是她不恨奶奶，毕竟她也是她童年记忆里很重要的内容，她教会她洗衣服，给她讲鬼故事，在各种节日里做不同的食物和点心，这就是她在那个家里的根，是她离开多久都有归处的依据。

"子墨，我在做化疗，第二个疗程。"等到那头的哭声渐平，珊珊对他说。

"姐，你不会不回来吧？这可是亲奶奶啊！"

"我回不去，我现在头发都掉光了，身体很不舒服，免疫力很低，还要监控身体的各项指标。"

"你怎么这么冷酷呢？奶奶最后一程，你作为孙女，怎么能不送一送呢？"

"子墨，你说我冷酷？我一个人在这边治病，所有的事都是我一个人扛。"

"这是你自找的！你从来不重视家人，所以你身边没有亲人。你离婚，所以，身边没有照顾你的丈夫。"

"我知道奶奶走，你最难过。但是你不可以这么说姐，有些话，不能为了发泄就胡说。奶奶走，我也难过，但是我现在真的回不去。"

"我怎么跟爸妈说？一直瞒着你的病，我不知道还能瞒多久！"

"子墨，你孩子那么小，奶奶走爸妈肯定很伤心，你就不要再给他们添负担了。我自己照顾好自己，也是给你们减少麻烦。我会用我的方式祭奠奶奶的，等我治疗全部结束了，我回去在她坟前磕头。你跟爸妈说我又被学校外调短期出国了，子墨，姐求你了。"

电话那端挂断了。

夜里，奶奶来找珊珊，穿着她结婚时候那件斜襟朱红褂子，面如桃花，头发乌黑，盘着油亮的髻，用银簪别着，脑门宽阔，鼻梁高挺，眼睛像两池泉水，时刻注入着新鲜的光芒。她拐着小脚，走到珊珊的床边，坐了下来。

"奶，你不要不喜欢我，我乖，不跟小婉爬铁道了。"

奶奶没回应她，自顾自唱了起来，"拉大锯，扯大锯，姥姥家门口唱大戏。接姑娘，请女婿，珊珊公主也要去，咱们一起去看戏。"

她就一遍一遍地唱，直到珊珊在梦里又睡了过去。

奶奶赵翠琴生于 1928 年，卒于 2017 年，享年 89 岁。1946 年嫁到管家，管家大奶奶育有四女，未生一子，38 岁郁郁而终。翠琴婚后一直不孕，四处求医，于 1956 年诞一子，奉为至宝。

每一次的药水都一样，但是身体的负担却是一次沉过一次，因为重建的进度始终赶不上摧毁的速度，同一片战场，反复轰炸，伤害越来越大，重建愈发困难，何况血肉之躯，没有泥土的柔韧，也没有石块的刚硬。

珊珊慢慢摸索着规律，化疗完的前三天，除了去医院打升白针，其余的时间就像壁虎贴在墙壁上一样，把自己黏在床上，不说话也不做任何需要消耗体力的事情，她趴着听音乐，有时候什么也不听，偶尔会流泪，睁眼或者闭眼。盯着外面的天空，等一朵云从窗户左边一点点进来，缓缓飘到右边，一寸寸消失，整个过程大约需要一两个小时，她看累了就闭眼，蜷缩着，像一条冬眠的蛇。杨阿姨有时候会在厨房叹气，自言自语："这姑娘太不容易了。"她能听到，知道这算是同情，也是鼓励，她趴在那里，是在认命，又是在抗命。

过完三天，升白针慢慢起了效果，她稍微恢复了一点胃口，就会从床上爬起来，大口吃东西，她以前为了控制体重保持身材，总是在吃这件事上很拘谨，设置了很多限制。但是现在她只要能张开嘴，就会大口吃各种东西，虽然知道对白细胞没有什么作用，但是它们能产生能量，让她恢复体力。肉类有时候吃了会吐，她会吐完了漱口回来接着吃。对一个做饭的人来说，有人愿意大快朵颐，是最大的褒奖了，杨阿姨带着对珊珊的怜惜，每日尽量换着花样给她做出色香味齐全的饭菜来。舒南每天下班都会买来新鲜的水果，给她榨一杯果汁，然后把榨汁机拆洗干净。

第五天她会出去走步，虽然头重脚轻，但也会坚持走一个小时，这也是她把小光接回来的日子。她恢复的气力可以陪他读书，给他洗澡。一周后她就开始做瑜伽，拉伸身体，练习冥想。

就这样，她找到了化疗的规律，顺应着身体的变化，也在努力抵抗可能产生的懈怠。她以为自己在化疗这门课里也能拿到 A 的时候，没有预料到第三次差点儿要了她的命。但是在此之前，还是要说一下三疗前，她的一次短途出行。

离这个二十一天的结束还有两天的时间，肉体的战场上又铺上了一片不太均匀却奋力向上的青草，残木烧焦的气味渐渐被清冽的晨风吹散了。小光对妈妈的新发型不太满意，本来珊珊是不打算让他发现的，但是毕竟天气越来越热，在家里戴假发很不舒服，而且她也觉得儿子应该也能够理解妈妈形象上的变化。第一次让小光看到的时候，她没想到孩子竟然哭了。她认为是吓的，但是问他的时候，他说是不喜欢妈妈跟光头强一样。

"妈妈要用一种药才能治好病，但是这种药会让妈妈头发全部掉光。等用完这种药，头发会慢慢长出来的。"

珊珊把小光的手拿到自己的头上，让他去接触光硬的头皮。

"我会跟上苍爷爷说的，他会让你的头发长出来。"

"谢谢小光。妈妈头发的事情，是我们俩之间的秘密，你不可以跟别人说哦。"

"好的。"小光跟妈妈拉了拉小拇指，"我觉得你买的那个长头发很好看，妈妈，你已经好久都没有穿裙子了。"

珊珊才意识到她确实有太长时间无心打理自己的外表了，她所有的精力都在疲于应对身体的各种状况，加上光头又浮肿，不出去见人也不接受访客，她已经很久没有打开过化妆盒了，平时就套一件宽大的 T 恤，罩住残破的身体。

第二天舒南要带他们去附近转转。化疗后，医院、家里，加上幼儿园门口的短暂停留，就是她所有的轨迹了。所以，即使只是出行郊外，也让她燃起了一丝雀跃的热情，这种跳跃的情绪已经蛰伏太久了，以至于她都快要忘记自己除了焦虑、担心、恐惧、冷淡之外，还能有别的感受。

她打开挂裙子的衣橱，小光钻了进去，

"这些衣服香香的，都是妈妈的味道。"

"你帮妈妈挑一件明天出去玩穿的衣服，好吗？"

小光认真地在衣橱里爬着，一边爬一边拉扯着一排裙摆，最后拉出来一件红色的连衣裙，有点泛橙的红，薄棉的质地，V形领口，腰间抽绳，裙摆有自然的褶皱，是可以出游的样式。但是珊珊觉得自己惨淡的容貌不太能驾驭这个颜色了。小光看到妈妈没有说话，就拽着裙子和妈妈的手。

"妈妈，妈妈，就穿这件，你穿这件最漂亮了！"

珊珊以前没有意识到这么个小小的人会对妈妈的形象如此在意，她第二天穿了儿子给她挑的裙子，用了一点粉底，涂了口红，戴上长假发。虽然脸上的浮肿还未消去，但是她终于愿意看几眼镜子里的自己了。是啊，自己都不想看自己，何况别人呢，何况孩子呢？她知道以后他可能记不得这段时间发生的事情，但是如果他能有模糊的印象，也希望他能想起她此刻的模样，而不是套着烂汗衫，整日眼眉低垂，邋邋遢遢的样子。

舒南看到珊珊的打扮，也露出了笑脸，一向多话的他竟然没有说一句赞美的词，也是出乎意料。但是他们之间，那个凝视和笑容就足够了，她知道他也喜欢看她这个样子，即使她那么放心地把自己最丑陋最丧气的模样毫无保留地甩在他面前了，但是也不能奢求别人一直都能忍受自己衰败的容貌。

"舒南爸爸，我们要去哪里玩啊？我想坐摩天轮，可以吗？"

"可以，但是咱们先去一个地方，吃完午饭，让妈妈休息，我带你去坐摩天轮。"

"太棒了！"小光欢呼起来。

车子停在一个湖边，湖面宽阔，看不到边，如果不是标志牌上写着"青云湖"三个字，她甚至觉得这是长江的一段。湖堤只修了一部分，木栈道沿湖而建，木板之间的缝隙不小，珊珊怕小光的脚掉进去，不停地喊他不要跑。

湖水还是比江水要清澈一些，偶尔可以看到成群的鱼乌泱泱地游过，有白鹭三三两两地踩着水，没有捕到食物，又呼扇着翅膀飞远了。

舒南紧跟着小光，珊珊得以安稳下来，看着这开阔的天地，跟着鱼一起，感受水温凉的惬意，许久没有游泳了，自己的胳膊可能暂时还不能划水，她很想念一个人每天去游泳的日子，五十米的泳道，她一口气可以游十个来回，外面的世界被屏蔽了，只能听到自己的呼吸，感受身体被水推动的节奏，平衡被找到后，就会产生一种不再受限地球引力的错觉，感觉自己是一条鱼，放空头脑，不去思考，只是重复做着一组动作，达到一种极致的放松。

她跟在舒南后面，走着走着，就到了一片别墅区，长江和青云湖中间的一块高地，大概有几十栋别墅，离这儿不远处，也有一片公寓楼。这里居住些什么人呢？对市区人来说，过于寂静，生活也不方便。

走进大门，有身着保安服的两位大爷，看了他们一眼，并没有阻拦，甚至没有询问。别墅区有一半的楼还只是建好了框架，也许这一行三人看着也不像偷建筑材料之类的，所以，没有引起保安的重视。舒南径直往最后一栋楼走过去，他不像是来闲庭信步逛逛的，似乎来过这里，走路的样子好像是有什么固定的目标一样。珊珊倒是四处张望起来，别墅区也有活水流过，应该是外面青云湖的水。房子大部分是依着这条蜿蜒的小河建的，排列不刻板，也许有一定的光照设计，每一栋房子的朝向都不太一样，仔细看，面积和造型也不完全一样。虽然楼还未建好，绿化已经做得很到位了，草坪非常讲究，修剪平整，路边的树和灌木以及花园都好像存在了很久似的，给人感觉这里是因地制宜地建了房子，而不是开发了这片地产之后才做的绿化。

舒南带着他们走到一幢房子前面，三层的独栋，前院大约有七八十个平方，白色栅栏上已经爬满了蔷薇和月季。院子的草坪是修剪过的，没有种其他的植物，靠近门的地方，摆了一口大缸，像以前在徽派建筑的天井里接雨水的那种，缸里漂着几株白色的睡莲，两条红色的大金鱼盘绕着睡莲的根茎在嬉戏。小光立马被吸引了过去，趴在上面，珊珊让他小心。

"妈妈，我掉进去，你就要'司马光砸缸'了。"

珊珊正在笑儿子的话，此时，从外面来了一个穿着藏蓝色西服套装黑色高跟鞋扎着马尾辫的中年女性，无须多言，这是房产中介的标配打扮。她一定以为他们是来看房子的，珊珊知道，这种时候，她不必开口，让舒南应付就可以了。

她坐在门廊的长椅上，看着栅栏上的花，不时瞄一眼看鱼的儿子。

"舒先生，您上次说要带人来看房子，是带您的太太和儿子啊。"

珊珊立马收回惬意的表情，警惕地看了舒南一眼。舒南没有看她，跟中介说："您给介绍一下这个房子吧。"

"这套是精装修的样板房，位置非常好，前后带花园，三层，二楼还有个小平台，三个卧室，一个书房，一间茶室，两个卫生间，两个客厅。三楼有一部分是阁楼，面积全送，你们可以做储物室。实用面积300平方，其中80平方都是送的，花园也是送的。您只需付220平方的钱，周边的配套都在建设，包括超市、小学、社区医院等，现在买是最优惠的，一万一个平方，等到配套都快建好的时候，价格可就要翻倍了。"

"这个地方倒是挺适合你爸妈来养老的。"珊珊没有听中介在说什么，对舒南说道。

"这个地方确实适合养老，但是也有很多年轻人来买，开车到市区只需要三四十分钟，这里的环境啊、空气啊，可比市区好太多。舒太太，咱们进去看一下房间，好吗？"

"我不是舒太太。"珊珊坐在长椅上没有动。

"妈妈，刚才那条大鱼咬了我的手指头！"

"流血了吗？"

"没有，它就是舔了我一下。"

"不要把手伸到水里，你再玩五分钟，咱们就回家，妈妈累了。"

中介抱着一堆广告宣传单，尴尬地定在门厅，看着舒南。舒南说让她先回去，他们自己看一下房间，再跟她联系，中介赶紧踩着高跟鞋逃走了。

"舒南，我不喜欢这种玩笑。"

"你说过，你喜欢安静的地方，白色栅栏上爬满了蔷薇花，从窗户可以看到日落，有书有茶。"

"谢谢你记得我说过的话，但是你带我来看这个房子是什么意思呢？"

"如果你喜欢，我们就把它买下来。"

"我们？"

"对，我们。"

"我们凭什么一起买房子？"

"我们可以成为家人。"

"舒南，我特别害怕失去你。你懂吗？"

"我懂，所以，我想……"

"如果你非要把我们现在的关系再往前走一步，我就会失去你。"

"我不明白。你对我到底是怎么想的？一点儿感觉都没有吗？"

"你是除了小光之外，我生命里最宝贵的人。你不要问我爱不爱的问题，那种情感对现在的我来说，是非常沉重和遥远的，我没有心思气力花在上面。舒南，你是自由的，完整的，你值得拥有美好的爱情。不要在我这里浪费时间。"

43

从青云湖回来的两天，舒南没有像平常一样给她发消息，每天下班后的果汁服务也中断了。珊珊知道这一天总会到来，只是她希望可以再晚一点儿。一个人在你的心里耕耘了多少个春秋，是他的执着，也是你的放任，即使不去触及本质，让一切行为显得理所应该。但是珊珊知道，那个按钮终究要被一个人按下，这份情感的归宿就像被揭开罩布的雕塑，暴露在眼前，无论接不接受，业已成型。

去医院第三次化疗前的傍晚，彭宇来接小光。跟往常一样，只是站在门口，等着珊珊整理好儿子的东西，把孩子连行李一起送出来。这次，珊珊给他拿了拖鞋，让他进屋等，彭宇犹豫了一下，走了进来，坐在沙发边上的一个圆凳上，珊珊在沙发上叠衣服，小光在他自己的房间挑书，半天没有声音，估计边挑边看了起来。

"彭宇，舒南为什么不结婚呢？"

"你比我跟他熟，你都不知道，我怎么清楚？"

"你们都是男人啊，男人之间会聊吧，而且同学聚会什么的别人也会问啊。"

"年轻的时候大家还会问，越往四十奔，就越不问了。"

"为什么啊？"

"听说化疗的反应一次比一次大，你这次可以让小光在我那里多待几天。"

"看情况吧，再难受也就一周。之后都能缓过来。"

彭宇冲着屋子里的小光喊了两声，孩子抱着一摞书出来，珊珊跟他商量少带几本，提醒他爸爸那里也有他的书，彭宇说沈玥阿姨又给他买了两套，不用带书了。最后选了两本放到行李箱里。小光的旅行箱每周都在爸爸妈妈家之间穿梭，珊珊离婚前最怕的事情就是孩子的困惑和失落。但是当你对他以诚相待，而且双方都不减少对他的爱和关注时，小朋友是能够接受和适应的，他甚至能够在错综复杂的关系里体察到很多微妙的情感，这让珊珊慢慢放下了愧疚感，并庆幸自己当时的勇气，也许再犹豫几个月，她又会回到原地，那她这一生，就像蒙着眼睛拉磨的驴一样，走不出那个圈。

很多时候，理智是被误解的，它被误认为是符合期待，尤其是别人的期待，相关的不相关的人。一个人的个人情感若是与他人的期待相悖，就容易被贴上"反理智"的标签。一个人基于自己的感受和对生活的理解而作出的智性的判断和选择，对珊珊来说，是从离婚以后，对"理智"重新的定义。

在青云湖的别墅，舒南第一次问珊珊，对他是否一点儿感觉都没有。珊珊有过几次非常明确的心动，她也清晰地知道那是一种可以继续往前迈步的信号。如果说她离婚后有三分的障碍需要克服，那生病后就增加到了十分，整个门都被堵死了。躺在床上的珊珊想问自己现在对舒南的感觉，但是这个想法刚形成文字出现在头脑里的时候，就被她立刻掐死了。她伸手关了灯，脑子里的一个按钮也同时被关闭了。

第二天，天气突变，珊珊没有提前看天气预报，对五月的阴风冷雨没有一点儿心理准备。七点整，珊珊刚套上外套，把所有材料塞进背包，就听到急促的敲门声，像是风雨旋到了她的门口，在跟她玩闹。她打开门，看到被风吹乱了发型的舒南，一只手提着滴水的雨伞，一只手捧着一束鲜花：向日葵、雏菊、满天星。花瓣上沾着雨滴，显得新鲜明艳。

"这么大早，从哪里买的花？"

"昨天买的，今天下雨不好打车，我上午有门诊，带你过去。"

"好的，谢谢。"珊珊好像挺久没有跟他说谢字了，这么一说，如同在提醒着之前发生过的事情改变了他们之间的磁场。舒南选择屏蔽这种可感知的变化，依然用之前的语气和态度跟珊珊说话，即使刻意，他也在努力使磁场恢复之前的张力。

"别磨叽了，你还要抽血，饭没吃吧，我买了面包，你从家里拿盒牛奶。挑一个你最不喜欢的花瓶，咱们把花放到医院里，这三天过了，就丢那里。"

珊珊按照他说的，去拿牛奶，拿花瓶。

手腕处的血管已经废了，换了几个好看的小护士都扎不进去，最后请来肿瘤科技术最好的护士长，她看了看珊珊的手，摇了摇头，在胳膊肘内侧拍了拍，扎了下去，说只能在这里扎了，留置针不能用了，每天现扎吧。

不知道是新位置不适应针头，还是身体开始排斥药水，第二天化疗药一打进去不到五分钟，胳膊就开始过敏，手掌大小的一片红疹，虽然不是很痒，但是护士也赶紧把尹主任叫过来，而她仍跟观音一样，眉目慈祥，语气淡定，好像什么情况，在她那里都是正常的。她给珊珊加开了一种抗过敏的药，护士给她打了屁股针，大约过了二十分钟，胳膊上的红疹就慢慢变淡，消了下去。

一波未平一波又起，这次胃里像是中了燃烧弹一样，烧得寸草不生，一股苦涩沿着食道爬到口腔，麻木感僵住了整个舌头，波及了嘴唇。舒南打电话的时候，她已经吊完水了，躺在病床上，爬不起来。

"领导临时派我去外地开个会，今天去明天下午回。我尽量早点儿回来，接你回家。"

"好。"珊珊只能用气说话，声带已经拒绝振动了。

"是不是特别难受？"

"嗯。"

"今晚你别回家了，就住医院吧。"

"嗯。"

"有想吃的东西吗？"

珊珊什么也不想吃，听到"吃"这个字，她的胃都会颤抖几下。

"想吃西瓜吗？"

"嗯。"

"我给你点个外卖，你好一点儿，就起来吃。"

"好。"

"心里难受就哭，身体不舒服就喊护士，不要怕麻烦谁。明天就出太阳了。"

珊珊挂了电话，哪里都难受的她，没有哭，也没有叫护士。她蜷缩在那里，微弱的力气只能用来呼吸，她知道化疗的累积作用一次比一次厉害，但她也有单纯的信念，会好起来，只是需要更长一点的时间。她不想听音乐，不愿意睁眼，不想吹到风。隔壁床呼朋唤友的大姐终于回家了，她的世界里只有外面的雨声，她第一次这么聚精会神地听着雨，一个小时、两个小时……中间迷迷糊糊地睡过去，然后又从耳朵里清醒过来，此刻天地昏暗，她没有开灯，裹着医院发黄的旧被子，她想到自己在母亲腹中的时候，是不是也是这样，对未来浑然不觉，整个世界就是一个子宫，混沌不清，对自己要去的地方完全没有期待也没有概念。闭着眼睛，听着外面的雨声，只能听。人要先有命，才能有命运。

小美护士，珊珊对所有的小护士都称呼"小美"，不用费力记她们的名字，也会让她们开心，小美护士带着半个西瓜进到病房，轻轻喊着珊珊："管老师，你觉得怎样了？"

她闭着眼睛，缓缓摇了一下头。

"我给你摇起来一点儿，吃几口西瓜好吗？"

珊珊还是摇了摇头，没有说话。

不知道过了多久，整个小红楼出奇的安静，是不是所有病人都在听着雨声呢？这雨点能滴到他们烧焦了的战场里吗？能滋润他们干裂的嘴唇吗？能催醒他们麻木的舌头吗？能安抚他们酸腐的食管吗？能慰藉他们无助的灵魂吗？

忽然，一声凄厉的哭声像闪电一样刺破了宁静。珊珊听过这种哭声，大院搬迁前一晚，东子妈这样哭过；半夜的急诊室里，一个出车祸没有抢救过来的男人，他的妻子这样哭过；在外婆的葬礼上，妈妈这样哭过。

人们聚集在病房门口，窃窃私语。小美过来看珊珊。

"管老师，你不要害怕。74床，是个80多岁的老爷爷。"

"哭的人是他的老伴吗？"

"是的，三个孩子，一个来伺候的都没有，一直是奶奶在照顾。"

"你帮我摇起来好吗？"

"好的，我喂您吃西瓜？舒主任买了两个，其他的都让同事们吃了。"

"我自己来，哪儿能让你喂？"

西瓜的甜爽，慢慢渗透到硝烟弥漫的消化道，滋生出浅浅的味觉，让她稍稍产生了一点儿振奋的情绪。她轻轻关上门，把悲伤关在门外，她没有能量看一眼外面的情景。爬到床上，听到手机响了一声，以为是舒南，打开是'草莓'的头像，"姐姐，'草莓'两天前走了。"

珊珊没有开灯，她用柔软易折的一次性勺子吃力地挖着西瓜，盐水浸泡着甜味，一勺一勺地往嘴里塞，外面的雨声被风吹得有些凌乱，飞旋远去又忽然掉头向她扑来，走廊里74床奶奶的哭声渐渐弱去。这一晚，74床爷爷的灵魂应该会去哪里？凄风冷雨，波波开着那辆租来的破面包车，带着"草莓"的骨灰，他又将去往哪里呢？

　　自从来珊珊家做钟点工，杨阿姨每天准时八点来上班，先洗衣服打扫卫生，因为家里就母子俩，小光还有几天不在这里，洗衣服和搞卫生的任务实在没有很多，她就会主动擦玻璃，洗纱窗，刷门垫，后来甚至把窗帘都卸下来洗了。主要的工作还是按照舒南给她的食谱，为珊珊做吃的，阿姨知道珊珊的情况，但是从来不多言语。

　　今天，做了好几个菜，本来到了可以结束下班的时间，但是看着迟迟不从床上起来的珊珊，杨阿姨第一次走进她的卧室。珊珊裹着头巾，穿着一件灰色的大T恤，铁锈红的棉麻短裤，她趴在床上，一动不动，呼吸微弱。杨阿姨没有说话，她也许不知道该说什么，坐在床边小光的塑料矮凳上，先是把珊珊的胳膊轻轻翻了一下，看看她手腕和手臂针孔的肿胀处，珊珊没有任何的反应，她知道是谁，也知道她来确认她好不好，但是她实在没有一点能量做出任何回应。好像子墨教她打的那个游戏，处于劣势的一方，血条上的血一点点地变少，最后还剩一点的时候，就很关键，如果不反击，血条清空，就 Game Over（结束游戏）了，她现在感觉自己只剩百分之十的血了，她想爬起来吃东西，这可能是回血最快的方式了，但是她实在爬不起来，嘴巴和肠胃也似乎在她大脑想到"吃"这个指令的时候，处在魂飞魄散的紧张中。于是她保证血条不被耗尽的方式，就是这样一动不动地躺着，眼睛闭着，任凭五月的阳光照在床上，洒在她麻木的躯干上，射进她僵固的意识里。杨阿姨轻轻抚拍着她的后背，有节奏地一下一下。平日里，珊珊不喜欢任何关系的逾矩，她对别人显示出来的关心都会本能地防御躲闪，但是此时，她并没有感觉到任何的别扭，也许是她的防御机制已经完全不能工作了吧。她单薄的身体能够感受到这只长期劳作的手上骨头的重量，磨出茧子的手心和手指坠落在她有些刺痛的皮肤上，一遍一遍地唤醒肉体的触觉。

她想到了自己的母亲，她的手也有这样的触觉，骨节因为不停干粗活变得跟金属一样生硬，也因为过度的使用有些扭曲变形，她触碰你的时候，会感觉强硬和鲁莽，但同时也能体会到安稳和保护。上一次母亲这样抚摸她，是多久之前，想不起来了，而此时，她无比思念。

"饭菜在桌上罩着，我下午还有别家的活，先回去了。你有点劲的时候就起来，只要吃东西，就好得快。"

珊珊没有改变睡姿，也没有睁眼，点了点头。

"我多一句嘴，管老师，你得有个人在家照顾你。跟你家里人说吧，谁都有困难的时候，你爸妈以后老了，病了，你不可能不管吧？他们知道你这么难的时候，都不让他们来，以后怎么可能让你照顾呢？一家人，就应该互相照应啊。"

珊珊没有动，隔了片刻，听到客厅大门轻轻关上的声音。

她吸了一口气，然后使劲坐了起来，在床边顿了一下，有点儿眩晕，她停了一分钟，站起来走向餐厅，桌子上有半个西瓜，她知道一定是舒南叮嘱杨阿姨买的，在身体拒绝一切食物的时候，这种鲜红的水果，能给她带来张开嘴的动力，吃了几口，她开始对着阿姨做的几个菜皱起了眉头，但还是拿起了碗筷。为了让珊珊有食欲，杨阿姨连摆盘都费了心思，这些鱼虾、海参、蔬菜和米饭，小小的一盘盘都很精致，但是她吃进嘴的一瞬间，就觉得自己像是在路边的垃圾桶里扒东西吃，吃的还不是别人丢的食物，就是在吃垃圾。可即使是破塑料袋，也要把它嚼嚼咽下去。她此刻只有一个念头：好起来，活下去。她不去感受身体的脆弱、拒绝和号哭，她只关心如何保持意志力的强韧，信心不能闪躲，必须相信自己能好起来，不给其他念头趁虚而入的机会。

　　她吃两口，歇一会儿，破塑料袋嚼起来颇是件费力恶心的事，但是她只要缓过来，就接着吃，她想到杨阿姨的话，有点儿想哭，但是忍住了，她现在虽然肉体是衰败的，但是练就了一个本事：当你想要可怜自己的时候，赶紧关闭那个闸门，此时的自怨自艾只能是洪水猛兽。省省力气，做必须做的事。

　　快要吃完的时候，外面有一阵敲门声，她走路很慢，因为怕动作快会加剧头晕，走到门口，打开门的时候，门厅空荡荡，电梯已经下到三楼了。她看到门口地垫上放了一个纸袋子，她拿进来，坐到沙发上，从袋子里取出了一盒茶叶，上面贴了一张小卡片：上苍给了你一粒沙，你会把它变成珍珠的。

　　珊珊笑了笑，她知道是谁送的，她们曾经那么亲密，如今她都不敢进她的门来看看她，跟她说说话。上次散步的时候碰到宋莹，珊珊主动打招呼，宋莹看到她很慌张，本来珊珊以为她会询问一下她的病情和治疗情况，但是她躲闪着就把话题和她自己绕走了。她慢慢明白了当时舒南说的话，她们都没有做好准备跟自己的朋友谈癌症的事情，她们面对她是紧张和困惑的，顾虑太多，所以她此时已经没有任何抱怨了。而这盒茶叶，起码是鼓起勇气，放到她门口的，还试着写了鼓励的话，已经让她很感动了。

　　三天后，依然是撕心裂肺的便秘，她已经完全卸掉了耻辱包袱，再次上手，一个人在厕所喘着粗气，痛得号出声，然后一边腹部用力，一边用手去抠，最后终于通畅了，满脸的眼泪，倒不是哭的，是疼的，出了一身的汗，她赶紧洗了个澡，此时，她觉得家里只有她一个人去面对这一切，没有什么不好，她感觉自己在身体变得愈发脆弱的时候，精神倒像迅速发芽茂盛的种子，眼瞅着就长成一棵树了。

　　而就当她认为吃东西、对抗便秘、升白针三部曲完成，身体就会慢慢恢复起来，她终于可以面对最后一次化疗的时候，她的身体和精神分别受到了前所未有的打击。

　　第三次化疗结束一周后，珊珊的体力和状态恢复了一些，她还是让彭宇把小光送了回来。小光回来的第一天晚上，她给他洗完澡，让他自己擦头发，擦身体，穿衣服，然后准备带儿子读他最近痴迷的《西游记》，陪他睡觉。但是忽然觉得皮肤有些痒，她一挠，就会出现一片红，红的地方更痒，不挠钻心，挠了更糟，就这样不到半个小时，整个后背、四肢、肚子、甚至屁股上全部起了突出皮肤表面的大包，奇痒无比。她以前在换季的时候得过荨麻疹，症状几乎与此相同。在跟尹主任沟通后，她把家里药箱中抗过敏的氯雷他定拿出来吃了两颗。以前她荨麻疹发了，只要吃一颗，一会儿工夫，就平息了。这次她吃了两颗，痒的感觉慢慢降低了一些，她回头去看孩子，他已经把书丢到了地上，开始打呼噜了。她把灯关了，回到自己的房间。

　　半夜她睡到了一片荆棘上，以为是做梦了，醒来发现大红疙瘩又卷土重来了，药不敢猛吃了，这个时候再去骚扰医生也不妥。她开始在药箱里翻可以涂抹的东西，找到了一瓶粉色的炉甘石洗剂，这么大面积的过敏，用棉签已经不合适了，她取了搁置很久的化妆棉，摇晃着液体，让它混合不再悬浮，倒进棉花里，往身体上擦，擦上去的一瞬间还是有一种被解救了的感觉的，愤怒的痒被凉凉的液体安抚了，她的神经也跟着放松了一些。再次回到森林，离开那片荆棘，找到一片青草地，卧了下去，至于这里有没有虫子、蛇或者野兽出没，管不了那么多了。

　　第二天早餐后，送完小光去幼儿园，她在半路上就感觉衣服下面的皮肤又开始躁动了，是童话里那个不能说话的小公主在给十二个哥哥用荆棘织衣服，让他们被施了魔法变成鸟类的身体再度恢复成人形的时候，顺便也给她织了一件吗？她没有回家，直接去了医院。以前她是多么怕去医院的一个人啊，不管是怕麻烦还是担心，都让她对医院大门望而却步，而现在她却是这里的常客了，她的脑子里只有单纯的目的：我要好起来，而这里可能有答案。即使我不喜欢，也得来求助。

尹主任让她去挂皮肤科看看，说药水不可能不打，也不能判断一定是药水过敏。皮肤科虽然知道她在做化疗，但是也对化疗药是否是这个过敏症状的直接诱因不能判断，只能单纯地给她开抗过敏药，并让她继续外涂炉甘石。所以，没有得到一劳永逸的答案。

回家后，她定时吃药，抹药，但是这次荨麻疹的顽固程度是她始料未及的。奇痒的状态对人的折磨几乎是可以摧毁意志的，那是珊珊的底线，不可被撼动的，但是痒到第五天的时候，她的底线被踩在脚底下，她努力让它不要断，短暂地被踩着，但是松开，它还在。

舒南每天晚上还是会来给她榨果汁，看着她生无可恋的样子，无计可施。他会帮她带小光，陪他读书，投篮，听故事。后来，他给她建议，去问皮肤科要一些口服激素类的药。她听话去开了，加吃了之后，果然她又变回了鸟，虽然时不时还需要穿上荆棘衣裳，但是感觉一切没有那么失控了，或者她也习惯了忍受荆棘披身的感觉了。这次的过敏，让她完全没有预料到，延续了将近两个月，直到第四次化疗结束了一段时间以后，皮肤才慢慢恢复了正常，那些黑天鹅都变成王子了吧，自己什么时候能变回人呢？

有一天晚上，珊珊在痛苦地涂抹着炉甘石，小光过来看她，"妈妈，你怎么了？"

"身上长了很多红疙瘩，很痒。"

"妈妈，不要难过，你的身体里钻进了一只蜥蜴。它钻出来你就好了。"

"你这么说，更吓人了。"

他用小棉签帮妈妈涂药。

"妈妈，你的身体很难受，但是你还要享受心灵啊。"

珊珊不知道儿子知不知道自己想要表达什么，但是每个孩子都是一个诗人，他们纯真的眼睛里也许才是世界的本质吧。

当她正在体味荆棘的苦，尝试去享受心灵的时候，一位不速之客的到访，打破了她竭力维持的平衡。

晚上七点半，珊珊刚准备给小光洗澡，在他的房间里找换洗衣服，小光还在央求她陪他再玩一局飞行棋，这时候响起了一阵敲门声，轻缓又坚定，这种节奏还是第一次听到，不是常来家里的几个人。连小光也听出了陌生感，露出了警觉的表情，然后提醒珊珊，"妈妈，假发！"

珊珊才想起来自己头上是光着的，因为天气越来越热，小光也习惯了妈妈光头的样子，晚上在家的时候，她通常什么都不戴，让头皮能自由呼吸一段时间。儿子的提醒，让她赶紧回到房间拿起短假发，迅速套在头上，三两下调整好，看了一眼镜子，就赶紧去开门了。

门口站着两个女人，一个六十岁左右，一个三十岁上下，打扮得都很优雅。年龄大一点的穿着珍珠白的真丝短袖上衣，墨绿色的紧身半裙，盘起的发髻，在昂起的头上，非常利落，也生出了不可靠近的距离。旁边的年轻女人，身材高挑，穿了一身淡紫色的连衣裙，这是珊珊最不喜欢的颜色，她的衣橱里没有一件这样的衣服，但是这条不知什么材质的淡紫色裙子，剪裁得很简洁大气，显出女人高雅的气质，还透出她甜美的性情。这对像母女一样的美丽女人出现在门口，拎着包装精美的礼品，见到她也没有认错门的错愕，好像笃定是来看望她的。珊珊愣住了，她们是谁？

她没有问出口，停顿的时间里，年龄大一些的女人开口说话："管老师你好，我是舒南的母亲，早就想过来看你，一直没抽出空。现在方便吗？不打扰吧？"

她并没有介绍旁边年轻的女人是谁，好像有话需要进到屋子里说。珊珊赶紧从门边的柜子上取出两对新鞋套，递给她们。嘴里一边回应着"方便的，不打扰"，一边有些惶恐。或者是因为太久没有跟陌生人交流了，或许是她预感到这并不是一次简单的探病造访。在舒南妈妈坐下的那一刻，她忽然想到自己是见过她的，她是她们学校中文系的老师，研究现当代文学的，因为研究领域涉及比较文学，也在给外文学院的研究生上课，在学校里办过讲座。孔淑华教授，在学校里还是颇有名气的。

珊珊给她们两个人倒了淡茶，毕竟是晚上，有些人是不喝茶的，但是不加入几片茶叶，在南方，又是失礼的，至于她们喝不喝，并不重要。她把茶摆在茶几上，顺手把小光的飞行棋收了起来，小光本来打算咕咕哝哝闹点儿麻烦的，但也许也感觉出了这个奶奶身上带着的强大气场，收敛起来，用大大的眼睛盯着她看。孔教授冲着小光微笑了一下，非常外交性的微笑，不是示好或者慈爱，只是礼貌。这种笑容产生得非常机械：大脑控制神经牵扯了一下面部的皮肤，与情感没有任何的连接。珊珊将棋盘拿到小光的房间，让他自己玩一会儿，小光好像也得到了解脱，钻进自己的屋里，自在去了。

珊珊给自己倒了一杯白开水，坐在两个人旁边的沙发凳上。她知道今晚的话局不是由她来主导的，她心理抗拒，但又愿闻其详。她忍不住又看了一眼年轻女子，她似乎对珊珊和这个陌生的空间没有什么感兴趣的地方，从坐下来开始，就露出了百无聊赖的表情。但是她真的很美，不只是漂亮，五官并不精致，眼距比较宽，鼻子不高挑，眼睛也不大，樱桃小嘴涂抹着淡粉的颜色，但凑在一起，形成了一副慵懒的美，不同寻常的美。

"现在治疗到什么阶段了？上次我去你们学院开会，你们院长书记都很记挂你。"

这个问话很官方，一个陌生人开口说的第一句话，就在界定听话人与说话人之间的关系。她明知自己的儿子全程陪伴，并且知道所有内情，但是她没有从那一条线索打开第一句话，而是从单位的角度，即使化疗伤脑，降智商，但是珊珊也能感受到这种刻意制造的关系距离。她很从容地回答："已经做过三次化疗了，还剩一次，之后还有放疗。学院对我很照顾，我心里很感激。您能来看我，是我没有想到的，为我的事，耽误您的时间，我很过意不去。"

珊珊知道，孔教授来与外文学院毫无关系，她本身不是自己学院的人，即使是，也轮不到她来替学院看望珊珊。她明白她一定需要将客套话绕尽才能进入主题，珊珊已经不太习惯这种人际交往的模式了，或者她以前就一直没有习惯过，只是如今不再忍受了而已，所以主动出击，希望对方能尽快说明来意。

孔教授端起面前的玻璃杯，轻轻呷了一口茶，似乎同时轻叹了一口气。珊珊意识到她对自己要说的话是紧张的，这颠覆了她对孔教授一直以来的印象。她觉得她高傲、坚毅，似乎一直都是那么笃定和优雅，是什么问题摆在面前都可以泰然处之的那种少数人群。这口气叹到珊珊的心里去了，她明白，只要是人，都有脆弱，只是她愿不愿意展示而已。她又有点儿怕，她究竟要向她示怎样的弱，自己已经弱到骨碎肉糜了。

"舒南对你的病很关心，他还托他爸爸的老战友，去打听上海北京医院的专家做咨询。他平时自己的事都从不跟我们开口，所以，我们也能感受到他很重视你这个'朋友'。"

在说到"朋友"两个字的时候，她调慢了倍速，让这个词能够拖长加重地被珊珊接收。珊珊当然能接收到，并且非常明白其中的含义。

"舒南确实帮了不少忙，我很感谢他。也很庆幸有这个朋友。"像是山谷里的回声，珊珊也缓慢加重了这个词，希望舒南妈妈能够接收到这个态度。

孔教授又喝了一口茶，一个人在尴尬的时候会口渴，或者用喝水的动作来掩饰尴尬。珊珊知道仅仅这种山谷回声是不能安慰到老母亲的心的，她应该还有一些问题需要得到确认。

"管老师，你知道舒南今年多大了吗？"

"三十九。"

"放在过去，这个年纪都能当爷爷了。"

"您也说了，放在过去，这不是现在嘛。"

"即使是现在，在我们这个小城市，三十九岁未婚也很少见。"

珊珊觉得此时自己保持沉默比较好，就像孔教授身边的女孩，像个雕塑，一言不发。

"我和老舒就这一个儿子，跟所有的父母一样，最朴素的愿望，就是希望他能过上简单幸福的生活，不需要多成功，多富贵。人这一辈子，年轻时候觉得慢，中年过渡得猝不及防，然后就老了，很多事，后悔也没有回头路。所以他这个年龄，如果再拖两年，就真的错过了。"

尽管孔教授没有说究竟错过了什么，但是珊珊明白，她继续看着她，听她把话说下去。

"我真是很失礼，居然忘记介绍梓萌了，这位是我的学生，王梓萌，在咱们学校读了本科硕士，后来去爱尔兰念了艺术史的博士，今年毕业回国找工作，好几个一流院校都向她抛了橄榄枝，我是硬把她挖了过来，她的学习和科研经历，落户美院和文学院都可以。"

"选择回到弋江，回报母校，很不容易，学校的人才引进政策好，也是孔教授您的个人魅力大。"珊珊说着自己不熟悉的场面话，觉得有些疲惫了，很希望她们尽快说完，早点走人，她想洗洗睡了。

"不是我的魅力大，说起来还多亏了舒南。"这句话说完，雕塑终于不自在地扭动了一下身体，肤如凝脂的脸上，透出一阵红晕。

"梓萌跟我读硕士的时候，就经常跟她舒南哥后面转，帮他在学校发问卷什么的。舒南也挺喜欢她，经常带她出去吃东西，到处玩。"梓萌的脸更红了，像珊珊和舒南并肩在红楼后面亭子里看到的落日余晖。

"梓萌出国前，舒南跟她有个约定，说梓萌毕业回弋江的话，他就追她做女朋友。"

"挺好的，两个人很般配。又为学校引进了高层次人才。双喜临门。恭喜你们。"珊珊不想再继续听下去了，她到了快要睡觉的时间，她需要安静地进入那片海域，独自沉浮。但是孔教授似乎打开了潘多拉的盒子，作为一个语言工作者进入了一个无法控制自己说话的状态，但是也许这只是珊珊的错觉，她认为对方的失控，其实是人家早已经计划好的步骤。她开始心烦气躁，也是在对方的预料之中。

"管老师，我跟你讲个故事。舒南高三的时候，有一天放学，抱了一只流浪猫回来，黄色条纹带斑点，不是多漂亮，但是楚楚可怜。有一只脚受伤了，走路一跛一跛，很让人心疼。他抱它回来的时候还被猫挠破了胳膊，我带着他和猫一起去防疫站打了疫苗。这只猫就暂时成了他的宠物，一定程度上缓解了他高考的压力。他去上大学的时候千叮咛万嘱咐让我好好照顾他的猫。但是有一天，那只猫不见了，流浪猫，可能还是不喜欢被圈养吧。我当时就很慌张，怕南南怪我。但是他去了学校不久，就很少问起猫的事情，等他寒假回家，你猜怎么着？他根本就忘记了家里还有猫的事情，只顾着跟我说学校里的人和事、他学到的东西、见到的新世界。他就是这样，同情心泛滥，但是也不会在不必要的地方沉溺自己的情感。"

珊珊感受到了，一个人拥有了一定的知识，想刻意去伤害另一个人，是件多么看似轻松，实际可怕的事情。这个故事的寓意真是太清楚明了了，又显得真实可靠。她甚至感到雕塑都有些不忍地低下了头，因为这个低头，让她对梓萌产生了一点儿好感。

"孔老师，我管子珊，不是那只跛脚流浪猫，从没有想让您家的舒南把我带回去圈养。我有我自己的生存能力，即使现在我生了病，很弱，但是比你想象的强大。舒南跟我是多年的朋友，如果他处于低谷，我也会关心照顾他，至于他对我是不是同情心泛滥，您可以去问他，而不是在这里影射。如果他喜欢梓萌，我祝福他们，您如果觉得我可能会造成任何的障碍，我向您保证，大可不必。我挺累的，谢谢你们来看我。"

王梓萌局促地看了一眼旁边的孔教授，似乎催促她可以走了。但是孔教授仍然端坐着，最后确认一句："管老师，希望你记住你的保证。我知道今天我的话说得也许不得体，但是你也有儿子，希望你能换位思考。"

珊珊没有说话，已经起身了，她希望她们立刻从她的客厅消失。门关上之后，她摘掉假发套，踉跄地走回卧室，把头蒙在被子里，出声地哭起来。她答应自己不再哭了，但是又失信了，内心的委屈直接涌上大脑，从眼睛鼻子里奔泻下来。

小小的手拉着她露在被子外面的手，"妈妈，那个奶奶是个坏人。"

"小光，不要这么说。"

"让妈妈哭的人，都是坏人。"

"儿子，妈妈永远爱你，你要记得啊。"

"我想长大，但又不敢。"

"为什么？"

"因为长大，妈妈就变老了，就离死更近了。但是我又想长大，可以保护妈妈，替妈妈做很多的事。"

孔教授让她换位思考，她这么体面的一个人，上门说这些不体面的话，她今晚的身份只是一个妈妈。珊珊看着小光，她抱着自己的孩子，这个世界唯一让她觉得美好的事物，瞬间明白了孔教授的难处，她昂起的下巴，藏的都是作为母亲的卑微。她语言锋利，但却是来祈求她的。珊珊原谅了她。

<h1 style="text-align:center">44</h1>

第四个疗程前两天，珊珊收到了一封电子邀请函，学院里群发给每位老师的，邀请大家参加在学校大礼堂举行的毕业生联欢会。毕业季到了，学校里裙摆飞扬，黑色、蓝色、红色的学位服在各个角落留下影像，告别一段重要的时光。好像每段时光，都在结束的时候显得格外珍贵，无论收获了多少、表现得怎样，结束本身就是一种意义。现在很多年轻人崇尚过程感，不追求结果，只在乎经历，体验式生活，但是为什么彷徨、恐惧和焦虑并没有减少反而增多了呢？生命中的意义感是过程感的归宿和升级，它赋予过程意义，让人有继续前行的动力和勇气。毕业晚会和毕业典礼就在标识着这种意义，把每个毕业生在这四年中的意义感激发得淋漓尽致，如果个人在这其中得到共情，被这四年所属集体共同的经历所赋予的意义打动，这种情绪能为他们再次扬帆时提供续航力。所以，每年她都愿意去参加，当一个观众，被感动。

前一段时间，也是她身体里荨麻疹无比狂躁的时候，大四的几个学生给她发信息，希望能一起拍合影。珊珊知道他们是鼓起勇气发那条信息的，但是她那时候被折磨得像是刚下锅的虾，痛苦扭曲，就婉言拒绝了。其实，她也想到如果自己没有在经历荨麻疹，是不是真的会迈出门去，见到昔日的学生，与他们开心地聊天合影？她许久没有进入一个需要社交的人群了，尽管她不愿意承认，生病确实让她变得很自卑。对社交场合的拒绝，她有堂皇的理由：身体状态差，需要集中力量治疗；当然这也掩盖了她逐渐从各种关系中撤退的落寞。所有人都在"正轨"上，是她偏离了轨道。公开课、竞赛、实习、科研工作、项目申请、职称评定、进修、考博……这一切都是她的同事们每天忙碌的事情，而她关心的事，囿在这副肉体里：便秘、白细胞低、呕吐、过敏、眩晕，还有对复发和死亡的恐惧。好像出发时大家搭乘了同一艘洁白坚固的邮轮，但是她莫名其妙地被丢弃到一个荒岛，那些人在邮轮上开派对、看表演、欣赏日出日落，但她要在岛上找淡水和食物，避开鳄鱼、食人树、巨大的蚊子和马蜂，忍受孤独。

那段时间珊珊很害怕别人给她发一些励志的文章，她正在经历的是一件非常糟糕的事，她没有义务将荆棘美化成帛衣，她得找到淡水，避开猛兽，她不晓得下一班船经过是什么时候，所以，只能竭力保证每天活着。

但是，她决定去参加毕业晚会。小光很开心，因为他对学校大礼堂里的每一场表演，无论是迎新毕业晚会还是音乐会、戏曲节、舞台剧，都非常感兴趣，可以安静地从头看到尾，不会乱跑乱叫。珊珊试了一件黑色的礼服裙，又脱掉了，一是颜色太压抑，二是太隆重了，她觉得最好随意一点。很多病友都会发帖子说自己化疗长了十几二十几斤，她们认为是地塞米松这种抗过敏药的副作用。珊珊经过三个疗程，虽然面部有些浮肿，但是体重一斤都没有变化，以前的衣服，都还很合身。她挑了一件灰蓝色的微喇牛仔裤，上身穿了一件藏青底带粉白花朵的真丝上衣，V领、喇叭袖，里面穿了一件带罩杯的黑色吊带。她精心化了一个淡妆，连眼线睫毛都画了，眼睛显得很有精神，涂了唇釉，戴了小珍珠耳坠，最后套上假发，小光看着妈妈直拍手，他很久没有看到妈妈打扮了。

她领着蹦蹦跳跳的小光，从车里下来，进入喧闹的阶梯礼堂。

老师有前排专属的位置，她犹豫是否在后排随便找个地方坐下来，但是有些学生站在过道里，小光太矮，看不清楚，急得直转圈。她为了小光，就豁出去了，领着他，往前排走过去。第三排写着"教师座位"，她看到几个熟悉的面孔已经落座了，带着儿子就在离过道不远的座位坐了下来。有个年龄大的老同事走过来，她拍了拍珊珊的肩膀，冲她微笑，说她气色挺好的，短发很适合她。珊珊笑了笑，谢谢她的夸奖。她让小光坐着不动，鼓起勇气，把这一排走过去，跟所有在场的同事一一打了招呼，然后绕到第二排跟学院的领导打个照面。这个过程，有的人微笑点头，有的人简单问她两句，浅淡但让她非常舒适，她很怕有人抓着她的胳膊问细节，但是她所在的社交场，最大的特点就是虽然也八卦，但是都很体面，分寸不必刻意拿捏，那是长期不对别人敞开也不期待别人敞开的不在意。珊珊对这种如水般清淡的人际关系，感到舒适。

宋莹也来了，她看到珊珊感到有些惊讶，珊珊知道破冰还得靠她。她主动招呼宋莹坐在她身边，宋莹看看其他地方已经差不多坐满了，朝珊珊走过来。珊珊把小光抱起来，腾出位置给她。

"谢谢你的茶叶，还有卡片。"

"你怎么知道是我送的？"

"字写得那么难看，还有谁？"

"啊？难看吗？我很认真地写的。"

"那句话是你自己写的还是哪里抄的？"

"是我自己写的呀。"

"这文学博士，不仅能评论，还能创作，前途无量！"

"别调侃我了，你看我还没读就有这么多白头发了，读完该成白发魔女了。"

"头发永远没有那么重要。能静下心来做学问，学到东西，是个很难得的机会。我现在是光头，你看我的假发自然吗？"珊珊知道宋莹不敢触碰什么，就故意朝那里引，她知道，如果她们不开启这个话题，就做不回朋友了。

宋莹果然脸上闪过一丝尴尬，不敢看珊珊。然后叹了一口气，终于开口问道："你现在怎样了？我以为手术做完了就没事了。"

"手术只是第一步，我现在化疗，还有一期。然后还要去上海放疗，之后要内分泌治疗。"

"这么麻烦，那这些都结束，就没事了吧？"

"希望如此，但是以后的事，谁能说得准呢，走一步看一步吧。"

"你怎么会得这个病呢？"宋莹终于问出了她一直憋着的问题，倒是让珊珊松了一口气。

"上苍掷色子，就这么简单。"

"上苍掷色子？"

"对。俄狄浦斯怎么能喜欢他母亲呢？安娜怎么能爱上沃伦斯基呢？孙悟空为什么要陪唐僧取经呢？都是命运啊。"

"你肯定没事的。"宋莹伸出手拍了拍珊珊的手背。

"借你吉言。"珊珊翻过手背握了握宋莹的手。

节目开始了，珊珊心里的一个结打开了，她知道这甚至与宋莹这个个体没有关系，她开始恢复了一些能力，与这个世界彻底隔绝的意志变得松动了，她在给自己松绑。

孔教授带着王梓萌来珊珊家之后，舒南的榨果汁服务就终止了，甚至连信息也不发了。很难想象这两者之间没有联系。但是珊珊也只能接受，那天舒南母亲已经把话说得再清楚不过了，她若是此时还有什么主动联系的行为，甚至能感觉到有一双眼睛在凝视着她，对她表示不齿。但是她也清楚地感受到了什么叫怅然若失。

她利用这段难得头脑清醒、身体存储了一些能量的日子，反刍了她这些年跟舒南的关系。她很不愿意将有限的能量用在治疗以外的地方，但是让她静下心来认真考虑的事情，势必有它难以抗拒的重要性。

舒南在她生命中的重要性一直是被忽视的。但凭珊珊的敏感，绝对不会感知不到他的情感，尽管他一直表现得比较克制。只有他克制，他们之间的交往才能自然，至于这个克制是否在他那里是一种自然，珊珊没有多想过，她很自私，她只考虑了自己的感受，她需要这个朋友，如果舒南往前走一步，他们就会非常尴尬，她会宁愿失去这个朋友，也不愿两个人处在一种难堪的状态中。两个人之间的这种平衡被舒南试探性地打破过几次，都是以舒南退回收场。但是，她真的能失去他吗？两个人的关系最可怕的是在你不知不觉的时候，他已经把自己的存在渗透到你的生活中去了，舒南这样做的时候，是珊珊离婚之后，是珊珊生病之后，听起来总有点儿乘人之危的感觉，但是如果不是在这样的时刻，像顽石一样的珊珊，又怎么能允许舒南的渗入呢？

如今突然的抽离，连血带肉，不免生疼。珊珊对于疼痛，已经有了非常高的抵御能力了。但是，她依然觉得难受。关键是，这种结束是舒南母亲完成的，她觉得舒南应该给她一个说法，不可以就这样悄无声息离开了。但是她又立刻被自己的这种要求吓到了，你管子珊有什么资格要求舒南给你一个说法？你们之间是什么关系呢？以前跟彭宇，在离婚的时候，也闹过一段时间，无论是有理没理，那种闹都觉得是天经地义的，他是你丈夫，你们之间有缠绕在一起的法律和社会关系。但是舒南不一样，他做的一切都可以说是情分，即使比普通朋友多一点，但是也没有任何名分，他们不是男女朋友，恋情这种形式，虽比婚姻松散得多，也能带来一点儿指望和要求，但他们不是。这时候他付出再多，想要停止一切，都没有任何理由去苛责，剩下的那个人，在惯性里才想起刹车，但是脚被地面蹭出了火花，燃焦了脚指头，还没有停下。跟离婚的时候不一样，怨念有归处，有理由。而此时，任凭怎么委屈，觉得如何疼痛，都不能生出怨念，那是不合理的。你从没有收到过承诺，哪里来的期待呢？珊珊期待过吗？她这么固执和防御性极强的一个人，她从舒南那里期待什么呢？她明确地拒绝了他，她被他母亲带来的漂亮女子震慑住，看到自己的卑微，她庆幸自己的清醒，可是她为什么会疼呢？她的能量在慢慢被这种没有头绪的问号吞噬着，她用仅存的理性，把自己的思绪再次捆住，她要去医院了。

　　隔壁床的女人身宽体魁，但是穿着一身粉色的兔宝宝睡衣，大大的脑袋上扎了两个粗辫子，看不太出来年龄，她老公中等身材，穿着灰色的 Polo 衫，扎进黑色的西裤里，腰带扣上的鳄鱼 Logo 格外显眼，很像每个小区门口开饭店的那些小老板。他几乎没有停下来站着或者坐会儿，进进出出地忙活着，女人还不停地喊着"老公"，跟他说自己哪里不舒服。终于，她瞅了半天珊珊，开始跟她说话了。

　　"你是恶性的吗？"

　　这么直接没有任何寒暄的开头，让珊珊感到有些意外。按珊珊现在的脾气，这么不懂礼貌的陌生人，她是不会理会的。但是面对这个有点儿可爱的莽撞室友，她觉得对方没有恶意，可能是她一直被保护得太好了，所以，跟人说话如此理所当然。

　　"嗯，是恶性的。"珊珊不但回答了她，还对她礼貌地回复了微笑。

　　"哎呀，这么倒霉。我不是恶性的，做完手术，就这胳肢窝里，有两个结节，医生说有点问题，让我到这里再治一下。真受罪啊，胳膊都抬不起来。"女人对自己的情况基本是蒙在鼓里的，但是还不忘对珊珊表达同情，"你这个恶性的，就是癌吧？真可怜。"

　　女人的老公正好进了病房，听到他老婆的话，没有抬头，表情有些复杂。停顿了几秒，他看了一眼珊珊，珊珊看出了男人的抱歉和求助。

"是的，挺倒霉的。你这个好治。你多大年龄？"

"三十七，俩孩子。"

"真看不出来，我以为你没到三十岁呢，看着真年轻。"珊珊没有说谎，她面前这个女人心理年龄也许还不到二十，人长期像个孩子，容貌的衰老也会比常人慢一些。

珊珊的恭维让女人害羞了，话也多了起来，开始问珊珊做什么的，有几个孩子，老公是干什么的。看到珊珊已经没有想再聊下去的样子，女人的老公打断了她，问她想吃什么水果，中午想点什么餐，女人的注意力一下被吃的询问引走了，开始跟她老公报起了菜名。

珊珊借机戴上耳机，闭上眼睛，等护士来吊水。一串轻缓的脚步声来到床边，她睁开眼，是沈玥。她赶紧把耳机摘下来，沈玥这次带了一些芒果和木瓜，都是她不爱吃的，她想到彭宇，每次无论买什么都买不对，觉得这俩人真的很般配，她冲沈玥微笑起来，"谢谢你，不用麻烦买东西过来。"

"昨天彭宇买的，让我给你带过来。"有时候，珊珊不知道彭宇是真的从来不长心呢，还是故意捉弄她。一起生活了好几年，对她喜欢什么花，爱吃什么水果，完全没有数。

"你今天怎么有空来？我这是最后一次化疗了。"

"就因为是最后一次，想来看看你，小光说你身体里钻进了蜥蜴，我想应该是反应挺大的吧。"

"都能扛过去。没事的，谢谢你。"

"去上海放疗，应该还挺麻烦的，要在那边住，我和彭宇商量了，可以轮流去照顾你。"

珊珊想到之前舒南说是选他还是沈玥的时候，她毫不犹豫地说选舒南，如今，这个选项已经被移除了，心脏有种忽然坠落的恐慌。

她迅速调整好，对沈玥说："你们都很忙，放疗应该没有化疗这么难受，中间还会隔一段时间才能开始，身体也能恢复一些，我一个人可以的，上海也有同学，有什么事可以让她们照应。如果让你们俩陪着，光这精神负担，我就承受不了了。不过真心感谢，尤其谢谢你，沈玥。"两个女人相视一笑，之前所有的疑惑和顾虑，全都烟消云散了。沈玥似乎提前就知道这个答案，也理解珊珊的选择，但是她必须来说出他们能够且愿意提供的帮助，这不仅仅是人际礼仪，更是一种善意传达，让她知道，无论今后如何，她依然有一个后备的值得信赖的依靠。这种关系也许是由孩子维系出来的，三个人都希望这种牵扯，不复杂、不焦灼，生发出来新的关系，是干净的、明朗的，这不仅对孩子，对大人，都是一种升级的解脱。

沈玥走后，已经被好奇心折磨得无法控制自己的胖女人，不顾疼痛的胳膊，侧身过来问珊珊，"这是你什么人啊？"

"是我前夫现在的妻子。"珊珊今天特别敞快，以前羞于启齿、遮遮掩掩的关系，今天面对隔壁床的陌生人，有问必答，不做任何掩饰。

女人张大了嘴巴，眼睛瞪得像铜铃，凸出了平平的眼眶。看到她这副没有见识的模样，珊珊觉得用自己的事情吓唬她变得更有趣了。

"你离婚了？刚才这个女人是你老公的老婆？"

"嗯，离婚了，所以叫前夫，她是我前夫现任的老婆，是这家医院的医生。"珊珊甚至补充了她没有问到的信息。

"你们关系这么好啊？"

"是啊，为什么不可以呢？"

"老公，我搞不懂了。"她开始向她那位紧皱眉头的先生求助了。她老公没有解开她的疑惑，把切成块的菠萝，用小叉子叉了一块，堵住了她的嘴。

珊珊看着胖女人，陷入了沉思。这个女人三十七岁了，可是认知程度可能只有十岁左右，但绝不是智商缺陷，只是生活的环境和学习能力造成的。在这个年龄，对自己的肿瘤是否恶性完全没有概念，也不知道恶性才需要化疗，而且腋下淋巴结已经扩散，做了清扫，她也不明白是什么意思，她没有基本的常识，也没有上网查资料的能力。家人对她的隐瞒，其实是了解她之后做出的最好的保护，一般人，还真的挺难瞒的，但是她可以。这对她，对家人来说，也是一种减负。珊珊想到自己，生病以后，把这个病厚厚的治疗指南当教科书一样看完，记得每一种分型的特点、治疗方案、五年十年生存率，各种治疗的程序、反应和应对方法……她像是又学了一个专业。到底哪一种病人，才是完美的病人呢？她看了一眼胖姐，竟然没有答案了。

她又想到人的认知能力差别，到底对人生意义有什么影响呢？她在听到胖姐的三言两语后就能基本判断出她的性格，看到她老公的眼神，就知道他需要她替他们保守秘密。而胖姐对于隔壁床与前夫现任妻子之间的和平共处都无法理解，她的世界可能只有井口这么大，稍微复杂一点儿的关系就像井口上空一晃而过的云或者鸟，超过了她能够理解的范围。人的认知能力和思维能力，对生存有意义吗？她本想给自己一个含混不清的答案，但是忽然想到《时时刻刻》那部电影里，她喜欢的弗吉尼亚·伍尔夫说过的一句话："你要去看透生命，就一定要去直视人生，去了解它的本质。当你最终理解了它的内涵，就能去热爱它的灿烂。然后，才会将它放下。"

所以，当她看着被家人照顾得如同娃娃一样不知世故的胖姐，她并不羡慕。她感谢父母给她机会让她读书、学习、思考，感谢生命给她带来的各种经历：惊喜抑或苦难。她并非一开始就是一个合格的体验者，但是慢慢地，她踩在柔软的云朵上，跌落山谷被荆棘割伤，她哭泣、不安，然后安静下来，抚摸暗流涌动之上的土壤，感受到一种不尽人意的丰盛：蜷曲，然后展开。那一刻，她觉得释怀，甚至击退了长久以来的恐惧。她看着胖姐，很想给她一个拥抱。从一件事、一个人得到的顿悟，也是上天的安排。所以，胖姐是珊珊的福娃，这两天，无论她怎么口不择言，珊珊都不介意，她向她的天使敞开了自己的边界。

　　小美翻动着珊珊的手背手掌，又拍了拍她的胳膊肘内侧，摇了摇头，"管老师，您还不如一开始埋个管呢。现在真是无从下手啊。"

　　"还是你技术不过关，你今天要是不能一针见血，我又要叫你师傅来训你。"

　　"您再给我一次机会，别忙叫我师傅。"

　　小美拎起珊珊枯瘦的手臂使劲拍，好像里面有蚂蟥，能给它从血管里拍出来一样。终于在手腕处拍出一条比较粗一点的青筋，刚打算下手，珊珊把手抽了回来，"别扎这里，疼，而且容易打鼓。"

　　"您这是久病成医啊。"小美没有着急，又在手背上拍了一阵蚂蟥，终于找到一个下手处，但是因为血管比较细，打了滑，没扎准，针在皮下，又不好意思拔出来，在里面扭动着针头，珊珊疼得直憋气，最后扎了进去，小美又尴尬又有点儿得意。

　　"这也算一针见血了吧？"

　　"你这是把我当江姐呢？"这群小护士脾气好，又跟她熟络了，珊珊不好意思发火，倒是教起她来。

　　"你看你师傅怎么下针。捏手腕都很稳，对着看准的血管没有任何犹豫，手不能软，一针就刺到位，手稳针硬血管不滑。你那个小手太软了，心里又没底，就你这扎进去在肉里找血管，得亏遇到我，不然真有可能被骂。"

　　"这不是有个过程吗，我师傅比我大十几岁，再过十几年，我也能跟她一样。干这行挺辛苦的，爸妈让我考护理，估计是觉得老了我可以照顾他们。但是就我们这个排班，哪有时间照顾家人啊！而且病人现在都可凶了，动不动就骂人，还有动手的。我同学分到儿科，真的被家长打过。小孩脑袋哪有那么好扎啊，不都有个过程吗？"

"儿科还真得经验丰富的，有的家长很急躁。不也有老师被打的么？"

"在从前，医生和老师，那都是大先生，多体面的职业。您说舒主任这么好的性格，也能被打，搞得我们医院的医生们都人心惶惶的。"

珊珊把手往旁边一撑，打算坐起来，手背上刚扎得不深不稳的针头滑落了，很快就鼓起了一个水包。小美赶紧把管子拧停了，把针头拔出来，"对不起，管老师，我还是去叫我师傅吧。"

"你等一下，刚才你说舒主任怎么了？"

"您不知道啊？我以为你们特别熟，肯定早就知道了呢。"小美似乎找到了一个缓解自己尴尬技术的出口，打算用这个消息让自己扎血管的事情被掩盖过去。

"舒主任接了一个诊，病人是严重的躁狂症，咱们医院的心理科只有门诊，他需要住院治疗，所以，舒主任建议家属带他去四院，就是精神疾病的专科医院。结果，他就把舒主任幻想成要害他的人，等到他下班，出了门诊，进了地下车库，用铁棍袭击了舒主任。"

"他人现在怎样？"

"还好，他当时感觉到了有人跟踪，有点儿防御，用手挡着，胳膊折了，断了两根肋骨，重要的器官都没有受到伤害。"

"这是什么时候的事？"

"有几天了。舒主任还住在外科没出院呢。"

"你能帮我问到病床号吗？"

"没问题。不过，您别在我师傅面前告我状啊。"

"放心，不告。"

舒南住的并不是病房，而是一间紧靠医生办公室的单间，大概原本是医生休息室之类的房间。虽然小得只能放得下一张病床和一个写字台，但是好在有个面朝东的小窗户，不至于太过憋闷。珊珊想想这也合理，这毕竟是医院里的突发事件，出于公关和照顾的双重原因，都不适合让他住在普通病房。

"你怎么混得这么差，连个单人病房都住不上？"

舒南看到珊珊，有点诧异，完全没有意料到这位访客，但是疑虑很快从他脸上消失，珊珊用熟悉的那种温柔的目光在盯着她看。

"你以为都跟你似的那么幸运，VIP 的名额有限，我排不上。"

"我可不愿意来你们这儿做 VIP。"

舒南胳膊上还打着石膏，白色的纱布绷着，胸部也裹着纱布，有点像珊珊当时做完手术时候的狼狈样。他指了指床边的一个凳子，示意让珊珊坐下来。

"我跟尹主任打了招呼，让她不要告诉你，你这两天化疗，别影响你心情。"

"你觉得尹主任是那种多嘴的人吗？"

"肯定是那几个护士嘴巴大。"

"是谁说的不重要，医院就这么大，出了这样的事，总会传到我耳朵里。你怎么就那么自信，会影响我的心情？"

珊珊这问句似乎在撇清一些暧昧，但是本身又充满了暧昧，一时让舒南无言以对。珊珊冲他笑了笑，让他知道不必回答，不过是一句无伤大雅的玩笑话。

"你今天吊化疗水了没有？还难受吗？"

"没有，明天吊。不然我也没有力气来看你。你又不需要我照顾，为什么不能让我知道呢？对我这么没有信心吗？我生病的时候你前前后后地张罗，你自己出事了就瞒着我？"

"这也不是滑了一跤这么简单，怕吓着你。上次化疗你那么难受，我怕这次你身体更糟糕，想着过阵子出院了，再去找你告诉你的。"

"我以为你不会去找我了。"

舒南一脸疑惑："为什么？"

珊珊脑子里像有人在放露天电影一样，孔淑华和王梓萌影影绰绰地被打在一个破旧的屏幕上，她们端坐着，客气礼貌地说着伤人的话。珊珊一刹那有个错觉，这个在她头脑里搭起来的戏台子，舒南也能看到。等到她的眼睛不再模糊，聚焦到眼前这个人的时候，看到他仍然在等她的答案，他真诚地在表示自己的迷惑，珊珊决定对他不再有任何的隐瞒，人与人之间太多的误解都是在所谓的礼仪或者社交准则的误导下，不停地玩"你比我猜"的游戏。她希望可以对他坦诚，因为他值得。

"舒南，孔老师去找过我，带着你的女朋友，还是未婚妻，我也不是很确定。"

舒南苦笑了一声，叹了口气。他很少露出这样消极的表情。珊珊想到舒南就会觉得他很温暖：他感性，但是思想和行为又总在她能理解的逻辑中，他存在的地方，空气都是干净的。

"我女朋友？未婚妻？她们说的？"

珊珊不太确定自己此时对舒南说这件事，究竟合适与否，因为他眼睛里迅速积累了一些忧伤的阴云，这是他们熟络了这么多年，她不曾见过的表情。但是，她不喜欢一池水里浑浊不清，她想看到树和花的倒影，水草的叶片和游走的鱼鳞。

"是的，你妈妈说你曾经答应过王梓萌，她博士毕业回来，就跟她结婚。"

"你能给我拿瓶水吗？帮我拧开盖子，就在你身后的桌子上。"

珊珊照做了，她心里想着下次过来给他带个保温杯，让他喝点儿热水。

"子珊，王梓萌喜欢的是我爸，不是我。"舒南喝了一口水，仿佛好容易获取了说出这个真相的勇气。这句话对珊珊的冲击，要比舒南被打伤的消息，来得更为猛烈。她不晓得是不是自己药灌多了，出现了一些幻觉。

"你确定？"

"我当然确定，王梓萌亲口跟我说的。当年我怀疑她跟我爸有问题，留意了一段时间，还故意接近她，让她帮我发问卷什么的，本想迂回调查的，没想到人家姑娘直接就跟我摊牌了。"

"你爸也喜欢她？"

"喜欢，这么好看的小姑娘，他一个六十岁的糟老头子，虚荣心得多满足啊。"

"孔老师不知道？"

"这就是让我觉得困惑的地方。她不可能不知道，但是她一直装作不知道。更让我觉得疯狂的是，她努力撮合我和梓萌，让她做我们家的儿媳妇。换作别人，发现一点苗头，都会想方设法地把女孩子赶得远远的，她却要把这姑娘留在身边，还搭上她的儿子。那个"博士回来就结婚"的说法完全是她自己想出来的，我从来没有说过，你觉得我知道这一切，可能会顺从她这么变态的想法吗？"

"人心真的好难琢磨。是不是咱们俩的智商还没有到达孔老师的高度，所以无法揣度她的意图？"

"这不是智商的问题，就是人精神受到刺激后的一些应激反应，有的人表现得很疯狂，像那个拿棍子要打死我的病人；有的人表面不动声色，但是内心已经完全被嫉妒憎恨扭曲了，她会做出一些常人不能理解的举动出来。她跟害我的病人一样，都有幻想的症状，想要通过更失控的行为，控制已经失控的局面。"

珊珊再次拧开瓶子，把水递给舒南的时候，她感觉到门口一阵阴风吹过来，余光中的一个黑影，切断了舒南的舌头和她的神经。她转头看到孔教授站在那里，穿一件剪裁得体的宝蓝色旗袍裙，妆容精致，手里拎着饭盒，面色难看，像战时在阵亡名册上看到自己丈夫名字的女人一样，失魂落魄。她一定在那里站了有一会儿了，儿子的话肯定听到了一些。珊珊答应过孔淑华不再与舒南有牵扯，此时却坐在这里听他说着令她颜面扫地的家事，她真希望能拥有六娃的隐身衣，穿壁而去。

　　"孔教授，我，听说舒南受伤了，正好来住院，就顺路过来看看。我走了，你们聊。"珊珊仓皇而逃。

45

　　第四次化疗结束出院的那天，珊珊买了两束鲜花，一束给护士站的小美们，一束给尹主任。小美们一个个过来拥抱了她，这些把她的手扎成筛子的姑娘们，在肿瘤科这栋阴郁的小红楼里，像流淌的山泉，让人听到她们的声音就感觉头顶有云，耳边有风，日子没有那么难熬。她没有拥抱尹主任，那是一个自带降温器的美人，你不可以靠近，但是她远远冲你微笑，就足以舒缓你升腾起来的躁动和不安。在肿瘤科的这两个多月，她经历了身体上极大的痛苦，也目睹了世间百态、生死离别，她努力保持平静，做好自己的本分。尹主任给她开了一堆检查单，她熟练地缴费、查血，排队做B超、CT……化疗终点站到了，结束了这一程，接下来，她打算休息一周，其间，她要打升白针恢复白细胞，吃药对付过敏的红疹，等她的血条恢复到三分之一的时候，就是她再出发的时间。

　　回到家的那天，她没有期待家里有人，但是推门进去的时候，看到彭宇带着小光正在沙发上玩，珊珊不免自嘲了一下，她这个家的门，简直形同虚设，舒南可以随便进来，彭宇也有钥匙，而且他们都不觉得经过她的允许是必要的。但是今天彭宇是有备而来的，他看到珊珊换鞋，赶紧让小光去拿准备好的花束，三朵大向日葵，配了白色的满天星。小光眼神明亮，十分开心，像在公园里等了半天旋转木马终于轮到他，跑进去挑了他喜欢的四蹄腾空飞奔状肌肉线条流畅的大黑马。他把花塞到珊珊手中，"妈妈辛苦了！"这句僵硬的台词从软糯的小嘴中说出来，还是让她有种想哭的冲动，虽然她知道是彭宇设计的。

"谢谢宝贝。"她想抱他，但是胳膊还在疼，就俯下身，亲了他的额头。

"这次挑的花挺好看，还知道配满天星。"珊珊眼睛没有看彭宇，她进了屋，就把假发摘了下来。

"是沈玥挑的。"彭宇没有掩饰自己看珊珊的眼神，两个人毕竟一起生活了很多年，对于光头造型，一个认为没有必要遮，一个就大大方方看。

"沈玥是你挑的，这也许是你人生中最正确的选择。"

彭宇没有回话，他不清楚这句话带着赌气的成分，还是纯粹在夸奖他。

"你别盯着我了，吓人不？有的人化疗中间就开始长头发了，我这还没有一点儿迹象。"

彭宇赶紧收回自己的目光，

"迟早都能长出来的。你要不要去洗澡换个衣服？"

搁平时，两个人寒暄一下，他就急匆匆要走了，但是今天他有点儿反常，好像坐定下来，不慌着离开。

"你有话跟我说？"

"你从医院回来，去洗个澡，换套舒服的衣服。小光在幼儿园轮到他讲故事，他要回来找本书，我等他找，不着急。"

珊珊知道，他一定有事。她把行李包扔到阳台上，去衣橱里拿了宽大的 T 恤和棉麻长裤，去洗澡。她已经感受到了荆棘从脚底开始慢慢向上爬的触觉，不敢使劲搓或者挠，她希望花洒可以安抚它，让它不要爬得那么快，希望水流可以软化上面的刺，让它不要那么疯狂地扎她。消化道的麻木感此时已经是她非常熟悉的感受了，面对荨麻疹，这种从胃到口腔的金属感，已经不那么让她困扰了。痛感和钝感同时在一副虚弱的肉体里存在，像是丧礼上的唢呐和鼓，轮番振恸神经。

　　无论如何，一个热水澡，是一剂良药。她穿着宽大的衣服，为了不让彭宇尴尬，还是套上了一个薄棉的发套。

　　彭宇给小光用平板打开了一个动物纪录片，她意识到他需要说的话可能三五分钟结束不了，但是她不确定自己的身体能不能支撑得下来，她感觉很疲惫，吃了一颗抗过敏的药，躺在沙发上，头枕着柔软的靠枕，肚子上盖了一条双层纱的正方形小盖巾。

　　"你想喝点儿什么？我看到冰箱里有果汁和酸奶。"

　　"果汁吧。"

　　"凉的你可以吗？"

　　"医生也没有说不可以，反正怎么着胃都是不舒服，想喝点儿凉的。"

　　彭宇今天有些过于细致了，这是在他们的婚姻中都不曾让她感受到的，或者其实也有过，只是后来的拉锯战实在太久了，消磨掉了所有温情蜜意的回忆。她安然接受，一是身体确实没劲，搞什么客气说什么礼仪，都是要费神的。二是她不想让彭宇感觉自己做得不妥，如果珊珊表现出别扭，他一定会立刻不知所措。索性就顺其自然吧。

　　"挺难受的吧？"

　　"习惯了，没事，你说吧。"珊珊躺着，几乎半闭着眼睛。如果不是她鼓励彭宇说，可能他看着她这样就不愿意再说下去了。

"舒南妈，孔老师，今天去我们院找我了。"

"她去找你干吗？"

"说了一些关于你和舒南的话，可能她误解了你们的关系。"

"她去找你有什么用呢，你已经是我前夫了。你是不是费劲给她解释来着？"

"解释了，也没费多大劲。你俩是因为我认识的，就算我俩没啥关系了，但是既然知情，还是可以替你们解释一下的。"

"为什么要解释？"

"毕竟是他妈妈，她也有权知道自己儿子的感情状况啊。"

"她有权知道，但是没有权利去找你调查，也没有权利来质问我。"

"她既然去了，我就跟她说明白，你们是朋友，没有其他。"彭宇在说这句话的时候，看了珊珊一眼，似乎希望从她这里得到确认。

"即使我跟她儿子有什么，也不是我在犯错，我不喜欢这种莫名其妙的负罪感。因为我离过婚，带着孩子，身体不好，所以，我不配？这不仅是她，而且是所有人都认为合理的逻辑。"

"你跟舒南，有我不知道的事情吗？"

"重要吗？你也不过跟他们一样，觉得我不配，是不是？"

"我跟他们不一样，我希望你好。虽然我无权干涉，但是必须要说，你跟舒南在一起，阻力会很大，你身体不好，不要折腾了。"

"彭宇，舒南喜欢我吗？"

"一个男人如果不喜欢一个女人，是不会这么多年在她身上花这么多时间的。"

"他跟你说过吗？"

"没有，但是我知道。"

"你一直都知道？"

"一直都知道。"

检查结果一切都好，珊珊把所有的报告单装进彭宇给她准备的文件夹，此时不得不佩服前夫的远见，里面的各种检查单、病历等就诊材料，按照日期已经装了十几页了。她从住院部一楼的小卖部里买了一支冰激凌，坐在小广场一个花坛边上，头顶密密叠叠的梧桐树叶，遮住了炙烤的太阳，但是冰激凌融化的速度还是很快，香草奶油从蜜糖色的脆筒边流下来，把她的手滴得黏糊糊的，得找个地方把手洗一下，她飞奔进离自己最近的一个食堂。

等她洗掉了手上的甜度，记忆才将手中沉甸甸的感受还给她。沉甸甸的是什么？平台上不知谁最先用了一个名词叫"化疗脑"，大家纷纷在上面写出自己化疗后记性不好使、思维有些离奇的例子，彼此安慰，认为这是化疗的作用，不用对衰退的大脑行为感到愧疚。珊珊经过半分钟的回忆，终于想起，沉甸甸的手感是文件夹给的。她有点儿慌，毕竟里面是她从住院手术以来所有的看病资料，重要性不言而喻，但是立刻她又有点儿释然，她知道一定就是丢在刚才坐的花坛边上，而且这样的东西，也不会有人想要。她把手甩干，赶紧快步走回去。

她再次回到刚才吃冰激凌的树下，之前自己坐的地方已经有人坐下了，她朝附近寻了寻，没有她的东西，看到她找东西的模样，坐在那里的人开口问她。

"你找什么？"

珊珊这才认真看了坐在那里的人，一个五十多岁的妇女，身材略胖，衣着朴素，脸部有些浮肿，戴着圆边渔夫帽，珊珊很容易看得出她帽子下面没有头发。

"一个文件夹，蓝色的。"

"是这个吗？"女人从自己的挎包里拿出珊珊的文件夹，她的挎包很大，LV老花的纹路，是车站门口行李摊上经常见到的那种款式，想必里面也装了一部她看病的历史。珊珊看到东西被她收起来，心里一阵感动，真是个善良的人，还坐在这里等她。

"是这个，我可以把身份证给你看，跟里面病历上是一样的。"

"不用看了。"女人似乎并没有因为这么快等到失主感到高兴，面部阴沉，而且也没有要把东西归还失主的表示。珊珊有些诧异。

"谢谢您！真的很感谢，这些东西对不相干的人不重要，但是对我来说，丢了真的很麻烦，都是看病的东西。"珊珊很诚恳地对大姐表示出感激之情。但是女人仍然铁着脸，用方言说了一句珊珊能听得懂的话，"你都说了很重要，给我一百块钱我给你。"

珊珊的温柔被一种要挟的语气瞬间击破，这是她最不肯容忍的交流方式，"我刚离开只有两分钟，去洗了个手，这里也有摄像头，你就这么明目张胆地打劫是不是不合适？"

"你这话说得太难听，这里没人替你保管，你走了就是丢了，我给你捡到了，你不应该感谢我吗？如果别人捡到丢到垃圾箱里你怎么办？这些东西不值一百块吗？"

这位大姐一定没有化疗脑，她说话句句在理，虽然都是歪理。旁边很快聚集起来一群人在看这两个女人的冲突，在医院里，还有心情去看别人吵架的人，要么心理素质过硬，要么病情没有那么要紧。

珊珊不喜欢被围观，她没有再顺着对方的话说下去，一来一往肯定会吵得厉害。她自从化疗以来，似乎身体里设置了一个机制，凡是让她消耗体力和心力的事情，会自动关上按钮，尽量不去对抗。她坐到女人旁边的空位上，身后的红月季几乎可以戳到她的后背了。大约过了两分钟，她没有说话。听不到争吵声，人群很快散去，像是吃完了面包屑的鱼群，从水面消失，不知所踪。

"大姐，你是什么病？"珊珊声音恢复了平静，开始跟她聊起来。

"直肠癌。"

"化疗了？"

"一直化。"

"我以前有个老师也是直肠癌，以为是痔疮，耽误了。"

女人没有说话，手里还紧紧握着珊珊的文件夹。

珊珊从包里取了一张红色的钞票，递给女人。女人眼睛没有看她，迅速收了钱，把文件夹放在花坛边，头也不回地往医院出口处走去。

杨阿姨做了一桌子菜，珊珊挽留她一起吃饭，她还是拒绝了，她是个分寸感极强的钟点工，既让你觉得不那么生疏需要防备，也会清楚界限在哪里，会避开不碰。本来今天彭宇和沈玥提议要去饭店吃的，说会选一个安静的地方，算是对她阶段性胜利的一个庆祝，但是她还是拒绝了，不愿意去公共场合，她自己还没有准备好，但是她接受了大家聚一起吃顿饭的提议，把吃饭的地点定在了她自己家里。彭宇没有提叫上舒南，他跟珊珊说过那些话之后，珊珊也不太方便自作主张邀请舒南，大家都知道这个人的缺席，本身是不自然的，但是宁愿如此不自然，也不愿意喊他来，进入另一种不自然的状态中。

自来熟和慢热型的人，可能前者是更自卑的。自来熟的人怕冷场，不能接受社交环境中任何空白的出现，会主动与别人说话，活跃气氛，希望场子一直是热的，这样才不会让他觉得局促别扭。一个对欢乐气氛过于依赖的人，可能本身对复杂关系是恐惧的，也处理不好。我们经常会将这类人理解为自信的、开朗的、能力强的，但是也许会有部分误解，他们可能用热络的情绪掩盖了自己内心的慌张。舒南显然是属于这一类的。而沈玥是慢热型。慢热型的人善于观察，她不觉得空白等于尴尬，他们习惯沉默带来的停顿。不想说话的时候、不想说话的人出现，他们敢于沉默，接受其他人认为的别扭，遵从自己内心的感受，也许有些是缺乏社交能力，但是更多是安于自我情绪的需求。一旦他们与别人建立了连接，这时候，他们的输出和回应都是高效和诚恳的，不会让人觉得他们只是出于社交的原因跟你说话，你会被这份真诚感打动，而对他们敞开心怀。

　　此时的沈玥，已经不知不觉地走进了珊珊的内心。此前，珊珊对她所有的想象、莫名其妙的敌意、点头之交时的偏见，都荡然无存了。她很笃定地向珊珊展示了自己是个心胸宽广、善良的女人。她从未刻意关心过丈夫的前妻，但是点点滴滴，让她成为这个特殊团体的重要一员，因为她的存在，他们这种不得不交往的状态变成了没有罅隙又各自独立的共生关系。

　　饭桌上，他们聊了珊珊化疗的经历感受，也说到接下来去上海放疗的计划，沈玥告诉她，放疗准备比较复杂，不是去了就直接给你照射线的，她的肿瘤没有发现扩散，选择精准放疗，需要做几次定位，来来去去会比较麻烦。最怕麻烦的珊珊如今已经对这些繁复的步骤不怎么焦虑了，她知道自己在逆流而上，但是又有一股深稳的水流在推着她往上走。三月时候的恐惧，不能说完全消失了，她依然会恐惧，恐惧从铺天盖地的龙卷旋风变成了一层暗灰色的空旷背景。她知道对所有癌症病人来说，医生只要能给出治疗方案，就是值得庆幸的事。但从确诊那一刻开始，生活就变天了。

　　她不太能理解穿着光鲜艳丽站在舞台上说感谢"癌症带给她们新生命"的那些人，她知道她们是真诚的，从她暂时还未站到的高处在回顾这段经历。但是此时如果问她，她并不感激，她心中有恨，如果可以，她愿意回到一切都没有发生的样子，她不需要这个经历给她带来的坚强和能力，她宁愿自己健康地弱小着。但是她学会安抚了自己的恨，像是学会跟老虎相处的少年派一样，如果可以，他一定不会愿意与虎同行，但是没有选择，他也必须学会如何生存。

　　珊珊问了沈玥的工作，怎么排班，会不会有辐射，遇到过什么奇葩的病人，她也关心了彭宇的项目进展。拿了两项国家自然基金，发了七八篇顶级的 SCI，三十多岁就破格提了教授、做了博导，前夫在工作上，还是让她觉得非常佩服的。如果舒南来，她们肯定不会这么硬邦邦地聊病情，谈工作，他是气氛组的，总能把大家逗笑。

　　彭宇带儿子去洗澡了，留下珊珊和沈玥坐在餐桌上喝茶聊天。沈玥把酒杯里的红酒给珊珊的空杯子里倒了一点，珊珊使劲摇头，"我不能喝酒。"

　　"徐主任还是尹主任说的？"

　　"都没说，但是肯定不能喝。"

　　"喝一口，没有关系的。"

　　她俩碰了一下杯。珊珊抿了一口，她真想痛快地喝一顿啤酒，这个想法经常在她味蕾僵硬的时候冒出来。红酒太过优雅，拘谨、喝完了有后劲，但是啤酒不一样，大杯子里冒着泡泡，怎么粗野地喝都合适，是的，珊珊从来没有粗野地放纵过自己，生了这个病，估计以后也不太会有机会了。

　　"你和彭宇是舒南介绍的？"

　　"确切地说，是舒南妈介绍的。"

　　"你认识孔淑华？"

　　"她跟我们主任，也是我导师，是同学。每年体检都是主任给她亲自做。"

　　"这可是她办的一桩好事。"珊珊苦笑着说。

　　"你知道我以前也结过婚吗？"

　　"知道，但是仅此而已，没人跟我说过细节。"

　　"我前夫是消防队的，2010 年梭子巷煤气爆炸，死了二十多个人，还记得吗？"

"记得，这个小城市少有的大事。"

"他在救人的时候发生第二次爆炸，当场就牺牲了，送到我们医院，让我去看的时候，浑身都是黑的，衣服都焦了，认不出来是谁。"

珊珊沉默了，她记得曾经问过舒南，沈玥前夫是做什么的，为什么离婚。舒南找个话题岔开了，她总觉得连他都不愿意触碰的一定有什么隐情，但是一直没再追问。那次事故伤亡几十个人，其中有三名消防员。她隐约记得电视台播放了三位烈士的照片，她还跟彭宇说，都那么年轻那么帅气，真让人心疼。

珊珊不知道说什么，七年过去了，她应该彻底走出来了，不然也不会嫁给彭宇。珊珊又很想知道，沈玥的性格是那个事件造成的，还是一直如此坚定冷静。她还想知道彭宇是如何与沈玥相处的，他是在徒劳地替代一个故去的英雄，还是为沈玥打开了一个新的世界。她心中的问号像孩童在阳光下用肥皂水吹出的泡泡，一串串的，在空气中膨胀、闪烁、爆炸、消失。最终，都成了地上的水点，很快晒干，她什么也没有问，给沈玥又倒了一些红酒。

"我和薛伟是初中同学，那时候不敢早恋，但我们彼此喜欢。后来我去读高中，他去了职高，我上了医学院，他去当了兵。我有过暗示，他从来没有回应过。但我就是喜欢他，喜欢跟他说话。后来我去部队找他，他不见我，我们就断了往来。有一年回老家跟同学聚会，我才知道他到了我在的这个城市。我又去消防队找他，他说不想跟我在一起，只要知道我好好的就行了。我跟他说，没他，我好不了。他还是不接受我。那段时间我很自卑，只是工作，没有生活。我们这种理科生，跟你们学文学的不太一样，对感情的事，理解得不深，很多问题，只看到表面，分析不了人性。他拒绝我，在我看来就是看不上我，没有思考更多。这样过了几年，他有一次在单位门口等我，我很意外，他说去执行任务，前脚出来，后面房子就塌了，他那一刻就想到了我，他不知道自己什么时候就会消失在火场里，这一辈子会有遗憾，觉得到那一刻会后悔，有些话没说，有些人辜负了。他希望我能看得起他，接受他。我们第二天就去领证了。"

"我不知道你是这样的沈玥。"

沈玥抿起嘴，眉毛上挑了一下，整个面部表情忽然生动了起来，这是珊珊从未见过的模样，她的伪装太强大了，已经完全把自己的潇洒罩住了。沈玥喝了一口酒，接着说下去。"我今天跟你说这些，是有原因的。彭宇跟我说了舒南妈去找他的事。"

"你怎么看？"

"你喜欢舒南吗？"

珊珊很怕这个问题，她自己一直闹不明白。这对于她来说，既是情感上的迷惑，也是认知能力的受挫。珊珊仔细地捋了捋思路，但是像缠绕打结的毛线，解开一处，又卡在另一处，让人十分恼火。

"我喜欢跟他在一起，跟他聊天，遇到问题会愿意向他求助，也会在意他的感受。他在我的生活中很重要，但我不知道是不是出于异性好感的那种喜欢。"

"又不是十七八岁的小年轻，对喜不喜欢还这么纠结？"

"十七八岁，是最清楚自己情感的年龄。情窦初开，那时候的信号特别强烈。但是到了我们这个年龄，生活中的琐碎太多，人与人之间的关系也变得复杂，太多的参数加入进来之后，会影响判断。"

"我以为你们俩都还是少年心，很纯粹的那种成年人。"

"生活总会把我们捶成自己不想要的样子。"

"你刚才描述的对舒南的感受，对我来说，就是喜欢。年龄大了，愿意跟一个人说心里话，喜欢见到他，不怕他看到自己的脆弱，信赖他，我觉得就是爱了，爱的门槛没有你想的那么高。"

"你对彭宇是这样的感受吗？"珊珊终于问出了自己一直以来的

疑惑。

"是的,我遭遇到的灾难,让我几乎崩溃了。彭宇是那个把我重新拼起来的人。"

珊珊对沈玥开始另眼相看。她用了一个足以让她记在笔记本里的话来说明成年人的感情。当她被击成碎片的时候,舒南是那个把她拼起来的人吗?

"我跟彭宇的看法不一样,他觉得你身体不好,舒南妈又不可能同意,你和舒南最好不要牵扯进感情里去,他不愿看到你受伤害。但我今天跟你说我前夫的事,是想告诉你,人生无常,不要留遗憾。"

"沈玥,谢谢你,能跟我推心置腹说这些话,我很感激,真的。但是我跟舒南之间,也许不仅仅有他妈妈。"

沈玥又露出刚才那个俏皮的表情,然后把酒杯里的酒一饮而尽。珊珊知道,第二天,她又会穿上自己的伪装,做那个不苟言笑的沈医生。

46

在家里休息的这段时间,珊珊翻看了平台上一些介绍放疗的精华帖子,希望对放疗的具体过程能有个了解,若仅是顾名思义,她会对各种射线持续照进身体里有一种本能的恐惧。化疗药水是可见的,伤害立竿见影。射线让她想到生化武器,有一种阴森的危险。但是帖子里,病友们基本都在介绍,皮肤受损使用什么药膏,嗓子难受要提前喝酸奶,放疗期间每天煮梨汁或者银耳羹。这次,她也不想去查资料了,跟化疗一样,这是对身体有害的,其实大家心知肚明,但是既然医生让你做,一定是权衡了利弊的。

六月底,珊珊感觉身体恢复了些气力,除了头晕变成了一种常态之外，吃喝拉撒都恢复正常了，一天一颗抗过敏药，也将荨麻疹控制在能够忍受的程度。她开始关注如何挂号，之前挂胡教授的号那么不容易，她这次自己去上海，希望提前知道能有什么方法可以避免大清早去抢号，哪怕从黄牛手里买呢，她既没有彭宇的体力，也没有他的骨气。出乎意料的是，大家推荐的那个不错的放疗医生，居然是三十元就可以从网上提前预约到的普通专家号。

挂了周二的号，她又开始收拾行李了。放疗之旅，虽然沈玥提醒过，不是一次就能确定下来的，但是从第一次见到放疗医生，到终于躺在机器上，花了大概五周的时间，也是大大超出了她的预期。

放疗医生姓马，他的诊室在三楼普通的走廊里，来自病人的爆屏肯定，还没有让他成为五楼知名专家的一员。他个人的发展此时对病人来说没那么重要，非常容易可以挂到号，接受他的治疗，对病人来说，才是更实惠的。一个优秀医生的个人发展是否重要？答案显然是肯定的，像胡主任，他的团队拥有的资源一定是最优的，他们制定指南、做讲座、培训地方医生，把自己的理念尽量变成规范，指导其他医生和各地病人。但是，矛盾的是，医生发展到这个高度，本身势必成了一种稀缺资源，才会产生黄牛这个职业。很显然，医生很难遵循"规范"，病人也很难被"规范"，因为所有涉及个体特征的治疗，都有太多的参数了，这就是为什么经济上支持与否，很多人都要往大城市大医院去得到确认的原因。珊珊在这个医院里也感受到了虽然看病不易，但是它设置的流程非常清晰，没有医生护士或者工作人员因为你是外地的存在任何歧视和怠慢，在这座以高傲为特征的城市，实属难得。

马主任是个身材瘦小的中年男人，他的诊室里没有助手，所有的登记工作都是他自己在电脑上完成的。他了解了珊珊的病史和治疗情况，并没有立即给出放疗方案，只是帮她预约了周四来画线。画线是什么，医生没有解释。珊珊询问放疗次数，他说会根据第一次定位决定，在第二次来定位时告诉她。马主任说话很温和，不急不躁，有问必答。

珊珊出门之前，想到一个困扰她的问题。记得化疗完在弋江医院做了身体大复查之后，她去找了徐仕平，让他看看检查结果。他强调说她需要打一种叫诺雷德的针，至少打两年。珊珊知道几乎所有的年轻阳性病友都会打，她也查过资料，有两个指征很重要，一个是三十五岁以下，一个是淋巴结转移两个以上。她虽然没有淋巴结转移，但是她今年三十六岁，当时胡主任决定让她化疗的时候，也说了这个因素，他说三十六、三十五并没有差别。珊珊对打针的心理抗拒是什么呢？首先，二十八天一针，一针一千八，全自费，她觉得是一笔负担；其次，打针又会大大拉长她与医院的纠葛，这代表她结束放疗，依然需要高频地回到医院进行治疗，与口服药不一样，打针太有仪式感了，想要抹除掉疾病的痕迹会很难。所以，当徐仕平跟她说打针的事，她复查全部正常的开心立刻被击退了，又一阵阴云悬在脑子里，让她神伤。她知道在肿瘤医院，分科极其细致，乳腺放疗科的医生会对后续内分泌治疗给出任何答案吗？他也许只是负责放疗这一个技术操作而已，但是珊珊话到了嘴边，还是问了出来，"马主任，您看了我的病历，我需要打诺雷德吗？"

令珊珊欣慰的是，马主任没有立刻回绝她说这需要看别的医生，问她的主治医生或者怎样，他又看了一眼电脑上珊珊的资料，比较坚定地说："你后续只要吃内分泌药就可以了，不需要打针。"

这句话让珊珊欣喜地离开了诊室。自从生了病，珊珊发现，能够操控她情绪的，就是医生了，他们的一句话，会让她坠入深谷，也会将她从泥泞中拉出来。

珊珊看到时间还早，她突发奇想，跑到五楼，在胡主任的诊室轻轻敲了敲门，叫了一声门边的小护士，她把自己之前在胡主任这里看病的病历拿给她看，拜托她给她一个加号号码，这波操作完全是珊珊自己灵机一动想出来的，做好了完全不被接受的准备。但是很神奇的是，小护士真的给了她一个号，她赶紧去窗口交了挂号费。下午四点多就来到诊室门口等着，一边用耳机放着电影，一边等着加号开始。

虽然胡主任不记得她，但是她还是向他微笑，像是见到了老朋友一样。珊珊只是想把之前在马主任那里得到的答案，在胡主任这里再确认一下，"教授，我化疗做完了，在你们医院等着预约画线做放疗了。"

"感觉怎么样？"

"多亏您当时让我做四个疗程，如果做八个，我估计就撑不下来了。"

"再给你四个，你还能撑下来。人的忍耐度是很大的。"

"教授，我后续的治疗是只吃药，还是也需要打针啊？"

珊珊在问的时候，嗓音几乎是颤抖的，她很怕得到失望的答案，刚才才被马主任从幽谷中拉出来，一下又被踹回去。胡主任认真看了她的资料，又过来拍了拍她的肩膀。

"只吃药就可以了。"

"真的，不用打针？"珊珊的兴奋溢于言表。

"不打针了，不然你又焦虑了怎么办？"教授温和的笑可以融化一整座冰山。

她和美云依然约在之前见面的那家咖啡馆，美云穿着一身黑色连衣裙，珊珊以前很少见到她穿黑色的衣服，仔细回想，应该是从未见过，反正没有这种厚重的颜色贴在她皮肤上的记忆。美云的妆容依然很精致，但是黑眼圈和下垂的眼袋是很难用化妆品遮住的。

"怎么样？"

美云的提问既简单又沉重，他们这几个月也有联系，但是非常少，好像各自回到自己的世界后，再想聊天，就显得比较刻意，上次见面了解的彼此境况都没有那么轻松，所以，聊起来也是对糟糕状况的关注，没有什么让人振奋的话题。于是，她们又中断联系了很久。

"化疗结束了，来上海准备放疗。"珊珊一句话，把这几个月所有的痛苦与煎熬一笔带过。

"化疗疼吗？"很多人都会跟美云一样，认为化疗会带来直接的一种痛感，但是经历过了之后，才知道，那个药水带来的痛苦，是系统性的，是整个身体不再愿意工作之后的紊乱，它不能用一个简单的"疼"字来描述。但是健康的人，是不需要去了解的。

"很难受。不过，熬过来了。"

"化疗掉头发吗？"

"掉，第一次就掉完了，剃了个光头。"

"酷！你这个是假发？"

"是的，戴着很难受。但是还得戴一段时间，现在还没开始长。"

"摘掉！你来上海，没人认得你，干吗还要戴着它？"

"出于礼貌吧，一个女的，光着头，就算是上海，也会不合适吧。"

"在上海，没有不合适，没有人会在乎。看你一眼，也不会让你少二两肉，听我的，好容易离开你在意的空间，释放自己。"

美云还是上学时候的那个美云，她总是用先锋的思想来鼓励珊珊去做自己想但不敢做的事。珊珊摇摇头。

"我承认，是我自己不能接受。"

"你每天回家，摘掉假发，觉得自己丑吗？"

"戴着假发都丑，化疗把我变得浑身浮肿，皮肤粗糙，色素沉淀得很严重，你看我变黑了吧？我的手指甲和脚指甲都是咖啡色的。"珊珊伸出手给美云看。

"省得涂指甲油了。如果我是你，就光着头，又凉快，又酷。本来生病就难受，还顾忌那么多，不累吗？"

每次珊珊觉得已经努力拓展了自己的某些界限，挑战了一些性格上的弱点的时候，美云都会把她再往前推一步，有的时候真的是绝景，能够看到辽阔的山河；但有的时候也会落入绝境，会让她无比尴尬。所以，她在离开美云之后，也尝试着找到自己拓疆展域的模式，虽然有很多试探和犹豫，但是对她来说，是更为安全的。

"刑柯南死了。"

珊珊一直打算问但没敢开口的话，美云就这么淡淡地脱口而出了。她没有用任何委婉语，比如"去世了"、"离开了"、"走了"之类，她用了最直白的字眼，让珊珊在听到的一刹那就能感受到这件事对美云的打击。她仍然在消化这个事实，她需要用最明白不过的词语跟别人说这件事，以确认这是个不能回避的真相，若是她用了委婉语，就说明她已经走出来了，可以使用外交辞令。但是她没有，她还停留在"刑柯南死了"的这个阶段中。方美云并没有她表现得那么洒脱。

"什么时候的事？"

"过了头七了，十天。"

"葬礼在上海办的？"

"有什么葬礼？我和他前妻。殡仪馆里一把火，一阵烟，一罐灰。都不知道是不是他的，那么多人在一个炉子里烧，扒拉进这个罐子里的也许是好几个人的。就那阵烟还比较真实，希望他能去天堂吧。"

"你觉得难过还是解脱？"

"都没有。他自己解脱了，灵魂终于带走了没用的肉体。我在想，这个过程他是有主动努力的。如果他的意识实现了死亡的目的，也算是最后的体面。"

"往前走吧，不要再回头了。"

"我特别不愿意承认，但是跟你我必须说实话，柯南的死，带走了我的一部分，说不清是哪一部分，但是很重要。照顾他我没有觉得有负担，但是他不在了，就这么消失了，我接受不了。"

"你一日接受不了，就一日被捆绑着。"

"过着看吧。我现在工作挺好的，赚的钱够用，心里满满的空虚，塞不进一个男人。"

"过两年看吧，不要小看了时间。"

"珊，你有喜欢的人吗？"

"为什么问这个问题？"

"你回答就好了。"

"我不确定。现在只想好好看病，别的不愿考虑。"

"如果你觉得你不配，就把这个想法给灭了；如果谁觉得你不配，就直接不去理会。柯南成了植物人，已经无法跟人交流了，我还是爱他，有他在，我能好；他死了，我就不能爱了。你是个活泼的大活人，生了个癌症而已。不管以后怎样，你喜欢谁，不要受限制，只要那个人足够爱你，是不会介意你生病的。"

"你上次说不爱他了。"

"我说谎的。人最喜欢欺骗自己，显得很有能耐。感情的事，就是凭感受，能耐没有用。"

珊珊默默听着美云的宣泄，她知道她能好起来，重新变成一个女战士，有没有爱情，都不那么重要，她此时的落寞和绝望只是因为还在消化一个悲伤的事实。所以，珊珊让自己提防不被她的情绪所感染，误判自己生活里的状况。她愿意听美云把这些情绪都倾倒出来，也许这个庞大的城市里，她找不到第二个人，放心表达自己的迷惑和脆弱。

定位画线其实就是做了个 CT，医生在她做手术的左乳上用记号笔画了几条线，然后把一张透明的薄膜纸剪成小块，贴在四个点上，告诉她两到三周再去一次，医院会电话通知，嘱咐她从现在到放疗结束，画线位置不可以洗澡、碰水。这在烈日炎夏里，真是个挑战。

　　两周后的周三，医院给她打电话，通知她周四早晨复线。虽然大部分时间都在空调房里待着，但是仍然会流汗，每天洗澡时尽量避开画线区，但是也无法做到不碰一点儿水。此时，身上的线已经基本看不清楚了，几块贴膜，也皱巴巴的，边缘翘了起来。珊珊好像是带着不尽如人意的作业去上交的学生，心里忐忑不安。

　　进入定位室，她脱掉上衣，等待医生的责备，但是出乎意料，马主任什么也没说。她躺下来才发现头顶上的机器跟第一次画线的不同。医生把之前的膜撕了，他带着两个实习生，教他们怎么画线。这次与上次画得不同，贴膜的地方也不一样。珊珊心中的疑问，冲到嘴边，又咽了回去，她在有机器的检查室，总是会沉默。仿佛自己的肉体暂时跟精神做了分离，她的灵魂从来没有进入这些设备之中，在机器打开的一瞬间，它就呼的一声从她的耳朵里钻了出去，留下她安静的不再思考的肉体，彻底交给医院，交给这些穿白大褂的陌生人。

　　做好复线，在走廊里没等多久，刚才学习画线的一个助手就出来喊珊珊的名字，把她的治疗方案递给她，一张打印出来的 A4 纸，剂量之类的她看不懂，但是纸上明确写着 15 次，珊珊顿感欣慰，因为标配是 25 次，这意味着她身体和皮肤的反应可能不会太大。正在看手中的纸，后面一个画线的病人走出来，没有经过她的允许，就凑过来一起看，用上海人说普通话的软糯音调告诉珊珊："你是 15 次啦，我之前也是，这种每次的剂量会大一点的。"珊珊也不知道究竟反应会怎样，但她已经学会对未发生之事，行动上有准备，情绪上不焦虑。

这个医院所有的设备检查都在负一层，而放疗在负二层。设计上应该是考虑到机器的辐射，或者是地下低温减少对机器的损耗。但是在病人的心理上，会产生一种莫名的阴森感，这种感受在她开始放疗后的几天尤其明显。

助手让她去同一楼层的服务台预约放疗时间，她以为终于可以开启第二段旅程了。哪知道被告知下周还要去拍片子，然后再等两到三周才可能开始治疗。珊珊回到酒店吹空调，她想着放疗之前的所有程序，为什么第一次 CT 画线和第二次使用的机器不一样？而且第一次画的线模糊了，贴的膜卷边了，医生也没有任何责备，重新画。都弄好了，为什么还要拍片子？医疗的事情，尤其是涉及这种精密仪器操作的治疗，很多人都是蒙的，浑浑噩噩的像个提线木偶跟着医生的手势做每一个动作，有没有可能这家医院的病患与机器之间的比例是高度失衡的？而等待是癌症患者最害怕的事情，他们会认为在本该接受治疗的时间里，等，就可能让癌细胞死灰复燃，等着治疗，就是在等死。所以，医院为了缓解病人的心理恐惧，故意把放疗之前的等待过程通过一些画线、复线、拍片的治疗行为进行切割，让病人感觉自己一直在做准备，而不是因为设备不够，需要排位而做无效等待呢？想到这里，珊珊会觉得有种不寒而栗的恐惧，如果真相是她想的这样，医院的"用心"到底是应该得到肯定还是指责呢？放疗的费用不低，一般从四万元到十万元不等，谁也不会把病人拱手相让，但是这个等待的过程，若是造成了病情的加重，应该由谁来承担呢？

灵魂与肉体重新结合后，她正在这间狭小又昂贵的房间里进行理性推断的练习时，电话响了，是舒南。

"放疗时间预约好了没？"

"一言难尽。放疗程序比我毕业入职手续还要复杂。预约了下次拍片的时间，估计还要等将近一个月才能开始治疗。"

"这么久啊？"

"是的，本来这次我都打算要看租房的事情了。"

"多一点儿时间，多一些准备，也好。"

"总觉得我从手术之后，每一个阶段的治疗都比别人慢一些，这种延迟不晓得会不会带来延误。"

"你要相信医生啦，他们给你订的计划，一定是在安全范围之内的。你化疗的累积反应还在持续，中间隔一段时间，给自己休息，也不是坏事。你问了医生内分泌药什么时候开始吃吗？"

"你不提醒，我都忘记了。下次来拍片的时候问吧。你身体好了吗？骨头受伤，好起来慢，不要逞能，可以多休息就休息久一点儿。"

"我出院了，还没上班。那个小房间，简直要把我憋出幽闭恐惧症了。肋骨容易断，也容易恢复，不用担心我。你猜我现在在哪儿？"

舒南话音刚落，电话里传来地铁到站的报站语音，中英文非常标准清晰。

"你在上海？"

"是啊，我还带了小光一起。"

"妈妈！"这孩子刚才一定是被嘱咐不要发出声音，憋了半天没说话。

"你真行，彭宇怎么放心让你带他儿子出来的？"

"看你说的，这不也是我儿子，我能把他丢了吗？地铁里信号不好，我们大概还有半个小时到你住的酒店。"

电话挂了之后，珊珊有点儿焦躁，她不喜欢这样的惊喜。按部就班地遵循医嘱，一步步跟着医生的步骤和要求重新做一个癌症专业的学生，她似乎回到了学生时代，但是由于精力有限，学习的内容也与自己的生命息息相关，潜意识里不愿意给出错留有任何空间，她在做这一切的时候，已然在能量高度负荷的边缘。她忽然开始理解彭宇了，之前他对于珊珊要求的深度交流、夫妻互动、仪式感和惊喜，一开始嗤之以鼻，之后极度反感，也可能是他自己的能量在处理工作的时候用得差不多了，他不晓得如何分配，或者他认为实验室里的事情更为重要，家里就顺其自然，那是他最盼望的状态。但是那时候，珊珊不明白，她千方百计地试图改变他。也许他们俩都没有错，只是不了解对方的困境，都太关注自己的感受了。

缤纷城在非周末的中午，顾客不是很多，但每家店都有生意，他们选了一家意大利餐厅，靠窗的几个位置都有人了，三个人选了一张离吧台比较远的桌子。整个饭店的色彩是奶油绿色，有点儿抹茶的感觉，在气温较高的日子里，让人觉得凉爽又清新，坐下来还没有点餐，就好像已经吃了一支冰激凌。颜色可以治愈眼睛，凡是眼睛觉得舒适的画面，通常也能直抵心灵。为什么那么多人喜欢梵·高的画？明黄的向日葵，云卷云舒的深蓝星空，蓝紫色的鸢尾，孔雀绿的幕布上盛开的白色杏花……

吧台后面一个典型意大利面孔的中年男人在忙着做咖啡，珊珊看了一眼，也许停滞了几秒钟。这个简单短暂的举动，没有逃过舒南的眼睛，"那个男人很帅吧？"

"还不错，意大利人的面部轮廓都很生动。无论是绘画还是雕塑，希腊人和罗马人永远都是完美的模特。但是我更喜欢绘画的对象从宗教、贵族向平民转化后，北欧画家画的人物肖像。维米尔的《戴珍珠耳环的少女》，还有《倒牛奶的女佣》，人物都没有那么精致，但是充满生活气息，很安逸又自足，我不太欣赏得了中世纪的宗教画，抬头仰视的时候，总觉得神祇在身边、天使在人间，天堂很遥远。"

"你今天心情还不错嘛，我随便问一下你看的帅哥，就跟我普及艺术知识。"

"我哪儿有知识，这些都是常识。"

"我最讨厌你用'常识'这两个字碾压我的智商。不过,《戴珍珠耳环的少女》我看过这个电影,斯嘉丽·约翰逊主演的。"

"我知道是你喜欢的类型。"

"挺性感的,嘴唇很厚,眼神很难聚焦,总是一副撩你但是又拒绝你的感觉,声音也很有磁性。"

"不然怎么会在《她》(Her)里只是用声音就俘获了主人公的心呢?"

小光开始用刀叉假装吃东西了,两个人赶紧把菜单打开,不再闲聊下去。

"小光,你舒南爸爸带你来上海干吗的?"等到小光把面前的意大利面吃得差不多了,嘴边涂满了奶酪,珊珊一边用纸巾给他擦嘴,一边问道。

"暑假老师让我们参观一座博物馆,开学的时候要'发表'。"

小光说的"发表"就是上台作报告的意思,现在的幼儿园对孩子的能力要求越来越高,珊珊记得自己小时候也上过几天幼儿园,在车站附近一个村委会里。那个房间放了一些玩具,最受欢迎的是两架小木马,孩子很多,教室很拥挤,老师不教什么,只是看管纪律。有一天,一个男孩子追着她,把尿撒在她的脚上,从那天之后,她就死活不愿再去幼儿园了,继续跟小婉在广阔天地里游荡。

意面里有一种香料,珊珊没有见过,类似薄荷的形状,香气浓郁,让她晕乎乎的头脑产生了片刻的清醒,舒南告诉她那是罗勒,如果喜欢它的味道,可以回去在阳台种一点儿。他趁珊珊和小光聊天的时间,在网上已经下了罗勒和薄荷的种子订单,告诉珊珊回家就可以收到了。

珊珊没有说话,也许舒南没有意识到,很多时候,她在描述一个当卜场景的时候,她只在乎那一刹那的感受。她说幼儿园围墙上的蔷薇很美,他在青云湖差点儿买了一幢带着蔷薇花园的房子;她开车时听到一首歌，在树影斑驳的街道，带给她轻松惬意的心情，他就下载了这个歌手所有的歌，存在 U 盘里给她。也许很多人都会被这种心思所打动，但是珊珊没有，她觉得慢慢地，这种倾诉和分享变成了一种负担，她只是随口一说，但是他总要把事情变得非常复杂。他了解珊珊对于美好事物在不经意之间带给她的感受，但他不了解她完全不需要过量的供给和时效的延长。她爱第一片雪花飘落在舌头上的冰凉，但她不需要去爱整个冬天；她喜欢看一片焦黄的梧桐叶像蝴蝶一样飘舞着落入泥土，但她不会感激整个秋天。彭宇之前是连片段都不愿意分享，觉得浪费时间。而舒南在意到了让她动心的一刹，可是总是忍不住将这些瞬间复制粘贴，批量供给，让这些偶然变成定局和必然，失去了让人心动的无常和珍贵。

地铁站像一片深海水域，各种颜色的"热带鱼"游走其间，他们有的成群结队，大部分独自穿梭，但都明确自己要去哪里，没有放缓的脚步或者迷惑的眼神，他们戴着不露声色的面具，只露出洞穿食物或者危险的眼睛，没有微笑也没有眼泪。擦身而过的人有碰撞或者踩脚，也无人在意，彼此甚至不会抬头看上一眼。好像不同的鱼群游到了一起，很快会从相交的地带分离，找到各自颜色一致的同类，朝着不同方向继续游去。珊珊没有穿内衣，套着背心，宽大蓝白条纹棉衬衣，当时带它是因为它足够柔软，但是此时才意识到很像病服，她头顶着假发，汗从鬓角渗出来，头皮很痒，但是不敢伸手去挠，怕把假发挠歪了。她还在出门前化了一点儿妆，把稀疏的眉毛画得浓一点，被药水浸泡的皮肤非常粗糙，角质变得很厚，天气炎热，她也很不愿意涂抹护肤品，用了一点儿爽肤水，扑了一层气垫，希望能够多少遮掉一些色素沉淀的斑点，樱桃色的口红，接近她暗淡的唇色，可能稍微精神一些。她做的这一切，都没有提升她对自己形象的满足感，但她为什么要去做呢？美云说，这里谁也不认识她，哪怕她光着头，也不会有人在意的。她是不想在海底独自做一条小丑鱼，还是她想在舒南面前变得好看一点儿？她留心身边经过的那些女人们，年轻的、中年的，她们轻盈地游过她身边，各种香气，也许是洗发水，也许是香水，也许是身体本身，那是生命绽开的香气。对比之下，她才意识到自己并不是一条小丑鱼，而是一只大海龟。背着沉重的壳，短粗的四肢奋力划拉着水，可是海龟是长寿的，自己却病弱体残。美云说得对，谁也不会多看你一眼，如果此时是她自己，可能她又会被美云那只看不见的手推上一把，把假发摘下塞到包里，让头皮好好呼吸。但是舒南和小光在身边，无论是小丑鱼还是大海龟，她都竭力维持着正常的模样，费劲地游着，不会让他们觉得尴尬和不安，所谓体面，大都是为了身边人的舒适而做出的委曲求全，别人感受不到里头的心酸。

她不再看美女了，头上的假发变成了紧箍咒，愈发刺挠，之前的荆棘衣长在皮肤上，脱不掉，但是这个紧箍咒不是观音和唐僧才能破除的魔咒，她轻轻一拽，就可以摘掉。她看了看旁边的两个人，舒南在用手机寻找着路线，小光眼睛不够使，盯着身旁一家家店铺里摆放出来的商品物件，珊珊牵着他，有点儿往前拖的感觉。

她的这个愿望变得异常强烈，不仅头皮上如同爬了上百只蚂蚁一样痒得无法忍受，心里也开始变得烦躁不安。终于在一家冰激淋店门口，珊珊叫住了一大一小两个男人，"你们要吃冰激淋吗？"

"要吃！我要吃甜筒。"小光开心得手舞足蹈。他的牙齿从小很少吃冰的，每次吃冰激淋，总是让妈妈先把冰凉的奶油吃完，把外面脆脆的锥桶给他。

"我不吃，你要吗？我来买。"舒南端着手机走进店里。

这个店不到十个平方，除了操作台之外，还有两个配着高脚凳的小方桌。珊珊费力地把小光抱到座位上，跟舒南说，"我跟小光吃一个就行了，要一个香草味的吧。"

没有几个客人，很快舒南就拿着一支香草冰激淋和几张纸巾过来了，他坐在娘儿俩的对面。

珊珊心不在焉地咬了几口奶油，冰爽的味道还是让她舒服了一些。但是很快甜腻占了上风，她吃不下去了。她脑子里的那个念头快速旋转然后又降速滑翔了起来，她不想让它就这么飘落在某个地方，不知所踪了。小光催她快点儿吃，他在等着吃甜筒，这个冰激淋似乎比平时吃的大了一圈，她有些犯难，但是当着店主的面把奶油倒掉，既浪费又不礼貌。

"吃不下了？"舒南把手机放到桌子上，看着珊珊问道。

珊珊点点头，可能再吃一口，就会吐出来。

舒南伸手把她手里的冰激淋拿过去，开始吃起来。这个举动让珊珊猝不及防，当她看到自己牙齿和舌头雕出的小雪山，在舒南口中塑出新的形状时，她有点接受不了。以前总爱跟别人义正辞严地谈论边界的问题，似乎那是她持守的原则，但也仅在比较模糊的行为里试图定义，或者纯粹从理论上谈感受。而此时，边界被越过的一个明确的行为，就摆在她的面前。这个举动中的侵略性，让她极不舒适。但是她什么也没说，她不想让舒南尴尬，小光困惑，但是她心里的小本本已经记下，需要在合适的时候跟他说出自己的感受。而且此时，她脑海里有个更为重要的意愿，超过了一切其他的诉求。

"小光，看，我把上面最后一点儿奶油倒掉，这个甜筒我可没有碰到，你可以吃啦！"

小光迫不及待地接过去，咔吧咔吧地咬了起来。珊珊不禁嘴角一撇，他跟小光倒是明确了边界。他是懂的，但是凭他对珊珊防御性性格的了解，怎么敢这样践踏她画好的界线呢？她暂时不去想了，看到小光吃得开心了，跟两个人商量，

"舒南，小光，我戴这个假发太热了，很难受。我想把它摘下来，不戴了。"

"上面好像是个商场，要不要去买个帽子？假发夏天戴确实不

舒服。"

"我头顶太痒了，我可以光着，什么都不戴吗？"

舒南犹豫了一下。

"你不害怕别人看你？"

"我不害怕，但是因为你们俩跟我一起，我怕你们觉得丢脸，所以，我要问问你们。"

小光还在啃着最后一点碎渣，两只小手弄得脏脏的，珊珊从包里取出一张湿巾，给他一点点擦，从手掌到指缝，"小光，妈妈把假发套去掉，凉快一点儿好不好？你会觉得妈妈丑吗？"

小光眼睛回避了妈妈的注视，看着自己的小手慢慢恢复了洁净和干爽，他有点不好意思地摇了摇头，"妈妈怎么都好看，光头妈妈也好看。"

"摘掉吧，你觉得怎么舒服就怎么来。"

"你可以带着小光走在前面，我假装不认识你。"

"你觉得我会介意？"

"都会吧，很正常。"珊珊耸了耸肩。

"管子珊，你在我心里，远不止这副皮囊。"

珊珊怕他在不合时宜的地方说出不合时宜的话，赶紧把假发一拽，塞进了包里。她忽然觉得天开地阔，冰激淋店的空调风像是草原上吹来的，带着泥土的清香，不仅头皮，整个人的毛孔都打开了，舒畅了。那年她在西北草原上学会了骑马，那是一匹棕色的高头大马，琥珀色的眼睛，火红的鬃毛，她轻轻用双腿拍打它，它的四蹄离地，带她驰骋在一片无边无际的草场上，风吹过耳边，能听到毛孔呼吸的声音，此时，皮肤的畅快又带她回到了那个场景，她感觉身体里有新的东西在生长，生命力很顽强，它将把这副残躯重新唤醒。

舒南走到珊珊身边，用手机拍了她的后脑勺，"你看，后面开始长了。"

近来，珊珊照镜子一直很失望，因为前额还是光光的，没有任何生发的迹象。舒南拍的照片里，她的后脑勺长了一些绒毛，杂色的，有的黄有的棕，虽然离她期待的复苏景象，还差别很大，但是如同破冰的湖面，总是能够感受到生机在被孕育着，忽然敢往前期待一点儿了，也许一切真的能好起来。

"一切都会好起来"，是她生病后在手机里收到最多的一句话。她很怕看到，因为发信息的人只是表达他们的祝愿，却用了这种非常确定的语气。而她却实实在在地处在也许不一定能好起来的境况中，连接收祝福的勇气也没有。她这几个月练习出来的"只关注眼下，不期待未来"的能力，让她情绪稳定地渡过了一关又一关。没有医生给她承诺，没有药物给她承诺，她也学会了不给自己承诺，但是如今脑后的几撮杂毛却给了她希望，让她在刻板而死寂的治疗中，萌生了一簇明亮的小欢喜，这点欢喜几乎称不上斤两，一口气就吹散了，但是此时此刻，她觉得足矣。

穿着围裙的店员抬头看了一眼，很快垂下眼去做事了，仿佛什么都没有看到。路边的人也都是如出一辙，不小心看到珊珊，眼神里没有疑问、好奇或者可怜，非常平稳地滑向别处，这算是陌生人的善意吧，珊珊感激这座城市的冷静。

47

拍片后，继续回家等待，已经快七月末了，她身上的红疹终于全部平息，不需要再吃抗过敏的药了。因为怕画的线变模糊，她几乎不出门，房间里二十四小时开着空调。彭宇去日本参加一个国际会议，沈玥也请了假，带着小光一起办好了签证，他们一家三口出去度假了。

不知是因为整日待在空调房里不出门，还是化疗的药水在身体里又变出了新花样，她最近一直头晕、耳鸣、耳堵，有时候晕得必须扶着东西才能起身，晕得久了，胃也难受，吃点不合口味的就想吐。她感觉这种反应，跟她怀小光时候的症状一模一样，但是她完全不用担心怀孕的问题。医生在医嘱里明确说过，无论是治疗期还是之后的康复期，都不能怀孕，对雌激素型的癌症，会十分麻烦、非常危险。珊珊当时听着，就觉得是白费了医生的口舌，这一条，她几乎无须任何担心。

她在平台上看到人与人之间的区别还是很大的，大部分病友，生了病之后会与老公或者男朋友分床而眠，但是也有少数人，不但不会避开伴侣，还保持着与病前无差别的性生活频率。前者是对自己身体十分敏感和担心的，首先手术改变了女性的性特征，乳房缺失，算是对女性的一种阉割，这会让女人的自信心遭遇到非常大的打击。对自己的身体产生厌恶，也很难再把它呈现在异性的面前。其次，很多阳性的病人，是需要内分泌治疗的，之后需要一直吃药，雌激素会紊乱，出现绝经或者其他的性激素的变化，可能提前进入更年期的状态，打针的就直接不排卵了，从物理和生物学上彻底对女性性征进行了破坏。所以，珊珊很佩服那些依然保持着正常性生活的病人，她们一定是深深被爱着，也拥有着爱自己的能力。

此时，珊珊的左乳因为手术已经变形，原先充盈着脂肪的地方，已经可以看到突出的肋骨了，虽然伤口愈合得很好，隐没在紫红色的乳晕中，而且她的乳头是保住的，勉强还留了个全尸。但是现在上面画着十字架，等待着射线的拷问。珊珊没有伴侣，她不需要考虑性生活的问题，但是她依然对生病之后自己的性别消失这件事，感到很难过。从小，因为奶奶和爸爸不曾掩饰的重男轻女思想，珊珊曾经特别希望自己是个男孩儿，但是多亏了教育和书籍、眼界和经历，让她逐渐走出了童年带给她的局限，让她慢慢爱上自己是女孩儿的身份，爱自己本身就是对女性意识的滋养，她为自己逐渐独立的能力和性格感到自豪，也慢慢找到了作为母亲、女儿、妻子、前妻、朋友、老师等的角色能量。但是，自从生病后，她失去了性别，那些角色还在，但是她总觉得被抽离了能量，每一个身份都像她现在的乳房一样，变得扁平而痛苦。

她正坐在书桌前翻看一本画册，最近头晕得看不下文字，不小心一抬眼看到对面楼正对着她书房窗户的阳台上，一个穿着花睡衣的女人端着一个长方体的鱼缸，踩着凳子，从开着的窗户把鱼缸里的水慢慢倒出来，水顺着外墙瓷砖落到楼下，三五条红色的鱼在空中还甩动了几下尾巴，最后落到哪里，也看不见了。楼下有树有草有花，不是公共活动的区域。但是这个女人为什么要把鱼缸里的鱼连着水一起倒落楼下呢？她是惩罚养这些鱼的孩子还是男人？还是在惩罚自己？这个距离珊珊看不清她的表情，她手里拎着空鱼缸，站在凳子上，忽然一个可怕的想法让珊珊十分慌张，她赶紧到客厅的玩具箱里，把小光的望远镜找出来，再次回到书房的窗边，那个女人已经不在阳台了，她用望远镜看了看阳台旁边的窗户，因为反光还有半掩的窗帘，她什么也看不到。因为女人没有做出其他极端的举动，珊珊开始心疼起那几条鱼了。

女人的举动，给这个寂静的下午蒙上了匪夷所思的氛围，她呆坐在窗边，画册也翻不下去。一阵敲门声让她从无边无际又无头无脑的沉思中醒了过来。封闭得越久，她越拒绝见人。门从空间上隔开了她与外部的世界，但是门又没有任何禁忌地可以被任何人敲响，而应声去开又是最为自然和合理的回应。门关得住什么呢？

她从门边的柜子上拿起薄发套，裹在脑袋上，一边问一边打开了门，大多数时候都是抄煤气表的或者快递小哥。因为她跟所有关心她的同事朋友说她在上海治疗，平时也不出门，大家都以为她不在家，所以，几乎是没有访客的。

她打开门，没有期待是眼前的三个人。

迎面是子墨，高大的个子杵在门口，推开门就跟他面对面，不留一点儿距离，他从小就这样，经常被别人开门撞到，有些事儿，栽再多跟头也学不会。他身后的两个人，像两座雕像，母亲是泥塑，她的肌理是柔软的，岁月真的不曾善待她，多久没有见了？她已经是个名副其实的老太太了，肩膀一高一低，头发几乎全白了，如今都不愿花十块钱在家门口的理发店里去染一下了。父亲站在更远的地方，比电梯还要远的楼梯间门口，光线刚好照到他的身上，他是钢塑，皮肉虽然老了，但是筋骨依然硬朗，没有短过一寸，脸像是用斧凿刀刻的，一副怠慢不得的严肃神情。腰板依然很直，仿佛怎样的命运都不能击垮他。珊珊感受到考试结束铃声响起却有大半答题卡还空着未填上的慌乱，头皮发紧，鼻腔酸麻。

　　"姐，拿了好多东西，赶紧让我们进去。"子墨叫嚷着。

　　珊珊从门口闪开，急忙从鞋柜里拿出几双干净的拖鞋，她弯腰打算给妈妈换上，妈妈一把把她拽起来，把包递给已经迅速换好鞋的子墨。门厅有点儿拥挤，她看到母亲眼睛是微肿的，里面有浑浊的泪水，像一层薄膜附在眼珠上。父亲等着，跟他以前坐火车一样，所有人都往前冲，他总是最后一个上车。子墨领着妈妈进了屋子，门口只剩下父女俩，珊珊拿着平时给彭宇穿的拖鞋，"爸，东西给我，您换双鞋。"

　　父亲把拎的一个布袋子放在鞋柜边上，脱掉自己那双已经变形的旧皮鞋。珊珊没着急把东西拿进去，等着父亲换鞋。他在换鞋凳上坐了下去，似乎不得不休息一下笔直站立太久了的双腿。子墨是开出租的，但是他们一定是坐公交车来的，他们不会愿意多花二十多块打车钱。珊珊注意到父亲的袜子是新的，不像以前总是这里破一个洞，那里扯出一根线的，脚踝到小腿上布满了褐色斑点，不知是老年斑还是因为血流不畅造成的。等父亲换好鞋，起身的时候，使劲弯曲了一下背，好像在蓄力似的，珊珊赶紧上去挎着他的胳膊，他借助着女儿的拉力，顺势站了起来，珊珊松开手和父亲打算甩开她的手，几乎是同时的，他们彼此抗拒的默契，还在。

进屋后，看到子墨和母亲已经坐在沙发上了，他们坐得有些过于拘谨了。之前母亲也来过几次这个房子，每次来都是各个房间里检查一番，这里乱那里脏的批评一通，然后就马不停蹄地收拾起来。这次似乎连这点儿好奇心都失去了，端坐着，眼神里的落寞可以杀死一缸金鱼了。随后进来的父亲也坐到了沙发上，三个人并排。

"子墨，来厨房，帮我一起泡点儿茶。"

子墨赶紧站起身来，对于他来说，此时坐在沙发上，跟父母保持同一阵形，还是跟姐姐进厨房，接受批评，都一样难受。他打记事起，就知道在很多事情上，必须在背叛姐姐和背叛父母之间，做出一个选择。父母传统顽固，姐姐从小反骨，他的反抗都被这两种力量的张力给中和掉了，他甚至都不知道自己是否有过叛逆期，这个家里，似乎所有的爱都给他了，他的存在，让父母和姐姐之间彼此对立，这一点，即使他不那么聪明，也是能够感受到的，所以，他一直希望缓和家里的矛盾，甚至牺牲了他作为一个男孩儿本该有的锐利，这点，父母不可能理解，而姐姐沉溺在自己的委屈中，也没有看到。还好，他自己也不知道。

"心怡查我手机看到我们俩的信息了，是她告诉他们的，不是我。而且这半年，侄女出生你不回家，奶奶去世你不回家，放暑假了你还不回家，他们俩也不傻，都是一家人，怎么就非得瞒这么大个事呢？"子墨趁姐姐没开口，噼里啪啦把自己的责任撇个干净。

珊珊并没有指责弟弟的想法，她把几个玻璃杯洗干净，烫好，从冰箱里拿出最贵的新茶，泡了四杯。

"你什么都说了？"

"嗯，昨天知道，今天就要来，一刻也不能耽搁。妈昨晚哭得可伤心了，估计他俩昨晚都没怎么睡。"

"帮我端杯子。"

子墨回到父母中间，保持了原来的队形，珊珊在他们三个人对面的圆形沙发凳上坐下。

大约十秒钟，房间里是沉默的，窗外割草机的声音轰隆，绿色茶叶在杯子里旋转落入杯底，珊珊在想怎么开口说第一句话，母亲忽然失声痛哭起来。哭声里是有信息的，东子妈的哀号里有怨念，74床奶奶的哭声里更多的是不舍。珊珊从母亲的哭声里听出了心疼，她在那一刻想到了小光，才意识到自己与母亲之间的骨肉连接，是那么明确，可是她忽略了很久。母亲什么话也说不出来，这是个一辈子认命的女人，生了一个不认命的女儿，但是终究还是没有躲过命运里的劫难。珊珊许久没有哭过了，岩石才能扛得住火烧水淹，她就把自己变成一块岩石，砍去所有敏感的触角，情感上也愈发麻木了。但是母亲的眼泪，流进了岩石的缝隙里，重新唤起了也许一直存在但是被她竭力按压的一些情绪：自怜，这么久受这么多的苦，又被自己看到了；自卑，别人努力地爬人生巅峰，自己在谷底摸不到出路；恐惧，这是个可怕的病，她按部就班地治疗，但是没有人保证能救她的命。这是个关乎生死的事情。

珊珊和子墨也开始掉眼泪，但是没有声音，好像在听母亲讲一个伤心的故事。只有父亲仍然端坐在沙发的一头，面部凝重，像是被电击了，不能动弹。等到母亲的哭声逐渐减缓，变成偶尔的抽泣时，父亲开始说话了。

"你现在治得怎么样了？上海的医生怎么说？"

珊珊也挺感谢子墨的，无论他跟他们说了什么，说得对不对，都不那么重要，省去了她一点点介绍病情的必要。不知为何，她现在被询问时，已经能比较自然地跟别人谈到自己的病了，但是跟自己父母，她发现还是很难开口。

"化疗做完了，还要去上海放疗，在等通知去排时间。"

"你怎么命这么苦，怎么得这个病？都是彭宇给气的。"母亲一边哭，一边找到了珊珊的病因。他们那个年代的人，相信因果，年纪轻轻得癌症，说出去不好听，一定是上辈子做了什么缺德事才会遭此报应，珊珊以前在大院里经常听到这种说法。现在母亲把一切罪责安到了彭宇身上，如果她觉得好受一些，就让她这么认为吧。

"爸，妈，不知道子墨怎么跟你们说的，我这个病，虽然是恶性的，但是发现得算比较早的，也没有扩散，只要规范治疗，不会有事的。"珊珊用纸巾把眼泪擦干，恢复了平静。她不喜欢这种破防的状态，她需要变回那块岩石，把裂缝合上。

她看到父亲僵硬的身体有些松垮，手也在口袋里寻着什么，知道他可能烟瘾又上来了，"爸，您可以到走廊去抽，去阳台开窗户也行。"

"爸已经戒烟了。"子墨很自豪地说，好像是他攻克了什么难题一样。

"是吗？之前说我考上重点大学就戒烟，也没有戒掉。"

"他说如果心怡答应生二胎，就戒烟。从小葡萄出生到现在，爸没再抽过。"

珊珊苦笑了一下。

父亲从身旁的包里，拿出一个银行的信封，珊珊看得出里面应该是现取的钱，看着厚度应该是一万元。他把信封放到茶几上，没有对这个举动做任何说明，接着问其他的话。

"去上海，有人陪吗？你妈最近腰不好，腰椎滑脱了一节，在医院理疗，腿也受了点儿影响。我们打算让子墨陪你，他虽然不怎么会做饭，但是替你跑跑腿还是可以的。"父亲说话没有任何商量的口吻，好像这个事情已经决定了。

"爸，放疗每天就几分钟，大部分人没有什么太剧烈的反应，生活可以自理。而且一旦预约好了时间，就没有什么程序需要跑了。子墨家孩子这么小，我去上海得一个月，不合适。"

父亲在家里说一不二，只有在女儿这里，经常碰壁。他们平时很少见面，所以，面对这样的拒绝，他一时也不知怎么回复，叹了口气，珊珊觉得这个时候他不猛吸一口烟，然后慢慢吐出一阵白雾，也让她有点手足无措。

"爸，家里用钱的地方多，我看病大部分都能报销的，而且学校工会帮我申请了大病补助，我平时有积蓄，钱这方面不用担心。"珊珊说着，就把信封往父亲包里塞。

这个举动终于还是触怒了父亲的尊严，他把珊珊手一推，重新把信封放到桌子上，带着一股被冒犯的怒气。子墨看看珊珊，给她使了一个眼色，珊珊把手收了回去，坐回到自己的位置。

几个人坐着，东一句西一句地聊着，有时候沉默，好像是一场无法达到和解的国际谈判，不同的是，他们心里都希望能做出有利于对方的事情，但是一出口，就是硬邦邦的苛责或者抱怨。子墨有点儿沮丧，他仿佛又回到了自己的童年，姐姐从学校放暑假回家，那个晚上必然在饭桌上要大吵一架。他那时候也不太懂，为什么别人口中优秀的姐姐，父亲不能捧在手心里，也不懂姐姐读了那么多书，怎么就学不会跟父亲说一句柔软的话。

下午四点，母亲的生物钟给她报时了，她从沙发上起身，这时候珊珊才看到母亲的腰已经开始弓了，这个弧度是她记忆中外婆70岁的样子，但是妈妈才64岁，学校里有些返聘的教授就是这个年龄，他们的智力和体力都还处在比较旺盛的状态。珊珊心里不免有些自责，这么多年，对母亲的关心太少了。

"子墨，心怡的妈妈年龄多大，身体怎么样？"

"我丈母娘才五十七，身体可好了，天天跳广场舞，还到处参加比赛呢。"

"那孩子让妈少带点儿，别让她太累了。腰不好，以后很麻烦，你回去一定要带她把理疗做好，能卧床休息就卧床。"

"你放心吧，孩子基本是心怡在带，姥姥搭把手，咱妈不会太辛苦。"

姐弟俩低声聊天的时候，母亲已经把从老家带的肉、鱼、泥鳅、黄鳝、蔬菜都拿出来了，逐个在水槽里洗好。珊珊把客厅电视打开，将遥控器递给父亲，让他自己选台，然后拉着没打算起身的子墨，一起进了厨房。

"妈，你们怎么带这么多东西？坐车不方便，这是江边，水产比咱那边多。"

"这泥鳅和黄鳝是你爸去乡下买的，不是养殖的，都是野生的。你这边哪里去弄？！"

"我爸去买的？"

"可不是，跟以前的老邻居打听的，不然还摸不到地方。"

"爸对你挺好的，我都没吃过。心怡坐月子，爸都没亲自去买过一次菜。"

"你不要觉得心理不平衡了，一直在家，有爸妈照顾着。你姐从十八岁出去上大学，就没怎么在家待过了，这十八年，都是她自己照顾自己的。"母亲说这话，眼珠上的那层膜又开始晃动起来。

三个人一起，把晚餐的食材洗切出来，多余的东西放到冰箱里。一看子墨就知道他平时在家是甩手掌柜不干活的，母亲几次让他回客厅陪父亲看电视，他刚开心准备离开，就被他姐一把拽住，让他扒蒜刮姜整理垃圾，在布置任务这方面，珊珊是有职业优势的。

没有父亲在旁边，三个人一边干活，一边聊天，气氛轻松了许多，父亲在看一个法治节目，声音放得挺大，应该不会有什么失落感。这一顿的丰盛程度都快赶上了年夜饭，母亲仿佛把这些年的遗憾都搬到了餐桌上，煮进了每一份食物中。珊珊把她珍藏的一瓶红酒拿出来，她从国外的一个葡萄酒庄买回来的，想着要跟彭宇结婚纪念的时候喝的，结果，酒还在，人已经换了身份。看着眼前的一家人，珊珊明白，自己这些年的逃离、挣脱和斗争，并不幼稚，也没白费，因为她只有独立了之后，意识到父权制家庭的局限，再坐到这样的饭桌上，脑子里有明确的界限，却真正接受了血缘的宿命，这才是她与父亲彻底的和解。

"你能喝酒吗？"父亲看着女儿举过来的杯子，脸依然是铁青的。

"沾两口，没关系的。爸，女儿不孝，事业没有什么大进展，婚姻也有遗憾，身体又落到这步田地。瞒着你们，既怕爸妈担心，也怕您失望。"珊珊第一次在父亲面前说软话，但又很真诚。

"你生病不是你的错，我失望什么？"

"这个病，基本就限制了我以后的发展，不可能拼了。跟我一届来的同事，都陆续读了博士，科研成果和职称很快会把我甩到后面。我以后能保证好好活着就很好了，没有资本去奋斗了。我以前总是觉得，即使不能在跟前尽孝，起码在事业上有个好的发展，让您也能感觉脸上有光。我自己无所谓，但是我知道这个对您很重要。"

"在你心里，我就是个只要面子，不关心孩子的人？"

"可不是嘛。每次跟您出门，别人问你孩子干什么的，你都说，我女儿在大学里当教授，这个儿子不行，没好好学习，现在拉板车混口饭吃。您说话的时候，根本就当我没存在，不考虑我心里难不难受。"珊珊还没有开口，子墨抢着开始指控起了父亲。

"爸爸跟你很亲，才会说这样的话。你在他心里，永远都是宝贝。"珊珊说这句话的时候，听着像为父亲辩护，但又隐约带着嫉妒。

"手心手背都是肉，你爸这个人从来不会说好听的话。我嫁给他快四十年了，都没听他夸过我一句。但关键时候，他都会想到我，家里重活累活都是他干，单位每年体检的机会他都改了名字让给我去，自己从来都不去医院。"

"对妈好是应该的，但是不去医院就不对了。以后每年妈体检我来买，爸单位体检一定要去。"珊珊给父亲满上了第二杯，"爸，我问您，我如果是个男孩儿，您是不是就更高兴了？"

老管端起杯子喝了一口，那张雕塑一般的脸上冷峻的表情慢慢撑开，然后又缩紧，最后凝固在一种忧伤的姿态。

"如果你是男孩儿，我不是更高兴，而是更放心。从小我就看出来你这个孩子不一般，翅膀硬了，是要飞得很远的。你在外的这些年，我跟你妈，什么时候都是提心吊胆的。"

珊珊似乎得到了超过她预期的答案，她心里长长舒了一口气。父亲说到"提心吊胆"四个字的时候，眼神里有一种悠远的光，她在里面看到那年东子姐住的没有窗户的小砖房。

一家人这样打破了所有的防线，在一起吃饭聊天的机会，记忆中是从来没有的。子墨今天也很高兴，他内心里的一种困惑得到了解答，他并不知道他的困惑究竟是什么，所以，也不会明白疙瘩是怎么解开的，他只有一种倏然开朗的感受，这卸掉了没有人看得到的他一直背着的沉重包袱。

饭后，父亲去洗澡，子墨和珊珊倚靠在母亲臂弯里，一边一个，在沙发上，抢遥控器，争零食，好像时光真的给了他们一个瞬间，让他们回到了从前，扫净碎了一地的玻璃碴子，包裹好，扔到垃圾桶里，看着巨大的垃圾车将它们倾入车厢，运走，掩埋。终于不会再出现在记忆里，反复戳扎他们的心了。

这本是一个平静又温馨的夜晚，但是一个不速之客的到来，又将好不容易聚起的柔和气氛变得紧张起来。

九点半，珊珊准备最后一个去洗澡，爸妈也关了电视打算去客房休息，已经眯着了一觉的子墨此时倚在沙发一头在跟心怡视频聊天。一阵敲门声让所有人停在原地，即使是厚重的铁门，也能传递出这是拳头砸出的声音，而不是手指骨节轻叩的响声。这个人是谁？这么晚来找珊珊做什么？敲门声为何这么没有礼貌？珊珊爸妈一时不知是该回到房间还是留在客厅，毕竟女儿这么多年的生活，自己没有参与过，也许此时珊珊打开门，要进来的人是珊珊没有跟他们提及过的，不想他们知道的，那他们的在场，势必造成所有人的尴尬。父亲拉了母亲一把，示意她跟自己进屋去。他没有喊子墨，总是要留一个人在这里观察一下究竟发生了什么。子墨听到敲门声也怔了一下，但毕竟是年轻人，没有觉得这个时间太晚，姐姐有个访客也很正常，他当然也听不出敲门声中的蹊跷，继续看他的手机，只是起身转移到了餐桌边上。珊珊也愣了一下，她显然对晚间有访客且几近砸门的声音，没有任何心理准备。这不是任何熟悉的人。她呆滞的一刹那，被母亲看在眼里，母亲拽了一下父亲的胳膊，给了他一个眼神，经过了四十年的婚姻，再木讷的父亲也能接收到她的信号。他们俩没动，留在沙发后面的位置，离客房门几步之遥，又看得清门厅的走廊，这是一个可进可退的位置。

门外的手没有因为屋子里各种心理活动密切地交织了一番而有丝毫的懈怠，珊珊向门口走去，她很少用猫眼，这是个很安全的小区。但是在开门前，她还是打开瞅了一下，门口的感应灯大概是正巧熄灭了，人又离门太近，什么也看不清。她问了一句："是谁？"对方没有回答，仍然保持着"砰—砰—砰"的速度和力量，因为家里有人，珊珊心里有底，就把门打开了一个三十度的角，看到舒南妈妈一个人站在她面前。

门外的灯随着门被打开的声音，诡异地亮了起来。珊珊才看到孔淑华穿着一套藏青色缎面睡衣，拎着一只精致的橙色凯莉包，头发披散着，好像是刚洗过头，吹风机随便吹出的造型。珊珊知道她一定出问题了，但是不让她进屋，似乎也不妥，硬着头皮把门打开，正准备让她换鞋，她已经昂着头走进屋子里了，珊珊才看到她脚上穿着一双粉色的家居拖鞋。

孔淑华从门厅进入客厅的一刹那，就让珊珊爸妈吃了一惊。这个女人跟他们差不多年龄，打扮得既华丽又让人不安，再加上她凌乱的头发、孤傲的眼神，老两口不知道是不是女儿什么另类的朋友，父亲很想进屋了，母亲继续拽着他的胳膊，不让他挪步。

"爸、妈，这是我们学校的孔教授。"珊珊还是循着礼向父母介绍了来客，她寻思了一下，看她这样的状况，没有必要跟她介绍自己的父母弟弟了，但又抬头看了一眼父亲，不晓得他又会生出什么好胜的心理，于是，继续尴尬地说道："孔教授，这是我爸爸妈妈，那边是我弟弟，他们今天从老家过来的。"

孔淑华没有看老管夫妇，她的眼睛没有在看任何人，里面一会儿闪着冰川的寒光，一会儿燃着火山的熔浆，一会儿整个瞳仁变成了透明的灰色，像通往地狱的隧道。

"您坐一下吧，我给您倒杯水。"珊珊知道她的来由，但很意外她现在是这副模样。此前发生了什么事情，舒南没有跟她沟通过。

在门口砸门的时候仿佛有什么急不可待的信息要传递，进了屋子，孔淑华却安静了下来，珊珊拉动茶几旁边的一个椅子，请她坐下。她端坐着，腰杆笔直。

"爸、妈，你们进屋休息吧。她找我可能有点儿事情。"珊珊走到爸妈身边，轻轻跟他们说。

"你们是管子珊的父母是吧？那你们不要走，就坐在这里，我有话跟你们说。"她仿佛掉到地狱的跳床上，被弹了回来，眼睛里的空洞被注入了新的冷光。

珊珊妈把她爸胳膊继续拽着，拉回到了沙发上，珊珊爸对一切超出他认知范围的事物都有本能的抵抗，但是既然人家说有话跟珊珊父母说，那也不能硬走，显得很没有礼貌。而且，他也好奇，这个女人究竟要做什么。

珊珊不想让父母被搅到她自己都觉得莫名其妙的事件里，这是她这么多年竭力为家里做的贡献，她的独立宣言就包含不让父母介入她重新编织的人际关系里，好的，坏的，她去织、去撕，不伤及无辜，事情也能变得简单很多。

她知道今晚避免不了孔淑华的纠缠，又来不及将前因后果说给父母听，只能让他们暂时被裹入这张大网中。好容易破了冰的一家人，还未试到春水暖，就又来了一阵未可知的寒流。她很怕那个破的冰口又被冻上。

她的头晕症又开始犯了，地有点儿软，又松，踩上去，似乎每一步，都能将地板压翻。她还是咬牙走到餐厅，拿了一瓶矿泉水，走过讶异的子墨身边，跟他轻声说了一句："给你舒南哥发信息，让他过来接他妈。"

她按着椅子，等地面的晃动平稳一下，又踩着摇晃的地面，走回沙发，坐在一个矮凳上，把矿泉水放到孔淑华身边的茶几角上，伸手从沙发上拉过来小光的一只恐龙抱枕，捂住胃，让自己的眩晕慢慢停下来。

"听说你们是工人家庭，工人是最吃苦耐劳、最踏实勤奋的一个阶级。巴尔扎克写的高老头，他是个商人，商人不一样，闻到了利益的味道，就会削尖了脑袋往前冲。但是他的结局也很惨，所以，想通过姻亲的方式，让孩子改变阶层，是最愚蠢的父母才会想到的方法。"看到珊珊父母皱纹里都塞着疑惑，孔淑华笑了，她拿起面前的矿泉水，拧开了盖子，咕咚咕咚地喝了好几口，好像真的很口渴。她抬头的时候，脖颈上有皱纹，也有淤紫的伤痕。珊珊周围的世界好容易停下来不晃动了，她才看到孔淑华的手上、脸上都有伤，有破口血还没有擦净的，也有淤青的，这一切，她爸妈也一定看到了。

"孔老师，我父母文化不高，没读过这些书，您不用含沙射影。"

"好，那我就说得直接一点儿，让你爸妈能听懂，"孔淑华面向老管夫妇，"管先生，管太太，你们养了一个特别优秀的女儿。虽然学历比不上彭宇，工作能力也差不少，但是你们两家也算门当户对。我在想，他俩为什么要离婚？不明白，现在懂了，是你女儿看上我儿子了。我家舒南要学历有学历，要长相有长相，他爸是副厅级，我是博导，我们这个家庭，这种孩子，提亲的都踏破了门，随便挑。但是舒南这孩子心眼儿好，你家女儿就抓住这一点，不放过他。"

"你这个老太婆，瞎说什么呢？舒南哥对我姐好，是他心甘情愿的，我姐从来都没有要求过！"子墨从来没有听过别人这么说他姐，气得他青筋直跳，也顾不上什么尊老爱幼了。

"你这样的小青年，懂什么？真正黏人的姑娘反而耿直、简单，管子珊不是这种，欲擒故纵。"孔淑华转身盯着珊珊，"这么多年，舒南就被你利用着，他的感情和心思全部在你这里。你离婚、生病，各种悲惨，一个男人最大的成就感是什么？被需要！他觉得他被你需要，这是他离不开你的原因，不是爱。你一直在制造他被需要的养料，你越惨，他就越对你好。这不是精神控制吗？"

孔淑华说的话字字铿锵，像打字机一样，一个一个敲进了珊珊混沌的脑子，她居然开始认真思考她说的话，因为她也有一些困惑，关于舒南，关于她与舒南之间的关系，她克制自己不去想的问题，如今被摆到桌面上，一层遮羞布都没有盖。

"大姐，你们家是大户人家，有权有势，还有知识。为什么大半夜来骚扰一个身体不好的姑娘呢？"父亲听了半天，大概明白了女人的来意。

"请你注意措辞，什么叫骚扰？"

"你还是教授呢，说的那些不利于人民内部团结的阶级论，可真没有水平。你家老爷们儿不是什么干部吗？他能支持你把人分成三六九等？工人、农民、知识分子，这是并列排序的。你们多读了点书，做了干部，怎么就高人一等了呢？我生在新中国，长在红旗下，国家教育我们人人平等，怎么还有你这样的资产阶级腐化分子，漏网之鱼，还觍着脸在大学里教书，不是误人子弟吗？"

珊珊从来没见过伶牙俐齿的父亲，他与孔教授之间的论战，是自己做梦都不曾想象的场景，但是爸爸有理有据，一下切中了对方的要害。不过珊珊立刻又从为父亲喝彩的惊喜中清醒过来，她推测孔淑华今晚可能遭遇过什么暴力的对待，或者自残，她目前的状态是硬撑出来的，不保证在父亲的言语刺激下，是否会崩溃，或者做出什么极端的行为来。

"我们从小教育管子珊，不重视物质享受，要追求精神富足，她不会因为你们家的条件，看上你的儿子。也不会动用任何手段，缠着你的儿子。她当年毕业可以选择收入是现在几倍的外企银行，也有条件比你家好的男孩子追求她，但是她不为所动，因为她热爱教育事业。你如果觉得你儿子有什么问题，回去好好教育他，我的女儿，还轮不到别人来教育！"父亲仿佛在做演讲，越说越激动，珊珊也不好阻止他。她只能默默盯着孔淑华那张苍老又疲惫的脸，终于卸下了平日里高傲的面具，露出了哀伤的真相。

门外响起了熟悉的敲门声，珊珊心里一下松快起来，因为脑子里的各部分还没有拼装紧实，她冲子墨努努嘴，子墨腾地一下奔到门口打开门，舒南没有换鞋，就走了进来。

像是小时候父母抓到了到同学家玩，不回家吃饭的孩子，一腔怒火既不能在别人家撒出来，但是又忍不住要表现出对别人打扰了的歉意。

"叔叔阿姨，珊珊，子墨，对不起。"舒南面露难色，然后对母亲说，"妈，咱们回家吧。"

见到儿子后，孔淑华挺得像桦树树干一样笔直的身体，忽然被雷击中劈开了一样，瘫软倒了下来，舒南赶紧一把抱住她瘦弱如柴的骨架，把她暂时扶到椅子上。

"他们走了，逼我签了字。你爸爸不要我们了，南南，你不能不要妈妈。"孔淑华说话的语气，像是在面对一个六岁的孩子。

"妈，我知道。咱们去医院，把伤处理一下。也让叔叔阿姨早点儿休息。"

"哥，我送你到楼下吧。"子墨陪舒南一起搀扶着已经散了架的孔淑华，出了珊珊的门。临走前，舒南看了一眼仍然坐着，抱着一只绿色恐龙抱枕的珊珊，眼睛里有歉意、尴尬，也有悲伤，还有一丝说不明的渴望。

这个晚上，三个房间四个人，各自怀着心事，很难入睡。

母亲担心女儿的身体受到刺激，会影响她的恢复，不知道这个女人以后还会不会再上门发神经。她很想知道珊珊跟舒南到底是什么关系，此前她一直希望她离婚后能再找个好男人，但是这个家庭，她要警告女儿，碰不得。

父亲今天借着酒劲，替女儿出了头，他心里很得意。之前一直觉得女儿的圈子，是自己遥不可及的，每次跟彭宇说话，总是怕露了怯，被知识分子笑话。而今天一个资深的大教授，在他面前像个笑话，他可以以一个工人的身份，教育她，训斥她，这是他人生的高光时刻。他一遍遍回顾自己说的话，觉得无懈可击。

子墨在楼下帮着把孔淑华扶上车之后，舒南跟他说了对不起，让他帮他跟他姐还有爸妈再认个错，替他妈妈道个歉。她现在的意识已经无法控制自己的行为了，她需要治疗，他家里有一摊子事要处理，他暂时不能来看她姐，让她好好照顾自己。他保证今晚的事不会再发生。子墨看着开车远去的舒南，觉得有点儿心疼他。他很失望舒南不会成为他的姐夫了，他一直确信他俩彼此是爱着对方的。他后悔今晚喊了孔淑华"老太婆"，但是转念又觉得反正她也成不了姐姐的婆婆，没有什么关系了。

珊珊还在消化孔淑华的话，思考她和舒南之间是爱还是需要的问题，爱是欲望和本能，需要是习惯和功能，她一直压制自己不要去想这个问题，但是今天问题被摆在她的面前，这样的情景，也许还会出现，她记得舒南最后一个眼神，里面太多的情绪，她一时没办法梳理清楚，她一想这个问题就会叹气，像高中时候面对一个横七竖八堆积着线条的几何附加题，无从下手。但是她的性格是不能交空白卷的。以后再想吧，又不是非要今晚算出答案。

48

美云上周末帮珊珊看了三处房子，给她发来照片，详细地介绍了去医院的路线图。第一处离江边很近，是个新小区的单身公寓，装修得很精致，但房间非常小，十几个平方，包括卫生间和做饭的地方。珊珊打了一个叉，因为她打算自己做饭，油烟就在床边，忍受不了。300元一天，适合短期旅游的人当民宿来住，而她需要待上十五天。第二个是两室一厅中的一间，房间够大，也连着个小阳台，有单独的卫生间，但是需要跟别人共用一个厨房，价格只要180元一天。珊珊犹豫了一下，觉得跟陌生人同进一个门，住在一个屋檐下，还是有很大的心理障碍。于是，又打了一个叉。第三处是离医院最近的一个老小区，独门独户，房间装修很简单，有厨房和洗手间，空间也比较大，但是在一楼，没有阳台，价格是260元一天。美云说不合适可以都不选，她晚上下班继续找。珊珊不想占用美云太多的时间，而且也说服自己，只要干净、安静，离医院近，买东西方便，半个月的时间，怎么都能克服。她在最后一个选项上画了个勾。

终于把所有程序走完，在拍片两周后，珊珊接到医院的电话，通知她去预约放疗时间。在此之前，珊珊对放疗的具体形式和内容，没有形象的概念，平台上的帖子基本上都是在提醒病友如何应对皮肤溃烂、嗓子难受、心脏受损等一系列放疗副作用的，大概所有人都觉得按部就班地去照射线，没什么好说的吧。直到到了医院地下一层窗口预约时间，才知道需要选择放疗的时间段，是以小时计算的，珊珊想了一下，选择了六点到七点的时间段，其实直到选择的时候，她也不明白究竟放疗是怎么一回事，需要多长时间。窗口的工作人员告知她，周一至周五每天放疗一次，周六周日休息两天。医院这个安排出乎了珊珊的意料，她理所当然地认为十五次就需要十五天，居然都没有提前打电话问一下医院，也没有在平台上咨询一下其他的病友。房子已经租好了，附近的公寓，基本住满了来肿瘤医院的病人，都是短期日租房，按天算钱。二房东租下许多公寓，在医院门口发广告，不会让房子空一天。她问窗口里的人："放疗医生周末没有值班的吗？"

"医生可以值班，但是你身体行吗？五天歇两天不是给医生休息，是给你身体喘息的。天天照，受不了的。"

窗口里的人还能这么认真回复她的疑问，让她很感激。她只听说放疗没有化疗那么翻江倒海的难受，不知道射线的威力可能超出她的想象。医生的安排一定是经过研究确定的，这一点她深信不疑。

她从负一层上楼，在门口的花坛边上给房东打电话，对方是明显的北方口音，甚至可以听出是皖北和河南交界一带的。今天是周日，预约好时间段，第二天就可以开始治疗。她之前就约好了房东，从医院出来去看房子，拿钥匙。房东似乎就在医院附近，打完电话很快就出现在医院门口了。一个穿着雪纺花衬衫的中年妇女，是电话里的声音，皮肤黝黑，戴着一顶轻薄的白色圆边遮阳帽，被晒得变了色，还有一些污脏，帽子的防风带紧紧地束在她粗胖的下巴上，勒进了肉里。这个炎热的早上，只有阳光，没有风。

女人并没有想跟珊珊说话的愿望，看了珊珊的身份证后，就转身开始带路了，她们俩一前一后，中间隔着一米的距离。她应该经常，甚至每天都在做这样的工作吧，从这个医院里，领着一个苍白的病人，在附近的一个公寓里给他们提供一个落脚处，成为他们续命的一个站点。她看惯了这些幽灵一样的躯体，她健硕的体格，迈步时两腿的力量如同森林里奔跑的野鹿，棕黄色的肌肉抖动着，散发出生命本该有的力量。而她身后的人，已经丧失了这种天然的能量，被疾病和药片，被针水和射线，夺去了生命的光辉。她不愿看他们，是麻木了还是不忍？珊珊有些跟不上这匹野鹿的步伐，费力地喘息，大滴的汗从额头渗下，珊珊光着头，她希望头皮可以多晒晒太阳，就像土地被阳光吻过之后，可以生出新作物一样，能够快点儿长出头发。此时，她才发现，原来，厚厚的头皮跟软软的脸皮一样，都可以瞬间爆出汗来，来不及擦的，会顺着眼皮滑入眼睛里，里面的盐分涩得眼睛睁不开，她戴着墨镜，像一个光头的盲人，在太阳下流着泪。

　　她们走过医院门口拥挤的人群，走过地铁口，走过便利店，走过厨具店，走过面馆，走过假发店，走过花圈寿衣店，走过廉价的服装店，走到小区的门口，女人这才停下她健壮的双腿，在等待珊珊的时间里，用脚踏了踏人行道上的水泥地砖，像是坚硬的鹿蹄踩在溪边的石块上，等着同伴一起蹚过眼前这条鱼游草蔓的小溪。可惜珊珊不是她的同伴，只能对她身上每一块肌肉发出的光芒羡慕不已。

　　"就是这个小区，生活很方便，从医院过来步行五分钟。"

　　珊珊知道，没有那两块棕色的大腿肌，自己大概需要十分钟。但是确实很近了。

　　"附近的菜场在哪里？或者大一点儿的超市？"

　　"咱们刚才出了医院是往右拐，出医院门往左拐，过了人行道就是菜场门口了。大一点儿的超市走起来有点儿远，你刷个单车，骑车大概十几分钟。"

珊珊得到了重要的信息，菜场不远。至于骑车需要多久到超市，她们并不在一个维度上讨论时间。

小区不大，路很窄，没有树木，没有草地，没有花坛。女人将珊珊带到最后一栋楼，中间的一户，窗户上装了防盗栅栏。女人打开门，房间里一股潮湿的气息，好像进入了洞穴一般。进门就是厨房，左手边是个卫生间，径直进去没有拐弯，一小一大两个房间，除了三张床，一个写字台，两个木头凳子，没有其他家具，但是电视机、空调、电风扇和厨房的电器都很齐全。女人熟练地把所有电器开了一遍，以示完好。

空调打开之后，房间里的湿气很快就散去了。珊珊觉得这里虽算不上舒适，但还勉强可以住上一段时间。所以，赶紧问对方，

"之前我们说好的是 15 天，但是来了之后才知道，是三个星期，所以，我得住二十天，不知道您这里之后的五天是不是已经租出去了？"

"你朋友说你来放疗，租 15 天，我就觉得奇怪，最少都是三周，医院周末放疗是停的。给你留着呢。"

珊珊赶紧表达感谢，二十天的房租加上一千块的押金，用手机打给了房东。房东收了钱，看了一眼珊珊。

"你行李呢？"

珊珊才发现自己只背了一个随身的小包，她惊出一身冷汗。慢慢回忆，才想起来行李在去医院办理预约之前存在一楼服务台了。

"在医院，我歇一下去取。"

"你一个人？没人陪？"

珊珊以为女人会赶紧离开，去领她的下一个客户，没想到她对自己还关切地问了起来，出于警惕，珊珊回答："我朋友陪我，她下

班了过来。"

"一般这边病人都有个人陪着，你自己能行，说明你不严重。这个小区挺安全的，大部分都是病人，缺八辈子德的才会来这里偷东西。"

女人似乎话还没有说完，就出门了，留了两把钥匙在桌子上。窗外是一台不停调整姿势费力掉头的黑色轿车，珊珊把蓝色的遮光窗帘拉紧实，室内一片漆黑。她坐在冲着空调出风口的床上，把自己慢慢降下温来。

傍晚五点半珊珊就提前来到了医院地下二层的放疗走廊，从暂时栖身的黑色洞穴爬出来，又钻入了这个白色洞穴，从电梯出来一阵凉意扑来，往深处走，气温越来越低。放疗走廊里的人不多，两排背靠背的铁椅上还有一些空位。珊珊注意到有人在椅子上铺上了坐垫，很多人披了披肩或者穿着外套，还有两三个病人坐着轮椅，脑袋耷拉着，眼神空洞，气若游丝。这里与几米之遥的地面是两个世界。

珊珊记得预约的时候医生告诉她去 2 号机房，她才看到走廊两边紧闭的电动金属门上标注着数字，她找到 2 号，旁边有一个窗口，她把预约单递给窗口里的白大褂，里面的人看了一下，像变魔术一样回赠她一张治疗单，告诉她以后每次来，把治疗单先交给这个窗口，然后在附近等叫号。珊珊拿着一个号码，找了个离 2 号机房很近的位置坐了下来。

珊珊没有带披肩和外套，一本书也没有带，第一次进到这里，她只考虑到了如何摸清程序。她怔怔地望着那扇关闭紧实的自动门，这扇门上善意提醒着不要靠近，射线有害。可是自己和身边这些虚弱的病人，每天都要赤膊上阵，把已经枯槁衰败的躯体暴露在射线下面，怪不得那么多人宁愿保守治疗，也不敢接受这种照射。她环顾四周，病人和家属们大多面容黯淡，偶尔有低声的交谈。这与平常问诊诊室的喧哗大不一样，面对活生生的医生，病人会直接表达困惑、疑虑、焦虑甚至暴躁，但是在机器设备成为治疗主体的空间里，病人似乎也配合着冰冷的气场，机器是未知的、无声的、压迫的、精确的。

门上方的红灯熄灭了，金属门沉沉地打开，滑入另一边，出来一个60多岁的男人，珊珊才意识到诊室并不是按照放疗位置来划分的。她只瞥到门内有一个大挂帘，下一个病人就已经进去，门再次沉沉地滑动关闭了。这么高级的治疗室，病人的姓名或者号码都可以用屏幕显示在门口，可是这家医院仍然采用"叫号"的方式，在这个清冷的环境里，增加了一丝人参与的印象，仿佛与病人连接的不仅仅是机器。但被叫到的是号码，不是姓名，所以这种声音也并没有什么温度可言，反而打破了一种仪式化的庄严，声音干瘪刺耳。

珊珊觉得有点儿紧张，那只黑色的蝴蝶先从胃底扑扇着翅膀，然后顺着食道钻到咽喉，珊珊很想张口把它吐出来，但是它猛地又坠回了胃里，这一趟掉落的绒毛，布满了各个器官，钻到了血管里，血液和皮肤的温度瞬间提升了，心脏也被惹毛了，扑棱扑棱快速跳了起来，额头居然渗出了汗，遭遇到空气里的低温，毛孔凸起了一层防御的疙瘩，汗毛竖得笔直，像一个个拿着枪戟却找不到敌人的傻子。

"侬是第一次来做哦？"

珊珊找到这个声音是左边一个大姐发出的，她松了松僵直的身体，往座位里陷深了一点点。点头嗯了一声。

"别紧张，很快的，也不痛。你做哪里？"

"乳腺。"

"我也是，我要做三十次，已经做了十六次了，皮肤开始破了，比亚芬买了吧？死贵的，不管什么用。多喝喝梨水，吃银耳，有条件搞点燕窝吃吃，人参泡泡。哎，有一条好用的，我告诉你，进去之前，喝一杯酸奶，她们都说嗓子痛的，我喉咙一点不痛。"女人好像在跟珊珊说话，但是手里在织一件橄榄绿色的毛衣，眼睛没有在看谁，好像在自言自语，声音尖尖的，墙壁弹回轻微的回音。

珊珊谢了她，并没有接她的话。女人继续织毛衣，偶尔冒出几句。珊珊觉得这个女人像是走错了片场的演员，本该出现在某个弄堂里打麻将的。她的声音倒是缓解了珊珊的紧张，初来乍到的人，似乎都会有个人引领，这个白色的洞穴里，也许冥冥之中就派了这个织毛衣的上海女人指引她一下。女人显得那么格格不入，好像是个不太安分守己的病人，所以才有资格和能力被选中作为洞穴的旧主来迎接新到之人。

珊珊的号码终于被叫到，已经六点半了。之后每一天等待的时间都不一样，有时候六点半交单子，六点四十就喊到了，最久的一次，五点四十交单子，七点十分才做上。

进入了洞穴真正的"密室"，身后的门重重地合上，一高一矮两个医生在等待她，珊珊想到唐·吉诃德和桑丘，他们指挥她把拍片时候买的蓝色床单铺好，脱掉上衣，躺在机器床上，机器很高，要登个台阶才能上去，整个过程都是半裸着的，像是去巡街示众的海斯特，她破损的胸部上的伤疤就是那个红字。唐·吉诃德和桑丘的任务是帮助海斯特调整身体，以达到准确定位。想想这一幕，珊珊觉得挺滑稽的，她读的这些书里的人物，总会在生活里不合时宜地出现，把她的意识东拉西扯一番，但此时很好地缓解了她的尴尬。

对于珊珊来说，这一高一矮两个医生，不是普通的男人，他们没有表情、没有语言，跟这台巨大的机器是一体的，他们一起来治疗着她的疾病。而对这两个医生而言，珊珊也不是个女人，她是这庞大仪器的一部分，是他们需要精准调整的对象，他们如同拧螺丝一样把珊珊的身体固定到了机器上面。

医生走进里面的房间，这里的灯熄灭，在一片几乎可以把人闷死的寂静中，机器开始工作了。未来世界的烧烤机器人大概就是这个样子吧，珊珊睁大了眼睛，看到它先把左右双臂挥舞了几下，然后头顶的那个圆圆的部分旋转到了一个位置，开始发出吱吱的声音，自己好像一块在铁板上有待烘烤的生肉。五分钟好久，即使没有疼痛，没有想象中的灼烧感，第一次躺在放疗床上的珊珊也经历着极大的恐惧，机器的轰鸣停留在一个正好可以刺痛神经的频率，脑子被声波割得很疼，释放出一些图片，儿子的、父亲的、子墨的、舒南的……她趁机浏览，时间终于在蒙太奇的拼接中，过完了最后一帧。珊珊没有想到，在后来的治疗中，她居然慢慢爱上了每天这几分钟与机器独处的时光，整个死寂的洞穴里掩藏着巨大的能量，这台面目狰狞的机器，那么忠诚和专注地工作着，没有哪一刻比这五分钟，更让她确定：世界安静着，她被治愈着。

治疗第八次的那个晚上，珊珊洗澡的时候开了洗手间的灯，发现左乳的皮肤已经明显加深了，像掺过少量奶的咖啡。她一直听医生的话，不敢触碰它，每次洗澡水会不小心溅到上面一点，她就拿细软的纱布巾一点点揾干，左乳是埋在她心脏外面的一颗炸弹。洗完澡她会用棉签轻轻给它涂抹比亚芬，放射治疗皮肤护理的药膏，价格虽然有点儿贵，但是很大一管，珊珊这样的小胸，除去贴膜的部分，可以涂抹的地方已经不多了，她看了一些帖子要尤其护理乳头的部分，于是就厚涂在已经由粉红变成紫红的乳头和乳晕上。这个乳房像是吐鲁番的阳光下曝晒的一颗葡萄，在渐渐缩成一颗葡萄干。在它慢慢变得硬实的同时，珊珊发现了一个现象：左乳不再流汗了，无论多热的天，它的表皮发烫，但是一滴汗也渗不出来。不知是手术的原因还是射线的作用，汗腺被割断了。此后数年，珊珊才知道，这不是暂时的现象，她的乳罩在运动之后，总是一边湿透，一边干爽。

照了几次射线之后，珊珊的睡眠变好了，即使她知道这不是自然状态的休息，是放疗的副作用，但是能够在这陌生的洞穴里一觉睡到天亮，没有梦，几乎是昏睡的状态，她觉得很舒服。在睡眠得到保障之后，她开始关心起自己的饮食了，每天早晨六点多起床，她步行十来分钟，就到了菜市场，每个摊子上的蔬菜瓜果都被整齐地摆放着，身边走过的人，也许是病人，也许是家属，也许是这附近剩余不多的原住民，他们此时都有着同一个身份：对继续活下去还保持着惯性或者热情的人。

海子写下关心粮食和蔬菜，在他那首最有名的诗里面。史铁生在地坛里悟出：死是无须着急去做的事，是一件如何耽搁也不会错过的事。他们一个精神备受折磨，一个身体千疮百孔，都花了很久去思考生死的问题，最终海子做不到面朝大海，没等到春暖花开，而史铁生在地坛的斗转星移中，熬过了死神的多次召唤。死既然是每个人的归宿，那寻死就不是认命，求生才是。史铁生每次说干不过上帝的时候，都让他积蓄了一点力量再活一段时间。

最堂而皇之可以苟且偷生的地方，就是菜市场。你的脑子里只有吃这一件事，讨价还价、挑肥拣瘦、论斤称两的全是进入口中，通过肠胃活动，给一个人的生命日常蓄力的事情，当你还有力量劈柴喂马，洗菜炖肉，就不打算再跟上帝蛮干了，她忽然理解了海子最后的纠结。

蔬菜的清、瓜果的甜、鱼肉的腥、家禽的臭、白兰花的香，全部搅和在一起，在人潮攒动的拥挤中轮番占据上风，刺激着珊珊的嗅觉，让她昏沉的头脑被一遍遍点击刷新。活着挺难的，但是活着真好啊。她在树荫下走着，一坨黄绿色的鸟屎掉落在她篮子里，粘在一片挺拔的青菜叶子上，让她忍不住笑出声来。

因为对活着的兴趣日益增加，对死的害怕又变得强烈起来。她一边在水龙头下洗着那片被鸟屎亲着的青菜叶，一边考虑着头里有可能长出的一颗新肿瘤，这几个月，足够它发展成可以被发现的大小了吧，所以一直没能停止地晕着，仿佛自己是一艘船，世界是陆地。她一直晃悠，也不知道港口在哪里。她决定要鼓起勇气，面对现实，即使是一颗瘤子，她也要看清它，让医生去处理。

她吃完早饭去医院挂了马主任的号，碰巧他下午就有门诊。现在医院的每一个地方都被她摸熟了，哪里抽血，哪里缴费，哪里做B超，哪里做CT，哪里取单子，哪里拿片子……刚去学校上班的时候，她对一切与教学不直接相关的事务，都有抵触，后来过了几年，哪里财务报销，怎么填单子，找谁签字，如何申请调换课，人事处、资产管理处、教务处……都摸清楚了，心里也就没有那么烦躁了。程序是人类文明中很重要的一个发明，远古时期，生活中不需要繁复程序的时候，就对祭祀的步骤有很严格的规定，"程序"这个词在英文里本身就有"仪式"的意思，所以，现在让那些在程序过程中看似无足轻重的每一环上的工作人员，认为他们自己只是在服务，而服务对象不带着某种"敬虔"的态度，是他们从基因上还很难克服的心理障碍。

"你放疗有什么问题吗？"马主任看着她的病历问。

"没有，都还挺好的，皮肤暂时也没有破。我想开个脑部的CT。"

"为什么？"

"化疗后，一直晕，我担心是不是到脑子里了。"

"你这个情况，这么快转移，不太可能。一定要做吗？"

"做。"珊珊对马主任说的话心存感激，但她也明白这种言语上并不确定的安慰，只能安抚一两天，再晕，还是会胡思乱想。

"那你做个增强的吧，看得清楚。"医生似乎对珊珊这种病人的心理很了解，做了平扫的，过阵子可能又来要求做增强的，说之前的那个不够精确，不如一步到位好了。好医生和普通医生的差别，有时候不在医术高低，而是为病人多想一步而已。

增强 CT 被排在两天后的下午。

增强 CT 比普通的多打一个造影剂，时间也更久一些。造影剂会让有些人身体不舒服，珊珊之前在做核磁共振的时候打过造影剂，凉凉的液体在身体里渗透铺开，顺着血管蔓延的感觉过于清晰，让珊珊觉得十分怪异，至于注意事项上提醒的各种不良反应，她觉得并没有出现在她身上。护士喊到她的时候，问她有没有家属陪同，她说没有。护士拿出一个文件簿，一张纸上密密麻麻写着可能出现的意外情况，以及医院的免责说明，也就是一个知情同意书。珊珊不记得之前在弋江医院做核磁的时候，有没有签过这个东西，应该是有的，大概是这些年医闹搞的，医院总是在能够划清界限的地方，全部撇清干系，这种出于保护医院利益的初衷，珊珊是理解的，但是像她这种依赖、信任医院，并且绝不会逾矩胡闹的病人，总还是在突然摆出的楚河汉界面前很茫然，她没有时间一一看清每个条款，只是顺着护士的纤纤玉指在空白处签下了自己的名字。

门打开了，里面的病人还躺着没有下来，珊珊正往检查室里走，手机响了，她看了一眼，没工夫接了，回了一条"要做 CT 了"，就挂了，开了静音。

也许是造影剂不同，或者做了化疗后身体里确实发生了一些变化，这次的药水一打进身体，她就开始发汗了，尽管 CT 室里的空调气温足够低，但是她能感觉到皮肤表面忽然渗出黏在绒毛上的一层细密的汗珠，心跳也随之加快了起来，她做了好几次深呼吸，让心脏安稳一点，但是胃又开始倒腾了。她身体被推进机器的时候，慢慢平静了下来。给她做放疗的那台机器是个男性，这台 CT 机是个女性，它凝视着躺在她怀里的女人，它看得到珊珊的脆弱和难过，每寸皮肤的焦灼，每个细胞的挣扎，它都看得清，悲悯又耐心。放疗机比较倔强，有时候甚至显得急躁，它总觉得自己还不够炽热，铆足了劲儿发力。

门开的时候，她还躺在机器上，它让她稍微慢点儿起身，所以，即使护士和下一个病人在身边露出了一点儿不耐烦的表情，珊珊还是放慢速度坐起来，眩晕让她抓了一把床边，然后小心翼翼下来，拿了包，走出去，身后的门吃力地滑上。

"子珊！"

珊珊看了一眼舒南，把包往他怀里一塞，就冲进了最近的一个洗手间，在水池里吐了起来，也吐不出什么东西，一些黄水，胃里的酸气在她嗓子眼和鼻子里翻，像是一艘巨轮在小港口里试图转身，不停撞到礁石和堤岸，掀起巨大的浪花，但就是转不出去。

她打开水龙头洗了脸和手，也把水池冲干净。那艘船不知道是倒着开进了宽阔的水面，还是停留在港口里关掉了马达，反正此刻，风平浪静了下来。

"我是又更丑了吗？你见到我就吐？"

珊珊苦笑了一声，冲他摇摇手，把包拿回来，放在肚子上，找了个靠椅坐了下来。舒南坐在她身边的座位上，递给她一瓶矿泉水。珊珊摇摇头，表示喝不下去。

"必须喝，吐也得喝。几个小时内得把造影剂从身体里排出去。"

珊珊皱着眉头，小口小口地喝了几口。走廊里的空调没有 CT 室那么低，她额头上的汗大滴地落下来，胃里仍然不舒服，嘴巴很苦，说不出话。舒南也不说话了，给她一张湿纸巾，珊珊接纸巾的手是抖的，他又把纸巾拿回来，散开，给她擦了额头，又擦了脸，轻轻在她后背上拍了拍，小光小时候夜里哭闹，她就这样拍他的背，很快就能安静下来。

"我想吃个冰激凌，可以吗？"大概坐了半个小时，喝了八百毫升的水，上了两次厕所，珊珊终于开口说出了第一句话。

"必须满足。"珊珊很少对舒南提要求，所以对他来说任何类似要求的话都会让他格外开心。

"我不是征求你的同意，是想问你，我刚做了这个检查，身体允不允许。"珊珊怕他听不懂，实际上他确实没有听明白。

"谁说不可以的呢？你想吃什么都行。"

"有时候，我真怀疑你是不是医生。"

"给否定答案的才是医生吗？"

"是你不经大脑回答问题的态度。"

"我脑子转得快，不代表我没有用过它。对了，你放疗还没做完怎么又做增强 CT？"

"我做的脑部的。"

"脑子怎么了？"

"不是一直晕嘛，怕转移到脑子里了。"

"查查是对的，估计是'进水'了。"

对于无时无刻不调侃人的舒南，珊珊也没有还手之力，只能翻他一个白眼。

一进屋，珊珊就打开了房间的灯。平时她自己习惯了整个洞穴的暗，她知道舒南肯定受不了，即使她立刻开了两个房间的空调，还是没有堵住该来的责备。

"这房间太潮湿了，你怎么租了一楼的？老房子，没有一点儿光照，好好的人住里面都不舒服，咱们换个地方吧，我现在就出去找。"

珊珊没搭理他，在桌子旁边拉了把椅子，让他坐下。

"我去给你洗点儿水果，你喝酸奶还是果汁？"

两个人坐下，面前摆着一盘洗干净的桃子和圣女果，珊珊给舒南拿了果汁，自己泡了一杯淡茶。

"看了几处，这个比较近，也不用跟别人合租。空调打开，一会儿湿气就散了。住二十天而已，这都过了一大半了，不折腾了。我白天也不总待在这里，我在附近晃荡的时候，发现一个社区图书馆，一百块钱押金就办了张阅读卡，里面有书吧，免费蹭空调，还有饮水机和自动咖啡机。"

"这个房子，也就睡个觉，有点儿压抑，不适合你。"

"你别拿度假酒店的标准来衡量了，这里离医院近，离菜场近，老上海精致的老街区，都在附近，我都逛个遍了。有一天下午，我在巴金故居的院子里坐了好久，有只猫就蜷在我脚边睡觉，我看它挺舒服的，就让它睡着，树上有蝉鸣，地上的青草修剪得很整齐，感觉时光倒转，也许老先生会推开房间的门，坐到我身边跟我聊天。"

"子珊，你一个人在这个陌生的地方看病，觉得孤独吗？"

珊珊喝了一口茶，那股安安稳稳的热坠到胃里的时候，她才确定那艘大船已经开远了，港口剥落的石阶已经被海水浸湿，重新生发出了青苔，一切像没有发生过一样。

"说实话，并没有。"

舒南似乎期待的是另一个答案，这样他的来访才会显得有意义，否则，好像是对她安静状态的一种冒犯。珊珊看出舒南表情上的变化。

"你来上海是出差，还是专程看我的？"

"专程看你的，但是似乎没有必要，是吧？"

"当然有必要了，我不怕孤独，但是你来看我，我也觉得很开心，我很久都没有跟人好好说过话了，来这儿的十三天，总共没有说过十句话。"

舒南像个孩子一样，只要珊珊说一句软话，他就像得到了一根棒棒糖，瞬间又灿烂了。

"你做化疗的时候说，最想去看大海，上海这个地方，虽然是海边，但没有你想象中的那种蔚蓝的大海，金黄色的沙滩，不过退而求其次，总还是有得看的。我这个周末来，就是带你去看海的。"

"是去崇明岛吗？"

"差不多，长兴岛。那里可以看到长江入海口。"

晚饭后，舒南陪珊珊散步走到医院。这条路走熟了，"看病"的刻意就慢慢消失了，心里的抵触一旦卸掉，很多之前看来天大的难事，不过是走个过场而已。

珊珊坐到座位上，就披上了披肩，她已经不再像第一天来做治疗时那样板直着身体，东张西望，现在轮到舒南双目露着好奇。

"你刚才说什么？你给 2 号放疗机起了个名字？"

"嘘，声音小一点儿。"珊珊扫了一眼周围，每个滞重的表情上都没有透露出对他们俩说话的兴趣。她才放心回答他的问题。

"是啊，叫大卫。"

"所有你喜欢的男人，你都给人家起这个英文名。"

"你怎么知道？"

"我什么都知道。"

"那你英文名叫什么？"

"朵拉。"

珊珊笑出声来。音量一出，立马警觉起来，周围的人有的嫌弃地朝他们一瞥，有的皱着眉头，她意识到这里的庄重感被她破坏了，没有人在放疗室外面笑，这不仅打破了一种没有明确贴在墙上的社会禁忌，甚至触犯了某种信仰类的边界。她尴尬地咳了两声，收回了嬉笑的声音和表情，尽量与身边的人保持一致的静默。

很快，珊珊的号码被叫到，她把包和披肩都放到舒南的腿上，放疗室里有放东西的地方，但毫无累赘地进入诊室，仿佛是一种宣告：她是有人陪的。这本是她不在意也不在乎的事情，但是今天，似乎就在这一刻，她把随身的物品交付给身边这个男人的时候，心里还是多了一份安心的，有人等着，好像是一件还不错的事情。

"快去吧，朵拉，大卫在等你。"

珊珊回头冲着舒南甜甜地一笑，这世界有人懂你的荒谬，并可以陪你变傻，这份情谊，足够珍贵。

"你回去吧，我一个人进去就行。"走到租住的小区门口，珊珊停下脚步。

"我往哪儿回呀？"

"你行李在哪儿，你就回哪儿。"

"我没有行李。"

珊珊思考过她跟舒南之间的问题，他们俩对亲近和亲密之间的界线总是很难达到一致。珊珊把舒南当作一个亲近的人，足够信任，可以无话不谈。但是舒南总是时不时地把这种挺美好的距离拿个锯子锯掉一截，他需要贴身的无间感，但珊珊需要一个可以对视的空间。

"那你也不能跟我住一起啊，旁边有个快捷酒店，如果你不嫌弃，去凑合一晚，我给你付钱，就当感谢你来看我。"珊珊知道，拒绝舒南，必须言辞明确，不留空白。

"你那儿不是有三张床吗？我睡外间，你可以把中间的门锁上。我今晚出现一下，周围的坏人就晓得这个屋子里有男人，不会动坏心思。"

"就我现在这副尊容，别人下得去手吗？屋子里家徒四壁，也没啥好偷的。劫财劫色都没有动力，放心吧，很安全。"

舒南不再坚持了，他怕再往前走，第二天的行程就会被取消了。

珊珊是这种人，她内心里守着的那块田，鸟都不能飞进去。

看到舒南沮丧的脸，珊珊换了个话题。

"明天是不是要坐车坐船？路线你都搞清楚了吗？我们晚上回去各自查一查。"

"你身体弱，哪儿能让你折腾，我借了车，有导航，你不用操心了。"

"谢谢你，舒南。"珊珊伸手在他胳膊上摩挲了两下。舒南知道，她已经在拔田里的稻子喂鸟了，但是，吃饱了，你要识趣地离开。

珊珊回到出租屋，白炽灯太亮，她没有开灯，在空调呼呼的风中，静坐了一会儿。她感到一阵悲哀，这十一年里，曾有过几次自己接收到了身体发出的信号，想要亲近这个男人，离婚后，她需要调整自己的生活状态，若当时在一切分崩离析的时候，接纳他，跟他一起重建，也许结局会有不同。但是她太清醒，她知道怎么一步一步建立单身妈妈的生态，当那个完整的生态建立起来之后，他又无法被允许进入了。而就在他的持之以恒开始让某个环节出现松动的时候，她又生了这场大病，意识又让她迅速地构建了新的生态，他只能提供帮助和表达关心，所有的亲密表示，都成了一种冒犯。她的身体仍然渴望爱情，今天在 CT 室门口，他的手在她后背轻敲的时候，这种接触让她感到舒适，她知道她的身体不排斥他，但是她的意识绷成了一张密不透风的网，吹不进半点儿暧昧。她要听谁的呢？是尼采、叔本华还是福柯，告诉她身体和意识是一体的，不是二元对立的，但是在她这里的对立是如此清楚明白，是否一个病体和意识就不是一体的了呢？病体里存在健全肉体没有的一个黑洞，意识容易在里面迷路，于是，就自动选择与它分离？

她的头又开始疼了。

今天是大卫在她身体上工作的第十次了，她在浴室里看到皮肤上开始出现一颗颗黑色的点点，像太阳黑子，也像一个丑陋的人脸上生的麻子，在巧克力色的皮肤上仍然清晰可见，是纯黑的点子。有个刚结束 25 次放疗的云南妹子在网上告诉她，这些黑点是之后会蜕皮的预告。蜕皮代表着新生，这一层快被烤焦的皮若是能蜕干净，露出白嫩的肌肤，即使是形状已经扭曲，也是个不小的安慰。

她躺在床上，灯仍然是熄灭的，十点半的上海，居然有这样的小区，安静到没有一丝现代工业发出的声音。她小时候多怕黑啊！爸爸妈妈当时都上班，他们错开夜班的时间，但是中间还是有将近两个小时，留她自己在家。有一天无意中知道了这件事，她总会在那个时间段醒过来，瞪着她那双无辜的大眼睛，在黑暗中恐惧着，又不敢起身拉灯，每一处窸窸窣窣都让她屏住呼吸琢磨个透，床底下柜子里都藏着怪兽，她不敢大声喘气，怕让它们知晓了自己的位置，过来吃个毛骨不剩。黑暗，对于现在的珊珊来说，已经不再拥有秘密，只是光没有穿透的空气而已，但在视觉和触觉上仍然有着白昼没有的厚度，可以塞给它一点幻想或者秘密，反而让她觉得更安全。

手机铃声响了一下，她选择不看，她怕舒南忍不住又说一些她无法回应的话，她感觉得到，这也许是最后一次舒南主动靠近她，没有人愿意被拒绝，一次又一次。何况是舒南，他有更好的选择，她再不舍，也要推他远离自己。她把手机调成静音，她想第二天跟他去看一次海，哪怕是个烂泥滩也行。

她高估了舒南，他不敢给她发信息，他也怕她说第二天不舒服，不愿意出门。这些年她有时候允许他胡闹，让他靠近，但是又不准他太近，每次自己都把握不好，触了电网才本能后退。但是心里憋的那些话，那些秘密，就让它们消失，还是抛给她，自私一次？

给珊珊发信息的是她今年刚毕业的学生，他告诉老师，父亲去世了。父亲确诊的时间跟珊珊差不多，医生说六个月，真准。妙手回春的医院，也兼职做着死神的信使。孩子还是孩子，他没有考虑到老师的感受，他说半夜里醒来，脸上有泪，使劲蹬了蹬脚，希望这一切都只是个梦而已。珊珊也做过类似的事，醒来掐自己，用针戳手背，如果这是个梦，那她一定睡了很久很久，醒来的那个世界就一定更好吗？

约好七点出发，六点半珊珊吃了一根玉米，一只鸡蛋，喝了一杯牛奶。牙齿酸酸的，化疗让她整个牙龈发过两次炎，之后牙齿也有些许的松动。她穿了一件薄棉的白衬衣，很宽大，立领，里面衬着一件白色带胸垫的吊带。浅蓝色的牛仔短裤，是她第一次从箱子里拿出来穿，因为医院里的冷气，她一直都用长裤裹得严实。在她把白色运动鞋套在脚上的时候，有一种轻盈的幻觉。黏住她的沥青般的病态连同昨天穿的那套衣服一起卷入洗衣机的涡轮里，旋转了一百下，可是在打开门的一刹，它居然毫发无伤地飞出来，悄无声息地重新糊在了珊珊的身体上。箱子里那个红色皮质的袋子里是她的化妆品，不知道自己当时为什么把它塞进箱子里，用得着吗？她拉开袋子的拉链，里面是她二月底之前，每天早晨在化妆桌前熟练操作的工具，睫毛膏、眼线液和口红估计在这种气温下，已经不能用了吧。眉笔、眼影、腮红和散粉因为是干的，似乎可以放到天荒地老。袋子里有两支眉笔，因为之前有人说化疗不仅掉头发，浑身的毛发都会掉，眉毛也逃不了。毕竟眉毛每天都暴露在外，所以，她多买了一支备着。随着化疗的推进，她身上的汗毛不见了，腋毛、阴毛全部都不见了，比市场上任何一款脱毛产品都来得彻底，但单单眉毛没有掉。

需要化个妆吗？她拎着包犹豫了一下。一条尘土飞扬的小路，给它泼点儿水，也许尘土不飞了，但是道路泥泞了，它不像清晨被洒水车冲洗的柏油路，一层浮灰被冲到路牙子上，道路变得洁净油亮。罢了，她把袋子往行李箱里一扔。戴上墨镜和渔夫帽，勉强还像个人样。

"今天穿得真精神！"

珊珊故意不往上搭话，从冰箱里拿酸奶和水往一个袋子里装。

"什么也不要带，车上都有，别费力气。"舒南抢过袋子，把里面的东西又一一放回了冰箱。

"你车停哪里的？门口没有画停车线，借的车，别给人家弄到罚单了。"

"我开进来了，就在你卧室窗外。"

"那里很难掉头的。"珊珊说着，拉开窗帘往外看，车头已经掉好了，而且贴着边，给别人留出了足够行走的空间。

舒南露出自信的笑容。珊珊也冲他笑了笑，是的，舒南总有办法。

车开上轮渡，本想下车去甲板上瞧瞧，但是船上明示着机动车驾驶员和乘客，在开船期间，不允许下车。舒南把窗户放下来，让珊珊可以看到窗外。越过旁边一辆低矮的蓝色轿车，她可以看到浑浊的水面，上面往来着大大小小的货轮，只有渡船的方向不同，纵向切断了河面，提供了两岸的交通。她先是想到了《边城》里的翠翠，然后又想到自己小时候的一件事。

"小时候，我经常坐轮渡，过淮河。"

"那时候应该没有车上船，可以扒着船沿看水面吧？"

"是的，有时候看水波，都能被催眠。"

"其实你是个干大事的人，果敢又专注。"

"别捧我了，我很怯懦，你看到的不过是表象而已。"

"你觉得我不够了解你？"

"小时候有一次坐渡船，起了大风，船夫没有能力掌舵，一条铁船装满了人，就在河中心的水面上一圈圈地旋转，然后左右起伏，全是尖叫声，我已经吓傻了，被那个场面震惊了，对于危险后面是什么，可能翻船，然后溺水，死亡，这些都还没有想到。"

"你那时候多大？"

"已经初三了，弟弟大概也有四岁了。"

"你们一家人都在船上？"

"我爸，带着弟弟和我。我记得我爸紧紧地搂着我弟弟，让我抱着他的胳膊，我第一次在他的脸上看到了恐惧的样子，就更害怕了，觉得可能会有很糟糕的事情发生。"

"后来呢？"

"后来风忽然就停了，不是渐渐停下来的那种，就是瞬间风平浪静了。"

"真的是万幸，如果船翻了，你就没机会认识我了。"

"那天晚上，大概是为了驱走我和弟弟的心魔，不要把船上的经历带到记忆里，他们让我们跟他们睡一张大床上，妈妈弄了一碗水，一张纸，上面写了什么字，念念有词。弟弟很快就睡着了，我也被催眠了，但是半梦半醒之间，听到他俩说话，我爸说，当时他很怕船翻了，他水性好，但也只能救一个，我就没命了。他说话的时候，没有露出半点儿犹豫，救弟弟不需要选择。后来看那部电影《唐山大地震》，我哭得可惨了。徐帆给女儿下跪，她为了一个残忍的选择，一辈子都活在愧疚中。但我爸脑子里根本就不存在选择。"

"你都说了，被催眠了，也许你听到的话，真的是梦话呢？"

船平稳地驶进港口，没有童年里那艘破铁船上岸时候的一阵撞击。车里的空调还开着，舒南按了键，窗户缓缓上升，他们又被关在一个狭小的空间里了。上岸后，路越开越宽，车越来越少。

"舒南，你妈妈怎么样了？"

"她这些年心里挺苦的，又要强，我这个儿子也不称职，没有早点儿发现她问题的严重性，之前给她开的药，她都没吃，还骗我说按要求吃着。在我面前装作若无其事，其实早就崩溃了。你能原谅她吗？"

"当然，我心里没怪过她。"

"她已经退休了，返聘合同因病提前解除，现在在青岛的一家疗养院里，我在当地给她找了心理医生，她答应我会配合治疗，我也会定期去探望她。上周才去的，她状态还不错，在写新书，胖了一点点，结识了几个朋友，打算在当地买房子呢。"

"听你这么说，真替她高兴。一个强大的人被击倒的时候，破坏性会很强，但是她的重建能力，也比普通人更大。"

"你都戴着面具，怎么肯定她就没有戴呢？我只能尽我的力，她的人生，由她自己决定。"

路两边的建筑稀疏又平庸，似乎很多无人居住，也无人问津，写着招牌的门面房，零零落落有几家开着门，再繁华的都市，它的边缘都像擦拭过城市高楼大厦后被丢弃的抹布。车随着导航，开进了真正的农村，大片的土地上种着蔬菜，没有粮食作物，也许附近有晾晒水产品的地方，隔着窗户都能闻到一股股的腥味。路边的农民，是全中国农民统一的模样，穿着破汗衫，黝黑的皮肤，戴着米色的草帽，盯着闯入他生活领地的汽车露出狐疑的神色。

车顺着一条水泥坡道往上开，坡道一边有几个孩子在绿藤满地的田里忙活着，珊珊仔细看，原来这是一片瓜田，孩子们从瓜藤下摘西瓜，送到田头的几只竹筐里。

"能停一下吗？"

话音刚落，舒南就把车靠在了路边，没有急刹车，但是很快。

"你怎么了？哪里不舒服吗？"舒南把墨镜摘下来，仔细看她。

"你看，那边是一片瓜田！"

舒南顺着珊珊手指的方向，看到那几个忙碌着的孩子。

"种西瓜的！"珊珊看到舒南没有说话，又兴奋地补充了一句。

"你没见过瓜地？"

"没有，只见过稻田、麦田、蔬菜和玉米地，从来没有见过瓜地。"

"咱们去看看，顺便买两个。"

从坡道边下去，有点陡，舒南快走几步冲到前面，伸手给珊珊，让她借着支撑力，不要滑下来。珊珊犹豫了一下，她小时候跟小婉冲下的铁道石头坡，比这个高多了，还硌脚不平，她的平衡力很好，但她还是伸出手，让舒南使上了一点儿劲儿，借着重力，让她平稳降落。前面的小土路有水淹过，露出几块人走出来的落脚处，比较硬实，但也不免泥泞。舒南看着珊珊脚上跟天上云朵一样又软又白的鞋子，露出了心疼的表情。

"没事，回去刷一刷就干净了。没关系的，还能让你抱我过去不成？"

"我可以的！"说着舒南就走过来了。

"得得得，你还真抱！跟你开玩笑呢，这么点儿路，别让人笑话。"

舒南走在前面，探出比较干净一点儿的泥桩子，让珊珊好跟着他走。

"你什么时候跟我开的玩笑能当真一次呢？"

"当真了，就不叫玩笑了。"

这块田里的西瓜品种很特殊，珊珊还以为孩子们不懂，摘了没长熟的瓜，一个个比香瓜大不了多少，瓜皮上的纹路很浅，跟在市场上买的青皮透亮的那种差别很大。

"这瓜卖吗？"

"你买多少？"一个十二三岁的男孩，看起来是这几个中间最大的，用普通话问道。

"两个？"珊珊小心翼翼地试探道。

"两个不卖。"男孩干脆利落地回答。

另外几个孩子被他们的对话吸引了，停下手里的活，开始围了上来。

"我们家的西瓜都被别人买了，是用车来拉的。"一个八九岁的女孩脆生生地说着，她打量着眼前这两个大人。

"好吧，你们继续干活吧，我们走啦！"珊珊在瓜田里驻足片刻，看到一个个圆圆的小西瓜躲在嫩绿色锯齿状的叶子下安睡的样子，就已经满足了。

"等等，姐姐，我送你一个瓜吧，不要钱。"男孩说着从筐里挑了一个较大一点儿的橄榄球形状的瓜，一只手托着，递给珊珊。

"不行，你们种西瓜很辛苦，不要钱不行。"

"没有什么辛苦，种子种下，它们自己就长大了。"

珊珊看着男孩执意托着西瓜不动的手，忽然想起了什么，从包里拿出一个钥匙扣，是一支可以折叠的圆珠笔，站立笔直的兵马俑形状，按一下，笔尖部分就会出来，是她在陕西博物馆的纪念品店里买的。

"我拿这个跟你换。"珊珊演示了一下笔的操作。男孩很开心，大概是觉得东西可能很贵，没敢伸手去接。刚才说话的女孩走上前，说了声谢谢，就把笔拿走了。男孩急着把西瓜往珊珊手里一塞，就去追他妹妹了。几个孩子在田里追逐了起来，闹着，笑着。远处一个化肥袋拼接出来的简易棚子里传来一个成年男人的呵斥声，本地的方言，听不懂在吼什么，但也没能制止孩子们因为那支笔带来的兴奋。

舒南接过西瓜跟珊珊往回走，"你看你，人家五六个孩子，你就给一支笔，肯定要打架。"

"那个哥哥很老实，妹妹机灵得很，肯定会让给她。"

"哥哥让妹妹，天经地义，是吧？所以，你心里的结，如果只考虑你跟子墨的年龄，而不要去纠结你们的性别，是不是会简单很多？"

"你是独生子你不懂。我让着子墨是天经地义的，我有最好的东西，都会愿意给他，但是作为父母，他们……算了，这一章已经翻过去了，我没有结了。"

"真没有了？"

"没有了。"

重新回到车旁，珊珊发现十几米开外的地方，是一堵围墙，只有一米高，她没上车，开始朝那堵墙走过去。墙跟门一样，本意是封锁，但是总能激起人好奇的本性，看到墙，就会想知道墙那面是什么。

舒南把瓜放到车里，也步行跟着她走了上去。他们几乎是同时并肩看到矮墙之外是什么的。两个人异口同声"哇"了出来。谁能想到刚从湿滑的瓜田里拔出脚，走了几步，就豁然开朗，天地辽阔了呢？他们面前就是长江入海口。大概这面矮墙被筑建的时候，心里就偷着乐吧，那些在爬坡的人，抬头看到矮墩墩的一堵蠢墙，心里真沮丧。但是只要触摸到它的人，就会感受到一种愉悦的戏弄，戏弄当然大多不会产生愉悦，不过，如果故弄玄虚后面真的有超出预期的惊喜，这种戏弄，就变成了延迟惊喜的雾障，幸福来临前的停顿。

两个人坐在矮墙上，墙虽然矮，但是很宽，仿佛为了赎去刚才用障眼法戏弄行者的罪过，特意放宽了尺寸，好让他们放肆地躺着、坐着、趴着、站着，来看这一段风景。一朵软糯绒厚的云遮住了八点钟的太阳，东方的天空被折射的光照得白亮，颜色逐渐加深，渐变到西方，已经从头上的水蓝，变成了灰蓝，各种形状的云也带着深浅不一的颜色，有的定在天幕的某一处，而更多的在自由地飘浮，如同它们身下穿梭着的轮船，采砂的、运货的、渔船、邮轮……

"你看那边！"珊珊指着东方，那团云遮不住的日光倾泄在旷阔的水面上，有一条清晰的分界线，西边黄浑，东边玉清。

"那里，长江就汇入东海了。你要看的海，就在眼前啦！"

"罗素说得不对。"

"关罗素什么事儿啊？"

"他把人生比喻成一条流动的河，最后河流汇入大海，他说没有明显的间断和停顿，而后便毫无痛苦地摆脱了自身的存在。但是那条线是怎么回事呢？"

"问倒我了，这个彭宇可以回答你。也许是河沙沉积，也许是潮汐作用。但是表面的水流并没有明显的间断和停留。罗素也没有说错啊。"

"世间万象，真的需要亲眼去看。我想多活几年。"

"你何况多活几年，你会长命百岁的。"

珊珊闭上眼睛，分不清江风还是海风，吹过她的脸颊，八月，这风里居然有一丝凉意。她嗅到的气味也混杂着江水的土味和海水的咸味，顺着鼻腔，冲洗了脑子。她一句话也不想说，听着水面上各种船发出的马达声，水面被切开后一层层向外翻去的波纹，慢慢平息，然后再被另一艘船切出不同的形状，再平息。

就这样坐了半个小时，太阳终于挣脱了那团云的纠缠，升到了更高的空中，开始发出能量，炙烤人间。

"太热了，看好了咱们就要离开这儿了。"

"真想多坐一会儿。"珊珊睁开眼睛，猛吸了一口气，"舒南，谢谢你，我感觉头不晕了，太神奇了，我已经晕了几个月了。"

回程的时候，导航给他们换了路线，一条寂静的乡道，柏油平坦，两边的梧桐几乎在空中接到了一起，路上依然没有什么车，舒南把音乐台的音量调低，窗户放下，开得很慢。珊珊把手伸到窗外，阳光透过叶子的缝隙，像是印在她手臂上的透明胎记，又不停变换着形状和位置，她的胳膊变成了一个舞台，光踩着她的皮肤欢快起舞，风吹起光的裙子，试图捣乱，但是演出本来就是即兴的，一切胡闹都显得那么自然。珊珊看着手臂上的光影变幻，像是一个入了迷的观众，脸上泛起了一丝红润，嘴角上扬，内心欢畅。

"子珊，你知道我是什么时候喜欢上你的吗？"

珊珊的心情被风吹得格外干爽，没有像往常一样把这个话题岔开或者制止他说下去。她的头轻轻靠在纤细的大臂上，眼睛依然盯着小臂和手掌上的光影，意兴阑珊地回了一句："不知道。"

"2009 年 11 月 15 日的下午，你和彭宇婚礼结束后一个月，邀请几个朋友喝下午茶、吃晚饭。那个复古餐厅的窗外有一棵巨大的梧桐，你一直盯着它看，屋里很喧闹，有人打牌、有人聊天，谁也没能打扰你。你一动不动地看了大概有二十分钟，然后对坐在你对面的我说：'今天是秋天的最后一天了。'那天的阳光很好，下午四点，仍然把那整棵梧桐照得发亮。但是第二天就变天了，天气骤凉，再想要那天下午的气温和阳光，需要等上一个冬天。"

"需要等上一年。"

"那一刻我的心扑通扑通地跳着，很失礼，你看着梧桐树，我看着你，也不知房间里有没有别人看到我在看你。之前堆积的对你的好感，我会当作友情定期清理。但那一刻，我特别确定，我喜欢你，是异性之间吸引的那种喜欢。但是瞬间，我意识到自己的想法，就无法抑制地嫌弃自己。"

"我记得你之后消失了一段时间，确切说，应该是几年。你出去读博士了。"

"我没办法再面对你们，我怕我掩饰不好，终有人能看透我的心思。"

"你去了我的母校读书，是因为我吗？彭宇说你硕士导师给你推荐的。"

"我是怀着朝圣的心情去那个学校的。医学院跟外语学院不在一个校区，我几乎每周都会去外院坐一坐。你还记得之前写过的博客吗？"

"你怎么知道的？那时候我很喜欢写，不过现在早把账号密码忘记了。"

"认真寻找一样东西，肯定能找到。你在博客里写你看的书，我就去图书馆借，有的还是旧书，当年的书背后还有借阅者的签名，每次拿到有你名字的书，我都如获至宝。我也看你看的电影，有一些搜不到，大部分都看过，然后再看你写的影评。我在学校档案室还找到当年报道你编演话剧的校刊，去听你提到的一些老师上的公开课，虽然啥也听不懂。"

"这样做，你心里会觉得安慰吗？"

"喜欢一个人，是控制不住的事情。我不可以喜欢 2009 年以后的你，但是我可以喜欢 2006 年以前的你。我用最笨拙的方式，把蛛丝马迹一点点拼凑起来，成为那个时空里一个真实的你，我可以肆无忌惮地去爱那个人，跟你没有任何关系。"

"你得到救赎了吗？还是发现是更深的地狱？"

"爱本身不可能是罪，谈不到救赎。我享受那几年在校园里与你的任何连接。我爱得再热烈，也不会打扰你。所以，也不是地狱。"

"那样去爱一个人，孤独吗？"

"孤独，很孤独。不过，只要不断提醒自己爱的是一个不会回应的对象，就能好过点儿。起码，她也不会拒绝你。"

"你这么说，我觉得很难过。"

"跟你没有关系。我找到了途径，合理化了我的情感，这是一件好事。"

"这些年，你没有喜欢过别人吗？"

"如果你的心已经被一个人装满了，别人，是连影子都无法钻进去的。"

不知不觉，车已经又开到了轮渡上，近午的阳光照在铁制的栏杆上，发出刺目的光，水面也被太阳直射，反着光，天地间白茫茫的一片。

49

周一上午早饭后，珊珊散步来到医院里，在机器上打出了脑部增强 CT 的单子，她略过详细的描述，直接扫到底下的检查结果：CT 头颅扫描未见明显异常。她舒了一口气，去楼上的时候，诊室门口已经在显示她的名字，是她提前两天预约的号，因为住得近，约得也很靠前。掌握了看病的流程后，会节省很多时间，当然更重要的是省去了等待中不可避免的焦灼。这次来找医生，是开内分泌药的，放疗后开始吃，要吃五年，但是新出的指南，又提出了新的建议，像她这样离更年期还比较远的年轻女性，需要吃十年，因为熬过五年危险期，最新研究，阳性乳癌患者在七到八年，又会迎来一个复发的小高峰。网上的病友们说，不必考虑那么多了，先吃五年再说，吃完了，说明你活过了五年，之后的事情，到时候再说。

之后的事情，到时候再说。对珊珊来说，只考虑当下，是她非常辛苦修炼的功课，一旦掌握了之后，确实能够减少很多焦虑和烦恼。人这一生，真是矛盾。她的前半生，努力求学、进取，为了增长知识、智慧，形成远见；而一场大病又教她必须学会切断瞭望的目光，看脚下，多一步也别瞅。这远近横竖的眼界，形成了一个十字架，也许才是生命的真谛，背在背上，负重前行吧。

周五，是最后一次放疗，珊珊有点儿想给唐·吉诃德和桑丘准备一份礼物，但是很快又打消了这个念头，他们没有说过一句话，虽然每次两个人都很认真地拧着珊珊的身体，以达到精准扣上机器，毫不含糊，从不懈怠，但是主动跟他们说话，好像会很冒失，就像他们天天拧的螺丝，突然开口跟他们说话，会让他们不知所措吧。放疗室的静默，就不要去打破了。

那天她在五分钟里，跟大卫说了很多话。

"大卫，舒南说，他不会介意我的婚史，我的疾病，会好好照顾我，对我的孩子视如己出。他说的一切都是他会如何为我们这段关系做出努力和贡献，可我能给他提供什么呢？我的身体朝不保夕，容貌不知什么时候可以恢复，一个最好的爱人，在这样的年纪，应该提供很好的肉体亲密，但是我做不到，我的左乳已经开始蜕皮了，乳头有点儿破，整个乳房都很痛，碰不得。头发长得好慢，只有后脑勺长出了一寸，前头还是一点黄不拉唧的碎绒毛，听说剃了长得更快，但是舍不得，就这点杂毛长了一个多月了，脸上的斑挺明显的，皮肤很粗糙，也黄，跟块生了锈的铁板似的，抹护肤品都不吸收。我这副样子，他愿意跟我亲热，我也做不到。大卫，你天天看人的身体，都是被疾病摧残的肉体，你应该没有见过那种健康美丽的身体吧？我告诉你，那种身体是发光透亮的，不管是什么肤色，肌肉都很紧实，线条顺滑，有弹力，那样的肉体才能产生出性激素和性魅力。我以前跑步、游泳，也有那样的肌肉和线条，但是你看看，你每天努力灼烤的这摊肉，死气沉沉，毫无生机。大卫，你别误会，我不是在责备你，我很感激你。毕竟摧毁才能重建，我相信，这副躯体，还是能恢复个七八成吧，但是需要多久，我真没数。你使劲照，把我身体里的癌细胞全部杀死，恢复的时间久点儿，我不担心，我担心的是它们死灰复燃，我不想再来见你了。你懂的，你也不会愿意再见到熟悉的人，是不是？但是我能等，舒南能等吗？

我凭什么让人家等我呢？我放疗完，回去就要吃内分泌的药了，据说很多人吃了就会有更年期的反应，我怎么能让人家娶一个更年期的女人回家呢？何况，我无论如何也不能再生孩子了，他如果哪天，忽然想要自己的孩子了呢？人的心，会一直不变吗？大卫，舒南说，如果我愿意接受他，就给他发信息，明天他来接我，如果我不愿意，他会再消失一段时间。他要去哪里？我有点慌。我舍不得他。大卫，做个机器真的挺好的，是吧？你不用经历我说的这一切复杂的事情，你只要这么吱吱吱地烤着躺在这里的人，就行了，连对准的事情，都是医生帮你调试好的。你只要通上电，工作就可以了。你不会懂的，是吗，你懂吗，大卫？

机器停止的时候，珊珊好像听到了一声叹息。唐·吉诃德和桑丘过来，等珊珊下去，拧下一个病人。他们对这次是珊珊最后一次来做治疗，毫无意识，仍然没有抬头看她一眼。她在心里跟他们告了个别。

出了门，正对着的椅子上坐着第一天来这里跟她说话的那个上海大姐，她手里的橄榄绿毛线，换成了南瓜黄的，她抬头看了一眼珊珊，似乎从没有见过她。不知今天她被派来迎接哪个不知所措的初来者。

走出门诊大楼，医院外面的马路上灯火通明，人们都急匆匆地奔走着，行驶着，远处写字楼外墙上的灯光变换着颜色，广告牌也在不停更换内容，不知哪里的广场舞歌声从喇叭里传出来，十分聒噪。

珊珊把眼泪擦干，带着浑身的寂静，向繁华的中心走去。